Malícias & Delícias

TARA SIVEC

Malícias & Delícias

CUIDADO:

Esta história de amor pode matar você de tanto rir.
Ah, e está escandalosamente lotada de porres homéricos e, *hummm*, sexo da melhor qualidade!

Tradução Renato Motta

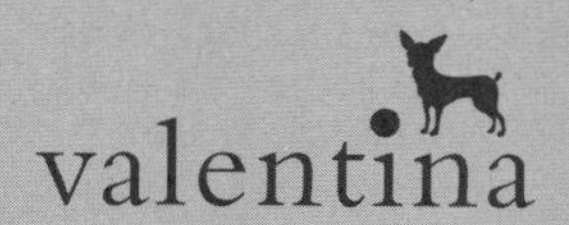

Rio de Janeiro, 2015
1ª Edição

TÍTULO ORIGINAL
Seduction and Snacks

CAPA
Silvana Mattievich

FOTO DA AUTORA
Delia D. Blackburn Photography

DIAGRAMAÇÃO
editoriarte

Impresso no Brasil
Printed in Brazil
2015

CIP-BRASIL. CATALOGAÇÃO NA PUBLICAÇÃO
SINDICATO NACIONAL DOS EDITORES DE LIVROS, RJ

S637m

Sivec, Tara
Malícias & delícias / Tara Sivec; tradução Renato Motta. – 1. ed. – Rio de Janeiro: Valentina, 2015.
304p. ; 23 cm. (Chocosex; 1)

Tradução de: Seduction and snacks
ISBN 978-85-65859-53-0

1. Romance americano. I. Motta, Renato. II. Título. III. Série.

15-23622 CDD: 813
CDU: 821.111(73)-3

Todos os livros da Editora Valentina estão em conformidade com
o novo Acordo Ortográfico da Língua Portuguesa.

EDITORA VALENTINA
Rua Santa Clara 50/1107 – Copacabana
Rio de Janeiro – 22041-012
Tel/Fax: (21) 3208-8777
www.editoravalentina.com.br

Para Madelyn e Drew.
Vocês são meu coração, minha alma e minha razão de viver. Obrigada por me fornecerem material de sobra para um milhão de livros. Fico muito feliz por nunca ter vendido vocês aos ciganos.

1

Alguém aceita um rosbife fatiado?

Olá! Meu nome é Claire Morgan e eu nunca quis ter filhos.

Uma perguntinha básica para alguém como eu que esteja por aí: é só comigo ou você se sente no meio de um bizarro encontro dos Alcoólicos Anônimos quando alguém descobre que você nunca quis ter filhos? Será que eu deveria me levantar, cumprimentar respeitosamente a plateia e contar o que me levou ao sétimo círculo do inferno em que eu me vejo o tempo todo? É um circo dos horrores quando mulheres grávidas me pedem para tocar suas barrigas protuberantes e enveredam por discussões profundas sobre suas vaginas. Elas não compreendem que a palavra placenta e o termo "líquido amniótico" nunca deveriam ser usados na mesma frase. Nunca! Muito menos durante a pausa para o cafezinho da tarde.

O que me levou a essa certeza? O vídeo que minha turma assistiu na aula de biologia, na sexta série. Aquele famosão dos anos 70, que mostrava uma mulher gritando loucamente, como se estivesse sendo assassinada, suor em profusão lhe escorrendo pela cara enquanto o marido enxugava sua testa o tempo inteiro e dizia, todo carinhosinho, que ela estava indo muito bem. Vocês chegaram a assistir? De repente a câmera se afastava para a cena do crime que rolava entre as pernas dela: o sangue, o visco grudento, os coágulos grotescos e os pentelhos pornográficos em estilo arbusto sem poda, por onde uma cabeça minúscula e, argh, gosmenta se espremia para sair. Enquanto a maioria das garotas à minha volta dizia "Ohhhhh!" com ar embevecido, quando o bebê começava a chorar, eu revirava os olhos quase vomitando e perguntava baixinho: "Que porra é essa que atacou vocês? Isso NÃO é normal." Desde o instante em que eu assisti ao tal filme, meu lema virou: nunca vou ter filhos.

– E aí, Claire, o que você quer ser quando crescer?

– Nunca vou ter filhos.

– Claire, você já escolheu uma especialização?

– Nunca vou ter filhos.

– Quer suas batatas fritas com o quê?

– Nunca vou ter filhos.

É claro que sempre haverá gente na sua vida que acha que poderá fazer sua cabeça. Essas pessoas se casam, têm um bebê e então a convidam para visitá-las, na esperança de que você seja inundada por uma onda de emoção ao olhar pela primeira vez para o pequeno milagre que foi produzido. Para ser franca, tudo o que eu consigo é analisar a casa que elas não tiveram tempo de faxinar há mais de seis semanas, cheirar seus cabelos que parecem não ver xampu há quinze dias e perceber um olhar inquieto quando pergunto quando foi a última vez em que tiveram uma boa noite de sono. Ficam em êxtase a cada peido, sorriso ou golfada de vômito do bebê. Conseguem encaixar a palavra "cocô" em todas as conversas, e eu fico pensando comigo mesma que elas só podem estar completamente enlouquecidas.

E também existem aquelas pessoas que acreditam piamente que sua irreverência sobre o assunto é causada por algum segredo obscuro e profundo com o próprio útero, algo terrível que você tenta compensar com uma atitude pretensamente descontraída, e olham para você e para sua vagina com um ar de pena infinita. Depois, fazem fofoca pelas suas costas e tudo vira uma horrorosa brincadeira de "telefone sem fio", a partir da qual o mundo inteiro passa a acreditar que você tem um grave problema de fertilidade que ameaça sua vida, e que uma gravidez indesejada poderá fazer com que sua vagina desapareça numa reação de combustão espontânea e seu peito esquerdo despenque. Parem com essa insanidade! Todos os meus órgãos funcionam perfeitamente bem e, que eu saiba, não sofro da síndrome da vagina explosiva.

A verdade nua e crua é que eu nunca me encantei nem um pouco com a ideia de expelir do meu corpo uma pessoinha que vai fazer com que minha vagina fique parecendo um rosbife fatiado para o qual nunca mais nenhum homem vai querer olhar, muito menos comer. Nunca considerei essa uma cena linda e brilhante. É simples assim.

Além do mais, vamos combinar: ninguém em sua vida foi totalmente sincero com você ao conversar sobre o parto. Nem mesmo sua mãe.

"É uma dor da qual você se esquece de imediato no instante em que toma seu doce bebê nos braços."

Papo furado. Papo FURADÍSSIMO! Qualquer amiga, prima ou a desconhecida abelhuda que você encontra na fila do supermercado e lhe diz que a coisa não é tão terrível assim é uma tremenda caozeira, mentirosa duma figa. Raciocine comigo: sua vagina tem mais ou menos a circunferência de um pênis, mas vai precisar se esticar e arregaçar até ficar do tamanho da batcaverna, para que a figurinha que sugou suas forças e cresceu nove meses dentro da sua barriga possa rastejar, rasgando tudo, até o lado de fora. Quem, em sã consciência, toparia sofrer algo dessa magnitude por livre e espontânea vontade? Você está caminhando pela rua numa boa, um belo dia, e pensa consigo mesma: "Sabe de uma coisa, está na hora de transformar minha vagina num sanduíche de rosbife fatiado com queijo cheddar, só que sem o queijo; depois vou instalar uma sela, freios e rédeas em mim mesma e permitir que uma pessoa sugue minha alma e minha vontade de viver durante pelo menos dezoito anos, até eu me transformar numa casca vazia e seca, muito diferente do que costumava ser, e eu nunca mais vou conseguir trepar com ninguém nem pagando por isso."

Tudo bem. Passei tantos anos repetindo a ladainha de que nunca iria ser mãe que é razoável e compreensível que todo mundo tenha ficado horrorizado por eu ter sido a primeira das minhas amigas a ter um filho, mas isso me deixou ofendida. Puxa, fala sério... Qualquer idiota consegue criar uma criança. Vou dar um exemplo: minha mãe. Ela faltou à aula no dia em que distribuíram o livro sobre como ser mãe; precisou apelar para a antiga e brilhante sabedoria do dr. Phil, o psicólogo que dá conselhos na TV. Usou biscoitos chineses da sorte para me educar, e até que eu me tornei normalzinha. Tudo bem, talvez eu não seja o melhor exemplo, mas pelo menos não sou uma serial killer, e isso conta a meu favor. Daqui a pouco eu falo mais sobre minha mãe.

Suponho que dizer que odeio crianças seja um pouco rude, já que eu me tornei mãe, certo? Para ser franca, isso não é a mesma coisa que dizer que odeio o *meu* filho. Simplesmente detesto, com muito entusiasmo, os pequenos seres humanos choraminguentos, que babam, nariz catarrento, mãos melequentas, que gritam, vomitam, fazem cocôs homéricos que sobem pelas costas, não dormem, pentelham, tumultuam a vida da gente, mas pertencem a *outras pessoas*. Troco uma criança por um gato sem pensar duas vezes. Basta abrir uma latinha de Whiskas, despejar a gororoba no chão ao lado de um balde d'água, sair de férias por uma semana e, ao voltar para casa, encontrar um animalzinho tão entretido em lamber a própria bunda que nem percebeu que você esteve fora. Não dá para fazer isso com uma criança. Bem, talvez dê, mas aposto que a maioria das pessoas desaprova. Aliás, se meu filho pudesse lamber o próprio rabo, eu teria economizado uma montanha de grana com lencinhos umedecidos e fraldas, pode acreditar.

Comentar que eu fiquei meio preocupada em me tornar mãe, devido a essa aversão visceral a partos e bebês em geral, não chega nem perto de descrever a situação. Dizem que quando você tem um filho, na primeira vez em que vê os olhinhos dele se apaixona na mesma hora e o mundo à sua volta desaparece. Também dizem que a pessoa acredita piamente que seu filhinho jamais fará nada de errado na vida e você vai amá-lo incondicionalmente desde o primeiro momento. Bem, quem quer que sejam essas pessoas que "dizem" tudo isso, acho que elas deviam dar um tempo no crack que fumam e parar de despejar merda pela boca como se ouvido fosse penico, enquanto suas vaginas de rosbife fatiado balançam loucamente em suas calcinhas bege de vovó.

No dia em que meu filho nasceu, olhei para ele e perguntei: "Que diabo é isso no meu colo? Ele não se parece nem um pouco comigo!"

Nem sempre é um caso de amor à primeira vista. Os livros de bebê com títulos curiosos como *O que esperar quando você não estava esperando embuchar naquela única vez que transou com um bêbado na festa da faculdade* e outros temas parecidos gostam de deixar de fora essa parte. Às vezes a pessoa é obrigada a aprender a amar os monstrinhos por algum motivo além do fato de eles fornecerem deduções interessantes do Imposto de Renda. A verdade é que nem todos os bebês são uma gracinha ao nascer, por mais que os pais tentem convencer você do contrário. Essa é outra das meias-verdades que os sacanas gostam de apregoar por aí. Muitos bebês, ao nascer, têm o jeitão de sujeitos velhos; têm a cara toda encarquilhada e enrugada, um monte de manchas senis e são completamente carecas e desdentados.

Quando eu nasci, George, meu pai, levou a foto que tirou na maternidade para mostrar ao seu amigo Tim enquanto minha mãe ainda estava internada. Tim analisou a imagem longamente e disse: "Vou falar numa boa, George: tomara que ela seja inteligente." Com meu filho Gavin aconteceu a mesma coisa. Ele nasceu com uma cara muito engraçada. Sou mãe dele, então tenho todo o direito de falar. Tinha o maior cabeção; nasceu sem um único fio de cabelo; suas orelhas eram tão viradas para fora que mais pareciam antenas parabólicas. Durante os quatro dias em que eu fiquei internada no hospital, tudo que me passava pela mente quando olhava para o cabeção de Gavin era o personagem de Mike Meyers falando num sotaque estranhíssimo, naquele velho filme de humor negro, *Uma noiva e tanto*: "Ele se acaba de chorar de noite, até dormir apoiado na sua orelha-travesseiro." "Esses troços espetados na cabeça dele parecem *Sputniks*. Devem ter seu próprio sistema de análise meteorológica." "Gavin parece uma laranja espetada num palito de dente."

Acho que ele me ouviu falando dele para as enfermeiras e formulou um plano para se vingar. Aposto que de noite, no berçário, ele e os outros recém-nascidos levavam o maior papo, e até decidiram que era chegada a hora da revolução. *Liberdade para os bebês!*

Sei que eu devia tê-lo mantido comigo no quarto o tempo todo em que estive na maternidade. Mas qual é, galera, eu precisava descansar um pouco! Já que aqueles seriam os últimos dias em que eu conseguiria dormir novamente, planejei aproveitar ao máximo. Mas reconheço que devia ter ficado de olho para ver ao lado de qual bebê eles iriam colocar o bercinho de Gavin. Devia ter percebido que aquele fedelho chamado Zeno seria uma má influência sobre meu filho. Além do mais, quem é que batizaria um recém-nascido de Zeno? Isso é o mesmo que planejar que o filho sofra *bullying* desde o jardim de infância, certo?

Gavin era quietinho, não irritava ninguém e dormia o tempo todo, no hospital. Eu ria na cara dos meus amigos que vinham me visitar e avisavam que ele não seria assim quando fôssemos para casa. Na verdade quem ria era Gavin. Ele acenava seu punho minúsculo no ar para todos os lados, como se estivesse enfurecido pelos seus irmãos da Nação dos Recém-nascidos. Juro que eu ouvia "Orgulho infantil!" e "Poder para os bebês!", toda vez que ele fazia ruídos ao dormir.

No instante em que eu o coloquei no carro e rumamos para casa, começou o show. Ele berrou desesperadamente até ficar sem fôlego; parecia uma *banshee* da mitologia celta, e não parou de gritar por mais quatro dias. Eu não tinha ideia de como era o barulho de uma *banshee*, nem mesmo sabia se elas existem. Caso existam, posso garantir que fazem uma zoeira do cacete. Reza a lenda que os gritos delas, às vezes, quebram vidros, e a única parte boa desse sufoco foi o fato de Gavin não berrar desse jeito na hora em que saiu pelas minhas partes pudendas, senão elas ficariam em estado ainda pior que esse rosbife fatiado sem cheddar que sobrou. Todos os livros sobre bebês que foram escritos por mulheres que tiveram os partos mais maravilhosos do mundo dizem que a mãe deve conversar com o bebê quando ele ainda está no útero. Esse foi o único conselho que eu segui, entre todos que eu li nesses livros. Todos os dias eu avisava ao bebê que se ele arruinasse minha genitália eu ia filmar o parto e mostrar para suas futuras namoradas o que acontece com a perseguida das mulheres quando elas trepam, garantindo, assim, que ele nunca conseguiria comer ninguém na vida. Foda-se esse papo de tocar Mozart e ler Shakespeare. Escolhi o método mais apavorante e funcionou.

Todas as minhas ameaças na época uterina funcionaram. O problema é que ele se sentou lá dentro com os braços cruzados durante mais de doze horas e se recusou a entrar no canal. Por mim, tudo bem. Cesariana, aqui vou eu! Por falar nisso, eu toparia na mesma hora ter a barriga cortada novamente se isso me livrasse da parte em que o bebê passa rasgando tudo. De quebra, ainda consegui uma estadia de quatro dias em um local limpo, com tudo incluído, café da manhã, almoço e jantar na cama, mais uma dose básica de morfina que durava vinte e quatro horas e um suprimento de Tramal para um mês no momento da alta.

Antes que eu me empolgue demais elogiando narcóticos legalizados que ajudam a aturar os gritos de fazer sangrar os tímpanos que um recém-nascido emite, talvez fosse uma boa recordar a noite que me colocou nessa furada. Meu horóscopo daquele dia devia ter sido um alerta para as coisas que iriam pintar na minha vida: "Dia legal, ótimo para se dar bem ao surrupiar um monte de gadgets de última geração (além de joias) dos vizinhos que morreram no instante em que você arrombou a casa deles, matou geral e fugiu com a porra toda."

CHOCOSEX 13

Não sei que aviso poderia ter sido mais claro que esse, vou te contar! Uma previsão assim não equivale a "mau presságio" escrito em letras garrafais logo na primeira página? Pode uma coisa dessas? A primeira e única vez na vida em que topei uma transa de uma noite só, unicamente para me livrar da carteirinha de "última virgem do pedaço", engravidei. Podem acreditar, o universo me odeia.

Tinha vinte anos e já estava no segundo ano da faculdade, quase na metade do curso de administração. Tirando a constante zoação de Liz, minha melhor amiga, sobre a situação da minha virgindade, a vida até que era boa. Isto é, boa em termos de estudante universitária, ou seja: eu não tinha doenças venéreas, ninguém colocou Boa Noite Cinderela na minha bebida e, até o fim do semestre, eu tinha escapado de ter que vender meus órgãos para a ciência a fim de pagar pelo bandejão e pelos baseados.

Por falar nisso, vou logo avisando que não tolero uso de drogas ilegais de nenhum tipo. A não ser que o bagulho seja orgânico e que não faça com que eu me sinta tão culpada ao devorar uma caixa inteira de Sucrilhos depois de horas a fio assistindo à *Mister Maker* na TV. "Uma forma que eu sou, lá lá lá lá." Esse programa também funcionava para acalmar Liz durante as provas finais, de modo que ela conseguia se segurar e não ficava urrando e subindo pelas paredes como um macaco raivoso. Vocês se lembram daquelas campanhas de merda do tipo "Diga não às drogas" que eles nos enfiavam goela abaixo no tempo do ensino médio? Pois é, nós enganamos todo mundo. Não é preciso dizer não, dá para experimentar sem precisar morrer. Mas falando sério, crianças, não usem drogas. NUNCA!

Eu me lembro daquela noite com ternura. E quando eu digo "ternura" é claro que quero dizer um ressentimento atroz por todas as coisas alcoólicas que possuem pênis.

2

Jogar *beer pong* pode resultar em gravidez

Era sexta à noite e matávamos o tempo como sempre: numa festa da faculdade com um bando de adolescentes bêbados e garotas da irmandade das aberrações da natureza. Juro que eu não entendo como é que Liz conseguia me arrastar para esses lugares semana após semana. Aquele povo não tinha nada a ver com a gente. Nossos amigos de verdade estavam nos dormitórios ouvindo "The Dark Side of the Moon" do Pink Floyd e assistindo ao *Mágico de Oz* enquanto discutiam se a última temporada de *Dawson's Creek* tinha ou não atingido o fundo do poço. (Pacey e Joey *forever*!) Nós não pertencíamos ao bando de filhinhos de papais ricos que achavam que financiamento universitário tinha algo a ver com comunismo. Quando íamos na direção de um bar portátil num canto da sala, deu para ouvir duas vadias totalmente sem noção discutindo sobre quem tinha pago mais caro por uma bolsa Coach e quem tinha transado com mais colegas na semana anterior. Uma delas se disse envergonhada por ter levado a amiga à festa, já que ela apareceu calçando um Louboutin velhíssimo, da coleção retrasada. Esses são os futuros líderes da nossa nação, senhoras e senhores. Juro que eu me senti assistindo a uma cena de *Atração mortal** ("Trouxe você a uma festa com a elite dos alunos e o pagamento que recebo está no carpete do corredor? Você me retribuiu o favor com vômito?"). Felizmente, Liz me impediu no instante exato em que ia entregar a uma delas um copo cheio de Diabo Verde com vodca.

– Uau, olha só para aquele carinha! É bonitinho e tem dentes ótimos – anunciou Liz, empolgadíssima, apontando com a cabeça para um estudante de suéter que se servia de um chopp.

– Caraca, Liz, ele não é um cavalo – gemi, girando os olhos para o teto e tomando um gole de chopp quente.

– Mas dá pra cavalgar o carinha a noite toda se usar a tática certa – afirmou ela, me cutucando com o ombro e exibindo um assustador sorriso de vendedor de carro usado.

– Estou começando a ficar encucada, sabia, Liz? Acho que você anda preocupada demais com o meu hímen. Tá com tesão enrustido por mim, não tá?

– Não fica se achando tanto assim! – replicou com ar distraído, enquanto analisava os outros garotos da festa. – Se bem que, agora que mencionou, quase colei velcro no ensino médio, durante uma daquelas festas loucas de sexta-feira na casa do Tom Corry, mas não passamos das preliminares. Alguém bateu na porta do banheiro em que eu e a outra garota estávamos, e subitamente me ocorreu que eu gostava mesmo é de pica – refletiu ela, pensativa.

Olhei Liz de perfil, como se ela tivesse duas cabeças... A segunda me fez lembrar uma mão numa vagina. Sério que eu tinha acabado de descobrir que minha melhor amiga teve uma fase lésbica? Agora, pronto! Toda vez que eu olhasse para ela ia enxergar sua mão alisando uma periquita. Uma mão pequena como um fantasminha, me seguindo pela casa e me observando durante o sono. "Mãozinha na periquita" está observando tudo. "Mãozinha na periquita" enxerga você até no escuro.

Liz olhou por cima do meu ombro, inclinou-se um pouco e anunciou:

– Dois alvos móveis olhando para nós na direção das seis horas.

Girei os olhos novamente, diante da tentativa ridícula de Liz para parecer discreta.

– Aposto cinquentinha como ganharemos bebidas grátis se usarmos a tática certa – disse ela, em tom de conspiração.

---

* *Heathers* (título original).

– Liz, estamos rodeadas por barris de chopp e recebemos um copo de plástico na entrada. Tenho quase certeza de que isso significa bebida grátis. – Balancei meu copinho vermelho diante dela, como lembrete.

– Ah, cala a boca, você está estragando o momento. Garanto que se estivéssemos num bar, aqueles carinhas pagariam drinques para nós.

– Só se fôssemos maiores de idade.

– Detalhes! – desdenhou ela, com um aceno da agourenta "mãozinha na periquita".

Ela afofou o cabelo e puxou a frente da blusa tão para baixo que a quantidade de busto cintilante que ficou de fora daria para cegar um homem.

– Cuidado, Liz, porque se você espirrar, um dos peitos vai saltar pra fora da blusa. Guarde os melões antes que um dos mamilos apareça para dar uma espiadinha no que tá rolando.

– Eles estão vindo! – guinchou ela, afastando minhas mãos quando eu tentei puxar sua blusa para cima, numa tentativa de esconder os gêmeos.

– Caraca, seus peitos são boias luminosas? – murmurei, balançando a cabeça, atônita, ao perceber o poder que os seios de Liz tinham de atrair barcos à deriva. – Funcionam como um aspirador de pau Electrolux. "Sugue rapidamente todos os pintos da sua sala" – completei, e me virei para ver quem vinha chegando. Tenho certeza de que, para quem olhava de fora, devo ter parecido com Hortelino Troca-Letras quando viu Pernalonga vestido de mulher e seus olhos saltaram para fora, seu queixo despencou e seu coração bateu com força, quase rasgando a roupa. Se a música não estivesse tão alta eu seria capaz de ouvir sons tribais. UGA-UGA!

– E aí, garotas.

Liz me deu uma cotovelada nada sutil quando o carinha que parecia um zagueirão escolheu essa inteligente abordagem para quebrar o gelo. Ergui sem querer as sobrancelhas quando vi sua camiseta justa demais, colada nos peitorais avantajados e li "Não sou ginecologista, mas posso dar uma olhada". Na mesma hora minha atenção foi atraída para o cara parado ao lado dele, com as mãos nos bolsos. A camisa social que usava com as mangas arregaçadas até os cotovelos lhe caía muito bem no corpo normal, e dava para ver uma interessante e sutil quantidade de músculos no peito e nos braços. Nada comparado ao Mister Esteroides ao lado, mas eu preferia assim. Quase pedi para ele virar de costas, para analisar o quanto sua bunda redonda e perfeita ficava deliciosa no jeans surrado que vestia. Diferente de muitos garotos da faculdade, que passavam por uma fase esquisita de cabelos Justin Bieber, Bundelícia mantinha seus cabelos castanho-claros cortados curtinhos, só com um punhado de fios na parte de cima, em interessantes pontas revoltas. Não me pareceu alto demais nem baixo demais, tinha a altura ideal. E era... LINDO! Senti vontade de socar a própria cara por descrever um cara como *lindo*, mas era a palavra certa. Era tão bonito que me deu vontade de colocar uma moldura nele e deixá-lo exposto sobre a minha mesinha de cabeceira, mas de um jeito nada macabro, sem essa de cortar sua pele para fazer um collant, como no filme do Hannibal Lecter. Ele me pareceu entediado, como se estivesse a fim de ir para qualquer lugar, menos ficar naquela festa. Antes de ter a chance de me apresentar e comunicar a ele que era sua alma gêmea, alguém me empurrou por trás com força e eu bati de frente (quanta graça e suavidade) no peito dele, derrubando a cerveja toda no chão.

Caraca, como o cheiro dele era gostoso! Aroma de homem másculo misturado com canela e umas gotinhas de colônia. Fiquei com vontade de esfregar o nariz em sua camisa e respirar fundo. Tudo bem, isso me levaria de volta à terra dos seres macabros, e eu não queria que ele começasse a me chamar de "fungalinha", porque esse é um apelido que gruda como chiclete, mais até do que "mãozinha na periquita".

As mãos dele voaram dos bolsos e agarraram meus braços com força para me equilibrar, e eu tentava não enfiar a cabeça no peito dele para dar umas fungadas fortes, antes de desaparecer de cena absolutamente humilhada. Atrás de mim, ouvi risos que mais pareciam cacarejos, e vi que uma das patricinhas Heathers tinha sido a responsável por minha graciosa entrada na vida do almiscarado. Pelo visto, esbarrar em alguém é a coisa mais hilária que existe, e a gêmea igualmente sem noção apontou o dedo para mim e aumentou o nível do cacarejo desgovernado.

O que era tudo aquilo? Uma péssima cena de um filme adolescente dos anos 90? Será que elas esperavam que eu começasse a chorar e abandonasse a festa em desespero, ao som de alguma música de fundo bem dramática?

– Caraca, qual é o seu problema, Heather? – Foi uma voz masculina que fez essa pergunta.

Os cacarejos pararam na mesma hora e elas ficaram olhando para mim com perplexidade absoluta. Virei para frente e olhei para o cheiroso quase em êxtase, ao perceber que ainda mantinha as mãos pressionadas contra o seu peito e dava para sentir o calor da sua pele através do tecido fino.

– Você acabou de citar uma frase de *Atração mortal*. Foi isso mesmo? – sussurrei. – Esse é o filme que mais amo na vida.

Ele baixou a cabeça para mim e sorriu. Seus penetrantes olhos azuis vararam meu tesão.

– Nutri uma paixonite pela Winona Ryder, antes do lance dela roubar uma loja – explicou ele, encolhendo os ombros, com as mãos ainda presas aos meus braços.

– Meu nome não é Heather – protestou uma voz irritante atrás de mim.

– Pela Winona Ryder? Sério? – declarei, boquiaberta, balançando a cabeça para a frente como um lerda.

Caraca, eu era um caso perdido, mesmo! Ficar colada em caras gatos e tesudos sempre transformava meu cérebro em geleia. Fiquei louca para ouvi-lo dizer mais alguma coisa. Sua voz me dava uma estranha vontade de arriar a calcinha.

– É que eu tenho uma quedinha pelas morenas, inteligentes e com um charme todo especial – explicou ele, com mais um sorriso de derreter.

– Por que ele me chamou de Heather? Ele sabe que meu nome é Niki! – atacou novamente a voz de taquara rachada atrás de mim.

Morena inteligente com um charme todo especial! Essa sou eu, eu, eu, pode me pegar! E que vuvuzela estridente é essa que está arruinando meu momento perfeito? É melhor me segurar, senão vou estapear essa vadia!

– Ahn… Alô, alô, aí atrás! – berrou o homem dos meus sonhos, desviando o rosto para olhar por cima do meu ombro. – Niki, sua voz irritante faz sair sangue pelas minhas orelhas e corta meu barato, sabia?

Ouvi quando ela bufou de raiva e caiu fora, indignada. Pelo menos *acho* que ela fez isso, porque eu continuava olhando extasiada para o gato parado na minha frente e imaginando a rapidez com que seria aceitável eu arrastá-lo para um dos quartos vazios que havia na casa. Ele olhou novamente para mim, tirou uma das mãos do meu braço e afastou, com seus dedos elétricos, um pouco a franja que tinha caído sobre meus olhos. A simplicidade do ato e sua descontração fez parecer que ele já tinha feito aquilo mais de mil vezes na vida. Quis olhar meio de lado para Liz com um sorrisão na cara, erguendo o polegar, mas ela estava muito ocupada conversando com o armário amigo do carinha, bem ali do lado.

– Você quer pegar mais cerveja, jogar uma partida de *beer pong* ou algo assim? – perguntou ele.

O que eu queria era enfiar a mão dentro da calcinha, arrancar minha virgindade e embrulhá-la para presente com um laço dourado. Ou talvez guardá-la dentro de uma daquelas sacolas lindas da Target e oferecer a ele de presente com um cartão escrito: "Obrigada por você ser como é! Aqui está minha singela virgindade para demonstrar minha gratidão!"

– Pode ser – repliquei, dando de ombros e fazendo o gênero "tanto faz". Nessas horas, a melhor tática é tentar se fazer de difícil. Não é uma boa parecer ávida demais logo de cara.

– Por favor, não pare! – implorei, enquanto ele abria uma trilha de beijos pelo meu pescoço e tentava, meio de lado, abrir o botão da minha calça jeans. Depois de cinco partidas de *beer pong* e horas de muitos papos, risadas e ficar tão perto dele que logo se tornou *im-pos-sí-vel* me segurar mais e não tocá-lo, mandei para o espaço o plano de me fazer de difícil. Com uma bravura indômita que eu geralmente só alcançava depois de consumir muito álcool, agarrei-o pelo pescoço depois de perder a última partida. Puxei-o com força na minha direção e o beijei com labaredas e línguas, como se não houvesse amanhã, em meio às poucas pessoas que ainda estavam na festa e não tinham desmaiado com a cara no próprio vômito. Peguei-o pela mão, arrastei-o pelo corredor e o empurrei para dentro do primeiro quarto que apareceu. Torci para que Liz estivesse ali por perto, a fim de me oferecer algum tipo de incentivo e orientações de último minuto antes de eu entrar em campo. Só que Liz tinha sumido do mapa depois de eu anunciar para todos os convidados que, no fim da noite, ela ofereceria gratuitamente exames de Papanicolau com sua mãozinha de periquita aprovada pela Associação Nacional das Sapatonas.

Assim que entramos no quarto escuro, nos atracamos de forma furiosa: beijos babados e bêbados, mãos passeando por tudo quanto é lado, os dois tropeçando na mobília e rindo muito a caminho da cama. Andando para trás, tropecei em algo no chão que poderia ser um cadáver e caí de costas, felizmente em cima da cama, arrastando o carinha comigo. Ele despencou por cima de mim com toda a força e me tirou o fôlego de vez.

– Merda, des-desculpe. Você está bem? – perguntou ele, com a voz arrastada, enquanto se erguia apoiado nos cotovelos, tentando tirar um pouco do peso de cima de mim.

– Estou ótima – garanti, ofegantíssima. – Agora, tira a porra da roupa – ordenei.

Trêbada, quase ri quando ele se afastou de mim e arriou a calça e a cueca juntas. A lua cheia que entrava com força pela janela do quarto iluminava tudo intensamente, e eu pude ver com detalhes o que ele fazia, apesar de o teor alcoólico do meu cérebro estar tão elevado que ele me pareceu estar num bate-bate de parque de diversões. Ele arriou tudo até os tornozelos sem dobrar os joelhos; depois ficou em pé por um segundo antes de se jogar novamente na cama. Felizmente os poucos neurônios que ainda não tinham sido destruídos pela mistura de cerveja com tequila me alertaram de que não é uma boa ideia rir de um cara quando ele arria a calça. Mas que foi engraçado, foi! Eu já tinha visto muitos pênis antes, mas nunca ao vivo, em cores e a poucos centímetros do meu corpo. O troço estava duro, espetado para fora e apontava para mim! Na minha cabeça, do nada, imaginei um pau falante.

Pentelhos à vista, marujo, estou vendo no horizonte uma imensa e sedutora xereca!

Pênis sempre falam como se fossem piratas quando estou bêbada. A culpa disso é da Liz, que os chama de "cobras caolhas". Como piratas também só têm um olho eu sempre… Puta merda, o Capitão Gancho Quase Reto vinha em minha direção!

Era melhor eu manter o foco.

Ele rastejou por cima de mim e me beijou. O mastro do seu navio pirata batia sem parar na minha perna. Dessa vez eu ri de verdade, afastando um pouco a boca dos lábios dele para soltar risadinhas agudas até engasgar. Estava superbêbada, pra lá de Marrakech, e me imaginei caminhando na prancha do navio; de repente me toquei que estava num quarto desconhecido ao lado de uma pessoa caída no chão que poderia muito bem estar morta e havia um pau duro batendo contra as minhas coxas. Como impedir as gargalhadas descontroladas numa situação dessas? Ele estava abstraído do meu incontrolável acesso de riso; continuava movendo a cabeça para o lado e cobrindo meu pescoço de beijos. Nooossa, aquilo me deu uma encaretada na hora e eu percebi o quanto era gostoso.

– Ahhhhn, eu quero, eu quero – gemi, bem alto, surpresa por conseguir emitir palavras que pareciam atoladas em meu cérebro transformado em areia movediça por conta da birita.

Os lábios dele subiram para a parte de trás da minha orelha, e quando sua língua penetrou a covinha atrás do lóbulo eu senti uma fisgada de prazer que explodiu entre as minhas pernas e me surpreendeu. Minhas mãos se moveram automaticamente e agarraram os cabelos curtos dele, para manter sua cabeça parada. Nunca imaginei que aquela noite fosse acabar em alguma coisa boa. Tudo o que eu queria era me livrar daquele fardo; sentir prazer era um bônus que não tinha me passado pela cabeça. Depois de alguns minutos mexendo na minha calça, ele finalmente conseguiu desabotoá-la, abrir o zíper e arriá-la, levando junto a calcinha. Suas mãos vieram me escalando pelos lados do corpo ao mesmo tempo em que me puxavam a blusa, até que eu a senti sendo arrancada por cima da cabeça e atirada no chão, ao lado da calça. Uma coragem líquida me inundou e me obrigou a puxar o sutiã e atirá-lo longe. O barulho da peça batendo na parede me fez perceber que eu estava deitada de costas numa cama, com um cara ajoelhado entre minhas pernas, maravilhando-se com o que eu tinha a oferecer.

Minha nossa! Isso está realmente acontecendo? Eu estou peladinha diante de um homem! Vou encarar a missão e levar a coisa até o fim?

– Pai do céu, você é bonita demais!

Sim, a resposta é sim! Se ele continuar falando desse jeito, pode desvirginar até meu ouvido.

Ele deixou que os olhos passeassem por alguns instantes pelo meu corpo e então, num movimento rápido, arrancou a camisa e a jogou longe, junto com a calça. Minhas mãos voaram para o peito dele, para eu poder tocá-lo quando tornou a despencar em cima de mim. Seu peito era duro, mas a pele era macia. Toquei todos os centímetros que consegui. Juntei as duas mãos atrás do seu pescoço e o puxei para baixo, a fim de beijá-lo longamente. Ele tinha gosto de tequila com sol de verão. Apesar do nosso estado de embriaguez, eu estava curtindo. Agora que nos encontrávamos nus na cama, os beijos eram menos frenéticos. Na verdade eram suaves e doces, e eu suspirei de leve dentro da boca dele. Ele ergueu uma das minhas pernas, prendeu-a em torno do seu quadril e eu senti a ponta do seu pau encostar nos meus lábios. Nos debaixo!

Ai, merda, é agora… Isso está realmente acontecendo! E por que fico falando comigo mesma quando estou com a língua dentro da boca de um cara que está pronto para me penetrar?

Ai, meu Deus…

Embora eu estivesse mais bêbada que um gambá, lembro tudinho do que aconteceu a seguir. Menos de dois segundos depois ele estava dentro de mim e eu acenava para minha virgindade, que evaporava sob a luz da lua. Nossa, queria que aquilo durasse para sempre! Vi estrelas, gozei três vezes e foi a experiência mais maravilhosa da minha vida.

Sei! Vocês tão é de sacanagem comigo, né, não? Por acaso perderam a virgindade, por esses dias? É uma dor filha da puta, tudo é muito esquisito, lambuzado e confuso. Se uma amiga chegar para vocês dizendo que teve algo remotamente parecido com um orgasmo no instante em que perdeu a virgindade, pode ter certeza de que é uma mentirosa descarada. As únicas estrelas que eu vi surgiram quando eu fechei os olhos com toda força e esperei que o sufoco acabaço… Ahn, desculpem, piada infame!

Mas devo ser franca: tudo aconteceu exatamente do jeito que eu esperava. Não foi culpa minha não ter sido empolgante a ponto de eu escrever para os amigos contando detalhes. Ele foi doce e gentil; tanto quanto poderia ser, considerando a quantidade absurdamente alta de álcool que tinha consumido durante a noite. Estávamos trêbados e eu perdi a virgindade com um cara cujo nome não descobri na hora nem me interessei em descobrir depois, porque não queria distrações nem tinha tempo para manter um relacionamento. Com a virgindade fora do caminho, eu poderia focar mais na faculdade e na carreira, e Liz iria parar de considerar cada festa à qual íamos como uma oportunidade de eu me expor no açougue. Tudo correu exatamente como planejado. Um pouco menos, na verdade. A alegria só durou até minha menstruação atrasar mais de uma semana e eu perceber que tinha comido um pão de forma inteiro e sete barras de chocolate. Foi num dia em que estava sentada na cozinha olhando para o calendário e desejando ter prestado mais atenção às aulas de aritmética no jardim de infância, porque eu era uma anta que não sabia fazer conta.

3

Alguém viu um doador de esperma por aí?

Às vezes eu culpo mamãe pela minha falta de vontade de ter filhos. Não que ela fosse uma mãe ruim; é que simplesmente ela não tinha a menor ideia do que estava fazendo. Percebeu logo de cara que morar numa cidade da zona rural, do tamanho de um cu, não servia para ela. Também descobriu que ficar com a bunda sentada no sofá assistindo TV com meu pai dia após dia, tendo que aturar uma pré-adolescente fresca e petulante, não era exatamente o que tinha sonhado para a vida. Queria viajar, frequentar museus, ir a shows, ao cinema; queria ser livre para ir e vir quando lhe desse na telha, sem ter que dar satisfações a ninguém. Minha mãe me contou uma vez que nunca tinha deixado de amar meu pai; só que necessitava mais do que ele poderia dar a ela. Eles se divorciaram e ela saiu de casa quando eu tinha doze anos; foi morar num apartamento no centro da cidade, a quase cinquenta quilômetros de nossa casa. Nunca me senti como se ela tivesse me abandonado. Continuava a vê-la com frequência e nos falávamos por telefone todo dia. E não rolou o lance de não me convidar para ir morar em sua companhia. Ela chamou, mas só porque achava que era a coisa certa a fazer. Todo mundo sabia que eu sempre escolheria ficar com meu pai. Desde pequena tinha sido a "filhinha do papai". Por mais que eu amasse minha mãe, senti que tinha mais coisas em comum com meu pai e simplesmente me pareceu o mais natural permanecer com ele.

Mesmo não morando mais conosco, mamãe tentou me criar e ensinar da melhor forma que conseguiu. Suas habilidades maternas nunca tinham sido grande coisa, para ser franca, mas depois que saiu de casa se transformaram numa espécie de descarrilamento na hora do rush.

Não importa o que as pessoas possam pensar, sei que ela me amava de verdade; o problema é que agia mais como amiga, na maior parte do tempo, do que como mãe. Três dias depois de ir embora ela me ligou para dizer que, segundo alguém que viu no programa da Oprah, precisávamos de um evento que marcasse o resto de nossas vidas, para podermos forjar laços mais fortes entre mãe e filha. Sugeriu que fizéssemos tatuagens idênticas. Lembrei-lhe que eu tinha só doze anos e isso era ilegal. Tenho tantos livros de autoajuda do tipo *Canja de galinha para a alma da relação mãe-filha,* que ela me trazia de presente ao longo dos anos, que daria para abrir uma livraria. Sem falar nas centenas de fotos em que ela me marcou no Facebook, sob o seguinte título: "Eu e minha filha: BFF!!!"

As pessoas achavam muito esquisito o jeito como nós três vivíamos, mas o fato é que dava certo. Meu pai não precisava mais ouvir as ladainhas de minha mãe, que vivia buzinando o dia inteiro no ouvido do pobrezinho que ele não a levava a canto algum. Agora, minha mãe era livre para voar e ir aonde bem quisesse, sem deixar de manter uma relação próxima comigo. Há pessoas que simplesmente não foram feitas para viver juntas. Meus pais passaram a se dar muito melhor um com o outro depois que surgiu uma viagem de meia hora de carro separando-os.

Além dos conselhos que absorvia em talk-shows vespertinos, minha mãe usava o livro *Como usar expressões e gírias para criar sua filha*. Todos os conselhos que me foram dados ao longo da vida vieram sob a forma de uma expressão ou ditado que minha mãe tinha lido num livro ou ouvido num programa de culinária. Infelizmente, eles nunca faziam sentido ou eram sempre usados fora de contexto. Quando a pessoa tem seis anos de idade, conta à mãe que alguém na escola a zoou e ela responde com o clássico: "Quem não sabe brincar, não desce pro play!", a criança acaba descobrindo como lidar com os problemas por si mesma e para de pedir conselhos.

Quando eu descobri que estava grávida, não entrei numa de sonhar em ser independente, querer liberdade para as mulheres, direitos iguais, tipo "não raspo as pernas porque não me submeto à ditadura dos homens" e coisas assim, nem me mostrei absurdamente feliz por fazer do *meu* jeito, sem ajuda materna. Não sou mártir. Por mais que seja teimosa e autossuficiente, sabia que iria precisar de auxílio.

Assim que fiz cento e dez bilhões de testes de gravidez, depois de tomar três litros de leite, a fim de fabricar urina suficiente para todos eles, percebi que precisava caçar o pai do bebê. É claro que tudo isso aconteceu depois de eu pesquisar no Google "leite e testes de gravidez" para ter certeza de que não iria passar trinta e sete minutos da minha vida olhando, com horror, para um monte de testes positivos de gravidez espalhados pelo chão do banheiro, que poderiam ser ou não conclusivos porque a pasteurização alterava os hormônios no corpo das mulheres e dava um falso positivo.

Isso não acontece, caso estejam interessados na resposta.

Eu era uma inexperiente estudante universitária de vinte aninhos e, segundo minha mãe: "mais dura do que bunda de estátua". Meu pai, George, trabalhava no mesmo emprego desde que completara dezoito anos, mas o que ganhava mal dava para pagar as contas, me manter na faculdade e pagar meu quarto e refeições. Graças a Deus, Tim, o melhor amigo do papai, estava certo quando eu nasci. Eu era mais inteligente do que aparentava e consegui bolsa praticamente integral na Universidade de Ohio, então não precisei de empréstimos para cursar a faculdade, nem gerei grandes despesas com anuidades. Por outro lado, infelizmente, estudava em horário integral, queimando as pestanas, aguentando uma carga horária duas vezes maior que a dos outros alunos, e não me sobrava tempo para arrumar um emprego e economizar alguma grana.

De certo modo eu puxei a minha mãe. Esperava mais da vida do que servir mesas no Fosters Bar & Grill, onde trabalhei durante todo o ensino médio. Queria viajar, trabalhar duro e um dia abrir meu próprio negócio. A vida, porém, não nos dá pequenos sustos inesperados; muitas vezes ela nos joga na cara um bebê de três quilos e seiscentos quando a gente está distraída, olhando para o outro lado. A vida é uma sacana com sede de vingança. De qualquer modo, eu era esperta o bastante para saber que não aguentaria segurar essa barra sozinha e queria, mais que tudo, manter minha mancada longe dos ouvidos do meu pai pelo maior tempo que conseguisse. Qualquer mulher ligaria para a mãe, chorando e implorando ajuda assim que a linha no teste de gravidez ficasse rosa. Só que nessa época eu não estava no clima para ouvir minha mãe me avisando que "Quem num guenta, num bebe". Sobrou a pessoa que me colocou nessa situação. Infelizmente, eu não fazia a mínima ideia de quem era o cara com quem eu tinha dormido. Estava humilhada demais com meus atos daquela noite para repetir a cagada, então sabia com certeza absoluta que o sr. Beer Pong era o pai. Bastava encontrá-lo. Quem seria capaz de doar a virgindade para um cara e nem se dar ao trabalho de perguntar seu nome?

Só uma anta como eu!

O primeiro dia em que decidi encontrá-lo foi gasto conversando com todos os babacas que moravam na casa onde a festa tinha ocorrido. Ninguém fazia a menor ideia de quem era o sujeito que eu procurava, mesmo quando eu descrevia com detalhes, tanto ele quanto o amigo. Talvez isso se devesse ao fato de que todo mundo com quem conversei cheirava a birita e não tirava os olhos dos meus peitos, enquanto eu falava; pode ser que eu não fosse fluente em imbecilês. Provavelmente as duas coisas. De volta ao apartamento que eu dividia com Liz, depois de minha expedição de caça, tudo o que eu queria era chutar minha própria bunda.

Na manhã seguinte à transa, quando acordei, me senti absurdamente tola, mas a verdade é que a sensação do braço dele enlaçado à minha cintura enquanto eu dormia me fez suspirar. Eu devia ter ficado. Devia ter esperado até ele acordar para agradecer os bons momentos e guardar seu número no celular. Porém, por mais que eu sentisse uma coceirinha para passar os dedos pelos cabelos dele e acariciar seu rosto com as costas da mão, sabia que não devia fazer isso. Naquele momento eu não podia lidar com nenhum tipo de distração na minha vida, e isso era exatamente o que um namorado representava. Se estivéssemos sóbrios, eu poderia ter me deixado levar por ele, me perder na empolgação e esquecer todos os planos para o futuro. Mas descobri que era muito mais fácil descartá-lo e dizer que aquilo tinha rolado unicamente porque estávamos bêbados. Era melhor isso que admitir o erro. Na verdade, não considero um erro ter dormido com ele; o furo foi como encarei a coisa e meus atos, na manhã seguinte. Em vez de dar um tempo e ficar por ali, deslizei debaixo do braço dele e do calor do seu corpo e pensei no quanto teria sido péssimo acordar ao lado de um ogro medonho. Pelo menos ele continuava tão tesudo de dia quanto tinha me parecido de noite. Saí debaixo daquele braço numa boa, sem precisar fazer como alguns coiotes, que arrancam fora o membro preso numa armadilha para escapar da morte e do vexame. Vesti as roupas rapidinho e o deixei completamente nu e apagadão na cama. Ninguém se moveu enquanto eu passei por cima dos muitos corpos sem vida espalhados pela casa. Desfilei pela famosa passarela da ressaca moral "mico do dia seguinte", saí porta afora e encarei a luz brilhante da manhã.

Fui e voltei pela rua seis vezes, para cima e para baixo, pensando em voltar para esperar até que ele acordasse. Em cada uma dessas vezes, usei o mesmo argumento para desistir: eu o tinha usado para finalmente me livrar da virgindade idiota. Será que eu realmente precisava saber o porquê de ele ter feito aquilo? Afinal, eu não era nem de longe a garota mais bonita da festa. As pessoas comentam que eu sou uma gracinha, e talvez seja verdade, mas o quê exatamente ele viu quando pôs os olhos em mim? Talvez ele dissesse que me achou um alvo fácil. Preferia me lembrar dele como o cara doce, tesudo e de pilequinho que me livrou da virgindade e me fez rir. Não queria saber se ele era o gostosão escroto que planejava trepar com todas as mulheres da faculdade por ordem alfabética e eu devia me mostrar feliz pelo cara, finalmente, ter chegado à letra M.

Quando entrei em casa naquela manhã, Liz me obrigou a recontar tudo tim-tim por tim-tim, para ela poder se mijar de rir e afirmar o quanto estava feliz por mim. Comentou que tinha caído fora por algum tempo com o amigo fortinho do meu acompanhante misterioso e a coisa não deu em nada, mas isso não importava, pois ela conheceu um sujeito chamado Jim, que estava sozinho na festa e foi amor à primeira vista.

Seus gritinhos de empolgação e batidinhas de incentivo nas minhas costas continuaram até cinco semanas mais tarde quando, uma noite, ela entrou em casa, vindo da aula, e me encontrou sentada no chão do banheiro, rodeada por tiras de plástico que diziam "grávida", chorando de forma histérica, com coriza me escorrendo pelo nariz e balbuciando coisas sem nexo sobre leite e vacas que faziam testes de gravidez.

Por mais de dois meses, Liz me ajudou na cruzada para encontrar aquele homem. Não chegou a perguntar o nome do amigo dele anabolizado porque assim que colocou os olhos em Jim "o resto do mundo desapareceu" ou alguma merda ridícula desse tipo. Entramos em contato com a secretaria da universidade e vasculhamos dezenas de anuários, na esperança de achá-lo em alguma foto. Tentamos até, sem sucesso, localizar Niki, a vadia repugnante que havia esbarrado em mim.

Será que todas aquelas pessoas tinham surgido do nada? Como é que pode não haver uma *porra* de um registro de sua presença na faculdade?

Liz até tentou conversar com os carinhas que moravam na casa, sempre acompanhada por Jim, mas não teve mais sorte que eu. Os dois voltaram completamente bêbados porque todos os sujeitos com quem conversaram os tinham obrigado a tomar uma dose de tequila cada vez que usavam, do nada, a expressão "porra grossa". É lógico que a expressão surgiu dezenas de vezes durante os papos e deu nisso! Vocês fazem ideia do quanto é duro aturar bebum quando se está sóbrio? Muito pior é quando as pessoas mamadas estão apaixonadas, sensíveis e citando versos de Walt Whitman um para o outro enquanto você está ali do lado, com os olhos vermelhos de chorar, sem tomar banho há quatro dias e tendo acabado de colocar as tripas para fora depois de ver um anúncio de fraldas na TV.

Sabia que as chances de encontrar o cara que me engravidou eram próximas de zero. É claro que eu não poderia me mudar para a casa dos rapazes da festa e virar a coleguinha grávida deles, na esperança de que um belo dia meu príncipe voltasse (de preferência antes que o bebê que eu carregava na barriga estivesse na faculdade e também fosse morar na tal casa).

Também não dava mais para adiar o momento de contar tudo ao meu pai. Procurei a enfermeira do campus num dia de manhã e ela confirmou, com um teste de sangue, que eu estava grávida. Pelos meus cálculos, a partir da única vez em que fizera sexo, já estava na décima terceira semana.

Há mais uma coisa: sou super a favor do direito de escolha que uma mulher tem. Acredito que o corpo lhe pertence, ela tem o direito de fazer com ele o que bem quiser e blá-blá-blá. Tendo dito isso, e por mais que eu deteste seres humanos pequenininhos, jamais conseguiria me livrar de algo que tem minha carne e meu sangue, nem por aborto, nem entregando para adoção. Isso era algo que não me deixaria nem um pouco à vontade. Foi então que, com Liz ao meu lado, segurando minha mão, joguei o cagaço de lado e contei tudo ao meu pai pelo telefone.

Antes, deixem que eu explique algumas coisas sobre meu pai. Ele tem quase um metro e noventa e cinco, pesa cento e quinze quilos e exibe *tatoos* de cima a baixo nos dois braços; são cobras, caveiras, metralhadoras, facas e outras merdas assustadoras. Além disso, ele sempre se mostra puto com o mundo. Apavorava meus amigos no ensino médio quando eles batiam na porta e era ele que atendia. Quando eu aparecia para recebê-los, eles me falavam do pavor extremo que sentiram, achando que meu pai iria matá-los. Eu os tranquilizava, explicando que tudo bem, esse era o jeito normal da cara dele.

Com toda honestidade, acho que meu pai é um sujeito legal. Fez todas as *tatoos* quando era jovem, no tempo do exército, e sempre tinha aquela cara amarrada porque vivia cansado. Trabalhava doze horas por dia, sete dias por semana durante meses seguidos, antes de conseguir um ou dois dias de folga. Não era grande coisa quando se tratava de conversar sobre seus sentimentos ou se mostrar afetuoso, mas eu sabia que ele me amava e seria capaz de fazer qualquer coisa por mim. Na verdade era um grande sujeito, um cara do bem, mas realmente parecia uma força da natureza, e Deus tivesse piedade da pessoa que se metesse a magoar sua filhinha. Liz começou a espalhar as famosas citações sobre Chuck Norris no tempo da escola, só que trocava o nome de Chuck pelo do meu pai. Insistia tanto nisso que eu mesma acabei pegando a mania e fazia a mesma coisa, de vez em quando. Ele reagiu à minha gravidez mais ou menos do jeito que eu esperava.

– Muito bem, vou preparar seu quarto para você voltar para casa assim que o semestre acabar. Caso encontre o sujeito nesse meio tempo, pode avisar ao safado que vou arrancar os ovos dele a sangue-frio e enfiá-los goela abaixo – rosnou, com a voz de sempre, profunda e monótona.

Quando as pessoas digitam George Morgan errado no Google, o buscador não pergunta: "Em vez disso, pesquisar por George Morgan?" Ele simplesmente avisa: "Fuja enquanto pode!"

Quando o semestre acabou, solicitei um afastamento oficial da faculdade, para garantir minha bolsa. Eles só poderiam manter minha matrícula ativa por um ano, depois eu teria de reiniciar o processo. Eu não pretendia ficar afastada da faculdade mais tempo que isso, mas a verdade é que também não planejei ter um bebê que iria foder com minha vida... Ahn, quer dizer, me trazer vários anos de alegria e felicidade intensas.

Durante os seis meses e meio que se seguiram, trabalhei tanto quanto permitiam a barriga que crescia e os tornozelos que inchavam, para poder ter grana suficiente depois que ele nascesse. Infelizmente, na cidadezinha de Butler, não havia empregos que pagassem bem. A não ser, é claro, que eu topasse ser contratada como dançarina na única boate de striptease da cidade, a Mastro Prateado. O dono da espelunca me abordou quando eu estava com sete meses. No meio do corredor dos produtos matinais, no supermercado, ele me contou que havia muitos clientes na boate que achavam sexy o corpo de uma grávida. Se não houvesse crianças por perto, eu o mandaria tomar no olho do cu na mesma hora. *Até parece.* Se o próprio Jesus Cristo estivesse ao meu lado, ainda assim eu teria dito àquele merda que se algum dia ele chegasse novamente perto de mim eu iria arrancar o pênis dele e esticá-lo até conseguir enforcar o filho da puta com o próprio pau. Depois teria pedido desculpas a Jesus antes de ir embora, é claro.

O lado bom da coisa é que o presidente da Associação de Pais e Mestres da cidade estava bem ao meu lado com a filhinha de seis anos, que ouviu tudo. Acho que não devo alimentar nenhum tipo de suspense sobre se vou ou não ser convidada para participar da associação. *Yeees!* Puxa vida, como vou arrumar forças para viver depois disso?

Com minha carreira de stripper encerrada antes mesmo de decolar e o proverbial rabo entre as pernas, reassumi meu antigo posto de garçonete no Fosters Bar & Grill. Felizmente os Foster eram donos do lugar desde o meu tempo de ensino médio, e ficaram superfelizes em me ajudar, considerando meu *estado interessante*.

Quando as pessoas de uma cidade do tamanho de um ovo falam de algum problema seu na sua frente, geralmente sussurram as palavras, para não ofender quem possa estar ouvindo o papo. Por mim eles podiam falar qualquer coisa em voz alta, tipo "suruba", "sexo anal" ou "soube que o Paulinho foi pego com as calças arriadas até os tornozelos atrás do supermercado, com seu cãozinho?". Sussurrar a expressão "estado interessante" meio que não era nada de mais. Foi por isso que comecei a sussurrar palavras ao acaso, só para zoar com eles.

"Sra. Foster, acabou o *papel higiênico* no *banheiro*."

"Sr. Foster, preciso sair *mais cedo* para ir ao *ginecologista*."

Eu conversava com Liz todos os dias desde que voltei para casa, e ela continuou as buscas pelo doador de esperma desaparecido sempre que tinha tempo. Como a família dela também era de Butler, Liz vinha sempre visitar os pais e nos víamos com frequência. À medida que o tempo passava e minha gravidez avançava, porém, ela foi ficando sem tempo para enfrentar a viagem de três horas e meia de carro. Seus professores a convenceram a dobrar a carga horária na faculdade, para que ela conseguisse se formar um ano mais cedo em Administração com ênfase em pequenos negócios, além de adiantar o curso para conseguir o diploma de Marketing. Com aulas em tempo integral, estágio numa firma de consultoria e o relacionamento com Jim desabrochando lindamente, eu sabia que ela andava com a vida cheia. Não me ressenti do seu sucesso, nem da sua felicidade. Mas era adulta o bastante para reconhecer que senti uma pontinha de ciúmes, porque Liz e eu sempre tivemos planos de abrir um negócio juntas. Planejávamos morar em apartamentos contíguos, com uma porta interna ligando um ao outro; na verdade, seria um loft no segundo andar, e no andar térreo promoveríamos festas maravilhosas todos os fins de semana. Também sonhávamos que uma de nós se casaria com um dos membros do N'Sync e viveríamos uma vida de poligamia com nossa nova banda N'Love.

Dessa última ideia eu ainda não desisti.

Em todos os nossos papos sobre o futuro, Liz nunca se mostrou focada no tipo de negócio em que iria trabalhar. Simplesmente seria a sócia administradora. No meu caso, eu sempre soube que seria uma loja de doces e biscoitos artesanais, tudo com muito chocolate.

Desde que eu me entendo por gente, sempre me vi na cozinha cobrindo algo com chocolate ou preparando bolos. Meu pai brincava muito, dizendo que eu nunca conseguiria chegar perto dele de surpresa porque o cheiro de chocolate grudado em mim me denunciaria mesmo que eu estivesse a um quilômetro de distância. Nessa época, eu mesma tinha certeza de que um forte aroma de chocolate me transbordava dos poros.

Quanto a Liz, eu me sentia feliz por ver que seus sonhos estavam virando realidade. E tentava não lamentar muito o fato de meus planos serem obrigados a permanecer em banho-maria até só Deus sabia quando.

Sentia falta de ver Liz todo dia desde que voltei para casa, e continuava triste por colocar meu futuro em compasso de espera, mas nada poderia ser mais deprimente do que entrar em trabalho de parto no dia exato em que completei vinte e um anos (e poderia beber legalmente). Meus amigos celebravam a data experimentando todas as bebidas alcoólicas listadas nos cardápios; ou sentados no chão de um banheiro público, cantando alegremente a música que reverberava pelos canos das privadas; ou se debruçando pela janela de um carro em alta velocidade berrando: "ESTOU BÊBADO, SEUS BABACAS!" Em vez disso, eu estava internada numa maternidade, com vontade de socar a cara de cada enfermeira que aparecia para avisar que ainda não era o momento certo de me aplicarem a anestesia peridural.

Foi nesse momento que decidi que um dia eu seria assistente em maternidades e salas de parto. Ficaria ao lado de cada mulher que estivesse prestes a dar à luz, e todas as vezes que um médico dos infernos ou o marido da parturiente dissesse algo estúpido como: "Sopre fundo para expulsar a dor", meu trabalho seria apertar com toda a força o saco do babaca até ele se curvar no chão em posição fetal, momento em que eu diria: "Tente soprar fundo para expulsar a dor agora, seu imbecil!" E qualquer pessoa que olhasse atravessado quando a nova mãe, depois que um serzinho de quase quatro quilos, gosmento, coberto de sangue e berrando sem parar for arrancado de sua barriga rasgada, pedir ao pai que pegue a garrafa de vodca na sua bolsa porque "morfina com vodca é o jeito mais brilhante de celebrar a chegada desse rebento que me arrebentou toda", vai ter seu olhar arrancado da cara na base do tapa.

E isso nos leva ao momento atual.

Quatro anos se passaram depois do parto. Ralei muito, de sol a sol, para guardar alguma grana para meu futuro negócio, ao mesmo tempo que criava meu filho e tentava, a cada dia, não vendê-lo para os ciganos.

Depois de algum tempo, a busca pelo sr. Arrancabaço ficou em segundo plano, porque a vida e a realidade despencaram nas minhas costas. Isso não quer dizer que eu nunca pensava nele. Todas as vezes que olhava para meu filho, era impossível não me lembrar do pai. Todo mundo dizia que Gavin era a minha cara. Concordo com isso, mas só até certo ponto. Ele tem meu nariz, meus lábios, minhas sardas e minha atitude. Mas seus olhos são outra história. Todo santo dia, quando dou de cara com as bolinhas de gude azuis que são os olhos de Gavin, vejo o pai dele na minha frente. Percebo o jeito como os cantos dos seus olhos se franzem de leve quando ele ri de algo que eu disse; reparo no jeito como seus olhinhos brilham quando ele fica empolgado ao me contar alguma história engraçada. Vejo sinceridade neles, a mesma que vi todas as vezes em que seu pai afastou com dedos carinhosos o cabelo dos meus olhos, naquela única noite. Pergunto a mim mesma o tempo todo por onde ele andará, o que faz da vida e se o filme *Atração mortal* continua sendo um dos seus favoritos. Às vezes me bate uma culpa estranha pelo fato de que esse homem talvez nunca conheça o próprio filho, mas não foi por falta de tentativas. Eu só tinha condições de procurar por ele até determinado ponto.

Não poderia colocar um anúncio nos jornais dizendo: "Ei, pessoal: uma vez, numa festa de faculdade, fui uma vadia completa, permiti que um sujeito fosse até onde nenhum homem tinha ido e agora ganhei um filho. Vocês poderiam, por gentileza, me ajudar a encontrar o pai do meu bebê?"

Jim se tornou um adendo permanente na minha vida, tanto quanto na de Liz. Provavelmente conversei tanto pelo telefone com ele quanto com ela. Não é preciso ser um gênio para sacar que eles se tornaram padrinhos de Gavin. Eles o mimam em demasia, e eu gostaria de colocar em Liz a culpa pelo jeito desbocado do garoto. Mas acho que ninguém gritou nem falou palavrões de alegria mais alto do que eu, ao descobrir que Jim pedira Liz em casamento e eles iriam se mudar para Butler, pois queriam morar perto da família dela e de mim. Assim que se mudaram, Liz começou a trabalhar duro nas pesquisas e planos para montar um negócio sólido. Há alguns meses, me disse que finalmente descobriu em que área desejava atuar, mas não queria me contar mais nada até ter certeza de que conseguiria armar o circo. Depois do telefonema em que me comunicou isso, eu mal vi Liz, pois ela sempre passava voando entre um compromisso e outro. Vivia pendurada no telefone com funcionários de bancos e corretores de imóveis. Corria de um lado para outro, do escritório do advogado para o cartório, a fim de assinar todas as papeladas, além de fazer visitas diárias à câmara de comércio para cuidar da burocracia e dos formulários que ainda precisava entregar. Uma bela noite em que estávamos só nós duas, totalmente mamadas de dry martíni, concordei, meio relutante, em ajudá-la trabalhando meio expediente como consultora no negócio. Acho que minhas palavras exatas foram: "Amo você tanto quanto amo vodca, Liz. A partir de agora, passarei a chamar você de Lizdca." É claro que Liz sabia que isso era um "sim".

Tudo que Liz me contou sobre o novo negócio é que estava ligado à área de vendas e eu adoraria trabalhar no ramo. Depois de ter trabalhado como bartender, eu certamente me considerava muito boa em lidar com público.

"O quê?!? Sua mulher trocou você por uma colega do clube do livro? Experimente uma garrafa de tequila Patrón para digerir isso."

"Ah, não! O cachorro da ex-mulher do vizinho do seu melhor amigo foi atropelado? Só Johnny Walker para ajudar a suportar essa perda."

Liz gostava de fazer o maior suspense sobre tudo que acontecia, até as coisas mais banais. Decidiu me manter no escuro, sem ter a mínima ideia do que eu iria vender. Como eu estava bêbada sempre que conversávamos sobre o assunto, eu teria topado vender até mesmo kits do tipo "faça uma lavagem intestinal em si mesma", e ela sabia disso. Todas as noites eu estava lá, ralando no bar, depois que Gavin dormia. Juntei algum dinheiro montando bandejas de doces e petiscos para festas em toda a cidade, e não dispensava nenhuma grana extra. Foi por isso que topei ajudar Liz, desde que isso não diminuísse o pouco tempo que me sobrava para curtir meu filhote.

Até que chegou o dia da "revelação", por assim dizer. Eu iria acompanhar Liz a um dos seus compromissos, a fim de ser informada de tudo sobre o novo negócio. Jim se ofereceu para cuidar de Gavin enquanto estivéssemos fora, e eu propus ser a motorista do dia. Deixei Gavin na casa deles e peguei Liz para ir à tal reunião.

Jim e Liz já estavam na calçada à nossa espera, quando estacionei o carro. Liz tinha uma mala imensa ao lado, a maior que eu já vira, e afastou a mão de Jim quando ele tentou ajudá-la a colocar a bagagem no porta-malas. Eu deveria ter reparado na bandeira gigantesca que foi o riso maroto de Jim quando nos viu ir embora. Devo explicar, em minha defesa, que não costumo sair muito de casa. Imaginei que iríamos vender velas decorativas e perfumadas, tupperware ou produtos de beleza. Afinal, essas eram as coisas que Liz mais curtia. Eu devia ter desconfiado. Ou então devia ter prestado mais atenção à palavra "MaliciosaMente" bordadas na lateral da mala, numa elegantíssima caligrafia cor-de-rosa.

4

Sexo e Chocolate

— Era meu tio favorito. Pobre tio Willie! Vou sentir muito a falta dele.

Girei os olhos para cima, de tédio, e entornei o resto do meu chopp num gole só, ouvindo Drew, meu melhor amigo, sentado no banco do bar ao meu lado, tentando seduzir uma das garçonetes.

– Ohhh, pobrezinho, você deve estar arrasado! – disse-lhe ela, acreditando naquele papo furado e passando as mãos pelos cabelos dele, para consolá-lo.

– Devastado. Estou praticamente de pau duro de tanto luto.

– O que foi que você disse? – perguntou a garota. – Não consegui ouvir o final da frase, a música está alta demais.

Dei uma risada de deboche e olhei por cima da cabeça da garçonete, tentando fazer contato visual com Drew, com uma cara que expressava claramente: "Não acredito no que você acabou de dizer!"

Ela deu um beijo na bochecha dele, Drew deu um tapa na bunda dela e os dois se separaram. Drew girou o banco e tomou, lentamente, um gole da cerveja.

– Seu tio Willie morreu faz dois anos. E você odiava o sujeito – lembrei a Drew.

Ele bateu a caneca de chopp no balcão com força e se virou para ficar de frente para mim.

– Será que você já se esqueceu da tremenda cara de pau dos malucos do filme *Penetras bons de bico*, Carter? O luto é o afrodisíaco mais poderoso que existe, meu camarada.

Drew era meu melhor amigo desde o jardim de infância. Mesmo assim, algumas das coisas que ele me dizia ainda me deixavam atônito. Mas a verdade é que era um bom amigo, me dava a maior força nos momentos de sufoco e dor; isso me ajudava a fazer vista grossa e desconsiderar seu jeito detestável e seu comportamento de "galinha" com as mulheres em geral.

Drew chamou a garçonete e pediu duas doses de tequila. Se continuássemos naquele ritmo, eu sairia do bar em cima de uma maca. Meus órgãos já começavam a entrar em falência múltipla por haver poucos vestígios de sangue em minha corrente alcoólica, e tive a impressão de ter ouvido um pequeno duende dentro do meu cérebro dizendo: "Perigo, alerta vermelho!", enquanto esculhambava com minha visão.

Drew e eu trabalhávamos na mesma fábrica de automóveis e tínhamos sido transferidos recentemente da unidade de Toledo, para outra que ficava a algumas horas de viagem, em Butler. Quando morávamos em Toledo nós dividíamos um apartamento, mas depois de dois anos ouvindo-o comer toda a população feminina das páginas brancas, das páginas amarelas e de mais oito diretórios de diversas empresas em um raio de quase vinte quilômetros, decidi que deixar de dividir um espaço exíguo com ele era uma necessidade em minha vida. Ainda faltava esvaziar toneladas de caixas na nova casa em estilo alojamento que eu tinha alugado, e já começava a me arrepender por ter deixado Drew me convencer a afogar minhas mágoas no balcão de um bar. Se bem que ele me conhecia o bastante para ter certeza que àquela hora, se eu estivesse em casa, não estaria esvaziando porra de caixa nenhuma. Certamente estaria sentado sozinho, olhando para a foto da minha ex-namorada feito um pamonha, me perguntando por que eu desperdiçara tantos meses da minha vida ao lado dela.

A bartender despejou as doses, deixando a bebida transbordar. Drew agarrou ambas com sofreguidão, me entregou uma e ergueu a outra no ar. Relutante, fiz o mesmo com a minha e tentei me concentrar na difícil tarefa de manter a mão firme enquanto o resto do bar adernava.

A mão vazia de Drew voou e me agarrou pelo cotovelo, me sacudiu com força e derrubou um pouco da tequila na minha mão.

Opa, acho que era eu que estava tombando de lado, não o bar.

– Antes que você caia com a fuça no chão, seu galãzinho de merda, quero fazer um brinde. Ao meu melhor amigo, Carter: que ele nunca mais caia nas garras de outra vadia traidora e interesseira.

Tomamos tudo num gole só e batemos com os copos no balcão do bar.

– Obrigado por não trepar com ela, amigão – murmurei, engrolando as palavras e tentando não gaguejar.

– Cara, antes de mais nada, eu nunca fodi com nenhuma garota na qual você estivesse remotamente interessado, muito menos uma que você comeu durante tanto tempo. Em segundo lugar, eu nunca aceitaria um convite sexual de uma piranha tão escrota. Não faria isso contra o meu pau. Ele não fez nada errado e não merece a punição de mergulhar de cabeça naquela buça.

Suspirei fundo, apoiei os cotovelos no balcão e repousei a cabeça nas mãos.

– Meu pobre pau. Estou devendo um bom presente pra ele – murmurei para mim mesmo.

Descobri que minha namorada de dois anos me chifrava loucamente dois dias antes de ir morar com ela, momento em que começaríamos uma nova vida juntos. Isso foi um tremendo chute no saco. E no pau.

A conselheira sentimental de Drew, a garçonete, voltou para consolá-lo e eu interrompi minha patética sessão de autocomiseração peniana. Nesse instante, uma lufada de ar me envolveu, o ventinho de quando alguém passa ao nosso lado depressa demais, com sapatos fazendo clique-clique no piso de madeira. Respirei fundo e o aroma de chocolate foi tão forte que me tirou do coma alcoólico e me transportou, instantaneamente, para uma noite cinco anos atrás.

– Hummm, seu cheiro é tão gostoso. Parece cookie de chocolate – murmurei, com voz ressacada, enquanto puxava seu corpo incrivelmente macio mais para perto do meu.

Caraca, aquela garota não tinha ossos! Tipo... osso nenhum. Onde estava a porra dos ossos dela? Eu continuava bêbado? Será que tinha trepado com uma boneca inflável? De novo?! Abri os olhos meio receoso, um de cada vez, para que os raios de sol que inundavam o quarto não me deixassem cego para sempre. Quando eles se ajustaram à luz, olhei para o lado e gemi. Não, eu não estava bêbado, mas abraçava um travesseiro.

Larguei o troço de lado, rolei na cama, colocando-me de barriga para cima, fiquei com o braço ao lado do corpo e limitei-me a olhar atentamente para o teto.

A garota tinha se mandado. E eu nem perguntara o seu nome. Que tipo de imbecil eu era? Pelo visto, ela também não pareceu muito interessada em saber meu nome, então estávamos empatados. No entanto, apesar de estar pra lá de Bagdá na noite anterior (ou pra lá de onde Judas perdeu os Band-aids, como diz a empregada de um amigo meu), eu me lembrava de cada segundo. Fechei os olhos e trouxe de volta à mente a imagem da sua bunda maravilhosa dentro daquele jeans apertado; o cheiro da pele; o som da risada e a maneira como o corpo dela parecia ter sido feito sob medida para se encaixar no meu. Analisei cada imagem do que acontecera. Porém, por algum motivo, o rosto dela não conseguia entrar em foco, por mais que eu tentasse. Puta que me pariu, como é que eu poderia encontrar aquela gata novamente se não me lembrava como era seu rosto e não sabia seu nome? Eu era o rei dos imbecis, mesmo! Só tinha certeza de que ela era linda, mesmo sem me lembrar de tudo. Sua pele era macia, os cabelos pareciam seda e os lábios no meu corpo me fizeram gemer fininho, como uma garota. Mas o melhor de tudo foi que ela me fez rir. Poucas garotas conseguiam fazer isso. Elas nunca entendiam minhas piadas ou se divertiam com meu senso de humor. Mas ela me compreendeu.

Na noite anterior, obviamente, eu não tinha apresentado meu melhor desempenho. Pedi a Deus para não ter tido uma crise de pau bêbado, mole e torto. Torci muito para que tivesse, pelo menos, conseguido deixá-lo num estado de meia-bomba para, depois de algum tempo, desembainhar minha espada em toda a sua glória. Merda. Provavelmente ela deu no pé o mais depressa que conseguiu por eu ter sido um bosta na horizontal. A verdade é que eu nunca tinha passado por uma situação daquelas: dormir a noite toda ao lado de uma garota; não conhecia o protocolo nem as regras de etiqueta para esse tipo de situação. Será que pegaria mal eu tentar caçá-la por aí? Mesmo que ela nunca mais quisesse ter porra nenhuma comigo, eu precisava, ao menos, pedir desculpas pelas minhas habilidades sexuais toscas da noite anterior.

E verdade seja dita: eu queria revê-la. Queria confirmar se ela era de verdade mesmo ou se eu simplesmente imaginara o quanto ela era perfeita. Agarrei o travesseiro e enterrei o rosto nele, respirando fundo para sentir o cheiro de chocolate e sorrindo feito um idiota. Eu talvez não me lembrasse de tudo, mas certamente me lembrava muito bem do seu cheiro. Ela parecia chocolate quente num dia gelado de inverno… ou um bolo de chocolate assando no forno, numa tarde chuvosa…

Taqueuspariu, eu estava parecendo uma bichinha. Porra, precisava assistir a alguns programas na ESPN e arranjar uma briga de bar o mais depressa possível!

O som da descarga no banheiro ao lado me fez sentar reto na cama. Puta merda! Será que era ela?

Joguei as pernas para fora da cama e já me preparava para me levantar quando a porta se abriu.

– Porra, meu brother, nunca tente passar a noite dentro de uma banheira. Fazer uma merda dessas só é bom para os pássaros. Minha bunda está me matando – reclamou Drew, arrastando os pés até a cama, virando-se de costas para ela e deixando o corpo tombar para trás, só parando imóvel depois de duas quicadas. Colocou um dos braços sobre os olhos, gemeu e murmurou: – Por que a porra da manhã seguinte tem que chegar sempre tão depressa?

Suspirei, desapontado, puxando o lençol até a cintura, para conseguir me inclinar e pegar minha calça jeans, que jazia no chão com a cueca embolada dentro.

– Juro, nunca mais vou beber em toda a minha vida – prometeu Drew.

– Você disse isso na semana passada – lembrei, deixando o lençol cair para poder vestir a calça.

Que... porra... é... essa?

– Puta merda. Puta que pariu. Caralho, cacete, que cu!

Aquilo não era nada bom. Uma cena daquelas não era nada boa, nem um pouco.

– Que tanto você tá gritando com essa vozinha aguda, Paty? – quis saber Drew, removendo o braço dos olhos e se sentando na cama.

– Meu pau tá sangrando. Drew... MEU-PAU-ESTÁ-SANGRANDO!

Eu realmente guinchava como uma garota. Sabia disso, sabia muito bem, e logo a casa inteira também saberia. Mas meu pau estava sangrando, cacete! Vocês entenderam? A porra do meu pau sangrava sem parar. CARALHO! O pau da gente não deve sangrar. Nunca, jamais, em tempo algum!

Achei que estava tendo um infarto. Mal conseguia respirar. Não conheço muito dessas coisas, mas sabia muito bem as regras para quem tem um pau entre as pernas. Regra número um: ele nunca deve sangrar. Regra número dois; não existe regra número dois. O PAU DE NINGUÉM DEVERIA SANGRAR.

Será que tinha dormido com uma porra de uma mulher maluca que tinha decidido entalhar minha pica enquanto eu dormia, como as pessoas fazem com as abóboras no Halloween? Quem sabe a xereca dela tinha dentes? Quando eu entrei na adolescência, meu pai costumava me aconselhar, avisando para eu me ligar: boceta morde! Eu achava que ele estava brincando. Caralho, não conseguia nem olhar! E se estivesse faltando um pedaço?

– Se acalma. Vamos analisar a situação – disse Drew, cruzando uma das pernas sobre a outra e apoiando as mãos no joelho. – Você notou algum dos seguintes sintomas: corrimento suspeito não identificado, sensação de queimação ao mijar, dor abdominal, dor

nos testículos, dor durante o sexo, febre, dor de cabeça, garganta inflamada, perda de peso, diarreia crônica ou suores noturnos?

Ele parecia a porra de um comercial de sífilis.

– Eca, que nojo, cara, não! Estou só com sangue na rola – respondi, irritado, apontando para o problema, mas me recusando a olhar.

Ele se agachou e analisou com atenção meus países baixos.

– Para mim, parece tudo em ordem – disse, dando de ombros e tornando a se levantar. – Você provavelmente comeu um cabaço.

Fiquei ali com meu pau coberto de sangue e não infestado por clamídia balançando ao vento, enquanto meu queixo caía.

Uma virgem? Não, isso não era possível. Olhei para baixo com mais atenção. Tudo bem que não havia ali o ataque sanguinolento que eu imaginara de início. Meu pau não tinha sido vítima do Massacre da Serra Elétrica. Havia só alguns respingos e eu tinha usado camisinha. Mas, então, como foi que as marcas tinham aparecido? A pessoa usa essas porras de camisinhas como balões de água no ensino médio e elas não estouram nem quando jogadas numa daquelas camas de faquir, cheias de pregos. De repente, na única vez em que a pessoa precisa que elas permaneçam inteiras e no lugar certo, elas decidem "que se foda essa merda". Isso era alguma Revolta das Camisinhas?

O mais importante, porém, era outra questão... Porra, que coisa espantosa! Por que diabos ela me deixaria tirar sua virgindade? Por que, cacete, ela ofereceria um momento tão importante a mim, sabendo que eu estava chapado e não conseguiria tornar o lance mais ou menos agradável para ela? Que fracasso épico! Provavelmente eu arruinei o seu prazer no sexo para sempre. Possivelmente ela matutava naquele exato momento algo como: "Fala sério?!? Foi por isso que eu esperei tanto tempo? Que piada de mau gosto!"

– Preciso descobrir quem é ela. Tenho que pedir desculpas – resmunguei, quase para mim mesmo, enquanto vestia a cueca e a calça.

– Qual é, mané, você nem perguntou o nome dela? Otarice total! – zoou Drew, com uma risada gostosa, indo em direção à porta do quarto e abrindo-a.

Enfiei a camiseta pela cabeça e saí atrás dele, pulando num pé só enquanto calçava o tênis.

– Puxa, obrigado por me fazer sentir muito melhor, Drew. Sem sacanagem, você é um amigo cinco estrelas – disse, com muito sarcasmo, enquanto ele abria caminho pela casa coalhada de bêbados desacordados.

– Ei, por acaso é minha culpa você ter comido uma mina e ter caído fora logo em seguida? – reclamou Drew, dando um passo gigantesco para pular uma garota que vestia apenas um sombrero, antes de alcançar a porta da rua.

– Eu não comi uma mina e caí fora logo depois. Caso você não tenha percebido, acordei sozinho na cama, agora de manhã.

– Com a rola toda cagada de sangue – acrescentou ele, descendo os degraus da varanda.

– Sim, com a rola toda cagada de sangue – repeti, com um grunhido. – Merda. Preciso encontrar essa garota. Você acha que é errado pedir ao seu pai que use os detetives que ele conhece para descobrir quem ela é?

O pai de Drew tinha montado uma firma de investigação particular alguns anos antes, ao descobrir que seguir rigidamente as normas do departamento de polícia não combinava com sua agenda cheia.

– Você quer saber se isso é antiético ou se eu *acho que é errado? Porque são duas coisas diferentes, meu amigo – replicou, atravessando a rua e entrando no carro que deixara estacionado mais adiante. Se ao menos Drew tivesse puxado ao pai em alguma coisa…*

– Eu preciso encontrar a gata, Drew – afirmei, quando ele ligou o carro.

– Então nós a encontraremos, meu pequeno ladrão de himens!

– Só que nunca encontramos a gata, não foi, brother? – murmurei para Drew, que supus que estivesse diante de mim.

– Você está conversando com alguém especificamente, ou copos cheios geralmente respondem às suas perguntas? – quis saber uma voz que não tinha nada a ver com a de Drew.

– Vamos lá… Se vocês voltarem a atenção para a peça que Claire está segurando, esse novo modelo se chama UltraGozaMax. Tem quatro velocidades: a) Sim; b) Mais; c) Muito Mais; e d) Puta que Pariu! Também é dotado de um estimulador de ponto G que certamente vai fazer cosquinhas deliciosas no seu grelo. Dá para segurar o equipamento um pouco mais alto, Claire, para todas poderem ver?

Lancei para Liz um olhar significativo, que claramente dizia: "Empine o traseiro para eu poder enfiar isso no seu rabo de frente e de lado", e ergui o pênis de borracha mais alto, acima da cabeça, sem demonstrar nenhum entusiasmo.

As mulheres totalmente malcomidas que lotavam a sala de estar gritaram de empolgação e se sacudiram nas cadeiras, feito idiotas, quando meu braço quase bateu no ventilador de teto. Até parecia que o que eu segurava acima da cabeça era o pênis do Brad Pitt, ao vivo e em cores. Isso aqui é de plástico, pessoal. Aqui dentro só tem duas pilhas palito e nenhum esperma.

– Vá em frente e passe o aparelho para todas terem a chance de tocar nele, Claire – pediu Liz, com a voz doce, enquanto pegava no fundo da mala mais uma pica de borracha.

Estendi a mão mole diante da baranga mais bêbada do grupo, incentivando-a a pegar o consolo e passá-lo adiante, mas ela estava ocupada demais, reclamando que a porra do marido tinha cheiro e gosto de alho socado.

Meu bom Deus, por favor, não permita jamais que eu me veja cara a cara com esse sujeito, eu Lhe imploro, Senhor. Vou olhar para a genitália dele e comentar: sabe de uma coisa, eu adoro socar alho!!! Car... alho, essa foi péssima!

– Lara Smith? Hellooo... – chamei, tentando atrair a atenção da mulher à minha frente, para ela tirar o vibrador da minha mão.

– Claire, não se esqueça de usar o nome fantasia que ela escolheu para essa nossa reunião do MaliciosaMente – lembrou Liz com uma voz tão irritantemente doce que meus ouvidos iam começar a vomitar sangue a qualquer momento.

Cerrei os dentes e me imaginei erguendo o falso pênis roxo acima da cabeça e dando uma porrada com ele bem na testa de Liz, deixando-a com uma marca permanente de pica no meio da cara. As pessoas apontariam para ela na rua e perguntariam: "É marca de nascença? Não, é de picadurescença, mesmo."

– Desculpe... Por favor, Lara Lábios? – chamei, com muita polidez, tentando me segurar para não vomitar ali mesmo.

Fala sério... Era mesmo necessário que todas aquelas idiotas inventassem um apelido ridículo para si mesmas? Essa era a primeira coisa que Liz pedia a todo mundo, no início de cada reunião. "Inventem um apelido de cunho sexual usando as primeiras letras dos seus nomes." A partir daí, só poderíamos chamar umas às outras pelo apelido, até o fim da reunião.

Lara Lábios, Suzy Suculenta, Olga Obscena, Ana Amorosa, Bruna Beijadora, Tasha Tesão...

Quem será que tinha inventado uma merda dessas? Ah, me lembrei... Liz, minha ex-melhor amiga. Aquela que decidiu montar um negócio de brinquedinhos sexuais sem me contar nada, só para me convencer a trabalhar para ela.

Bem que ela poderia *me* deixar escolher os nomes. Bruna Bocetuda. Suzy Siririca. Livia Larga. Andreia Arrombada. Tania Trepadeira... Pelo menos eu iria me divertir mais e me livraria da vontade estranha de furar meu olho com um lápis.

Liz encerrou a reunião idiota enquanto eu me imaginava fazendo qualquer coisa mais interessante que aquilo: uma depilação cavada, por exemplo; ou tomar uma injeção na testa; ou ter a unha do dedão do pé arrancada a sangue-frio. Qualquer uma dessas opções seria preferível a conversar com mulheres, que eu nunca tinha visto na vida, sobre lubrificação vaginal, dormência nos mamilos ou colares de contas anais feitos de silicone rígido.

Ataquei-a com meu silêncio completo durante toda a viagem de volta até o bar onde eu trabalhava. Tinham me oferecido um turno extra naquela noite e eu não consegui recusar, porque Liz prometeu que iria ficar lá me fazendo companhia e entretendo os clientes. Tive vontade de abrir a porta e empurrá-la para fora com o carro em movimento como retaliação pelo que eu passei a noite toda por causa dela, mas não queria detonar o veículo de um inocente que pudesse passar com o carro por cima da minha BFF!

– Você não pode me ignorar para sempre, Claire. Deixa de ser babaca – reclamou.

– Por falar em babaquice... Fala sério, Liz... Reuniões para divulgação de brinquedinhos sexuais? Em que momento da nossa amizade você imaginou que UM DIA eu iria curtir vender xerecas de bolso para ganhar a vida? Aliás, reflita sobre isso... xereca de bolso? Que tipo de sujeito iria querer um troço chamado "xereca de bolso"? Será que os homens lançam sua porra ao léu com tanta frequência que precisam de uma vagina falsa para poder bater uma punheta quando lhes der na telha?

Liz girou os olhos com impaciência, mas eu resisti à vontade de pegar o vibrador em cima do painel do carro e bater nela com o acessório, usando toda a minha força.

Tenha sempre à mão uma pica em forma de taco de beisebol; o produto certo para quando um porrete não é o bastante.

– Claire, deixa de ser dramática. Não quero que você passe a vida me ajudando a vender meus brinquedinhos sexuais. Isso é só até eu contratar novas auxiliares. Pense nisso, Claire... essa é a oportunidade perfeita para nós duas. Sabe qual foi a coisa que mais fez falta na reunião de hoje? – perguntou, virando-se de lado no banco e olhando fixamente para mim no instante em que eu trocava de pista para pegar a saída que nos levaria ao bar.

– Dignidade? – repliquei, sem emoção.

– Muito engraçado! Faltaram comidinhas, Claire. Pelo menos alguns belisquetes. Havia muitas tigelas de batata frita, uma tonelada de cookies baratos e tanto álcool que até um elefante ficaria de porre. Aquelas eram mulheres cheias de grana, Claire. Dinheiro que elas não se incomodam em esbanjar comprando xerecas de bolso para dar aos maridos com quem não querem mais trepar, ou estimuladores clitorianos para a "amiga" que elas sabem que nunca teve um orgasmo com o marido. O que combina mais com sexo do que chocolate?

Sexo e chocolate. Meus petiscos lindos e deliciosos, cobertos de chocolate, que eu não conseguia vender com muita frequência nem na quantidade que desejava porque, na condição de mãe solteira trabalhando num bar, era difícil fazer propaganda de mim mesma. A maioria das pessoas que me rodeavam estava mais interessada em tomar mais uma dose do que em se preocupar com o tipo de sobremesa que ofereceriam na próxima festa que dessem.

– O imóvel que eu aluguei tem potencial para ser transformado em dois espaços distintos. Um deles dotado de uma cozinha – continuou Liz. – Uma cozinha enorme onde você pode preparar suas receitas mágicas, e quando as mulheres participarem das reuniões da MaliciosaMente poderão encomendar suas bandejas de doces ao mesmo tempo.

Tirei os olhos da estrada por alguns segundos, tempo suficiente para encarar Liz fixamente, imaginando ver um sorriso de sarcasmo em seu rosto e esperando ouvi-la dizer: "Brincadeirinha!... Mas a ideia até que seria boa, não acha?" Quando nada disso aconteceu e ela continuou sentada ali olhando para mim como se esperasse uma reação, pisquei depressa para recolher lágrimas que eu nem tinha percebido que inundavam meus olhos, prontas para cair.

– Do que você está falando? – sussurrei com voz fraca no carro escuro.

– Confesso: tomei uma grande, imensa decisão. Algo que provavelmente vai te deixar puta da vida, porque você vai achar que foi por caridade ou pena quando, na verdade, tudo que fiz foi dar o pontapé inicial. O restante vai depender de você – explicou. – Procurei em toda parte por um imóvel onde instalar minha empresa, mas todo lugar que eu visitava era grande demais, minúsculo ou o preço era absurdamente impeditivo. O corretor me ligou há algumas semanas e me deu a notícia: o casal que era dono da Panificadora Andrea, aquela padaria grande na rua principal, resolveu vender o imóvel o mais depressa possível para eles poderem se aposentar e mudar para a Flórida. Foi um sinal dos céus, Claire. O preço é ótimo, a localização é perfeita, o lugar é exatamente tudo que sempre sonhamos, com exceção da parte em que revezaremos o pau do Justin Timberlake. Na verdade, basta erguer uma parede divisória de gesso e teremos espaço suficiente para montar dois negócios: meus brinquedinhos sexuais e suas sobremesas.

Mordi o lábio inferior para não chorar. Eu nunca chorava.

– Mas eu estava doida para fazermos um ménage com o JT – afirmei, com um olhar triste, tentando acabar com a seriedade da situação antes que eu começasse a chorar com aquelas medonhas caretas de dor. Ninguém aguenta uma pessoa que chora com caretas de dor. É uma situação desconfortável para todos os envolvidos.

Depois de alguns minutos sem nenhuma das duas dizer mais nada no carro escuro, Liz não aguentou.

– Quer falar alguma coisa, por favor? Um comentário, sei lá!

Expirei longamente e tentei acalmar meu coração disparado.

– Liz, eu não acredito que você usou... aquele dinheiro. – Ela colocou a mão no meu braço quando eu parei o carro no estacionamento do Fosters.

– Não lance esse olhar de sapatona pra cima de mim – avisou. – Espere alguns minutos para se acalmar e reflita sobre o lance. Você sabia que o inventário do meu avô estava para sair a qualquer momento, e uma boa grana iria entrar no meu bolso de uma hora para outra, então eu me recuso a falar de dinheiro nesse momento. Converse sobre o assunto com seu pai, apareça para conferir o tamanho da cozinha e a loja em geral, e então conversaremos. Nesse meio tempo, você vai ralar sua bundinha apetitosa para me servir uns coquetéis. Estou pensando em testar alguns dos novos produtos com Jim depois que você passar lá em casa para pegar Gavin, mais tarde – declarou, com uma piscadela, antes de saltar do carro.

Fiquei sentada ali dentro, agarrada ao volante por mais alguns minutos logo que ela saiu, perguntando a mim mesma que porra foi aquela que tinha acabado de acontecer. Minha melhor amiga sempre foi uma força da natureza, mas aquilo desafiava a lógica. Será que tinha acabado de me contar que comprara uma loja? Em todos os passos que tinha dado na vida eu sempre chegava à conclusão de que tinha pegado o caminho errado. As coisas nunca saíam do jeito que eu havia planejado. Eu queria aquilo mais que qualquer coisa no mundo, entretanto, parte de mim morria de medo de criar expectativas elevadas demais. Só que... Quem sabe? Talvez coisas boas estivessem, finalmente, começando a acontecer na minha vida.

Olhei para o relógio no painel do carro e percebi que tinha passado um tempão sentada ali, matutando, e agora estava atrasada para o meu turno. Corri pelo estacionamento feito uma maluca e empurrei com força a porta lateral, amarrando o pequeno avental preto na cintura enquanto caminhava. O sr. e a sra. Foster tinham assistido a tantos episódios de *True Blood* nos últimos tempos que decidiram que seus funcionários deviam usar o mesmo uniforme dos atendentes do Merlotte's: shortinho preto minúsculo, camisetinha branca apertadíssima com a palavra "Fosters" numa etiqueta oval verde na altura dos peitos. Poderia ser pior. Pelo menos eu não precisava fazer caras e bocas de tesuda, nem cantar versões bizarras de "Parabéns pra você" com o resto dos funcionários para o bebum do dia:

"Parabéns pra você
Que só pensa em foder
Tô com roupa de puta
Mas não vim pra meter!"

Corri para Liz, que já estava sentadinha num banco alto diante do balcão, tomando seu drinque de sempre: vodca Three Olives baunilha com Coca Zero. Acenei para T.J., o barman que eu iria substituir no turno da noite. Graças a Deus os atendentes do sexo masculino não precisavam usar o mesmo uniforme que as meninas. Eu não aguentaria ver alguns daqueles carinhas em shorts minúsculos que apertavam seus ovos e de onde poderia saltar, a qualquer momento, um saco enrugado.

Numa noite tranquila, eu simplesmente me sentaria no balcão do bar com as pernas cruzadas para passar o tempo, mas o lugar estava lotado. Teria que trabalhar direito e enfrentar a ralação da noite passando por baixo da parte do balcão que normalmente levantava, mas estava quebrada. Passei quase correndo por um otário bêbado que segurava a cabeça nas mãos e gemia baixinho. Fiz uma anotação mental para lhe chamar um táxi, caso ele estivesse sozinho.

Passando para o outro lado do bar, recebi o serviço de T.J., decorei os nomes das pessoas que estavam ali e o que estavam bebendo. Ele foi embora e eu corri para completar os copos dos "da casa". Uma das garçonetes me trouxe um pedido de dez doses do uísque mais barato que tivéssemos no cardápio. Girei os olhos impaciente e fui para a outra ponta do bar, onde guardávamos as garrafas de uísque. Qual era o problema daquelas pessoas?

Uísques baratos significavam ressacas caras e gigantescas, sem falar no piriri brabo do dia seguinte. Comecei a alinhar os copos vazios numa bandeja sobre o balcão quando ouvi o gemedor bêbado falar.

– Só que nunca encontramos a gata, não foi, brother?

Ai, meu Jesus Cristinho. Eu odeio os caras demasiadamente mamados. Torci para aquele cara não ser um dos que choram. Ele me pareceu peripatético, digno de pena. Mas se vomitasse no balcão eu iria esfregar seu focinho para limpar todo o azedo, como se faz com cachorros que mijam no carpete.

– Você está conversando com alguém especificamente, ou copos cheios geralmente respondem às suas perguntas? – zoei, sem olhar para ele, enquanto colocava mais alguns copos na bandeja e me abaixava atrás do balcão para pegar a garrafa de Wild Turkey, tentando segurar minhas insistentes ânsias de vômito quando abri a tampa e o cheiro forte e nojento me invadiu as narinas.

Percebi, com o canto dos olhos, que o personagem principal do filme *A volta dos bêbados vivos* ergueu a cabeça alguns milímetros enquanto eu enchia os copos.

– Sabe de uma coisa? – expliquei a ele. – O primeiro sinal de demência grave é quando objetos inanimados conversam com você. Isso também é o primeiro sinal do coma alcoólico – completei, com voz mais baixa, quase para mim mesma.

– Quem é que pediu essa bosta de goró vagabundo? Eles vão ter uma caganeira medonha amanhã o dia todo.

Ri ao perceber que, mesmo bêbado, ele tinha chegado à mesma conclusão que eu. Peguei a bandeja com os copos e uma tigela de fatias de limão, e virei-me para o pinguço, pronta para comentar sobre nossa inesperada sintonia, mas parei dura e atônita diante do que vi na minha frente.

Que… Porra… É… Essa?

Senti o instante em que a bandeja cheia de copos cheios se desequilibrou da minha mão erguida, mas não consegui fazer nada para impedir que aquela merda toda fosse atraída pela força da gravidade. Fiquei ali, parada como uma estátua, olhando para frente e realmente petrificada, enquanto os copos se estilhaçavam com estrondo em torno dos meus pés, respingando bebida nas minhas pernas.

5

Dedos de Snickers, dentes nos braços

Tudo aconteceu em câmera lenta. Bem, pelo menos para mim pareceu desse jeito. Provavelmente porque a quantidade de álcool que eu já tinha consumido naquela noite havia digerido metade dos meus neurônios, e isso me fez sentir como se eu estivesse numa cena de *Matrix*.

Perguntei a mim mesmo se eu conseguiria me inclinar para trás, em pé sobre o banco elevado do bar, executando aqueles movimentos acrobáticos maneiríssimos, desviando de balas em câmera superlenta enquanto me mantinha suspenso em pleno ar, é claro. Precisaria vestir um daqueles casacões de couro preto; teria que passar gel nos cabelos e penteá-los para trás. Será que os técnicos tinham usado finíssimos fios de aço para manter o personagem no ar? Ou será que Keanu Reeves de fato conseguia dobrar o próprio corpo para trás daquele jeito? Aposto que ele realmente era capaz de ficar naquelas posições esquisitaças de ioga. Tem cara que consegue assumir, numa boa, a postura chamada "cachorro de cabeça para baixo".

He-he-he, cachorro de cabeça para baixo, isso foi engraçado. Eu bem que podia arrumar um filhote.

Ei, o que estava rolando ali, mesmo? Ah, sim! A garota do bar tinha se virado para mim e me olhado com uma expressão estranha, antes de eu preparar minha cara enevoada de razoavelmente sóbrio ao me virar para ela. Vi o instante exato em que a bandeja cheia de bebidas prontas para serem servidas tombou da mão dela. Tudo se espatifou no chão antes que eu tivesse a chance de reagir, e o som do vidro quebrando subiu muito acima da muvuca de música alta e vozes que berravam.

Eu devia ter entrado em ação e saltado por sobre o balcão para ajudá-la. Como devem imaginar, porém, não estava com meus reflexos felinos muito em dia. Na verdade, eu mais parecia o gato que bebeu três vezes o peso em tequila só porque acabou de descobrir que sua namorada de dois anos nunca quis ter filhos e decidiu transformar a própria xereca numa incubadora quentinha para os pintos de metade da população de Toledo.

Puxa, eu deveria arrumar um ou dois gatos. Eles quase não dão trabalho. Talvez eu até consiga ensiná-lo a mijar no vaso sanitário, como o Jinxy do filme *Entrando numa fria*. Será que um homem pode se transformar numa gateira velha e neurótica? Subitamente, me vi como um idoso arrastando os chinelos pela calçada, todo coberto de pelos de gato e miando para todo mundo que passava.

Pensando melhor, nada de gatos. Eu não devia ter permissão para pensar quando estou bebendo.

A atendente se agachou atrás do balcão. Por um instante, deixei de lado a história sobre gatos que mijam em privadas, me levantei e me inclinei para frente o máximo que consegui, tomando o cuidado de não fazer o banco alto desaparecer debaixo da minha bunda, só para ver se ela precisava de ajuda.

Quando eu digo "ajuda", obviamente me refiro a verificar que ela não estava sangrando e voltar a sentar, antes que a sala se inclinasse por completo para a esquerda e alguém gritasse HOMEM AO MAR!!!

Minha boa ação terminou antes de começar quando uma garota miúda com cabelos louros compridos (e que me pareceu estranhamente familiar) foi para trás do bar, seguiu até o ponto que eu tentava focar e olhou para baixo.

– Meu Jesus, mão de quiabo, você está...

Do nada, uma mão voou por detrás do bar, agarrando o antebraço da loura e puxou-a para baixo com tanta violência que ela não conseguiu completar a frase. Ela sumiu com um grito e eu balancei a cabeça para os lados, pensando no quanto as mulheres eram esquisitas. Além de vadias, é claro.

Vai se foder, Tasha. Fodam-se os gatos que não mijam na privada. Foda-se você, Keanu Reeves, e também seu cachorro de cabeça para baixo.

Drew se sentou no banco ao meu lado e berrou:

– Quem atende aqui!

A cabeça da garota loura espocou subitamente de trás do balcão, como uma rolha de champanhe, com a boca escancarada e o queixo caído, me olhando fixamente.

– Dois shots de tequila, por favor? – pediu Drew.

Ela nem olhou para ele, continuou me encarando sem piscar, como se estivéssemos em alguma disputa de quem pisca primeiro.

Vou mostrar a ela. Sou o rei do universo quando se trata de competições para ver quem pisca primeiro.

Drew se inclinou na direção da garota e estalou os dedos várias vezes, para tirá-la do transe.

– Hellooo?!...

Droga, eu pisquei.

Mas ela não saiu da posição em que estava, ajoelhada atrás do balcão, só com a parte de cima da cabeça observando tudo atentamente, como o "moita" dos grafites dos anos sessenta. Que porra havia de errado com aquela doida? Seu comportamento começava a me apavorar.

– Humm... Tequila, por favor? – repeti o pedido, com tom de pergunta, enunciando cada palavra da melhor forma que minha boca bêbada permitia. Na verdade, o que saiu foi: "Ush, shakira pavor?"

Um sorriso imenso e psicótico surgiu em sua cara e ela se ergueu na mesma hora.

– Então, o que você vai querer? – perguntou ela, muito alegrinha, pousando as mãos na borda do balcão e se inclinando para frente.

Drew e eu nos entreolhamos lentamente. Os dois deram de ombros, mas eu me virei para olhar mais uma vez para a doida, não sem antes reparar que Drew parecia ocupadíssimo, enfiando as pontas da camisa para dentro da calça.

– Tê, é, que, u, i, éle, a – falei, soletrando a palavra bem devagar e perguntando a mim mesmo se a bartender tinha conseguido a façanha de se permitir ficar mais de porre do que eu.

Seu sorriso se ampliou ainda mais, se é que isso era possível.

– Seu uísque está chegando!

Ela girou o corpo e tropeçou no que imaginei que fosse a outra bartender, que continuava abaixada catando os cacos de vidro. A loura evitou um tombo feio, bufou de raiva e se agachou para erguer a colega. Ouvi alguns xingamentos, sussurros nervosos, empurrões e puxões dos dois lados, até que ela finalmente conseguiu içar a garota, na base do tapa. Seus cabelos compridos e castanhos caíram-lhe sobre o rosto como uma cortina, escondendo suas feições, quando ela se levantou, ainda de cabeça baixa. Alguns gestos erráticos continuaram a rolar entre as duas, até que ambas se viraram ao mesmo tempo e correram na mesma direção de forma desabalada, como um estouro de boiada, revezando-se no ato de dar tapas fortes uma no braço da outra. Meus olhos se fixaram na bunda da morena de shortinho preto, que balançava suavemente enquanto ela andava.

– Detesto te ver partindo, mas adoro te observar saindo – disse eu, com uma risada abafada.

Drew me deu um safanão no braço, e, com relutância, desviei os olhos daquela bundinha deliciosa no alto de pernas compridas e perfeitas, antes que eu começasse a babar.

– E aí, pegou a garçonete lá atrás? – perguntei a ele, enquanto esperávamos para ver o que a doida decidiria nos trazer para beber.

– Não, só dei uma rapidinha no banheiro. Ela tem gosto de carne-seca e fede a rum Captain Morgan. Uma mistura estranha, mas muito satisfatória. Pena que ela vomitou depois de gozar. Acho que tem problemas sexuais.

– Como é que seu pau não despencou no chão até hoje? – perguntei, enojado.

– Não fique com ódio do mundo só porque você comeu a mesma xereca podre durante mais de dois anos. Eu simplesmente gosto de testar as carnes, experimentar a mercadoria. Além do mais, tenho um cartão fidelidade daquele mercadinho que fica ao lado da minha casa. Mais uma caixa de camisinhas e eu ganho uma Pepsi litrão!

As damas voltaram com nossos drinques antes de me ocorrer uma resposta à altura da zoação. A baixinha loura com mania de encarar posou uma garrafa de Blue Label sobre o balcão, enquanto a outra permaneceu meio metro atrás, com o cabelo ainda escondendo o rosto.

– Então, rapazes, o que estamos bebendo hoje?

Como ela, pelo visto, tinha desistido de me encarar fixamente, como fazia o palhaço Pennywise no filme *A coisa*, percebi que não era muito perigosa.

– Se as senhoritas dividirem um drinque conosco, posso ser convencido a lhes contar – disse eu, todo estiloso e com uma piscadela.

Pelo menos eu achei que fosse uma piscadela, porque ela me olhou com uma cara engraçada. Talvez eu tivesse entortado os olhos tipo *O iluminado*. Tentei novamente.

Porra, por que será que era tão difícil piscar?

– Há algo errado com seu rosto? – perguntou ela.

Eu tinha estado fora do jogo da paquera por tempo em demasia. Já não dava nem para ficar bêbado e azarar ao mesmo tempo. Menos mal, pelo visto: eu ainda conseguia ficar bêbado e parecer vítima de um derrame. Balancei a cabeça para os lados e apontei para os copos vazios, sinalizando para que ela servisse a birita.

– Por favor, desculpe meu amigo aqui – pediu Drew, dando palmadinhas nas minhas costas. – Ele continua lamentando a perda de uma namorada de merda e não gostou de eu ter forçado ele a sair, em vez de deixar o mané em casa assistindo ao filme *Amigas para sempre* e brincando com a própria vagina.

– Cala a boca, idiota – murmurei, pegando uma das doses que a loura servira e entornando tudo de uma vez só.

Virando-se para o lado, ela chamou a colega atrás dela.

– Traga sua bundinha linda aqui e tome uma dose com esses simpáticos cavalheiros.

– Estou trabalhando, Liz. Não posso beber – disse a morena, rangendo os dentes.

Minhas orelhas se ergueram ao som da voz dela, como se eu fosse um cachorro e meu dono tivesse dito "Vamos passear?". A bebida estava a meio caminho da minha boca e eu a mantive parada no ar quando ela deu um passo à frente e tirou o cabelo dos olhos.

Puta merda, era linda! E isso não era impressão de bêbado, não. Eu tinha quase certeza de que se eu estivesse sóbrio ela continuaria linda. Cabelos castanhos compridos e ondulados, pele macia e os mais belos olhos castanhos que eu já tinha visto na vida.

– Ah, qual é, sua manezona – reagiu Liz. – Você sabe muito bem que os Foster não se importariam nem um pouco se você bebesse uns drinques durante o serviço. Você é a filha que eles nunca tiveram.

Aqueles olhos. Havia algo neles que tornava impossível eu deixar de encará-la.

– Liz, os Foster *têm* uma filha, esqueceu?

– Patty joga softball e consegue levantar cento e vinte quilos no supino. Seu grelo provavelmente é muito maior que o pau desse cara – garantiu ela, torcendo o polegar na direção de Drew.

– Eeeei! – reclamou Drew, colocando-se na defensiva.

Eu não conseguia parar de olhar para a morena. Desejei que ela se virasse para mim. Por que ela não fazia isso? A amiga não fechava a matraca e ela não olhava na minha cara.

– Foi mal, grandão. Tenho certeza de que você é pintudo.

– Ora, muito obrigado. Que tal se você e eu…

– Não se atreva a terminar a frase! – avisou Liz, girando os olhos e balançando a cabeça com força. – Vi quando você se esgueirou até o banheiro das mulheres para foder com a Bacalhoa, menos de vinte minutos atrás. Não venha me azarar com essa cara de pau agora!

– Bacalhoa? Pensei que o nome dela fosse Alison.

– Tá no osso, hein, amigão?!? Que atraso! É que ela tem um cheiro brabo nas partes e nós apelidamos ela assim. E você meteu nela! Enfiou seu pau na xereca de peixe da vadia!

Enquanto Drew e Louraça seguiam com aquela batalha verbal, continuei a olhar para a quietinha. Queria passar a mão no cabelo dela, para conferir se era tão sedoso quanto parecia. Aposto que eu conseguiria usar esse cabelo como travesseiro. E seria um travesseiro de lã, aveludado e denso, onde eu poderia fazer meus dedos se perderem a noite toda, até eu pegar no sono.

Puxa, até que essa ideia não era tão esquisita. Ou será que era? Nossa, eu realmente devia parar de beber. Quem é que estava colocando mais álcool no meu álcool?

– Caraca, Liz, fala mais baixo. Ela está bem ali.

Minhas orelhas se ergueram novamente como as de um cão quando ela disse isso e apontou na direção da garota que fedia a carniça.

Tomara que eu não comece a latir.

– Ah, qual é… Até parece que ela não sabe do fedor de produtos defumados que se espalha a partir das suas partes íntimas. Acho até que ela esfrega linguiça calabresa lá embaixo para atrair os homens. Embutidos em geral são os feromônios dela. Aliás, "embutidos" é a palavra mais adequada.

A morena balançou a cabeça, visivelmente irritada.

– Se eu aceitar tomar um drinque você promete parar de falar sobre xereca nojenta e jura que nunca mais, nunquinha na vida, pronuncia a palavra "embutidos"?

– Au-au!

Três pares de olhos se viraram na minha direção.

– Eu acabei de latir, foi isso? – perguntei.

Três pares de olhos balançaram para cima e para baixo, ao mesmo tempo.

– Uma vez eu namorei um cara que tinha sonhos eróticos quase todas as noites. Quando eu acordava, ele sempre estava esfregando o pau no travesseiro e uivando enquanto dormia – confessou Liz, com ar sonhador, roubando a atenção de mim por alguns segundos.

A morena linda se aproximou do balcão nesse momento e pegou o copo que estava mais perto de mim, mas continuou de cabeça baixa. Estudou o drinque por vários e longos segundos, como se o copo armazenasse o verdadeiro significado da vida.

– E então, a que vamos beber? – perguntou, ainda olhando fixamente para o copo.

– Copos cheios geralmente respondem às suas perguntas? – indaguei, com uma risada, devolvendo as mesmas palavras que ela usara para me zoar, muitos minutos antes.

Os olhos dela colaram nos meus e eu senti como se tivesse levado um soco no estômago. Eram tão brilhantes e atraentes que pareciam chocolate derretido.

Que foda! Por que diabos eu continuava obcecado por chocolate? Já fazia vários anos que eu não pensava naquela noite especial e agora, do nada, não conseguia me livrar da lembrança. Primeiro me pareceu sentir cheiro de chocolate, e isso fez o velho flashback idiota surgir na minha cabeça. Agora eu comparava os olhos daquela garota com um doce que eu curtia. E esse doce era chocolate, cacete! Tinha chocolate em toda parte, mas não havia nada de tão especial em chocolate, afinal de contas.

A não ser pelo fato de que *ela* cheirava a chocolate.

Depois daquela noite (tenho até vergonha de contar) passei semanas a fio numa fase de cheirar loções e sabonetes em todas, absolutamente *todas* as lojas em que entrava, mas o cheiro nunca era exatamente igual. A única coisa que chegava perto era o aroma de chocolate. Eu costumava me perguntar se ela esfregava barras de Hershey's atrás das orelhas, em vez de perfume. Depois, comecei a viajar e me pegava imaginando se ela também teria sabor de chocolate, e pensei em lamber um belo tablete de chocolate, obviamente depois de me xingar por não ter lambido o corpo todo dela na única vez em que estivemos juntos.

Puxa, quem eu queria enganar? Não fazia muito tempo desde que eu pensara nela, isso acontecera recentemente. Aliás, toda vez que eu me via a menos de um quilômetro de alguém que estivesse comendo chocolate eu pensava nela. Merda. A culpa de eu estar ali, novamente obcecado por chocolate, era toda da Tasha. A cidade para onde eu fora transferido, no emprego, iria nos oferecer a chance de começar a vida do zero num novo lugar. As brigas entre nós nos últimos meses eram terríveis, e ambos concordamos que uma mudança de cenário iria fazer muito bem à relação. Saber que ela iria me acompanhar na nova cidade, que era bem menor, fazia com que as coisas parecessem menos ruins. Aquela safada boqueteira. Uma pena que ela nunca tenha chupado o meu pau. Fez isso uma vez só, mas avisou que tinha problemas de articulação no maxilar ou alguma merda desse tipo e nunca mais pagou um bola gato.

Problemas de articulação no maxilar o cacete!

Mulheres são o próprio diabo encarnado. São capazes de enrolar um cara durante anos, fazendo-o pensar que existe um futuro lindo para ambos, até que um belo dia você chega em casa e a encontra de joelhos com o pau do vizinho na boca e um filme pornô na TV. Tudo é brincadeira e diversão até você ver o pau de outro cara na boca escancarada de sua namorada, a mesma boca que tinha problemas de articulação no maxilar. O pior é que o filme pornô que eles estavam assistindo era gay. Era pornô homo com personagens de desenho animado, para vocês terem uma ideia. Não estou de sacanagem não, meus amigos. Tasha chupava o pau do nosso vizinho enquanto, na tela, Patolino era enrabado pelo Pernalonga e gritava: "Me-me-mete tudo Picalonga", com a velha língua presa e a voz rouca. Uma merda dessas traumatiza qualquer mortal.

Será que vem ao caso o fato de eu ter quase certeza de nunca ter amado Tasha? Que todos os dias que passei ao lado dela eram apenas uma longa espera para aparecer alguém melhor, até a hora de eu encontrá-la *novamente*? Talvez isso fosse putaria de minha parte, e eu provavelmente merecia ter dado de cara com ela fazendo gargarejo com a porra do vizinho, mas mesmo assim foi péssimo.

Afastando da cabeça as imagens de coelhos enrabando patos e outros pensamentos depressivos, ergui meu copo no ar com um grunhido zangado e esperei que as três pessoas à minha volta fizessem o mesmo.

– Vamos brindar a todas as vadias mentirosas do mundo que não conseguem ser sinceras nem levando porrada na cara. Saúde!

Entornei tudo de uma vez só e bati o copo no balcão com força, perguntando a mim mesmo por que a garota linda diante de mim não tinha tomado seu drinque, em vez de ficar olhando para mim com aquela cara de terror. Reparei que a amiga loura deu uma cotovelada nela e só então a morena rapidamente entornou o drinque de uma vez só, como uma verdadeira craque.

Logo em seguida, se serviu de mais uma dose. E outra. E depois mais umas dez, uma atrás da outra. Obviamente ela conseguira superar a indecisão sobre beber durante o expediente. Drew e eu ficamos ali, meio sentados e estáticos, observando-a com assombro. Puxa, eu tinha bebido umas dez vezes a mesma quantidade só naquela noite, mas não de uma só vez.

Metade da garrafa tinha ido embora quando Liz esticou o braço e pegou a garrafa da mão da colega.

– Muito bem, amigona, acho que já chega por hoje!

A essa altura eu tinha perdido por completo minha capacidade de focar as pessoas e objetos. Tive vontade de pedir para chupar um dos dedos dela, só para ver se tinha gosto de Snickers. Também quis lhe perguntar qual era o seu nome e dizer que nem sempre eu agia daquele modo, mas ela já estava indo embora e eu não consegui nem mesmo erguer o braço para chamá-la de volta. Olhei fixamente para meu braço largado sobre o balcão e ele continuou ali, parado e inerte como um imenso cagalhão. Encarei-o com firmeza e fiz um esforço mental supremo para movê-lo, mas não funcionou.

Braço de merda. Deve estar de greve ou foi tomar um café. Puxa, também não consigo sentir meus dentes.

– Drew, não consigo sentir meus dentes! – Bati com os dedos contra eles. Sonhava o tempo todo que meus dentes estavam caindo. Droga, e se aquilo tudo fosse um desses sonhos? Mas não podia ser sonho, porque eu não me lembrava de ter caído no sono. Nos sonhos, meus dentes sempre caíam no meu colo, havia sangue por todo lado, mas as pessoas à minha volta cagavam e andavam para o fato de eu estar cuspindo dentes para todos os lados. Todo dente que eu tocava caía na mesma hora, mas ninguém me olhava com cara engraçada, embora o sonho fosse muito louco, vocês não acham? Passei os dedos mais uma vez e senti as bordas duras dos meus dentes.

Beleza, deixa pra lá. Os dentes continuavam no lugar.

– Muito bem, hora de dizer "vou pra caminha" para todo mundo. Vou levar você para casa, amiguinho – ofereceu Drew, levantando-se do banco e jogando um maço de notas sobre o balcão, antes de suspender meu braço morto e lançá-lo sobre os próprios ombros. Olhei para cima quando ele me puxou para descer do banco do bar e caminhar até lá fora.

– Eu quero comer os dedos de chocolate dela, mas os dentes dos meus braços não vão sentir.

Não me lembro de mais nada depois disso.

6

Eu tenho um pintão

Eu curtia o melhor sonho da minha vida. Sabe aqueles sonhos eróticos molhados em que a pessoa está transando gostoso, e quando vai gozar, acorda lentamente no meio do orgasmo e fica sem saber se teve realmente um orgasmo ou se foi só um sonho, mas quer que a coisa continue? Eu estava aconchegada quentinha sob as cobertas e enfiei os dedos lá embaixo, entre as pernas, para começar tudo de novo ou mesmo curtir o finalzinho do que estava acabando. No instante em que meus dedos penetraram a calcinha, abri os olhos e gritei.

– PUTA MERDA!

Meu filho estava ao lado da cama, completamente imóvel, me olhando fixamente. Tô falando sério: o moleque estava a cinco centímetros da minha cara, me observando com olhos sem expressão, como os das gêmeas sinistras do filme *O iluminado*. Esperei que ele começasse a dizer: "Venha brincar conosco", com aquelas vozes duplas, esquisitaças e uníssonas de gêmeos, enquanto eu tentava não ter um infarto.

– Gavin, fala sério! Você não pode ficar aí parado olhando para a mamãe. É estranho – resmunguei, colocando a mão esquerda na cabeça latejante e tentando acalmar a taquicardia.

Meu doce Jesus, quem será que me deu um chute na cabeça e botou detergente na minha boca ontem à noite?

– Você disse palavrão, mamãe – informou ele, subindo na cama e se aboletando sobre minha barriga, com uma perna de cada lado. Minha mão direita se juntou à primeira, tentando segurar a cabeça no lugar, e apertei o crânio com força, receando que meu cérebro fosse explodir a qualquer momento e emporcalhar o quarto inteiro.

– Sim, a mamãe fala palavrão. Às vezes, todas as mamães do mundo falam palavrão. Só que você nunca deve repetir, estamos combinados?

Ele começou a montar no meu estômago como se cavalgasse uma daquelas bolas pula-pula grandes e idiotas, com alças dos lados.

– Gavin, por favor! Mamãe não está se sentindo bem – reclamei, quase implorando.

Ele parou de pular, inclinou-se para a frente e esparramou o corpo em cima da minha barriga, colando o rostinho no meu.

– Você quer que eu bata nos seus amigos, mamãe? – sussurrou Gavin, num tom conspiratório.

Tirei as mãos da cabeça e abri os olhos para encará-lo.

– Do que você está falando, Gav?

Ele ergueu os braços e colocou os cotovelos no meu peito, apoiando o queixo nas mãos.

– Seus amigos, mamãe. Os que enjoaram você – explicou, com um tom de voz que significava "Dãã...".

Envolvi seu corpinho, balancei a cabeça e insisti:

– Não faço ideia do que você está falando, filhote.

Ele soltou um suspiro de irritação. Pobre criança. Condenada a aturar uma mãe burra.

– Papa me contou que seus amigos Johnny, Jack e Jose deixaram você mal e enjoada. Amigos não deveriam fazer essas coisas, mamãe. Se Luke me deixasse enjoado eu daria um chute no saco dele!

– Gavin! Qual é, você não pode falar uma coisa dessas! – ralhei.

– Tudo bem – bufou o pobre coitado. – Então eu só esmagaria o saco dele.

Meu Jesus Cristo com baunilha! Existia um motivo para alguns animais selvagens devorarem os filhotes, afinal de contas.

– Não use mais a palavra "saco" – pedi, com um suspiro, rolando de lado e fazendo-o sair da minha barriga e cair sobre o colchão, em meio a gargalhadas.

– Luke é meu melhor amigo e fala "saco". E também me mostrou o pinto uma vez. As meninas têm pinto? Papa me levou para tomar café da manhã e eu comi três panquecas com manteiga e salsichas. Ontem à noite, Papa me deixou tomar Dr. Pepper no jantar. Avisei pra ele que você não deixa tomar refri no jantar, e ele disse pra eu não contar nada pra você, só que eu me esqueci disso. Podemos ir ao parquinho?

Faça-o parar. Por favor, Senhor, faça-o parar.

– E ENTÃO, COMO ESTÁ SE SENTINDO, CLAIRE? – gritou meu pai a plenos pulmões, encostando o corpo no batente da porta e segurando uma caneca de café.

Eu apertei os olhos e tornei a abrir um só, tentando exibir uma cara feia ao olhar para ele, mas meu rosto doía demais para isso.

– Muito engraçado, *véio*. Não me faça ir até aí e socar sua fuça. Bem, só farei isso quando passar a vontade de vomitar e minhas pernas voltarem a funcionar – murmurei, enquanto Gavin se remexia todo, corcoveava e tentava pular fora da cama.

Ele atravessou o quarto correndo até meu pai e se jogou contra as pernas dele, batendo com a cabeça nas suas partes preciosas.

– Merda! Gavin, tenha mais cuidado com a cabeça, amigão, aqui embaixo é muito sensível – ralhou papai, quase sem fôlego, abaixando para pegá-lo no colo em seguida.

– Papa, podemos ir à merda do parquinho?

Uma coisa eu tenho que reconhecer em relação a meu pai: ele nunca ria dessas merdas. Ahn... coisas. Não sei como ele conseguia manter a compostura. Quando Gavin não fazia essas mer... ahn, coisas em público e me deixava morrendo de vergonha, era difícil não rir.

– Gavin, você se lembra da conversa que tivemos ontem à noite sobre palavras especiais usadas por adultos? Pois bem, *merda* é uma dessas palavras de gente grande. Crianças não dizem isso – explicou meu pai, com ar severo, olhando fixamente para Gavin.

– Vou poder usar essas palavras quando eu ser grande?

– Sim, vai poder. Mas só quando você FOR grande – replicou papai.

Gavin pareceu satisfeito com a resposta e esqueceu tudo sobre a merda do parquinho. Meu pai o colocou no chão e ele correu para a porta, seguindo pelo corredor até seu quarto.

– Obrigada por tomar conta dele ontem à noite depois que Liz foi para casa ficar com Jim – agradeci, levantando-me um pouco e encostando as costas na cabeceira da cama.

– Tudo bem.

Ele ficou ali parado, me olhando em completo silêncio enquanto tomava o café. Sabia que tinha acontecido algo diferente. Eu gostava de tomar umas e outras de vez em quando, mas voltar completamente mamada, especialmente num dia de trabalho, só podia significar que algo muito ruim tinha acontecido. Graças a Deus Liz ficou comigo no bar pelo resto da noite e cuidou de mim, para que eu não quebrasse mais nenhum copo nem vomitasse no colo de um desavisado.

Eu mesma não sabia exatamente como processar o que tinha acontecido na véspera. Ou, mais precisamente, *quem* tinha acontecido. Assim que eu vi o rosto dele eu soube. Os olhos entregavam tudo. Mesmo que eu não sonhasse com aqueles olhos diariamente e não tivesse aquele rosto gravado a fogo na minha memória, não teria como escapar de olhar para aqueles mesmos olhos todo santo dia, ao longo dos últimos quatro anos.

Que foda!

Tinha quase certeza de que o sonho erótico que tivera agora há pouco também tinha sido com ele.

Que dupla foda!

A voz dele também entregava tudo. O timbre grave e rouco que murmurou: "Pai do céu, você é bonita demais!", naquele quarto escuro cinco anos atrás me ficara gravado na cabeça e flutuava na minha mente o tempo todo. Depois de derrubar a bandeja de bebidas e me esconder atrás do balcão, lancei um olhar de pânico para a outra ponta, onde Liz estava. Sem hesitar, ela correu até mim para ver o que estava errado. Palavras frenéticas me pularam da boca. "Ó MEU DEUS, Ó MEU DEUS, Ó MEU DEUS, É ELE. PUTA MERDA, LIZ! SEI QUE É, ELE ESTÁ AQUI, JÁ ME VIU E, CACETE, NÃO TENHO COMO ENCARAR ESSA BARRA AGORA!" Isso a fez entrar em ação de imediato, e ela ergueu um pouco a cabeça para dar uma boa olhada nele. Depois de alguns segundos, tornou a se agachar, voltando para meu esconderijo atrás do balcão. Dando gritinhos agudos e batendo palmas, confirmou com a cabeça que era ele mesmo.

Meu pai continuava imóvel na porta, batendo o pé no chão de impaciência, esperando que eu fosse em frente e abrisse o bico. Eu precisava de um pouco mais de tempo para refletir sobre o que iria fazer, mas a verdade é que nunca tinha escondido nada do meu pai. Com um suspiro longo e dramático, soltei tudo de uma vez:

– Ele apareceu no bar ontem à noite.

Papai me olhou com um jeito inquisidor durante alguns segundos, antes da ficha cair, momento em que os olhos se arregalaram e o queixo caiu. Ele sabia exatamente a quem eu estava me referindo. Havia pouquíssimos homens em minha vida, e nós dois sabíamos que eu chamaria qualquer um deles pelo nome, se fosse o caso. A única pessoa a quem me referia apenas pelo pronome "ele", ao longo dos últimos anos, era...

Que merda! Eu continuava sem saber a porra do nome dele!

– Conseguiu descobrir o nome do sujeito, dessa vez? – perguntou meu pai, com ar de sarcasmo, praticamente lendo minha mente.

Balancei a cabeça para os lados e cobri o rosto com as mãos. Meu pai respirou fundo e disse:

– Muito bem... Se ele voltar ao bar e você precisar de mim para matá-lo, é só avisar. Posso fazer tudo parecer um acidente.

Se você é inimigo de George Morgan e consegue vê-lo, é tarde demais; ele já o matou e você simplesmente ainda não teve tempo de processar a informação.

Depois de uma boa ducha e duas canecas de café, eu me senti quase humana. Verifiquei meu correio de voz enquanto Gavin se vestia, e havia um recado de Liz. Ela me pedia para ir encontrá-la na antiga padaria Andrea assim que acordasse. Queria que eu desse uma boa olhada no lugar antes de eu ter a chance de surtar por causa da bomba que ela havia soltado no carro, na noite anterior. Liz me conhecia muito bem. Sabia perfeitamente que assim que eu recobrasse a razão por completo eu lhe diria que não havia a mínima hipótese de permitir que ela comprasse a porra de um negócio para mim. Ela estava completamente louca. É claro que forçar a barra para que eu a encontrasse na loja era mais um golpe baixo. Mas Liz era muito esperta, devo reconhecer. Sabia que isso afastaria minha cabeça da outra *situação* que pintara.

Butler era uma cidadezinha universitária com uma praça grande e quadrada no coração da área urbana, onde estavam localizados todos os microempreendimentos e negócios familiares. A Panificadora Andrea ficava justamente na esquina mais movimentada. Tive que segurar minha empolgação quando prendi Gavin na cadeirinha e fui dirigindo em direção ao centro. Não queria criar expectativas elevadas em relação àquilo. Havia muitas outras coisas para analisar e considerar. Quanto eu teria que pagar a Liz pelo aluguel? O que eu e Gavin faríamos com relação ao plano de saúde? Liz e eu seríamos sócias em tudo ou administraríamos duas empresas separadas compartilhando o mesmo espaço? Será que nossa amizade conseguiria sobreviver a algo desse tipo? Será que Gavin teria que desistir de uma universidade e passar o resto da vida como garoto de programa para conseguirmos pagar as contas do mês só porque eu enfiara cada centavo poupado na vida num negócio que tinha falido?

Que foda, aquilo tudo acabaria me provocando um gigantesco ataque de pânico.

– Nós vamos na casa da tia Wiz? – perguntou Gavin, da cadeirinha, no banco de trás, olhando para fora da janela, para as casas e carros pelos quais passávamos.

Olhei pelo espelho retrovisor e lembrei a mim mesma que tudo que eu faria na vida seria em benefício dele. Gavin merecia a melhor vida possível, e eu estava determinada a lhe proporcionar isso.

– Não, filhão, não estamos indo para a casa dela. Mas vamos ver a tia Wiz – avisei, quando estacionei o carro em frente ao estabelecimento, alguns minutos depois.

Permaneci sentada atrás do volante por um minuto olhando para a *nossa* propriedade. Ficava bem na esquina e as janelas rodeavam a frente toda, dos dois lados da rua, envolvendo o imóvel num abraço envidraçado. Era a loja de esquina mais perfeita que alguém poderia desejar, e cada uma de nós poderia ter uma vitrine independente. A padaria Andrea fora pintada recentemente de branco neve, e tinha canteiros de flores novos debaixo de cada janela da casa, todos transbordando de margaridas do tipo gerbera em tudo quanto é cor. Estava lindo!

Nossa propriedade, *nossas* vitrines. Meu santo protetor das viajantes na maionese, eu já estava pensando naquilo tudo como *meu*. Liz era realmente um gênio do mal, e olhem que eu ainda nem tinha colocado o pé lá dentro.

Falando no diabo… Liz apareceu na porta, que manteve aberta com o quadril.

– Recolhe o queixo e traz sua bunda aqui pra dentro – berrou ela para mim, antes de virar as costas e tornar a entrar.

Gavin soltou a trava da cadeirinha e tentou abrir sua porta, mas a tranca de segurança para crianças o impediu.

– Agiliza, mãe! – reclamou. – Tia Wiz já chamou sua bunda lá pra dentro.

– Gavin, olha o palavreado! – ralhei, girando os olhos diante da recusa em me obedecer; saí do carro e dei a volta para abrir a porta do lado dele. Peguei-o pela mão e o ajudei a saltar.

– Seja bonzinho, ouviu? – pedi, quando nos pusemos a caminhar pela calçada. – Não corra, não grite, não toque em nada e pare de falar palavrões, senão eu não levo você para tirar sua soneca depois do almoço.

– Sonecas são um saco!

Não vou vendê-lo para os ciganos. Não vou vendê-lo para os ciganos. Não vou…

Um sininho tilintou no alto, quando a porta se abriu. Gavin soltou minha mão para poder correr livremente e abraçar Liz.

– Ooooooh, meu gatão chegou! – guinchou Liz, pegando-o pelos braços e girando-o pelo salão. – Quais são as novidades, cara? – perguntou, colocando-o sobre a bancada junto dela.

– Xiii… Mamãe não está se sentindo muito bem hoje e eu tenho um pintão.

Liz soltou uma gargalhada que mais parecia um latido.

– Gavin, por favor. Chega de falar de sacos e pintos – reclamei.

– Mas, mamãe, olha só…! – exclamou ele, tentando desabotoar a calça jeans. – Meu pinto tá grande e altão agora, e fica muito engraçado.

– Beleza, filho – disse eu, correndo para junto dele e evitando que o moleque colocasse o pau pra fora. – Ninguém precisa ver. Você se lembra do que eu falei outro dia?

Gavin fez que sim com a cabeça. Eu o tirei da bancada e mandei que fosse para a janela da frente da loja, para contar os carros que passavam pela rua. Quando seu rosto e suas mãos ficaram colados na janela, me virei para Liz, que tentava prender o riso colocando a mão na boca.

– Não é nada engraçado – bufei com um silvo, quase assobiando. – Era só o que me faltava! Ninguém me avisou que pirralhos de quatro anos poderiam ter ereções. Não estou preparada para lidar com situações como essa, Liz.

Ela enxugou as lágrimas de riso que continuavam a lhe aparecer nos olhos e se virou para mim com ar de desculpas.

– Perdão, Claire, mas, numa boa… Isso faz qualquer um se mijar de rir. Desculpe, mas eu não entendo nada sobre meninos de quatro anos. Quando foi que isso aconteceu pela primeira vez?

– UM! – anunciou Gavin, gritando, quando o primeiro veículo passou pela janela.

– Acho que foi numa noite depois do banho. Ele estava deitado no chão com a toalha enrolada no corpo. Eu lhe entreguei um livro para ler e fui pegar seu pijaminha, que ainda estava dentro da secadora – comecei a contar.

– DOIS! – Outro grito de Gavin.

– Quando entrei no quarto, ele estava de costas no chão, de barriga para cima, e aquele troço estava espetado pro alto, mais parecendo um periscópio. Foi horrível. Ele estava dando tapas no troço e dizia que aquilo era delicioso e divertido. Pelo amor de Deus, quer parar de rir?

– TRÊS!

– Desculpe. Desculpe mesmo, sério – pediu Liz, quase sem fôlego, entre uma gargalhada e outra.

– O pior é que, de todos os livros que ele poderia estar lendo na hora em que o lance rolou, tinha que ser aquele do dinossauro Barney. Meu filho ficou de pau duro por causa da porra do BARNEY! – reagi, quase gritando, e rapidamente olhei para trás, para me assegurar que Gavin não tinha me escutado.

Liz estava histérica, a essa altura. Sua boca continuava fechada, mas seus ombros tremiam, descontrolados. Toda vez que tentava respirar sem rir, roncava e se engasgava.

– Você perguntou a seu pai a respeito disso? – quis saber ela, entre risadinhas e tossidelas.

Girei os olhos em estilo "nem me fale nisso", antes de responder, enquanto me lembrava da conversa que tentei levar com meu pai na manhã seguinte.

– Você conhece o papai. Assim que eu pronunciei a palavra *pênis* ele se virou, saiu do quarto e me aconselhou a ligar para minha mãe. E ela foi de tanta ajuda quanto você neste exato momento. Quando perguntei se isso era normal, a resposta foi: "Tal pai, tal filho!" Desliguei depois de dez minutos ouvindo risadas soltas e hiperventilando direto quando eu acabei de lhe contar a historinha sobre *Barney e o pinto duro*.

Liz finalmente se acalmou e nós duas nos viramos para a janela ao mesmo tempo a fim de verificar se Gavin continuava ocupado.

– Agora, toda vez que a coisa acontece ele vem me mostrar e diz: "Mãe, olha que pinto grandão!" Eu lhe disse que isso é normal e acontece com todos os meninos, e expliquei que não é para ele sair por aí contando para as pessoas.

Liz me deu um tapinha de solidariedade no ombro e me olhou com pena, dizendo:

– Bem, essa é a prova de que você precisa de um homem em sua vida, Claire. Por falar em homens na sua vida…

– Não, nem me venha com esse papo! – ameacei, apontando o dedo na frente dela, para mostrar que falava sério. – Não estou pronta para falar disso agora. Ainda estou me perguntando se o que aconteceu ontem à noite foi um sonho e não era realmente ele. Talvez eu tenha imaginado coisas, atordoada pelo álcool. Puxa vida, de todos os bares, em todas as cidades de todo o mundo…

– Pode apostar, Humphrey Bogart, era ele *mesmo*. Eu o reconheci na mesma hora, e também o amigo ao lado. Foi o cara que tentou me cantar naquela noite com um papo de que preferia as peitudas, mas eu era linda e ele ia abrir uma exceção.

Eu sabia que era besteira tentar me convencer de que talvez não fosse ele. Mas a confirmação de Liz fez com que eu me sentisse uma idiota.

– Merda. Merda, merda, merda! Você reparou nos olhos dele? Meu Deus, são os olhos do Gavin. Têm o mesmo tom estranho de azul-acinzentado com o fundo quase preto. O que eu faço da vida? – perguntei, em pânico.

– DEZ!

– Gavin, depois do três é o quatro – gritou Liz, enquanto eu tentava não vomitar no chão.

– Isso tá chato – anunciou ele.

– Vamos lá, faço questão de oferecer um tour completo pelo lugar, antes que Gavin comece a mostrar o pinto pra todo mundo que passa pela calçada. Vamos acabar levando uma multa por atentado ao pudor antes mesmo da tinta nova secar – argumentou Liz, me pegando pela mão. – Você vai parar de se preocupar com isso agora mesmo para poder curtir seu sonho virando realidade. Mais tarde a gente se preocupa com o carinha de olhos azuis.

Eu continuava em choque e com cara de pasmo quando voltei para casa, duas horas mais tarde. Gavin caiu no sono assim que o carro entrou em movimento, e eu não precisei mais ouvir os papos sobre pintos e sacos vindos do banco de trás, algo que só serviria para interromper meus pensamentos. A cozinha da loja era muito mais interessante do que eu me lembrava, dos anos em que passava quase todo dia na padaria para tomar café com brownie. Estava equipada com aparelhos que eu só conhecia pela tevê e nunca imaginara ter. Havia um freezer industrial que combinava com a geladeira de três portas, um cooktop de vitrocerâmica profissional com seis queimadores, dois fornos de convecção Cyclone, um gabinete onde caberiam até dezesseis bandejas de chocolate frio, um expositor refrigerado instalado debaixo do balcão de atendimento e duas caldeiras de cobre para derreter chocolate, caramelo ou qualquer outra coisa que eu precisasse. Bem no meio da cozinha havia uma ilha de um metro e vinte por um e oitenta, dotada de um tampo de mármore perfeito para preparar doces. Durante todo o tempo que frequentei a Panificadora Andrea eu apreciei o espaço entre o balcão da frente e a cozinha no fundo. Curtia muito quando, na hora de pagar, conseguia ver todo o espaço de trabalho lá atrás, onde havia sempre alguém preparando e confeitando bolos e tortas.

Aquilo era demais e eu disse exatamente isso a Liz enquanto caminhava por toda a cozinha, deixando a mão acariciar os equipamentos. Ela tentou me explicar que os antigos donos tinham reformado e reaparelhado tudo recentemente, e afirmou que todos os equipamentos da cozinha estavam incluídos no preço, mas eu sabia que aquilo era mentira. Passei na padaria havia pouco tempo antes dela fechar e conversara com o dono. Tinha absoluta certeza de que eles não haviam reequipado nada. Para piorar as coisas, Liz não conseguia me encarar quando mentia; além do mais, nessas horas ela falava duas vezes mais palavrões do que normalmente.

– Liz, é tudo um absurdo sem tamanho. Não posso deixar que você faça isso por mim.

– Ai, caralho, Claire. Essa merda veio incluída no preço da bosta do lugar e os fodidos dos donos anteriores queriam se ver livres dessas porras todas.

Mentira, tudo mentira... Cuidado que quem mente o nariz cresce.

A parte da loja que pertencia a Liz era tão bonita quanto a minha, só que não tinha o ambiente equipado com aparelhos fodões, como o meu lado. Ela me mostrou a linha onde pretendia erguer uma parede divisória, separando os dois ambientes, mas sem estender a divisão até a frente da loja. Queria o máximo de espaço livre para que os clientes pudessem desfrutar as amplas janelas de vidro do lugar, e também para que circulassem de uma loja para a outra pelo lado de dentro. Pelo projeto dela, haveria privacidade necessária, caso meus clientes não estivessem a fim de dar de cara com consolos, vibradores, lingeries e lubrificantes no lado da Liz, mas avisou que pretendia instalar uma porta nos fundos da cozinha, para que nós duas pudéssemos circular livremente pelos dois estabelecimentos sem passar pelo corpo principal das lojas.

A parte da frente de ambos os lados tinha um balcão onde ficariam as caixas registradoras. O lado de Liz também tinha várias vitrines voltadas para a frente da rua, onde ela exibiria os itens à venda. O meu lado estava vazio no momento, mas eu pretendia enchê-lo com mesas onde os clientes poderiam se sentar, no futuro. Percebi que ela já havia feito várias mudanças no lugar antes mesmo de me contar a novidade, pois sabia muito bem que eu não conseguiria recusar a proposta depois de todo o seu trabalho para projetar tudo. Enquanto o meu lado era bem aberto, de modo a permitir que quem estivesse na frente do balcão conseguisse ver a cozinha inteira lá atrás, o lado de Liz tinha uma parede atrás do balcão, pois a única coisa grande nos fundos seria o depósito. Liz tinha realmente pensado em cada detalhe e eu estava surpresa com as coisas que conseguira realizar em tão pouco tempo.

Enquanto Gavin explorava tudo à nossa volta com muita energia, nos sentamos no chão com uma papelada infernal espalhada dos dois lados. Ficamos atoladas até os joelhos em permissões municipais, licenças, alvarás, planos de negócios, propostas de seguradoras e centenas de outros formulários que me deixaram tonta. O sonho estava tão perto que eu quase conseguia tocá-lo, mas o medo de não conseguir bancar tudo me fez roer as unhas até o sabugo. É claro que eu poderia enfrentar um monte de turnos extras no bar dos Foster, a fim de economizar mais dinheiro. Também daria para contar com uma renda extra por aturar muitas das reuniões de Liz, marcadas para divulgar seus brinquedinhos sexuais. Mesmo assim, isso não me proporcionaria grana suficiente para lhe pagar um aluguel pelo local, e eu me recusava a permitir que Liz investisse mais do seu dinheiro em mim. Liz chamou meu pai antes que eu tivesse chance de protestar. Ele foi nos encontrar na loja e deu uma boa conferida no lugar.

– E então, pai, o que achou? – perguntei, enquanto ele abria a caixa de força para dar uma olhada.

– A fiação é de boa qualidade. E a cozinha foi ligada num circuito separado do sistema de segurança – replicou.

– Não foi isso que eu quis dizer.

Minha esperança era que ele me sacudisse as ideias e colocasse um pouco de bom-senso nelas, pois era famoso por isso. Queria que ele me mostrasse o quanto eu era louca por achar que poderia encarar uma responsabilidade desse quilate; e me chamasse de idiota por ter a cabeça nas nuvens.

Ele fechou a caixa de força, virou-se na minha direção e pôs-se a analisar o teto.

– Lembra quando você estava na faculdade e eu pagava pelo seu quarto e pelas suas refeições todos os meses? – perguntou, avaliando as luminárias. – Pois bem, ao longo dos últimos cinco anos continuei depositando esse dinheiro, mês após mês, numa poupança, para o caso de, um dia, você precisar. Com os juros e a correção monetária, você tem mais de cinquenta mil dólares guardados.

Minha boca se abriu devido ao meu estado de choque. Liz, que circulava ali por perto, nem se deu ao trabalho de fingir que não estava ouvindo nossa conversa e começou a gritar e guinchar de alegria tão alto que quase estilhaçou as vidraças. Pulava para cima e para baixo, agitando os braços, e abraçou meu pai com força enquanto eu fiquei estática, tentando processar o que ele me contara.

– Seu Morgan, se o senhor não fosse pai da minha melhor amiga eu pularia no seu colo e enlaçaria minhas pernas em torno da sua cintura nesse exato momento – disse-lhe Liz, muito excitada.

– Ahn... Escute, eu deixei meu cachorro... no veterinário – gaguejou meu pai, muito sem graça, desvencilhando-se de Liz e saindo da loja às pressas.

– Seu pai tem um cachorro? – perguntou Liz, ouvindo o sininho da loja tilintar quando ele bateu a porta.

– Não. Parece que sua mania de ameaçar se esfregar de forma sensual nos homens finalmente o levou a decidir por comprar um.

Foram quase duas horas para Liz me convencer que não era egoísmo de minha parte eu aceitar a quantia que meu pai oferecera. Era dinheiro que ele tinha economizado para que eu pudesse gastar do jeito que eu bem quisesse. Por que eu não poderia usá-lo como capital para abrir o negócio com o qual sempre sonhara? Com as preocupações sobre dinheiro fora do caminho, pelo menos por enquanto, Liz me pediu para preparar uma bela bandeja de itens para a festa que tinha marcado para a tarde do dia seguinte. Jenny, amiga de um primo seu, era a pessoa que iria dar essa festa para nós; ela trabalhava na área de design gráfico. Tinha se oferecido para ajudar Liz com as brochuras, os folhetos e todo o material de divulgação necessário para a loja. Liz ofereceu algo: disse que eu prepararia as comidinhas, mas que precisaria de ajuda para criar alguma coisa que servisse para divulgação da minha loja também. Ela concordou em ajudar, desde que tivesse chance de provar todas as amostras dos meus produtos. Eu deixaria que ela provasse até minha perseguida com fondant de chocolate se ela fizesse isso por mim.

Depois da festa eu passaria na casa de Liz e Jim para jantar, tomar um pouco de vinho, bater um papo e escolher possíveis nomes para os nossos negócios.

Nossos negócios. Repeti essas palavras sem parar, mentalmente, a caminho de casa depois que saí da loja, tentando me acostumar. Tudo tinha acontecido tão depressa! Menos de dois dias atrás a ideia de ter meu próprio negócio não passava de um castelo de areia que eu jurava estar a muitos anos de se tornar realidade, se um dia acontecesse.

Embiquei o carro na garagem e desafivelei com muito cuidado o cinto de segurança de Gavin, que dormia profundamente, para poder levá-lo para dentro e colocá-lo na cama. Assim que o ergui da cadeirinha ele pousou a cabeça no meu ombro, enlaçou meu pescoço com os bracinhos e apertou com força.

– Não quero brócolis – resmungou, sonolento –, verde é nojo. – Estava tendo um pesadelo.

Soltei uma risada ao lembrar o jeito como meu filhinho falava o tempo todo dormindo. Entrei na casa e o acomodei na cama.

Perguntei a mim mesma se *ele* também falava durante os sonhos.

Liz conseguira afastar minha mente do pai de Gavin a manhã toda. Agora, porém, sozinha com meus pensamentos, sua reaparição na minha vida gritava em minha cabeça a plenos pulmões e era só nisso que eu conseguia pensar. Pelo que eu sabia, pode ser que ele estivesse apenas de passagem pela cidade… De novo! Talvez eu nunca mais ouvisse falar dele, nem tornasse a vê-lo. Estava bêbado demais para se lembrar de mim na primeira vez em que nos encontramos, e a história tinha se repetido na noite anterior. Ele não fazia a menor ideia de quem eu era.

Recusei-me a admitir que me magoava um pouco o fato de eu não ter produzido nenhum impacto na vida dele cinco anos atrás, enquanto eu não conseguia passar um único dia sem pensar *nele*.

7

Abra a boca e insira vodca

Ela pousou os cotovelos no balcão e se inclinou na minha direção. Seus olhos me deixaram hipnotizado. Pareciam poças feitas da mais pura calda de chocolate Hershey's. Sim, era ela. Depois de todos aqueles anos, eu finalmente conseguia ver seu rosto. Ela era tão atordoantemente bela quanto eu me lembrava.

– Andei te procurando por toda parte – revelei.

Ela riu e isso me provocou arrepios no corpo todo. Eu me lembrava daquela risada; era música para meus ouvidos. Ela estendeu o braço acima do balcão, pousou a mão no meu braço direito e a deslizou suavemente até deixá-la sobre a minha mão.

– Copos cheios geralmente respondem às suas perguntas? – indagou ela, com um sorriso.

– Ei, espere um instante… Você é a garota do bar – disse eu, confuso.

– Ah, sou? – perguntou ela, com um risinho afetado.

Dessa vez ela inclinou o corpo todo por cima do balcão, apertou a bochecha contra a minha e sussurrou em meus ouvidos:

– Pergunta qual é o meu filme favorito – pediu, num murmúrio sensual.

Virei a cabeça e arrastei meu nariz pelo rosto dela. O cheiro de chocolate continuava ali. Mas aquilo não fazia sentido. Alguém começou a bater com força na porta do bar. Ela se afastou de mim e virou o rosto na direção das batidas. Recuou dois passos enquanto as batidas continuavam.

– Espere! Não vá embora. Pelo menos me diga o seu nome – implorei.

Ela continuou recuando e eu olhei para o rosto dela com muita atenção tentando decorar cada detalhe: olhos castanhos, cabelos pesados em tom castanho mais claro. Lábios em formato de coração e uma covinha em cada bochecha.

Também era essa a aparência da garota do bar. Só que aquela ali tinha os mesmos olhos e a mesma voz da MINHA garota. Que diabos estava acontecendo?

– Por favor, me fala o seu nome! – gritei mais uma vez.

Acordei e sentei na cama, assustado com o som de batidas fortes na porta do meu apartamento e o coração disparado como se eu tivesse corrido uma maratona. Passei as mãos pelos cabelos e me joguei de costas na cama novamente, tentando me lembrar sobre o que tinha acabado de sonhar. Eu estava bem ali, nos limites da minha consciência, mas não conseguia captar as imagens por inteiro. Havia algo importante que eu precisava me lembrar sobre aquele sonho. Fechei os olhos e tentei trazer tudo de volta à mente. O silêncio durou dois segundos, antes de as batidas contra a porta da frente recomeçarem e me interromperem os pensamentos.

– PARA COM A PORRA DESSE BARULHO! – gritei, ao perceber que os socos na porta continuavam e irritado por não conseguir me lembrar do sonho.

Ó Deus, eu nunca mais beberia de novo.

Eu encarava os sonhos mais esquisitos toda vez que bebia. Por que diabos não conseguia me lembrar daquele? Peguei o travesseiro que estava ao lado do meu e o apertei entre os ouvidos, tentando abafar o som da porta sendo derrubada.

– Abra essa porra, seu comedor de cabritas! – gritou a voz abafada de Drew, que seguia socando minha porta da frente. Percebi que se não me levantasse ele iria continuar com o esporro e eu seria obrigado a matá-lo.

A bateção na porta continuou quando eu tornei a me sentar, tirei as cobertas de cima de mim com raiva e cambaleei pela casa alugada com os olhos fechados. Ainda havia caixas e mais caixas espalhadas pelo caminho com um monte de merdas da mudança. Eu ainda não tinha desembalado quase nada, e chutei os obstáculos para tirá-los do caminho enquanto tentava alcançar a porta. Consegui sem quebrar nenhuma perna nem braço, e a escancarei com um grunhido de raiva.

– Puta merda, cara, você não me parece nada sexy – observou Drew, me empurrando com o ombro e entrando em casa, vestindo uma de suas camisetas com mensagens. Juro que aquele cara tinha, no mínimo, duzentas e cinquenta camisetas com palavras e frases escrotas. A daquela manhã dizia: "Já fiz nº 2 hoje".

– Entre e fique à vontade, Drew – resmunguei ironicamente, batendo a porta com força e o seguindo até a sala de estar. – Você interrompeu um sonho excelente que eu estava curtindo. Pelo menos eu acho que era bom, mas não consigo me lembrar direito.

– O sonho foi com aquela garçonete gostosa que você secou a noite toda ontem? – perguntou, com uma gargalhada.

– Muito engraçado. – Mantive o rosto impassível, me encostei no portal e cruzei os braços diante do peito.

– Quem me dera que eu estivesse brincando, cara. A amiga loura dela me perguntou se você era retardado, na hora em que pegou a cerveja e despejou tudo no pescoço e na camisa, em vez de beber pela boca. Que, por sinal, estava abertona, mas de espanto, enquanto você olhava para a bunda da atendente morena.

Uau, aquela realmente não tinha sido uma das minhas melhores noites.

– Talvez eu deva ir até lá para pedir desculpas à…

Merda, me deu um branco total.

– À tal morena… – completou Drew, por mim. – Mais uma garota cujo nome você não perguntou. Dessa vez, pelo menos, sabemos onde ela trabalha. Porra, esta casa tá uma zona! – reclamou, tirando as caixas do caminho com os pés para tentar chegar ao sofá.

– Você veio até aqui só para me insultar ou existe um motivo para essa visita de manhã tão cedo?

– Manhã cedo? É meio-dia e meia, otário. Temos nossa apresentação na empresa nova à uma da tarde – lembrou Drew, empurrando uma caixa de livros para o lado e se largando no sofá.

– MERDA! Você tá de sacanagem comigo? – gritei, correndo até a cozinha e derrubando mais caixas pelo caminho. Confirmei a informação no relógio do micro-ondas: meio-dia e trinta e quatro. Puta que pariu! Tudo o que eu não precisava era chegar atrasado no primeiro dia na nova fábrica. Despi a camiseta às pressas, cheirei debaixo do braço e recuei com uma careta. Eu fedia a destilaria.

Corri para o banheiro, tomei a chuveirada mais rápida da história, vesti uma camisa de manga comprida limpa e uma calça jeans. Drew desrespeitou todos os limites de velocidade e conseguimos chegar à fábrica de automóveis de Butler dois minutos antes da hora marcada.

A montadora ficava fechada aos domingos, e nosso pequeno grupo de funcionários transferidos de outras fábricas seriam as únicas pessoas no local, naquele dia. Havia vinte de nós que tinham sido trazidos de diferentes fábricas em todo o país, e todos iriam começar a trabalhar no dia seguinte. As montadoras funcionavam mais ou menos do mesmo jeito, então não precisávamos aprender nosso trabalho, nem nada desse tipo. Iríamos até lá unicamente para assinar a papelada de transferência, preencher novos cadastros para a Divisão de Recursos Humanos e assistir a alguns vídeos sobre a história da empresa, além de aprender a não assediar sexualmente as colegas. Esse último filme era o nosso favorito. O mesmo vídeo vinha sendo mostrado ao longo dos últimos trinta anos. Foi gravado nos anos 70 e tinha música de filme pornô tocando no fundo. Reunir um grupo de metalúrgicos rudes numa sala para exibir uma fita que mostrava um cara de terno passando a mão na bunda da secretária só poderia resultar em anarquia completa, meu povo!

Entramos pelo portão dos operários e fomos direto para uma sala de conferências que ficava ao lado da entrada. Drew e eu assinamos nossos nomes numa lista de presença pendurada numa prancheta, à entrada, e nos sentamos numa das últimas mesas, no fundo da sala. Olhamos em torno, observando todas as caras que nos olhavam de volta, para ver se reconhecíamos alguém.

– E aí...? Que tipo de debiloide você acha que será nosso chefe de departamento? – perguntou Drew, baixinho. Um cara sentado ao lado dele se inclinou para responder antes de eu ter a chance de falar.

– Na verdade, ele é muito gente boa. Trabalha aqui há mais de vinte anos, e se ninguém fizer nenhuma cagada da grossa ele deixa a galera trabalhar em paz. Olá. Meu nome é Jim Gilmore – apresentou-se o cara, estendendo a mão para cumprimentar Drew, que acabou de fazer as apresentações.

– Fala, cara. Meu nome é Drew Parritt, e este é Carter Ellis. – Todos nos cumprimentamos e Drew continuou a falar. – Há quanto tempo você trabalha aqui?

– Alguns meses, apenas. Minha noiva e eu acabamos de nos mudar para cá. Morávamos em Toledo.

– Sério? Foi de lá que nós viemos. A gente trabalhava na montadora de Toledo, mas acabamos de ser transferidos para cá – informei.

– Que mundo pequeno! – exclamou Jim. – Minha noiva nasceu aqui em Butler. Nós nos conhecemos na faculdade... Universidade de Ohio. Ela quis voltar a morar em sua cidade natal assim que nos formamos, e aqui estamos nós.

– Ei, fomos numa festa lá, uma vez, num fim de semana, nos tempos de faculdade. Puxa, Carter, você provavelmente nem se lembra, né não? – perguntou Drew só pra me sacanear, pois sabia muito bem o quanto eu me lembrava daquela festa.

– Cala a boca, babaca – resmunguei. – E aí, Jim, por que você teve que vir assistir a essa palestra da apresentação?

– Eles me "convenceram" a vir aqui para oferecer a vocês um tour pelas instalações da fábrica quando a palestra acabar, e também vou apresentá-los ao seu novo chefe.

– Desde que ele me deixe em paz, não pegue no meu pé nem tente botar no meu rabo, tenho certeza de que nos daremos bem – disse Drew.

– Ah, é? Pois eu sempre achei que você gostasse quando caras grandes e fortes te enrabam, Drew – brinquei.

– Você deve ter me confundido com teu pai e com a boceta que está nascendo entre as pernas dele. Por falar nisso, quando foi mesmo a última vez que você comeu alguém? Porque eu meti a rola ontem à noite mesmo, enquanto você babava, latia como uma cadela no cio e vomitava no estacionamento do bar.

– Te garanto que eu não estaria me gabando se tivesse comido a bunda de uma garota cuja xereca é famosa por ter como apelido bacalhau de supermercado.

– Pois é, reconheço que esse não foi meu melhor momento. Fiquei tão desapontado que estou com o gostinho daquilo na boca até agora.

– Gostinho é de porra! – zoei.

– Vá se foder, caralho, ela não era homem – replicou Drew, recostando-se na cadeira e cruzando os braços diante do corpo. – Por favor, Jim, diz que você conhece um monte de gostosas por aqui – implorou.

– Vocês estão com sorte, galera – garantiu Jim, rindo muito. – Minha noiva tem várias amigas solteiras.

– Não se preocupe com a mocinha aqui do meu lado – disse Drew, enquanto Jim bebia alguns goles de uma garrafa de água. – Ele tomou uma chave de boceta de uma mina com quem dormiu uma única noite... Uma garota que tinha cheiro de trufas de chocolate.

Jim derramou a água da garrafa e se engasgou com o que tinha na boca. Drew precisou agir e lhe deu uns tapas fortes nas costas. Depois de se recuperar, o sujeito ficou sentado ali, olhando para mim com uma cara muito engraçada.

Que porra de mania era aquela das pessoas ficarem me olhando fixamente nos últimos dias? Ontem à noite tinha acontecido no bar, e agora ali. Certamente havia algo de muito esquisito com o pessoal daqui.

Foi nesse instante que um dos supervisores entrou na sala e colocou para passar o vídeo sobre os perigos do assédio sexual no trabalho. Todo mundo resolveu aplaudir e assobiar assim que a música começou.

– Por que vocês dois não aparecem hoje à noite na minha casa para jantar e tomar uns drinques? – convidou Jim, erguendo a voz para se fazer ouvir acima dos gritos dos novos colegas, que se viraram todos para a frente da sala. – Minha noiva poderá avaliar se vocês prestam para serem apresentados às amigas dela – explicou, com uma risada sacana.

– Ô, Claire, esse lubrificante íntimo realmente tem gosto de cheesecake com morango?

– Tem sim, claro – garanti.

– Esse vibrador Jack Rabbit descobre direitinho onde fica o ponto G ou é preciso um outro acessório para isso?

– Tem certeza de que esse warming gel esfria depressa, depois da transa? Na última vez que meu namorado e eu resolvemos usar lubrificante que esquenta, o pau dele sofreu queimaduras de segundo grau.

Matem-me. Alguém me sacrifique, agora mesmo!

– Onde, exatamente, é para colocar o anel peniano num cara? Acho que não colocamos o acessório no lugar certo, porque depois de alguns segundos ele soltou e ficou lá dentro da minha vagina. Foi uma visita muito esquisita à emergência do hospital, imagina? Mico total!

Eu estava prestes a perder as estribeiras se mais alguém me fizesse uma única pergunta daquelas, que eu não sabia responder. Era só isso que eu vinha ouvindo daquelas malucas havia mais de meia hora. PORRA! Bastava que elas comprassem alguma bosta e calassem a boca. Isso era pedir muito, por acaso?

– Você já deixou um cara usar um vibrador em você? Ouvi dizer que a mulher sobe pelas paredes.

– Muito bem, escutem com atenção! – gritei, erguendo as mãos bem no alto para fazê-las fechar a matraca. – Minha experiência com todos esses produtos é ZERO. Estou fazendo essas demonstrações como favor a uma amiga, porque preciso ganhar uma grana extra para investir no negócio que estou abrindo. Tive, a vida inteira, apenas um parceiro sexual e meio, e ambas as experiências foram uma bosta. A primeira aconteceu quando eu ainda estava na faculdade; nós dois ficamos completamente bêbados, eu nem mesmo consegui descobrir o nome do cara, mas ele me engravidou depois de uma única trepada. A outra vez foi com um amigo. Decidi tentar novamente para ver se tinha mais sorte. O pai estava com a chave da casa dele e entrou sem avisar, bem na hora em que ele tinha acabado de me penetrar, com duas únicas estocadas. Isso acabou com todo o clima que pudesse estar rolando. Decidi que minha xereca é amaldiçoada. Todos os orgasmos conscientes que tive na vida foram autoinduzidos, e nunca utilizei nada que exigisse pilhas, instruções especiais para limpeza, nem alertas usados normalmente para quem lida com armas de destruição em massa. Se vocês quiserem encomendar alguma coisa, estarei na cozinha. Por favor, experimentem as batatas fritas com cobertura de chocolate.

Eu me virei, saí quase correndo da sala e fui direto para a cozinha. Onde se encontrava aquele buraco gigantesco no chão que engole as pessoas quando elas mais precisam? Agora, todas aquelas mulheres provavelmente estavam fofocando sobre a grande perdedora e manezona que eu era. Certamente vão contar pra todo mundo que nunca mais irão comprar produtos conosco. Merda, Liz vai me demitir. Eu teria que contar a todo mundo que tinha sido demitida porque não servia para vender pirocas artificiais. Puxa, eu não conseguia nem mesmo vender pirocas falsas para um bando de mulheres loucas de tesão para tirar as teias de aranha da periquita. Como é que alguém consegue se recuperar de um fracasso desses? Para piorar as coisas, despejei sem querer meus segredos mais obscuros e secretos para um bando de fofoqueiras que eu nem conhecia.

– Oh, querida, pobrezinha – disse Jenny, a dona da casa, entrando apressada atrás de mim na cozinha e me abraçando com força. A primeira coisa que as pessoas aprendem a meu respeito quando me conhecem (e aprendem bem depressa), é que não devem invadir meu espaço pessoal, sob o risco de levarem um pescotapa.

Fiquei ali, dura como uma tábua, com os braços firmes ao lado do corpo. Não entendo gente que gosta de abraçar outras pessoas. Não entendo *mesmo*. Um firme e simpático tapinha no ombro funciona muito bem nessas horas.

– Vou comprar um Jack Rabbit! – proclamou Jenny.

– Ora, puxa... Não, você não precisa... – tentei argumentar, enquanto me desvencilhava do abraço. Aquele aparelho me causava arrepios: tinha quatro velocidades, abas que pareciam orelhas, contas do tamanho de bolas de gude que giravam! Devia ser obrigatória a obtenção de uma permissão municipal para colocar em funcionamento um troço desses.

Depois de vários minutos de bajulações e lisonjas, Jenny conseguiu me levar novamente para a sala de estar. Logo que anunciou a todas que iria comprar um dos meus brinquedinhos, a sala inteira entrou em erupção, soltando um monte de gritinhos de apoio. Para minha mortificação total, *todas* começaram a comentar umas com as outras sobre o que pretendiam comprar de mim. Tive que traçar um limite com certa firmeza quando desembestaram a combinar uma festa em homenagem à perda da minha virgindade para vibradores. Ouvi ideias originais para o comes e bebes: coquetel de frutas com cubos de gelo em formato de glande e sopa de massinha em formato de pica. Comecei a sentir uma dor de cabeça dos infernos. A qualquer momento elas iam se dar as mãos para entoar a canção Kumbaya para a minha vagina – minha pobre e mal-amada vagina que nunca tinha conhecido o toque pulsante, o latejar profundo de um pênis de borracha. Desculpe, minha querida perseguida, acho que eu devia ter dado um pouco mais de atenção a você.

No fim da história, acabei vendendo duas vezes mais o que venderia normalmente, porque cada cliente comprou dois produtos de cada, um para si mesma e outro para mim. Se minha vagina não estivesse protegida por calcinhas de algodão e jeans, certamente teria ficado ofendida com os olhares de pena que lhe lançaram. Juro que enquanto cada uma das compradoras preenchia o pedido, olhava para o espaço entre as minhas pernas. Agora eu sei o que as mulheres com peitos gigantescos sentem quando os caras não conseguem prestar atenção nos olhos delas durante o papo.

Quando a última garota foi embora, dando um abraço bem apertado em mim e em Jenny, e balançando na mão uma sacolinha com produtos eróticos, nós duas despencamos no sofá da sala de estar.

– Obrigada por organizar essa reunião aqui hoje, Claire – agradeceu com um sorriso. – E muito obrigada pela fantástica bandeja de doces. Vou ser sincera: você tem um lindo dom, sabia? Aqueles pretzels cobertos com caramelo e chocolate quase me provocaram um orgasmo. E isso não é pouca coisa, se considerarmos que estive rodeada de fibriladores a noite toda.

Meus olhos se arregalaram. Ergui a cabeça que estava grudada no encosto do sofá e estudei o perfil de Jenny, que continuava ao meu lado observando, com ar distraído, suas unhas muito bem cuidadas. Era uma pessoa legal e nos demos muito bem, mas algumas das coisas que saíam de sua boca me davam um nó na mente.

– Ahn... Jenny, você não quer dizer *des*fibriladores?

O motivo dela ter usado uma palavra tão específica numa frase sobre brinquedinhos sexuais estava além da minha compreensão, a não ser que estivesse supondo que algo em minha caixa de surpresas poderia provocar uma parada cardíaca em alguém. Se bem que, analisando a situação de forma objetiva, eu quase tive um infarto quando vi o tamanho de um chamado Africanus Zulu. Onde, exatamente, uma mulher deveria enfiar aquele troço?... Dava para tapar um bueiro!

– Espere, o que foi mesmo que eu falei? – perguntou Jenny. – Puxa, eu quis dizer "vibradores". Nossa, que esquisitice a minha!

Eu simplesmente balancei a cabeça para os lados e me levantei do sofá para empacotar todas as tralhas numa mala extra. Imaginem que sorte a minha, guardar toda aquela merda em casa! Se alguma coisa acontecesse comigo e a polícia ou outra autoridade tivesse que entrar lá, eu ficaria extremamente humilhada, mesmo que já estivesse morta e enterrada.

Caraca! E se *meu pai* encontrasse aquilo? Certamente iria achar que sou tarada. Qual a mulher que precisa de trinta e sete vibradores e dezenove frascos de lubrificante? Merda, eu precisava guardar as mercadorias na casa da Liz. Ainda não tinha contado nada a papai sobre o que Liz venderia na sua parte da loja. Nenhuma garota deveria ser forçada a conversar sobre consolos, vibradores e anéis penianos com o próprio pai. Isso era errado em todos os sentidos. De qualquer modo ele descobriria tudo na primeira vez que entrasse na loja, como todas as pessoas.

– Então, vou começar a criar seus folhetos ainda essa semana, assim que você me enviar as fotos dos itens que quer anunciar – prometeu Jenny. – Vou criar um para você, um para Liz, e um terceiro para divulgar as duas. Você me disse que vai haver uma reunião hoje à noite para decidir o nome da loja, certo?

– Pois é, vou à casa de Jim e Liz daqui a pouco – informei, fechando o zíper da mala. – Ei, por que você não aparece lá? Poderá nos ajudar com algumas sugestões.

– Ah, não sei. Parece que estou impondo minha presença.

Puxei a alça de plástico no alto da mala e olhei para a designer.

– Você não vai atrapalhar em nada. Já conhece Liz e sabe que ela sempre prepara comida para um exército. Ela não vai se importar nem um pouco.

– Bem, se você acha que não há problema, talvez eu dê uma passadinha. Preciso sair um pouco para me distrair. Quem sabe ela me apresenta um gato solteiro? Estou tão desesperada que aceitaria até um feio e desempregado, desde que seja limpinho e saiba como usar a língua.

Olhei para ela paralisada, desejando apagar essa última frase da conversa *e* da memória.

– Vou acabar de arrumar as coisas por aqui, e talvez tente encaixar um belo orgasmo entre uma coisa e outra. Mas encontro vocês por lá.

Minha cabeça parecia ter acabado de explodir.

– Ahn... Jenny? Você acabou de me dizer que vai tentar encaixar um belo *orgasmo* no seu dia?

Por favor, Senhor, faça com que eu tenha entendido errado.

– Ora, por que não? Preciso testar tudo para ver se comprei o equipamento adequado, concorda? Se eu não gozar rapidinho vou devolver a mercadoria. A média de dois minutos e meio é o meu parâmetro.

Ó, minha santa padroeira dos vibradores, não permita que ela me devolva um consolo usado e todo melado de fluido vaginal. Que diabo eu vou fazer com o produto? Será que é preciso uma vestimenta vedada para pegar o vibrador devolvido, como as usadas para lidar com material radioativo? Isso não estava descrito na minha lista de deveres e obrigações profissionais.

– Tudo bem, a gente se vê na casa da Liz, então – falei, quase correndo para cair fora dali e puxando a mala de rodinhas com força, mesmo sabendo que uma rodinha estava solta.

Quinze minutos depois eu entrava na casa de Liz e Jim. Liz surgiu no saguão com uma expressão de pânico no rosto.

– Elizabeth Marie Gates, você me deve uma, sabia? Hoje eu passei pela experiência mais pavorosa de toda a minha vida! – exclamei, desabotoando o casaco.

– Claire, é melhor eu avisar logo de cara que…

– Quando eu convidei Jenny para jantar aqui, ela, do nada, me contou que planejava passar um tempinho com o vibrador novo antes de vir – contei, horrorizada, interrompendo-a. – Não vou conseguir olhar na cara dela a noite toda.

– Claire, tem uma coisinha…

– Você devia ter me avisado que aquelas malucas iriam me fazer um milhão de perguntas embaraçosas sobre lubrificantes, ponto G, e eu não faria a mínima ideia de como responder a elas. "Não esquenta… Tudo que você precisa fazer é ficar lá e anotar os pedidos" – reclamei, na minha melhor imitação da voz de Liz, enquanto despia o casaco.

– Você precisa…

– Despiroquei geral depois da pergunta sobre anéis penianos que se soltam e ficam presos no ponto G, e então lhes contei minha espetacular história sexual. Jesus Cristo protetor dos micos, Liz… Uma mulher que só deu uma trepada e meia na vida e não chegou nem perto de gozar em nenhuma delas NÃO DEVERIA vender acessórios sexuais! – reclamei, pendurando o casaco no gancho junto da porta e me virando de frente para ela.

– Claire, é melhor você falar mais…

– Contei a elas sobre Max, Liz. MAX! A palavra que juramos nunca mais pronunciar. Contei tudo sobre ele ter metido em mim uma única e desajeitada vez, com duas penetradas chochas antes do pai dele nos pegar no flagra – disse eu, andando de costas pelo saguão em direção à sala de visitas. – Dá pra imaginar pelo horror em seu rosto que só agora você percebeu o quanto essa noite foi inesquecível para mim.

– Claire. Cala. A. Boca!

– Por que você achou que eu poderia ser boa nisso? – perguntei, parando antes de entrar na sala, ainda de costas. – No fim da reunião, todas as taradas estavam lançando olhares de pena para a minha vagina. Ela vai acabar ficando complexada, Liz. A pobrezinha já deve estar me culpando, porque as únicas vezes em que conseguiu gozar foi com o auxílio dos meus dedos. E nem considero aquela vez em que você esfregou sua perna nela, sem querer, porque estávamos trêbadas depois das provas finais do primeiro ano da faculdade – completei, e Jim apareceu com uma garrafa de Three Olives sabor uva numa mão.

Olhei para ele e voltei para Liz.

– Por que vocês dois estão me encarando desse jeito? – eu quis saber. A boca de Liz estava aberta e ela olhava para alguém por cima do meu ombro.

Ai, por todas as fodas mal dadas.

Olhei para Jim, que me lançou um olhar solidário e me entregou a garrafa de vodca.

Ai, pela mais seca das fodas secas.

– Tem alguém ouvindo tudo isso atrás de mim, não tem? – perguntei, num sussurro quase inaudível.

Liz fez que sim com a cabeça, bem devagar. Engoli o bolo de pelo que me surgiu na garganta e tateei com a mão, meio de lado, para pegar a garrafa de Jim, que continuava estendida. Ele já tinha desatarraxado a tampa. Eu a peguei pelo gargalo, tomei um gole imenso e senti meus olhos se encherem de lágrimas por causa do calor do álcool que me desceu pela garganta e me queimou o estômago. Virei-me lentamente para enfrentar meu destino e morrer de humilhação. Quando terminei de dar a meia-volta, a garrafa de vodca escapuliu da minha mão. Graças a Deus, Jim tem reflexos rápidos. Sua mão se lançou como uma mola e agarrou a garrafa no ar, antes que se espatifasse no chão.

– E aí, alguém mais quer beber alguma coisa? – perguntou Liz, com a voz empolgadinha, às minhas costas.

8

Pirado por trufas de Chocolate

A reunião de orientação na fábrica demorou horas. Quando acabou, Jim, Drew e eu resolvemos parar para tomar uma birita antes de irmos para a casa do Jim. Estávamos sentados junto da janela, na mesa alta de um sports bar, num bairro próximo. Gostei mais ainda de Jim. Ele tinha pé no chão e era muito gente fina. Deu um monte de dicas sobre lugares aonde ir e coisas para fazer na região. A conversa rolou com facilidade e parecia que nos conhecíamos há vários anos.

– Acho que preciso ouvir um pouco mais sobre essa tal Miss Trufa de Chocolate – pediu Jim, depois de virar o primeiro chopp. Fechei os olhos, desejando que ele esquecesse o comentário que Drew tinha feito na fábrica.

– Puxa, pensei que você nunca fosse perguntar – disse Drew, com um sorriso, inclinando-se na cadeira e entrelaçando as duas mãos na nuca.

– Ah, não… Nem pense em contar essa história, seu babaca – reagi.

– Carter, eu sou a única pessoa CAPAZ de contar esse lance. Tenho a perspectiva de quem estava de fora da situação, sem falar da lembrança quase perfeita dos eventos que se sucederam naquela noite. Além do mais, sou eu que tenho que aturar seus choramingos constantes há cinco anos e sua eterna necessidade de parar em lojas femininas para cheirar loções e perfumes. Quem sabe Jim não coloca um pouco de bom-senso nesse teu cérebro de chocólatra.

Senti meu rosto ficar vermelho como um tomate, e não foi por causa do calor do ambiente. Não conseguia acreditar que Drew estivesse colocando para fora todas aquelas merdas. Teria que reavaliar seu posto de melhor amigo no fim da noite. Seu cartão do Clube dos Amigos do Peito de Carter Ellis iria ser cancelado. Bem... só de pensar nessa frase ridícula já me fazia sentir o "rei dos manés".

– Foi assim que o lance rolou... – começou Drew, ignorando por completo os olhares de revolta do tipo "vou te matar" que eu lançava em sua direção. – Cinco anos atrás, entramos de penetra numa festa da fraternidade de alunos da sua universidade.

– Espere um instante... Quer dizer que nenhum de vocês dois fez faculdade lá? – interrompeu Jim, parecendo muito empolgado.

Tente conter essa empolgação quando chegar a parte em que sou humilhado, babaca.

– Não! – respondeu Drew, quase latindo a palavra. – Eu soube da festa pelo amigo de um amigo, você sabe como são essas coisas. O fato é que assim que chegamos na balada o meu pequeno amigo Carter viu uma garota do outro lado da sala. Juro que quase deu para ouvir a canção "Dream Weaver", uma daquelas bem mela cueca, e eu vi estrelas cintilando em torno da sua cabeça. Ele ficou vidrado nela por mais de meia hora antes de eu aconselhá-lo a deixar de ser viadinho e ir dar uma ideia na gata. Ela estava ao lado de uma amiga gostosa e eu fiquei interessado.

Girei os olhos de impaciência ao ouvir sua versão da história. Pelo que eu me lembro, Drew tinha me pedido para acompanhá-lo numa visita a uma feiticeira vodu cujo endereço ele encontrou no catálogo telefônico, depois de desconfiar que uma garota que conheceu naquela festa tinha feito uma macumba para o seu pau. Por mais de duas semanas ele dormiu com o saco envolto em farinha amarela com folhas de arruda, mas se recusou a sacrificar uma galinha preta.

– De repente ele começou a conversar com a gata – continuou Drew. – Entraram numa de citar frases famosas de filmes que curtiam, ou uma babaquice desse tipo que me encheu a paciência e me fez lançar meu charme para a amiga ao lado, a fim de passar o tempo. Gostamos um do outro logo de cara e deixamos os dois manés entregues à própria breguice. A garota ao lado era gostosíssima, dona de uma bunda de respeito. Entramos no quarto vazio mais próximo e trepamos como coelhos a noite toda.

Drew viajou num olhar sonhador e distante, como se lembrasse de cada detalhe.

– Que engraçado… – comentei –, porque no dia seguinte à festa você não se lembrava de porra nenhuma sobre essa tal garota, a não ser o fato dela ter lançado uma maldição sobre sua patética minhoca, para que ela murchasse e apodrecesse. Agora, do nada, você se lembra de tudo com clareza perfeita? Você acordou numa banheira sozinho, seu otário, não comeu ninguém! – falei, em tom de zoação, com uma risada.

– Ei, estamos falando de você, não de mim. Puxa, pensei que tivéssemos combinado de nunca mais mencionar a *maldição*. Sua Alteza zulu, a feiticeira Joelma Kumba foi bem específica sobre a importância disso – declarou Drew, com ar sério. – E aí, onde é que eu estava mesmo? – perguntou, depois de olhar por sobre os ombros, caso a grande e poderosa Joelma, que cobrava trinta e cinco dólares por minuto de consulta e aceitava Visa, Mastercard e tíquete-refeição, estivesse atrás dele segurando um boneco de vodu com alfinetes espetados entre as pernas. – O fato é que Carter acordou na manhã seguinte boladão, achando que estava com o pau sangrando!

Jim riu com vontade, bateu com a tulipa na mesa para poder enxugar algumas gotas que lhe escorriam pelo queixo e perguntou:

– Vamos lá, conta aí: por que diabos você achou que seu pau estava sangrando?

– Porque… – bufei de leve.

– Porque Carter comeu uma virgem cujo nome nunca descobriu e acabou com a cobra cega toda melecada de sangue – disse ele com uma gargalhada, antes de eu ter chance de contar.

Pensei ter ouvido Jim abafar um grunhido de susto e olhei depressa em sua direção para ver o que acontecera, mas ele já estava com outra tulipa na boca e desviou o olhar. Talvez eu tenha imaginado isso. Virei-me para Drew, que continuava rindo como um boçal.

– Escute, Drew, na boa… Você está tornando esse lance mais ridículo do que foi. Precisa trabalhar mais suas habilidades de caozeiro – reclamei.

– Mas tudo o que eu contei foi a pura verdade. Você é que continua puto depois de todos esses anos tentando reencontrar a ex-virgem, sem nunca mais ter tido a chance de cheirar aquele cangote.

Ah, claro, isso não parecia nem um pouco ridículo.

Depois de sentir uma vibração estranha e quase hostil vinda de Jim nos últimos minutos, ele finalmente pareceu relaxar.

– Uau, quer dizer que você realmente procurou pela garota e nunca descobriu quem ela era? – quis saber ele.

Drew abriu a boca para responder, mas eu lhe dei um soco no braço.

– Calado. É minha vez de falar – decidi.

Suspirei longamente. Detestava pensar nessa parte da história. Por algum motivo, aquilo fazia meu peito doer.

– Sim, procurei. Daria qualquer coisa para conversar com ela novamente e não me importo de parecer frescura. Perguntei a todos os alunos daquele maldito campus e ninguém conseguiu me dizer nada. Fui até a administração e tentei subornar a secretária para me deixar dar uma olhada nos anuários de formatura – expliquei.

– KKKKK, isso mesmo! E ela chamou a polícia, lembra? – Drew riu.

– Ahn... é, eu me lembro. Ela chamou a polícia porque *você* disse a ela que precisávamos ver as fotos de todo o corpo feminino da escola, com trocadilho, para descobrir qual das alunas tinha me deixado de pau duro. Ela achou que eu era um tarado pervertido.

– Mas, afinal de contas, por que você fazia tanta questão de reencontrá-la? Puxa, todo mundo já curtiu uma trepada de uma noite só em algum momento da vida. Muitos caras, inclusive, se consideram sortudos quando não precisam aturar o papinho furado pós-transa no dia seguinte – declarou Jim.

Eu devia ter vergonha do papo, mas não me senti assim, com toda a honestidade. Embora tivéssemos acabado de conhecer Jim, ele me parecia o tipo de cara em quem dava para confiar; um sujeito que não iria me julgar, ao contrário do meu ex-melhor amigo, que fingia tocar um imaginário violino romântico para acompanhar minha história triste.

– Havia algo nela – continuei, com simplicidade, dando de ombros. – Algo que me atraiu e me fez ter vontade de ficar ao seu lado. Conversamos durante várias horas, enquanto jogávamos *beer pong*. Ela curtiu meu senso de humor e descobrimos que gostávamos das mesmas músicas e dos mesmos filmes. Todas as coisas que me lembro dela, ainda hoje, só me fazem querer reencontrá-la, nem que seja para saber se ela realmente existiu. E isso não teve nada a ver com o sexo. Embora eu reconheça que iria adorar ter uma chance de me desculpar com ela por arruinar sua primeira noite, já que eu estava completamente bêbado. No fundo, porém, é muito mais que tudo isso. A verdade é que nenhuma outra mulher permaneceu na minha mente durante tanto tempo quanto ela. O que me deixa mais louco é não conseguir me lembrar direito do seu rosto – terminei, irritado, dando um peteleco numa tampinha de garrafa de cerveja e atirando-a longe.

Um ar de compreensão pareceu surgir no rosto de Jim, e ele concordou com a cabeça. O lampejo de raiva que imaginei ter visto em seu rosto durante a história subitamente desapareceu.

– Muito bem... Agora que você já passou pela parte melosa e pelo sentimentalismo barato, deixe isso de lado e conta pro Jim aquelas merdas de perseguidor tarado que você apronta – *incentivou-me* Drew.

– Vá se foder, Drew. Não sou um perseguidor tarado porra nenhuma.

– Ah, sei! Quer dizer que me arrastar para todas as lojas femininas que aparecem na nossa frente e me deixar ali em pé, que nem um palhaço, enquanto você cheira tudo que é feito de chocolate, tenha aroma de chocolate ou peide chocolate não é esquisito? E não pense que eu me esqueci daquela vez, faz alguns meses, quando a vendedora me perguntou há quanto tempo estávamos namorando e você me enlaçou com o braço e mandou: "Bem, darling, eu e esse urso peludo, forte e sexy estamos juntos há sééééculos" – contou Drew, imitando a voz aguda que eu tinha usado para responder.

Jim jogou a cabeça para trás e riu tanto que eu acabei rindo junto, ao me lembrar do lance. Quando Drew se virou para sair da loja, naquele dia, eu lhe dei um tapa carinhoso na bunda. Foi realmente uma cena que não tem preço.

– Então – continuei –, já se passaram cinco anos e eu ainda não consegui tirar o cheiro dela da minha cabeça. Grandes merdas! Eu nunca me dei ao trabalho de procurar no Google todas as lojas que vendem perfumes com aroma de chocolate e saio apenas para cheirar os produtos uma vez por mês. Quando encontro uma loja que vende loções ou sabonetes, entro e cheiro alguns, para o caso de um deles ter o cheiro dela. Não consigo desperdiçar nenhuma oportunidade de tentar sentir aquele perfume novamente. Isso até hoje me enlouquece.

Os dois homens à minha frente permaneceram imóveis, olhando para mim. Porra, acho que Drew tinha razão: talvez estivesse realmente nascendo uma vagina em mim.

– Meu amigo, você tem que trepar com um monte de vadias até tirar essa mulher-chocolate da cabeça de uma vez por todas. Ou então nós precisamos arrumar urgentemente uma garota maneira que não foda com a tua cabeça e te faça esquecer a inesquecível "Periquita Coberta de Chocolate ao Leite" – sentenciou Drew, balançando a cabeça para os lados, com tristeza.

– Pode ser que eu conheça a garota certa pra você – anunciou Jim, prendendo o riso.

– Perfeito! – proclamou Drew, dando um violento tapa nas minhas costas. – Viu só, parceiro? Pode ser que ainda exista esperança para você. Ei, talvez consigamos convencê-la a esfregar um pouco de Toblerone na buça. Podemos dizer a ela que você tem um fetiche do tipo Willy Wonka, o dono da Fantástica Fábrica de Chocolate – completou Drew com uma gargalhada, terminando o chopp.

Chutei a cadeira quando vi que Drew se apoiava só nas duas pernas de trás. Enquanto o observava fazer movimentos de moinho de vento com os braços para readquirir o equilíbrio e não se estatelar no chão, pensei ter ouvido Jim sussurrar algo que me pareceu: "Isso não será necessário."

Quando chegamos à casa de Jim, sua noiva veio da cozinha para nos cumprimentar. Drew e eu ficamos paralisados.

– Ei, você não é aquela garota do bar de ontem à noite? – perguntei. Era realmente a loura que tinha zoado Drew ao ouvir sua patética tentativa de cantá-la. – Seu nome é Liz, certo?

Assim que ela nos viu arregalou os olhos e seu queixo caiu, mas se recuperou rapidamente e sorriu.

– Uau, fico surpresa por ver que vocês se lembram de mim. Quando saíram do bar cantavam a plenos pulmões a velha música "Tenho noventa e nove problemas, e aquela vadia está em todos eles".

Dei uma risada sem graça, mas a verdade é que não me lembrava de nada.

– Tudo bem, não esquenta. – Ela riu, ao perceber meu desconforto. – Foi muito divertido apontar para vocês e rir muito a noite toda – implicou.

– Por favor, lembre-me de nunca mais ficar de porre perto de você. Pode ser que eu acorde com minha cabeça toda raspada – comentei, com uma risada. Liz acenou com a mão, nos convidando a ficar à vontade e segui-la até a sala.

– Não se preocupe, eu nunca faria algo assim – garantiu ela, com um sorriso, enquanto nos acomodávamos e ela se sentava ao lado de Jim, no sofá.

– Não minta, querida. – Ele riu, colocando o braço sobre o ombro dela e se recostando. – Na noite em que eu conheci Liz, tive que arrancar um pilô preto da sua mão, porque ela se preparava para escrever "enfie seu pênis aqui" na bochecha de um bêbado, ao lado de uma seta que apontava para a boca do pobre sujeito. Ele tinha desmaiado em algum canto do...

Liz pulou do sofá antes de Jim terminar a frase e o agarrou pela mão.

– Querido, podemos conversar um minutinho na cozinha? – pediu, puxando-o antes que ele tivesse chance de responder.

– Desculpem, nós já voltamos – avisou Jim, por sobre o ombro, enquanto era empurrado para fora da sala com uma rapidez impressionante.

Drew se inclinou para frente, apoiou os cotovelos nos joelhos e sussurrou para mim, por cima da mesinha de centro:

– Porra, essa gata me parece muito familiar, sabia? Espero que eu não tenha comido. Isso seria meio escroto, né não? Afinal, acabamos de conhecer Jim e ele me parece um cara legal. Não quero contar pra ele que já transei com a namorada dele, porque ele pode nos expulsar daqui sem nos oferecer o jantar, e eu estou faminto!

– Drew, aposto que ela já teria comentado alguma coisa, se isso tivesse acontecido – tranquilizei-o.

– Não sei, cara. Ela me pareceu muito surpresa por nos ver aqui. Aposto que os dois estão lá dentro discutindo nesse exato momento por causa da minha pica. O que você acha que ela está contando a ele? Será que está confessando que foi a melhor trepada da vida? Eu não entro numa briga há muito tempo. Talvez fosse uma boa eu fazer alguns alongamentos agora, só para me garantir.

– Caraca, Drew, seu ego é tão grande que eu não sei como vocês conseguem sentar na mesma cadeira! – exclamei, ouvindo o som da porta da frente que se abria e se fechava. Isso colocou um ponto final nas profundas reflexões de Drew.

Mais rápido que um relâmpago, Liz saiu voando da cozinha e foi até a porta de entrada da casa. O saguão ficava num canto à esquerda da sala de estar, e não dava para ver quem havia chegado, mas certamente dava para ouvir.

– Elizabeth Marie Gates, você me deve uma, sabia? Hoje eu passei pela experiência mais pavorosa de toda a minha vida!

Puta merda, eu conhecia aquela voz. Por que será que, do nada, tinha começado a pensar num cachorro pedindo ao dono para passear?

Vozes abafadas encheram o ambiente quando Jim circulou pela sala, vindo da cozinha, com uma garrafa gigante de vodca sabor uva em uma das mãos e duas garrafas de cerveja na outra. Virou a cabeça meio de lado, olhou para Drew de um jeito engraçado e, por um instante, perguntei a mim mesmo se meu amigo estava certo sobre ter dormido com Liz. Depois de alguns segundos, porém, riu sozinho, como se lembrasse de uma piada que só ele conhecia, colocou as cervejas na mesinha diante de mim e de Drew, virou-se na direção do saguão, mas não foi até lá, como me pareceu que aconteceria.

A voz no saguão subitamente ficou mais alta.

– Despiroquei geral depois da pergunta sobre anéis penianos que se soltam e ficam presos no ponto G, e então lhes contei minha espetacular história sexual. Jesus Cristo protetor dos micos, Liz... Uma mulher que só deu uma trepada e meia na vida e não chegou nem perto de gozar em nenhuma delas NÃO DEVERIA vender acessórios sexuais!

Ai! Provavelmente não era simpático estarmos ouvindo isso. Ela iria ficar puta da vida.

Jim desatarraxou a tampa da vodca e a jogou sobre a mesinha de café, onde ela rodopiou algumas vezes, antes de parar. Pensei que ele fosse tomar um gole direto do gargalo, mas simplesmente ficou parado ali, como se estivesse à espera de algo. Liz, pelo que percebemos, se esforçava para fazer com que sua amiga falasse um pouco mais baixo. Ouvimos algumas de suas tentativas, mas a visitante não se tocou.

Merda, um de nós deveria dizer alguma coisa. Talvez alertá-la da nossa presença aparecendo no canto da sala, tossindo alto ou algo assim. Porém, como éramos uns grandes filhos da puta, ficamos ali sentados, quietinhos, esperando para ouvir mais.

O nome Max foi citado aos gritos, junto com algo sobre ele a penetrar só duas vezes antes do pai dele entrar e pegá-los no flagra. Uau, agora eu queria ouvir tudo. Drew deve ter tido a mesma ideia, porque também se inclinou um pouco mais na direção da porta. Felizmente não havia necessidade disso. De repente tudo ficou mais claro e alto quando ela deu alguns passos para trás, com as costas para nós, e entrou na sala de estar, enquanto Liz a seguia, balançando a cabeça para os lados de forma frenética.

– Por que você achou que eu poderia ser boa nisso? – perguntou, parando para colocar as mãos nos quadris.

Era a garota do bar na véspera. Aleluia! E não me julguem só por eu tê-la reconhecido assim que vi sua bunda. Por sinal, uma bunda da melhor qualidade. Tive vontade de me ajoelhar atrás dela e dar graças a Deus e aos estilistas do jeans que ela vestia. Confesso: quis meter naquela bunda.

Esperem, a frase não saiu correta. Quer dizer, qual o cara que não gostaria de fazer isso? Mas talvez ela não curtisse esse tipo de coisa. Não dá para sair metendo em tudo que aparece na frente, sob o risco de levar um soco na cara e ouvir as palavras: "AQUI NÃO!!! É CONTRAMÃO!", ditas aos berros.

A palavra "vagina", que acabava de ser invocada naquele momento, foi a única coisa que distraiu minha mente e conseguiu tirar meu pau sonhador da bunda daquela garota.

– No fim da reunião, todas as taradas estavam lançando olhares de pena para a minha vagina. Ela vai acabar ficando complexada, Liz.

Jim era o único dos homens presentes que conseguia raciocinar. Caminhou lentamente até onde as duas mulheres estavam e parou sem dizer nada, ao lado da bunda perfeita, com a garrafa de vodca ainda na mão.

– A pobrezinha já deve estar me culpando, porque as únicas vezes em que conseguiu gozar foi com o auxílio dos meus dedos. E nem considero aquela vez em que você esfregou sua perna nela, sem querer, porque estávamos trêbadas depois das provas finais do primeiro ano da faculdade.

A essa altura eu já tinha perdido todo o controle motor. Por favor, alguém poderia verificar se eu acabei de gozar na cueca?

– Tem alguém aí com a cueca melada? – zoou Drew, animadíssimo com os acontecimentos.

– Por que vocês dois estão me encarando desse jeito? – perguntou a garota, com um tom de irritação extrema, olhando para Liz e para Jim. Foi então que ela sussurrou algo, e Liz simplesmente assentiu com a cabeça e olhou em nossa direção. Pela velocidade com que a mão da garota voou, pegou a garrafa de vodca e bebeu um pouco pelo gargalo com avidez, percebi que acabara de sacar que havia mais gente na sala ouvindo seu blá-blá-blá sobre masturbação, trepadas raras e bizarras, e colação de velcro. Girou o corpo lentamente e seus olhos pousaram direto nos meus. Senti como se todo o fôlego tivesse sido sugado do meu peito e vi quando a garrafa de vodca escorregou da mão dela. Como um gato, Jim estendeu o braço com uma precisão espantosa e pegou a garrafa no ar, antes dela se espatifar no chão, enquanto eu continuei sentado ali, olhando para a mulher mais linda que já tinha visto em toda a minha vida.

Tudo bem, eu sei que já tinha dado uma boa sacada na gata na noite anterior, mas estava alcoolizado e mulheres vistas com olhos bêbados sempre ficam mais gostosas. A lembrança que guardei do seu rosto pode não ter sido tão precisa quanto achei que fosse. Felizmente ela era tão linda quanto me pareceu na véspera. Agora eu me sentia muito mal por ver seu olhar aterrorizado por tudo que tinha despejado para Liz sem saber que havia estranhos ouvindo. Que mico federal!

– E aí, alguém mais quer beber alguma coisa? – perguntou Liz, alegremente, passando ao lado da beldade com cabelos castanhos.

Drew e eu erguemos nossas garrafas de cerveja sem dizer uma única palavra, mas agradecemos, mostrando a Liz que já estávamos bem servidos. Ela agarrou a pobrezinha pelo braço e a arrastou pela sala de estar. Vi quando ela levou a garrafa de vodca mais uma vez aos lábios e tomou outro gole caprichado, enquanto caminhava. Liz pegou a garrafa da mão dela e a colocou com força sobre a mesinha de centro.

– Carter, esta é *Claire*. Claire, este é *Carter* – disse Liz, enfatizando nossos nomes, por algum motivo. Temi pela vida de Liz, por alguns instantes. Receei que Claire pudesse arrancar os olhos da amiga com as unhas.

– Nós meio que já nos conhecemos de ontem à noite – esclareci, com um sorriso torto, tentando atrair a atenção da conversa para mim, a fim de salvar Liz da mutilação facial.

Claire deu uma risada histérica.

Liz se sentou no sofá e puxou Claire para baixo, com força, para junto dela.

– Bem, ainda temos alguns minutos antes do jantar ficar pronto. Jim me contou que vocês acabaram de se mudar para cá, vindos de Toledo. É isso mesmo, rapazes? – quis saber Liz, enquanto Jim passava diante delas para se sentar do outro lado de Claire.

Fiz que sim com a cabeça.

– Pois é, fomos transferidos para cá pela fábrica de automóveis de Toledo.

Voltei meus olhos novamente para Claire. Seus joelhos subiam e desciam sem parar, em quicadas frenéticas. Liz esticou a mão e a colocou sobre os joelhos da amiga, para interromper o movimento.

– Então, Claire, há quanto tempo você trabalha naquele bar? – perguntei. Queria saber tudo a respeito dela. E não vou mentir: estava louco para ouvir novamente a sua voz, saber mais sobre a sua vagina e com que frequência ela se esfregava com amigas, depois de beber. Merda, torci para não ter uma nova e repentina ereção ali mesmo.

– Quase cinco anos – respondeu, soltando outra risada meio presa, enquanto Jim estendia a mão para lhe dar palmadinhas de solidariedade nas costas.

Quantos goles ela teria tomado daquela garrafa de vodca?

– Liz, não aguento mais e vou falar – interrompeu Drew. – É que você me parece tremendamente familiar.

Claire ficou em pé de um pulo. Seu joelho bateu na borda da mesinha de centro e derrubou as duas garrafas de cerveja. Felizmente elas já estavam vazias, mesmo.

– Acho que ouvi o alarme do forno apitar. Liz, você não ouviu o alarme do forno? – perguntou Claire.

– Não. – Liz balançou a cabeça para os lados, de forma casual. – Não ouvi nada.

Claire deu as costas para nós e ficou de frente para Liz.

– O alarme com certeza tocou. Você não ouviu porque não estava prestando atenção. Precisamos ir lá dar uma olhadinha na comida. Por causa do cozimento. Vai acabar queimando!

– Ei, Liz! – disse Drew. – Acho que ela está tentando te avisar que tua batata está assando!

Ele riu muito da própria piada. Mais que depressa eu lhe dei uma cotovelada no braço.

Observar o rosto dela indo do horrorizado para o sem graça, e depois para o nervoso, foi fascinante. Era como um lindo desastre de trem acontecendo em câmera lenta, e eu não conseguia desviar o olhar.

Liz suspirou e, finalmente, se levantou do sofá. Sorriu para Drew e para mim, pediu desculpas e seguiu Claire até a cozinha.

Drew se inclinou na minha direção e cochichou:

– Você reparou no jeitinho como Liz olhou para mim? Acho que eu realmente já comi essa garota.

9

"Periquita de Claire"

Ó meu Jesus Cristinho. Que, merda. Será que uma pessoa pode morrer de humilhação? Merdaporracacete!

– Acho que vou ter um infarto. Ou talvez um derrame. Qual dos dois deixa o braço dormente, mesmo?

Eu tinha perdido as funções cerebrais. Acabou. Eu estava morrendo. Diga ao pessoal lá de casa que eu amo muito todo mundo.

– Um derrame – decidiu Liz, com a voz sem emoção, enquanto me seguia até a cozinha.

– Merda. Estou sofrendo um derrame. Sente minha pulsação. Ela não está esquisita? – perguntei a Liz, esticando o braço na direção dela.

Liz deu um tapa forte na minha mão.

– Pelo amor de Deus, Claire, controle-se.

– Carter. O nome dele é Carter. E ele não faz a mínima ideia de quem eu sou – lamentei, quase choramingando.

Porra, detesto mulheres que choramingam à toa. E o pior era que eu estava me transformando numa mulher insegura e chiliquenta. Preciso dar um chute forte na minha própria bunda. Liz se agachou diante do forno e deu uma conferida na lasanha. Depois, recuou um passo e cruzou os braços diante do peito, encostando o quadril na bancada do forno.

– Você acha que a coisa está ruim para o seu lado, bonitinha? Aquele idiota retardado do Drew acha que dormiu comigo. Dá para ver em seus olhos. Ele está tentando se lembrar de como eu sou nua. Até parece que eu iria deixar que minhas partes íntimas frequentassem o mesmo espaço de um sujeito que usa uma camiseta onde se lê "Já fiz nº 2 hoje". Ele nem se lembra de ter dado em cima de mim naquela noite, nem do quanto chegou perto de ter uma pica e dois colhões desenhados na cara de pincel atômico. Será que ele também se lembra da praga que eu roguei contra a trombinha dele? Aposto que realmente acreditou que eu era uma feiticeira, naquela festa. Que idiota!

– Sério mesmo, Liz? Você está realmente comparando um cara que nem se lembra direito se comeu ou não você, apesar dos seus inesquecíveis peitos muxiba, com o doador de esperma que trepou comigo uma única noite e estava sentado a poucos metros de mim, sem fazer a menor ideia de quem eu sou? Tá falando sério? É isso mesmo que está rolando aqui? Quero ter certeza de que entendi o lance direito, e olha que eu nem fumei um prensado malhado antes de vir para cá! – berrei.

– Dá um tempo, Tetuda Revoltada, baixa a bola – reagiu Liz, girando os olhos.

Coloquei as mãos nos quadris e lancei meu melhor olhar do tipo "vou te dar uma porrada!".

– Escuta, tudo bem que essa não é a forma ideal de reencontrar o pai do seu filhinho, sou obrigada a reconhecer. Mas aconteceu! Ele está aqui e não há nada que possamos fazer a respeito, agora. Depois de todos esses anos de busca e encucação, você finalmente descobriu quem ele é, e pode contar sobre Gavin. Para de dar chiliques e de tentar tirar a calcinha pela cabeça. Enfrente a situação!

Olhamos uma para a outra em silêncio completo, por alguns instantes.

– Sei que você está tentando me dar uma força, mas não funcionou direito – avisei.

– Sim, percebi isso assim que acabei de falar. Da próxima vez vou pular a parte de você tirar a calcinha pela cabeça.

Comecei a andar de um lado para o outro na cozinha.

– Qual era a probabilidade de isso acontecer, Liz? Primeiro ele apareceu no bar como se caísse do céu, e agora surgiu bem aqui. Na sua casa! E está falando comigo como se eu fosse uma garota que ele acabou de encontrar e gostaria de conhecer melhor pra poder...

– Bem, tecnicamente você é exatamente essa garota – disse Liz, dando de ombros, como se isso fosse apenas um detalhe. – Sei que ficamos nos perguntando ontem à noite se ele não te reconheceu por estar mais bêbado que Mel Gibson quando chamou a própria esposa de "vaca no cio", mas hoje estou achando que dá pra sacar que ele realmente não lembra quem você é. Chegou a hora de encarar os fatos, Claire: sua xereca não é tão inesquecível assim.

– Vá se foder – resmunguei.

– Essa noite não, querida, estou morrendo de dor de cabeça.

Não era culpa de Liz ela parecer tão indiferente a respeito da história toda. Para ser franca, eu nunca confessei a ela o quanto pensei nele ao longo daqueles cinco anos. Ela não fazia a mínima ideia do quanto o homem que estava sentado em sua sala tinha ocupado minha mente e meus sonhos. Todos os cenários que montei em minha cabeça sobre reencontrá-lo começavam do mesmo jeito. Ele se lembrava de mim e cada detalhe do que tinha acontecido naquela noite lhe surgia imediatamente na cabeça. Ele então se desculpava muito por nunca ter tentado me reencontrar. Nós nos beijávamos de forma apaixonada sob a chuva, pulávamos de mãos dadas numa piscina, depois montávamos cavalos brancos e cavalgávamos lado a lado numa praia paradisíaca de águas cristalinas.

Talvez eu andasse assistindo a comerciais de absorventes em demasia.

Vê-lo novamente e descobrir que ele não se lembrava de nada sobre a noite que tínhamos passado juntos foi uma decepção terrível. Principalmente porque eu convivia com um lembrete daquela noite: era obrigada a me recordar do responsável todas as vezes que olhava para meu filho.

– Como é que eu posso contar a ele sobre Gavin se ele nem tem ideia de quem eu sou? Ele nunca vai acreditar em mim. Vai achar que sou uma mãe solteira maluca em busca de pensão para o filho. – Parei de caminhar de um lado para outro e fui até onde Liz estava, próximo ao forno.

– Não necessariamente – garantiu ela. – Jim só percebeu quem Drew era pouco antes de você chegar, quando eu o arrastei para a cozinha, mas sacou na mesma hora quem Carter era. Jim me disse que Carter abriu o jogo sobre você hoje à tarde, quando os três estavam no bar. Ele descobriu tudo quando o pobrezinho mencionou algo sobre você ter um delicioso cheiro de chocolate.

Parei de andar de vez e olhei para Liz. Meu coração disparou furiosamente.

– O quê?!

– Acho que ele contou a Jim a respeito de... abre aspas – disse, erguendo as mãos para fazer aspas no ar. – "Uma garota que ele conheceu numa festa de fraternidade de alunos em uma faculdade, não conseguiu mais tirá-la da cabeça e isso faz cinco anos." Jim não teve tempo de entrar em detalhes sobre tudo o que foi dito porque você escolheu esse exato momento para chegar, e já veio contando a quem quisesse ouvir sobre sua vagina negligenciada e sobre o Max-duas-estocadas.

– Puta que pariu – sussurrei.

– Foi por isso que Jim convidou eles para jantar. Eu nem tive chance de contar que vimos Carter ontem à noite no bar, e Jim não tinha ideia de nada até nossa rápida reunião na cozinha.

Ele SE LEMBRAVA! Bem, não exatamente de tudo, mas da "pessoa" com quem passou aquela noite. A garota que conheceu na festa. A tal que perdeu a virgindade com ele.

Preciso parar de me referir a mim mesma na terceira pessoa.

– Um pequeno aviso básico, curto e grosso, teria sido bem-vindo, sabia? Você nunca ouviu falar de um aparelhinho esperto e moderno conhecido como "celular"? – reclamei.

– Ah, fecha a porra dessa matraca. Eu fiquei igualmente surpresa. Eles chegaram aqui pouco antes de você, e Jim mal teve tempo de despejar tudo correndo durante os trinta segundos que passamos juntos quando fomos guardar os casacos dos convidados – argumentou Liz, pegando os pratos no armário.

– Duvido que você tenha ficado tão surpresa quanto eu. Se eu acordasse amanhã de manhã com meus peitos costurados nas cortinas do quarto, não me sentiria tão chocada – repliquei, de modo petulante.

– Ei, não me venha com essa! Eu tentei fazer com que você calasse a boca. Várias vezes! Não é minha culpa todo mundo saber que você tem síndrome da vagina irritável. Kkkkk, vagina irritável! – Liz gargalhou da própria piada. – Se isso for uma condição semelhante à síndrome do cólon irritável, talvez seja possível curá-la com algum remédio.

Jim escolheu esse instante para colocar a cabeça na porta entreaberta da cozinha.

– Se as duas fofoqueiras já encerraram o papo sobre a xana da Claire, saibam que eu e a rapaziada adoraríamos comer alguma coisa antes do fim deste século.

– A "rapaziada"? Mas você os conheceu hoje! Será que a Fraternidade dos Manjadores de Peitos já tem até um aperto de mão secreto e uma senha? – brincou Liz.

Jim fez uma encenação exagerada e agarrou o próprio saco, dizendo:

– Aperto de mão secreto: conferido. A senha é: "Periquita de Claire".

Atirei uma luva de cozinha na cara dele e acertei em cheio. Nesse instante o alarme do forno tilintou e a campainha da porta da frente tocou ao mesmo tempo.

– Deve ser a Jenny – informou Liz, abrindo a porta do forno e pegando o pirex com a lasanha. Como eu era uma boa amiga, tive a perspicácia de lhe enviar uma mensagem de texto avisando que Jenny iria se juntar a nós para o jantar.

– O momento não poderia ser melhor – completou Liz. – Vamos todos nos sentar para comer, Jenny certamente vai falar um monte de merda durante o jantar e todo mundo vai se esquecer da sua meia-foda, Claire. Isso vai te dar tempo suficiente para pensar num jeito de contar a Carter que os meninos dele são exímios nadadores.

Quinze minutos depois, estávamos sentados em torno da mesa de jantar, fazendo os pratos. Graças a Deus meu mico de uma hora mais cedo tinha sido jogado para escanteio, e eu pude apreciar o jeito engraçado como Drew caiu de quatro por Jenny. Infelizmente, não me foi possível ignorar a questão Carter, pois ele se sentou diante de mim à mesa, e eu não consegui tirar os olhos dele.

Caraca, ele era sexy. Tipo assim… muito, *muito* tesudo. Tinha conseguido mais massa muscular em cinco anos. Aposto que ele frequentava academia. Mas era esguio e esbelto. Quem será que cortava o cabelo dele? Tinha jeito de quem gastava uma pequena fortuna para ficar com cara de quem não dá a mínima para a aparência. E funcionava à perfeição!

Merda. Mantenha o foco, Claire! Quem liga para o xampu que ele usa? Como é que você vai contar para esse homem que ele é pai?

E aí, Carter, o que acha desse tempo maluco que tem feito nos últimos dias? Por falar nisso, você sabia que sua porra tem uma pontaria certeira?

O zumbido da conversa em torno da mesa me arrancou do devaneio.

– Pois então... eu dirigia pela faixa da esquerda e um idiota do outro lado me jogou o farol alto na cara. Tive que pisar no freio, porque a luz parecia a de um *holoforte* do exército.

Todo mundo parou o que fazia e esperou que Jenny consertasse seu erro. A não ser que ela realmente não tivesse noção da mancada.

– Ahn... Jenny, você quis dizer *holofote*, certo? – perguntou Jim, quando o silêncio em torno da mesa já durava tempo demais.

Ela parou com o garfo a caminho da boca e olhou para Jim com uma cara engraçada.

– Holofote é uma luz comum, não é? Uma luz daquelas que cegam a gente é holoforte, oras. Dããã...

Carter tentou encobrir uma bela gargalhada fingindo tossir, mas eu notei quando Drew lhe deu uma cotovelada.

– Tudo bem, Jenny, você pode chamar o farol do jeito que quiser – acudiu Drew, dando tapinhas na mão da anta, para tranquilizá-la.

– Puxa, Claire, eu me esqueci de te contar... A compra que fiz hoje à tarde funcionou às mil maravilhas!

Eu não devia beber água quando Jenny falava alguma coisa. Assim que as palavras saíram da sua boca, respirei com força por causa do choque e a água entrou pelo buraco errado. Comecei a tossir feito uma desesperada e lágrimas me escorreram pelo rosto. Liz colocou o garfo na mesa e me deu uns cinco safanões nas costas.

– O que você comprou? – quis saber Drew, com a boca cheia de massa e molho, ignorando por completo o fato de eu estar morrendo diante dele, do outro lado da mesa.

Carter, pelo menos, me lançou um forte olhar de preocupação e fez aquele gesto de meio levantar, meio sentar, como se quisesse mostrar que estava pronto para pular sobre a mesa e garantir minha sobrevivência. Sua preocupação comigo me deixou excitada.

Ei, Carter, por falar em excitada, sabia que os microrganismos que costumam passear pela sua seringa de carne ficaram amarradões no meu óvulo?

– É o melhor vibrador que eu já comprei – anunciou Jenny, com muito orgulho, respondendo à pergunta de Drew.

Foi a vez de Drew se engasgar. Um monte de lasanha lhe escapou da boca. Ele deu vários socos no peito e Carter o ajudou, dando-lhe fortes tapas nas costas.

Aquilo estava parecendo uma convenção sobre a manobra de Heimlich, usada para salvar engasgados.

– Fora de brincadeira, Liz, vocês vendem produtos fabulosos. Mal posso esperar para testar o resto das coisas que eu comprei. E você, Claire? Já conseguiu um tempo sozinha para curtir todos os brinquedinhos que ganhou hoje à tarde? – perguntou ela, com uma piscadela e um significativo erguer e abaixar de sobrancelhas.

– Espere um instante… Quer dizer que as garotas da reunião de hoje à tarde compraram vibradores *pra você*, Claire? – perguntou-me Liz, esquecendo-se subitamente de que todos ali deveriam estar preocupados com outras coisas, e não com minhas partes pudendas.

– Não, que nada… Isso não é nem um pouco constrangedor. Obrigada por perguntar – ironizei, baixinho, olhando para o teto com irritação.

– Podemos voltar para o que Jenny estava contando? – pediu Drew. – Eu gostaria muito de conhecer mais alguns detalhes sobre esse tempo que ela passa sozinha: localização, luz ambiente, coisas desse tipo… Se fica em pé ou sentada. Será que não precisa de um iluminador para algum ponto especial? Eu tenho muita força nos braços e consigo aguentar luminárias pesadas – informou, com uma piscadela, depois de se recuperar do bolo de massa que se alojara em sua traqueia.

– Eeeca – murmurei, com cara de nojo.

– Quer dizer que isso é verdade? Você realmente vende brinquedinhos sexuais? – perguntou Carter, olhando para mim com ar sonhador e se inclinando na minha direção, ao mesmo tempo que descansava os cotovelos na mesa.

Senti o sangue me invadir o rosto e me fazer corar. Aquela não era uma conversa que eu gostaria de ter com ninguém, muito menos com Carter. Justamente quando eu tentava encontrar um meio de contar a ele que sua maionese do amor tinha habilidades reprodutivas invejáveis, ninguém na mesa parava de falar sobre vibradores. Pode, isso?

– Tecnicamente, Claire não vende. Está apenas fazendo um favor pra mim – cantarolou Liz, poupando-me o esforço de tentar explicar tudo. – Vamos abrir uma loja juntas. Eu vou vender acessórios eróticos e Claire vai vender cookies, doces, chocolates…

– Adoro transar enquanto como guloseimas, yeeaaahhh!!! – comemorou Drew.

– Ah, e, como resposta à sua pergunta, Liz... Sim! – disse Jenny, interrompendo a medonha comemoração sobre sexo e doces. – Todo mundo na reunião comprou um vibrador para Claire! Quantos você ganhou ao todo? Onze? – quis saber Jenny. – Eu até agora estou pasma, sem acreditar que você nunca usou uma dessas belezuras em si mesma. Isso é de uma insanidade... Nenhum orgasmo chega perto dos que você pode obter com uma dessas gracinhas.

Aquilo não estava acontecendo! Só podia ser um pesadelo! Tipo aqueles em que a pessoa está no recreio da escola, nua, com a turma toda apontando para ela e rindo. Só que dessa vez eu estava em cima da mesa de jantar, nua, e todos apontavam para mim com vibradores e pirocas de borracha.

– Nossa, eu que o diga – concordou Liz, inclinando-se um pouco para poder ver todos da mesa ao mesmo tempo. – Eu só consigo orgasmos múltiplos com o Jack Rabbit.

Liz era uma traidora. Benedict Liz. Era assim que eu iria chamá-la de agora em diante... Só usaria o nome do famoso traidor da Guerra da Independência. A bundona Benedict Liz.

– Sem querer ofender, gato – emendou ela, com jeito tímido, olhando para Jim.

– Não me ofendi, amor. Desde que você goze muito eu estou feliz – reagiu Jim com um sorriso, inclinando-se para ela e beijando-lhe o ombro.

– Claire, você precisa usar o Jack Rabbit hoje mesmo, assim que voltar para casa. E quero que você me telefone logo depois, para fazer um relatório completo – sugeriu Jenny, excitadíssima.

– Não, acho que ela não deveria usar o Jack Rabbit logo de cara; isso poderá traumatizá-la pelo resto da vida. Ela precisa se acostumar aos poucos com esses brinquedinhos sexuais. Alguém te deu um patinho amarelo? – perguntou Liz, com naturalidade, olhando para mim. – O patinho é a melhor opção para a primeira vez. É pequeno, não faz barulho demais, mas tem um poder dos infernos – explicou Liz. – Vai fazer você gozar em trinta segundos, *no máximo*.

Será que todas aquelas pessoas estavam realmente discutindo a melhor maneira de eu oferecer um orgasmo a mim mesma ali na mesa de jantar, como se conversassem sobre a melhor forma de montar uma prateleira de livros? Insira a fenda A na vagina e gire para a esquerda. Que maluquice era aquela?

– Desculpe – pedi, olhando para Carter. – Minha vagina não costuma ser o assunto principal à mesa de jantar.

Claro que ele foi a única pessoa que ouviu o que eu disse, pois todos os outros estavam... Ora, cacete! Continuavam falando sobre a minha bendita vagina.

– Talvez fosse uma boa ela usar o Golfinho Azul. Ele é uma gracinha, com aquele focinho de gargalo, olhinhos lindos e nadadeiras! Claire poderia criar uma história completa sobre a emoção de imaginá-lo nadando pelo seu Estreito de Gibraltar! – proclamou Liz.

Carter deu uma gargalhada, mas me lançou um sorriso de solidariedade. Por alguma estranha razão, senti uma vontade quase irresistível de pular por sobre a mesa e lamber sua boca.

– Tudo bem, agora eu fiquei curioso – atalhou Drew. – Patinhos, coelhos, golfinhos... O papo continua a ser vibradores ou vocês são pessoas esquisitas que curtem práticas de bestialismo? Quero ver essas coisas e descobrir o que elas conseguem fazer. Claire, vá até o carro e traga alguns desses acessórios, por favor. – Pegou o celular no bolso e anunciou: – Isso aqui tem uma câmera de vídeo em algum lugar. – Começou a apertar um monte de botões.

– Ã-ã... nada disso. Não vou trazer nenhum dos vibradores que eu nem mesma confirmei ou neguei ter recebido. Portanto, calem a boca e jantem, todos vocês.

– Foi uma pena aquele tal de Max não ter um patinho amarelo com ele. Pelo menos você teria conseguido gozar antes do pai dele voltar para casa. – Jenny riu.

– Ô-ou, esse deve ser o cara de quem você estava falando quando entrou pela porta, certo? O que aconteceu? – quis saber Drew, esquecendo os planos de filmar um pornô amador com o celular.

– Não! Não vou contar *nada* sobre isso – protestei.

– Ah, qual é, Claire? Responde aí! – tentou Drew, enquanto eu cruzava os braços e o encarava com raiva.

– Responde, responde, responde... – pediram Drew e Jenny ao mesmo tempo, batendo palmas e *tentando* prender o riso.

– Esquece, galera. Sem chances. Por favor.

– Ahhh, não se sinta mal, Claire. Todo mundo tem alguma experiência sexual embaraçosa. Veja só o caso do Carter, por exemplo: transou com uma virgem numa festa da faculdade numa noite em que estava trêbado e nem perguntou o nome da criatura.

Em algum lugar no céu o Menino Jesus estava aos prantos. Ou talvez aquele fosse o som da minha dignidade estrebuchando. Tenho certeza de que Jim, Liz e eu fizemos cara de quem acabara de assistir a um terrível acidente de carro. Na verdade foi mais ou menos isso. Senti vontade de cercar a mesa com a fita amarela usada para isolar cenas de crimes. "Vamos circulando, minha gente… Não há nada de interessante para xeretar aqui, apenas o meu autorrespeito descendo pela privada."

Tive quase certeza de que parei de respirar. Liz bateu com força no peito de Jim para ajudá-lo a fechar a boca, que ficara escancarada na posição de: "Puta merda, isso realmente acabou de acontecer?!" Por alguns instantes me perguntei se tudo aquilo não seria um elaborado plano em que todos tinham se reunido para me derrubar e me obrigar a confessar tudo. Meus olhos voaram para Carter para ver a reação dele, mas ele me pareceu meio sem graça, e não mostrou sinais de alguém com vontade de torcer meu pescoço por esconder dele um segredo que ele já conhecia e sabia que eu sabia que ele sabia.

Aaaaarrrh!

Comecei a bater com o pé no chão sem parar, de nervoso, com as pernas subindo e descendo. Liz colocou a mão debaixo da mesa e apertou meu joelho.

– Caraca, Drew, para com isso, cara – murmurou Carter, balançando a cabeça.

– Claire…

Interrompi Liz. Ela me lançava um olhar que claramente dizia que aquela era a oportunidade perfeita de colocar tudo em pratos limpos, mas eu ainda não estava preparada para isso. Aquele não era um assunto para ser despejado em cima das pessoas numa mesa de jantar. Em vez disso, contei a história de Max aos borbotões.

– Então, eu trabalhava no bar com um cara chamado Max. Éramos ótimos amigos e parecíamos ter muita coisa em comum.

Achei mais conveniente pular a parte sobre nosso principal ponto em comum ser o fato de que nós dois éramos pais solteiros.

– Tentamos engatar um relacionamento do tipo amizade colorida há alguns anos. O pai dele tinha ficado viúvo recentemente, se aposentara e se mudara para o puxadinho que ficava em cima da garagem de Max. Era verão e estávamos todos assistindo a um filme. De repente, o pai dele decidiu sair para pescar por algumas horas. Assim que ele fechou a porta, começamos a nos pegar no sofá.

Todo mundo na mesa parou de comer e olhou para mim atentamente, enquanto a história saía de minha boca num fluxo contínuo.

Não acredito que vou contar isso! Estou usando uma humilhação para esconder outra.

– Beija daqui, beija dali... ficamos nus da cintura para baixo e ele mergulhou em cima de mim. Exatamente dois minutos depois, a porta da frente tornou a se abrir e o pai dele entrou de volta. Ele estava muito ocupado, tentando passar pela porta com a vara de pescar e a caixa de acessórios, e não reparou que nós começamos uma dança frenética para colocar um cobertor que estava ao lado por cima de nós, pelo menos até a cintura.

Os ombros de Drew se sacudiam numa risada silenciosa; Carter parecia lamentar a história por mim e todos os outros simplesmente balançavam a cabeça para cima e para baixo, pois já tinham ouvido tudo aquilo antes.

– O pai dele caminhou até o meio da sala, sentou-se no chão de costas para nós e começou a organizar sua caixa de tralhas de pescaria, ao mesmo tempo que reclamava conosco sobre o fato de o lago estar fechado para pesca. Enquanto isso, nós dois continuávamos debaixo do cobertor de lã, pesado e pinicante, bem atrás dele, em meio ao calor sufocante de julho.

– Nem um pouco estranha essa situação – brincou Carter.

Olhei para ele e, ao perceber que ele ria *para mim* e não *de mim*, respirei fundo e fui em frente.

– Pois é, nem um pouco, ainda mais se considerarmos que na casa não havia ar-condicionado e a temperatura estava acima dos trinta e seis graus.

– E aí, o que foi que vocês fizeram? – quis saber Drew, balançando a cabeça de espanto.

– Bem, eu continuei sentada ali, absolutamente horrorizada, e Max começou a procurar pela cueca perdida debaixo do cobertor. Quanto mais ele futucava, mais o cobertor subia, ameaçando expor a parte de baixo do meu corpo, que estava totalmente à deriva. Tentei segurar aquele troço quente e grosso como se fosse uma boia salva-vidas, enquanto o pai dele continuava falando sobre anzóis e iscas a menos de um metro de nós. Finalmente, Max achou sua cueca e a bermuda, e começou a se vestir debaixo do cobertor. Enquanto isso, ali ao lado, eu continuava segurando o cobertor com uma das mãos, ao mesmo tempo que procurava minha calcinha com a outra, mas não conseguia encontrá-la. Pelo menos achei meu short, vesti-o bem depressa, toda torta, e quase soltei um grito de vitória quando Max tirou o cobertor de cima da gente, porque minha bunda já estava assando de calor debaixo daquele troço.

Todos pareceram apreciar muito minha história. A essa altura, eu nem me importava mais, desde que eles não voltassem novamente a falar sobre meus orgasmos ou a garota cujo cabaço Carter tirou na noite em que estava bêbado.

– Você está se esquecendo de contar a melhor parte da história, Claire – lembrou Jim.

– Ah, sim... Quando Max arrancou o cobertor de cima de nós, minha calcinha deve ter ficado presa em algum lugar, porque voou pelo ar como se tivesse sido lançada por um estilingue, descreveu uma curva graciosa e caiu bem em cima da cabeça do pai dele.

– E o que foi que você fez? – quis saber Carter.

– Fiz o que qualquer mulher adulta que se preza e tem respeito por si mesma teria feito numa situação como essa. Levantei dali e saí correndo pela porta feito uma desesperada, como se nada tivesse acontecido.

O resto da noite correu muito bem. Exceto pelos olhares arregalados que Liz me lançava e dos acenos de cabeça que fazia na direção de Carter a cada dois minutos, ou sempre que pintava um segundo de silêncio no meio do papo. Ela realmente achava que eu devia soltar a merda toda entre um prato e outro, na frente de todo mundo? "Puxa vida, essa torta de maçã realmente está deliciosa. Por falar nisso, alguém aqui sabe que o nome 'maçã' deriva da palavra latina *alum*, que significa 'você me engravidou'."

Terminamos o jantar e Liz obrigou os homens a lavar a louça para que ela, Jenny e eu pudéssemos nos reunir para bolar nomes para a loja. Estávamos com três opções que adorávamos, mas não conseguíamos escolher nenhuma das três. Quando os rapazes se juntaram a nós, as opções iniciais desceram pelo ralo na mesma hora. É surpreendente a velocidade com que os homens podem ir do zero a sem ("sem vergonha") em poucos segundos.

Bolos & Consolos.
Coitos & Biscoitos.
Chocosex (dou um doce para quem descobrir a dona dessa ideia).
Lubrificadas & Açucaradas.
Paunificadora.
Pirocas & Paçocas.

Fiquei sentada no sofá o tempo todo fingindo estar prestando atenção, mas só conseguia olhar para Carter. Toda vez que ele ria me dava uma sensação de soco na boca do estômago, o que era uma coisa idiota. Afinal, eu nem o conhecia. Tinha sido transa de uma noite só.

Apesar de ser de uma noite só, eu tinha me sentido confortável com ele o suficiente para lhe oferecer um dos mais importantes presentes que uma garota pode dar, e o pouco tempo que passamos juntos foi o bastante para criar uma lembrança duradoura de como éramos parecidos. Aqueles momentos também foram longos o suficiente para deixar outra lembrança permanente dentro de mim: uma que, agora, eu precisava amar, nutrir e moldar sozinha, a fim de transformar em algo que (eu torcia) pudesse parecer uma criança educada, bem-comportada, que não precisará de muitos anos de terapia por causa da minha incompetência como mãe.

Porém, nenhuma das coisas comuns em nossas personalidades, nem o fato de eu me sentir atraída por ele naquele tempo (e agora também) serviria para influenciar o momento presente. Assim que eu lhe contasse que ele tinha um filho de quatro anos, Carter provavelmente iria me odiar. Eu, pelo menos, tive nove meses para me acostumar com a ideia. Qual é o homem bonito e solteiro com vinte e poucos anos que adoraria descobrir que está amarrado à responsabilidade gigantesca de ser pai? À preocupação de ter um filho que vai lhe dar trabalho e despesas pelo resto da vida?

Carter certamente iria correr para as montanhas quando eu lhe contasse. Ia gritar, se virar e sair correndo – como um daqueles personagens de desenho animado que atravessam a porta e deixam na madeira um buraco gigantesco com o formato do corpo em fuga. Eu precisava apenas me preparar para isso. E não poderia culpá-lo. Aquela era uma situação absurdamente insana que ninguém em seu juízo perfeito aceitaria como verdadeira. De qualquer modo, Gavin e eu nos virávamos muito bem sozinhos. Ninguém sente falta do que nunca teve. Se Carter decidisse nunca mais falar conosco novamente, tudo bem.

Mas, então, por que pensar nisso me deixava subitamente triste?

Olhei para o relógio e vi que já eram quase dez horas. Precisava ir para casa, liberar meu pai dos serviços de baby-sitter.

– Ei, para onde você vai, ainda não são nem dez horas – protestou Drew quando eu me levantei do sofá e segui rumo ao saguão para pegar meu casaco.

– Desculpa, preciso ir para casa por causa do Gav… ahn… do gaveteiro que eu comprei. Ainda vou ter que organizar minhas coisas nele – menti, tropeçando nas palavras.

Droga, quase disse "Gavin". Sou uma covardona, mesmo. Devia ter dito logo o nome do meu filho para encerrar o assunto. Liz franziu o cenho ao ver que eu tinha quase escorregado, e Jim tossiu.

– Ligo para você amanhã. Precisamos conversar sobre *mais algumas coisas* – avisou Liz, erguendo e abaixando as sobrancelhas.

Eu sabia que *mais algumas coisas* significava que ela me daria um esporro por eu não ter contado tudo a Carter naquela noite mesmo.

Legal, mal posso esperar.

Lancei um boa-noite amplo para todo mundo, com um aceno, e fui rapidinho para o saguão. Tinha acabado de pegar o casaco quando Carter apareceu quase correndo, vindo da sala.

– Ei, deixe-me acompanhá-la até o carro – ofereceu supereducado, abrindo a porta para mim com um sorriso.

Fiquei parada ali como uma idiota, simplesmente olhando para ele. Eu devia contar tudo naquele momento, aproveitando que estávamos sozinhos.

Sabe de uma coisa engraçada? Você não se lembra de mim, mas eu sou a garota cuja virgindade você tirou cinco anos atrás, e adivinha só?… É um menino!

Não, eu não conseguiria fazer isso. Desviei o olhar e fui direto para a porta. Desci os degraus correndo e andei até o carro, tentando colocar o máximo de distância possível entre nós. Liz mencionara algo sobre Carter ter contado a Jim sobre uma "garota misteriosa que cheirava a chocolate"? Eu não queria que ele fizesse a ligação entre uma coisa e outra. Não naquele momento, porque eu precisava de mais tempo. Tinha que planejar com cuidado como contar a novidade, e também descobrir que tipo de homem ele era. Será que, pelo menos, queria ter filhos? Planejava ficar ali na cidade por algum tempo ou já pensava em se transferir para outro lugar? Talvez tivesse seis filhos espalhados pelo planeta, sem sustentar nenhum. Nossa, e se ele decidisse que queria ser pai de Gavin e fosse morar conosco? E se, de repente, algo acontecesse às mães dos seus outros filhos ilegítimos, ele pegasse a guarda da filharada toda e nós acabássemos com sete filhos em casa, em vez de um só? Vão nos odiar profundamente, por nunca estarmos presentes quando mais precisavam. Gavin poderia fugir de casa para viver nas ruas, ou vender nossos eletrodomésticos para comprar crack. Não, eu precisava de mais tempo. Era importante formular um plano que deixasse Gavin a salvo. Eu também precisava me acalmar. Além do mais, Carter não estava implorando pela minha atenção, nem me pedindo para vê-lo novamente. Simplesmente era gentil e se ofereceu para me acompanhar até o carro. Fim da história.

Carter seguiu atrás de mim e parou ao lado do capô; eu abri a porta e me virei para ele.

– Gostaria de tornar a vê-la, Claire – pediu, baixinho.

– Então me foda gostoso com uma motosserra – murmurei, ali parada com a porta do carro aberta.

A boca dele se abriu de espanto e, por um segundo, vi que um lampejo de reconhecimento pareceu cintilar em seu rosto.

Merda, eu tinha acabado de citar uma frase famosa dita por Heather Chandler no filme *Atração mortal*. Nem percebi que as palavras tinham me saído da boca. A parte maluca e decidida dentro de mim queria que ele se lembrasse, somasse dois mais dois e sacasse que *eu era* a garota da festa da faculdade. Puxa, nós praticamente refizemos todos os diálogos do filme enquanto jogávamos beer pong. Trocamos citações de todos os personagens até nossas barrigas doerem de tantas gargalhadas. Mas o silêncio total dele provou que as lembranças que pudesse ter sobre mim estavam bem trancadas no fundo da sua mente.

– Liga para mim. Liz te dá o número – sugeri, atropelando as palavras, antes que acabasse mudando de ideia. Entrei depressa no carro, virei a chave e saí rapidinho, olhando pelo retrovisor, e vi que Carter continuava parado na entrada da garagem, ficando cada vez menor à medida que eu me afastava.

16

Malícias & delícias... E trolhas!

Não consegui tirar o olho de Claire a noite toda. Sentia-me mal por todo mundo curtir tanto com a cara dela, mas verdade é que ela ficava uma fofinha quando estava sem graça. Suas bochechas ficavam vermelhas, ela baixava os olhos para o colo e puxava o lobo da orelha esquerda.

Caraca, acabei de usar a expressão *uma fofinha* como se estivesse falando da porra de uma cadelinha. Esperem um instante, não foi isso que eu quis dizer. É claro que se ela fosse uma cadelinha estaria trepando com algum cachorro, pois era supergostosa. Portanto, *seria* realmente uma cadela no sentido pejorativo. Porque... fala sério! Que cachorro não gostaria de dar um confere naquele rabo? Puxa, eu precisava parar de assistir ao Animal Planet. Claire não era uma cadelinha – trepando ou não. Ponto final.

Passei por momentos difíceis para conseguir terminar meu jantar. A lasanha estava deliciosa, mas eu só conseguia pensar em Claire dando prazer a si mesma com um vibrador.

Ou com a mão.

Ou com um vibrador e a mão.

Ou com um vibrador, a mão dela e o *meu* dedo.

Ou com... *Ei, se liga aqui, sr. Pau Duro.*

Eu realmente tinha problemas quando se tratava da mulher que eu acabara de conhecer. Uma parte de mim tinha vontade de decepar a cabeça do tal do Max, apenas por ele ter conseguido tocá-la, beijá-la e penetrá-la. Só que quando ela terminou a história, eu só queria encontrá-lo para poder apontar para a cara dele e gargalhar. Que tipo de mané tentava transar com uma mulher no sofá da sala sabendo que seu pai morava lá e podia entrar e sair de casa quando bem quisesse? Muito esperto, cara! Foi nesse momento que eu parei de sentir ciúmes do sujeito. Agora, tudo que eu queria era mostrar a ela como um homem de verdade agia. Senti uma necessidade irracional de mostrar-lhe tudo que ela estava perdendo.

Beleza, porque eu sou o rei de tudo que tem a ver com sexo, certo? Meu pau consegue fazer com que mulheres experientes chorem baixinho pelas ruas, sentindo a falta dele.

Tudo acabou se transformando num festival de idiotices à medida que os homens foram bebendo cada vez mais e as mulheres começaram a trocar ideias sobre o nome da loja de Liz e Claire. Não sei por que todos rejeitaram Cunnilingus Caramelizados. Esse era brilhante! Senti vontade de chupar um pirulito psicodélico colorido, esfregando a espiral melada entre as pernas de Claire, para depois seguir a trilha adocicada com a língua.

Então eu me lembrei de uma vez quando estava no ensino fundamental e guardei um pirulito desses chupado pela metade e ele acabou caindo em uma das gavetas. Encontrei três meias, um lápis e um soldadinho grudados nele um mês depois.

Provavelmente não era uma boa ideia colocar algo melado assim perto de uma vagina, muito menos na vagina da Claire. Nenhum mal poderia acometer aquele espaço sagrado.

Provavelmente eu estava imaginando coisas, mas juro que toda vez que eu fitava Claire, ela desviava o olhar. Sorri por dentro, achando que talvez ela também estivesse olhando para mim. Sabia que Drew tinha razão. Precisava parar de fantasiar sobre uma garota que nunca mais iria reencontrar. Afinal, já fazia cinco anos, pelo amor de Deus. Eu estava agindo feito uma donzela esperando o príncipe encantado surgir num cavalo branco. Era bem capaz dela estar tão feia, agora, quanto o Sloth, dos *Goonies*, e talvez cheirasse pior do que o saco suarento de Drew. Eu tinha tentado esquecê-la embarcando num relacionamento com Tasha alguns meses depois daquela festa. Tinham se passado quase cinco anos e eu continuava preso à velha mania de criar fantasias sobre uma pessoa que eu nunca mais iria reencontrar. Eu deveria ter sabido desde o início que o namoro entre mim e Tasha não resultaria em nada de bom. Passávamos a maior parte de nosso tempo juntos em algum tipo de briga ou discussão. Tasha tinha um ciúme quase psicótico e detestava quando eu não me comportava do mesmo jeito quando um homem olhava para ela. Eu devia ter esperado por alguém como Claire: uma garota doce, divertida e inteligente; alguém que não tinha um lado B estranho, como Tasha. Agora, bem ali na minha frente, estava uma gata maravilhosa que me fazia pensar em mil sacanagens só de vê-la respirar. Eu precisava acabar com aquela paranoia e arriscar um pouco.

Além do ciúme e das brigas constantes, eu sabia que um dos principais motivos de Tasha e eu não termos dado certo foi o fato de eu não ter me dedicado cem por cento à relação, pois não conseguia deixar de achar que *ela*, a garota da festa, poderia estar lá fora à minha espera, em algum lugar.

Isso e o fato da periquita de Tasha e as Havaianas dividirem o mesmo slogan: "Todo mundo usa".

Nossa, estou divagando.

Eu precisava colocar um ponto final nessa fixação idiota por uma garota misteriosa e sem rosto que poderia muito bem ser apenas um produto da minha imaginação. Precisava me arriscar com alguém que estava sentada bem ali, diante de mim, senão era capaz de eu ficar sozinho pelo resto da vida. E cá estava eu, tão ocupado em contemplar minha vida patética que nem percebi que Claire não estava mais na minha frente e tinha se levantado da mesa para ir embora. Já estava chegando ao saguão, pronta para sair, quando eu me liguei no lance.

Fiquei ali sentado, mesmerizado, olhando para as suas costas (sua bunda, na verdade, confesso) por tanto tempo que Drew me deu um soco no braço. Sem sutileza nenhuma, apontou com a cabeça na direção dela e, subitamente, percebi que todos os olhos estavam grudados em mim. Todos me olhavam com cara de "tá esperando o quê, babaca?". Liz estreitou os olhos para mim e, vou ser sincero, foi quase assustador. Pulei do sofá, saí correndo da sala e a peguei no instante em que acabava de vestir o casaco. Dei a volta em torno dela, abri a porta e me coloquei em posição de sentido.

Ela pareceu surpresa pela minha aparição súbita e pulou ao ouvir o som da minha voz e da porta que se abriu. Eu não conseguia tirar os olhos dela.

Precisava beijá-la. Precisava beijá-la tanto quanto precisava de ar. Que porra essa mulher estava fazendo comigo? Antes de eu bancar o completo idiota babando ou pregando-a na parede para poder atacar seus lábios, ela se virou e passou pela porta sem me dirigir a palavra, mesmo depois que eu me ofereci para acompanhá-la até o carro. Senti um desejo irracional de passar mais tempo com ela. Queria descobrir o que a fazia enrubescer (além do papo sobre sua vagina), que canções estavam na lista de favoritas do seu iPod e qual o seu livro de cabeceira. E também queria ouvi-la dizer meu nome.

Ah, que se dane: o que eu queria mesmo era ouvi-la suspirar, gemer alto e gritar *meu nome.*

E disse isso a ela. Bem, não tudo. Não queria que ela solicitasse à justiça uma ordem de restrição contra mim. Reparei que os cantos de sua boca abriram um pouco quando pronunciei seu nome, quase como se ela estivesse feliz por me ouvir. Por um instante, achei que ela fosse entrar no carro correndo e sair cantando pneu sem me responder. Mas foi nesse instante que ela murmurou algo que eu mal ouvi por causa do vizinho, que ligou o motor do carro na casa ao lado. As palavras que ela pronunciou fizeram minha boca abrir de espanto e trouxe para o foco principal das minhas lembranças um sonho que eu tivera recentemente.

– *Pergunta qual é o meu filme favorito.*

Mas ela interrompeu meus pensamentos pedindo que eu ligasse para ela. Quando a ficha caiu e descobri onde tinha ouvido essa frase antes, o carro já tinha saído da vaga e ganhava velocidade rapidamente.

Ao longo das duas semanas seguintes, Claire e eu conversamos todas as noites pelo telefone. Infelizmente, a fábrica me colocou no turno da noite e me obrigou a fazer horas extras nas primeiras semanas, e nossos horários de trabalho sempre impediam que nos encontrássemos. O único tempo disponível em que tínhamos chance de nos falar era durante meu intervalo de quinze minutos, perto da meia-noite. Eu sempre pedia desculpas por ligar numa hora tão inconveniente como aquela, mas ela me jurava que o momento era ótimo.

Pela primeira vez em muito, muito tempo, eu sentia empolgação na hora de ir para o trabalho, pois sabia que iria ouvir a voz de Claire. Drew, que trabalhava na minha frente no balcão da linha de montagem, se divertia muito quando eu saía e me dirigia até um canto sossegado da fábrica, para fazer a ligação. Logo na primeira noite ele me perguntou aonde eu ia. Como não respondi, ele me seguiu como um cão de caça até o local escolhido, avisando aos berros para todas as pessoas que passavam que eu pretendia ligar para meus pais e avisar que iria assumir minha homossexualidade. Um chute no saco de Drew, muito bem dado, o fez desistir de repetir a dose. Mesmo assim, as pessoas continuavam a surgir do nada na minha frente, de vez em quando; e me davam tapinhas nas costas, me oferecendo apoio moral por minha decisão de sair do armário.

Durante quinze minutos, todas as noites, Claire e eu conversávamos sobre tudo e sobre nada ao mesmo tempo. Contei a ela como tinha sido crescer com dois irmãos mais velhos, que confirmavam que o bicho-papão existia de verdade. Os amigos deles, por sua vez, me informavam que trabalhavam para o Papai Noel, e eu nunca mais ganharia um único brinquedo na vida se não limpasse o quarto dos babacas usando uma cueca usada deles na cabeça.

Claire me contou sobre o divórcio dos pais dela e da sua decisão de morar com o pai, de quem eu já sentia um medo irracional, mesmo sem conhecê-lo. Só para vocês terem uma ideia, ele tinha ido a uma festa de aniversário no fim de semana anterior e, ao tentar separar uma briga, um cara lhe disse: "Qual é, vai fazer o quê, vovô?" O pai de Claire o colocou a nocaute com uma cabeçada e disse: "ISSO é o que eu vou fazer, seu merda." Claire tentava me convencer de que seu pai não passava de um ursinho de pelúcia gigante. Só que, no lugar de onde eu vim, ninguém se cagava de medo de encontrar um urso de pelúcia num beco escuro, temendo que ele te enchesse de porrada e tatuasse OTÁRIO na tua bunda.

Um dia eu lhe contei sobre Tasha e o motivo de termos terminado, mas me arrependi disso. Cheguei a me abrir por completo, confessando que não tinha certeza de um dia ter amado Tasha de verdade ou, talvez, estar apenas passando um tempo com ela até a mulher certa aparecer. Nunca mais mencionei a história que Drew contou no jantar, sobre a garota com quem dormi uma única noite na festa da faculdade. Felizmente, ela também não perguntou. Embora fosse fácil conversar com Claire sobre Tasha, me parecia errado falar sobre a mulher com quem eu sonhava havia cinco anos. Claire era doce, inteligente e divertida, e eu não queria estragar tudo falando desse sonho idiota. Quanto mais eu conversava com Claire e a conhecia melhor, mais ficava claro que ela era a garota que eu esperava para a minha vida. Percebi que na maior parte do tempo falávamos mais sobre a minha vida que sobre a dela, e quando eu comentei esse fato, ela simplesmente riu e disse que não havia muito a contar sobre sua vida, que era muito sem graça. Mesmo assim, a cada nova ligação eu descobria algo novo sobre ela, e estava disposto a levar o tempo que precisasse para conhecer tudo a seu respeito.

Por fim, depois de quinze dias falando aos sussurros nos cantos da montadora, tentando permanecer longe do barulho das máquinas para ouvir com mais clareza a voz suave, meio rouca e muito sexy de Claire, sabendo que ela estava em casa, encolhida debaixo das cobertas, eu, aleluia!!!, iria vê-la novamente. A fábrica me deu um sábado de folga e eu fiquei superfeliz por passar esse dia analisando a loja de Liz e de Claire (tudo bem, analisando a bunda da Claire, confesso). Claire tinha me enviado algumas fotos da loja pelo celular, e deu para perceber que a obra estava bem adiantada. Na verdade, eu não me importaria se tivesse que me encontrar com Claire num depósito de lixo; desde que estivesse perto dela, eu me sentiria feliz.

Então, às dez da manhã desse sábado, parei o carro no endereço que Claire me informara. Fiquei sentado ali tamborilando no volante com as mãos. Tinha dormido só três horas durante a noite. Fiquei rolando de um lado para o outro na cama, a noite toda, ligadão com a expectativa de ver Claire mais uma vez e estar perto dela a ponto de tocá-la. Mas não vou mentir para vocês: o que me deu insônia foi a frase que ela dissera ao celular, por distração, na véspera. Foi a segunda vez que ela usara a frase comigo. Por mais que eu tentasse tirar isso da cabeça, um pensamento insistente a respeito *dela* me voltava à mente. É claro que milhares de pessoas haviam assistido ao filme *Atração mortal*. Na verdade, a velha expressão "me foda gostoso com uma motosserra" podia ser considerada o equivalente a dizer "puta merda" nos dias de hoje.

Hã-hã... Me engana que eu gosto.

O uso dessa frase poderia simplesmente ser a maior coincidência da história do mundo, ou então eu tinha embarcado de vez no avião dos doidos que vai sem escalas até Piradópolis. Peguei o celular no porta-copos do painel do carro e conferi que horas eram, sorrindo ao ver a foto de Claire que usava como tela de fundo. Drew me zoou por vários dias quando viu aquilo, mas nem liguei. Secretamente, eu tinha pedido a Liz que ela me enviasse uma foto da amiga, e Liz ficou feliz em me atender. A foto que ela me mandou era um close em preto e branco de Claire, quase se mijando de rir com alguma coisa, com uma das mãos tentando tapar o rosto e os dedos abertos de tal forma que dava para ver com clareza seu sorriso lindo, a jovialidade dos seus olhos e as covinhas em suas bochechas. A imagem era fantástica e eu só torcia para poder, um dia, conseguir fazer Claire rir daquele jeito para mim e estar bem ao lado dela nesse instante.

Olhar para a foto no celular me ajudou a esquecer a confusão e as perguntas que trazia na mente, e fez com que eu simplesmente concentrasse a atenção nela, e não em fantasmas do passado. Desliguei o motor, saltei do carro e, por fim, dei uma boa sacada na casa em frente da qual estacionara o carro. Fiquei impressionado. Era maior do que eu imaginava, e me pareceu um espaço fantástico. Avistei Liz atrás da vitrine do que deveria ser o seu lado da loja. Dei a volta pela frente do carro e fui até a calçada. Comecei a andar na direção da porta, mas tive que parar quando um garotinho passou correndo na minha frente, quase voando, com os braços e pernas se espalhando para todos os lados de forma desordenada.

– Gavin, volte aqui!

Por instinto, meu braço se lançou para frente e eu agarrei a parte de trás da camisa do menino, impedindo-o de ir adiante. Um sujeito com cerca de cinquenta anos veio correndo até onde eu estava.

– Puxa, obrigado por pará-lo – agradeceu ele, virando-se para o moleque com o rosto tão sério que eu sentiria medo se aquele olhar fosse lançado para mim. Soltei a camisa do garoto, confiante de que o pequeno fugitivo não iria mais a lugar nenhum, agora que fora agarrado.

– Gavin, quantas vezes eu já disse que você não deve sair correndo assim que eu desligo o carro? Você tem que dar a mão!

– Ah, sei lá… – reagiu o menino, dando de ombros. – Preciso correr para a sorveteria antes que os sorvetes derretam.

Cobri a boca com a mão para esconder o riso. Aquele garoto tinha coragem! O pobre sujeito simplesmente girou os olhos para o menino e deu um longo suspiro.

– Se você tem algum apreço por sua sanidade, não tenha filhos – disse-me o pobre homem, agarrando a mão do menino com força e caminhando com ele pela calçada.

– Obrigado pelo conselho! – gritei, vendo a dupla entrar na sorveteria que ficava bem ao lado.

Só nesse instante Liz percebeu que eu estava na calçada e foi até a porta da frente me receber.

– Bom dia! – cumprimentou-me ela, com muita empolgação, quando eu entrei.

Para todo lado que eu olhava via sutiãs, calcinhas e peças cheias de babados e rendas penduradas em cabides ou espalhadas sobre balcões. Quase senti meu pinto se encolhendo e recuando para dentro do corpo. Não me importava nem um pouco de despir as roupas íntimas de uma mulher, mas me ver no meio de um salão rodeado por toda aquela merda erótica me fez sentir constrangido demais devido ao contato com meu lado feminino.

Caraca, que porra era AQUELA ali na minha frente?

– Isso é uma mordaça com bola de silicone, Carter. Já vi que você não curte dominação e submissão – afirmou Liz, com ar sério, ao reparar no meu ar de espanto ao olhar para o apetrecho.

– Hum... Eu, ahn...

Não ficou meio quente aqui dentro, de repente?

– Você já amarrou sua parceira? Já usou chicotes? Já brincou com anel peniano? Já fez um *ménage à trois*? Você se julga mais dominante na cama ou mais submisso? Qual foi a última vez que você fez testes para doenças sexualmente transmissíveis?

– O quê? Puxa, eu...

– Quantas parceiras sexuais você teve nos últimos cinco anos? Alguma vez você foi condenado por crime sexual contra outro ser humano, animal ou vegetal?

– ELIZABETH!

Graças a Deus. Nunca me senti tão feliz na vida como quando ouvi a voz de Claire.

– Estou de olho em você, garoto – murmurou Liz, olhando para mim de cima a baixo, apontando com os dedos em V para os olhos, e depois virando-os na minha direção.

– Tudo bem, anotei o recado – murmurei ao passar por ela, atravessando o portal e seguindo até o balcão, atrás do qual Claire tinha se colocado, com as mãos nos quadris. Como ela estava ocupadíssima, lançando olhares de ódio por sobre meu ombro para Liz, aproveitei a chance para analisá-la sem ser notado. Parecia impossível, mas ela estava ainda mais maravilhosa que na última vez que nos vimos. Talvez porque agora eu a conhecesse bem melhor que antes. Seus cabelos estavam presos para cima, num coque meio solto que lhe deixava fios espalhados por todo o rosto. Notei uma mancha de farinha ou, talvez, açúcar de confeiteiro na bochecha e senti vontade de lamber tudo. Fiquei de pau duro só de me imaginar saboreando a pele dela.

– Vou cuidar de você mais tarde, Liz – ameaçou Claire.

– Cale a boca e mantenha essa bunda caída na cozinha, onde é o seu lugar, vadia! – reagiu Liz.

Claire olhou para cima e me fez um sinal com a cabeça.

– Venha, vou te mostrar minha parte da loja.

Pegou minha mão como se fosse a coisa mais natural do mundo. Quando nossas peles se tocaram, tive dificuldade para fazer meus pés se moverem. Queria ficar simplesmente ali parado, olhando para ela. Claire sorriu e se virou, arrastando-me com ela, de forma gentil. Caminhamos pelo depósito da parte da loja que pertencia a Liz e eu tive que me segurar muito para não passar a mão na bunda dela. Porra, ela estava novamente de jeans. Uma mulher como aquela de jeans circulando por aí devia ser proibido. Meu cérebro não funcionava direito quando ela vestia jeans.

– Esta é a minha parte da Malícias & Delícias – declarou Claire, com muito orgulho, ao sair do depósito de Liz e entrar na cozinha. Com a mão ainda agarrada na minha, ela me levou pela cozinha até a parte da frente do estabelecimento, apontando para as coisas e me mostrando tudo.

Enquanto o lado de Liz era decorado com cores escuras e panos encorpados, o lado de Claire era leve, arejado e cheio de cores fortes. Na parte da frente havia três paredes pintadas em amarelo vivo e uma em rosa-claro. Atrás do balcão havia uma viga larga que sustentava o teto, onde se viam três quadros com tudo que a loja oferecia e os respectivos preços. Por baixo dessa viga o espaço era aberto e dava para ver a cozinha inteira. Em todo lado havia quadros emoldurados de cupcakes, doces e ditados famosos que tinham a ver com comida. Um cartaz de madeira pintado de rosa com letras marrons anunciava que "Dinheiro não compra felicidade, mas compra chocolate, o que é a mesma coisa". Outro quadro amarelo com letras em marrom, ao lado da porta informava que "Chocolate vem do cacau, que é uma fruta, e açúcar vem da cana, que é uma planta, sendo assim… chocolate conta como salada". Além da atmosfera aconchegante e atraente, só o aroma do lugar já seria capaz de deixar qualquer um com boa disposição. Pelo menos naquele momento o cheiro forte de chocolate não me incomodou, como geralmente acontecia, talvez pelo fato de Claire estar bem ali, ao meu lado. Eu só conseguia me imaginar saboreando-a, em vez de pensar nas recordações que aquele odor geralmente me trazia. Coloquei o corpo quase grudado no dela e considerei um bom sinal o fato de ela não ter recuado nem largado minha mão.

– *Malícias & Delícias* é um grande nome. Muito mais apropriado que *Profiterrôlas*.

Ela riu, um pouco nervosa, mas manteve nossa proximidade. Assim tão de perto, reparei que seus olhos não apenas pareciam mel escuro, mas também tinham pontos luminosos dourados, como se alguém tivesse jogado purpurina neles.

– O espaço é fabuloso! – exclamei, com entusiasmo, quase encostando nela, querendo ficar colado ali pro resto da vida. Baixei o braço um pouco e deslizei a mão para dentro da dela, fazendo com que nossos dedos se entrelaçassem. Ela engoliu em seco e passou a língua pelos lábios, nervosa, mas não se moveu.

– Obrigada – murmurou, olhando fixamente para meus lábios.

Caraca, ela queria que eu a beijasse? Eu devia fazer isso? Só me inclinar e deixar que nossos lábios se tocassem? Por que eu me sentia como um menino de doze anos, sem o mínimo de experiência? E por que não conseguia parar de fazer perguntas irritantes a mim mesmo?

Avancei, diminuindo o espaço entre nós. Desvencilhei nossos dedos para poder colocar a mão atrás do corpo dela e pousá-la na base das suas costas, puxando-a ainda mais na minha direção. As mãos dela voaram para o meu peito, mas ela não me empurrou. Deixou-as pousadas ali e, finalmente, me olhou fixamente.

– Que cheiro é esse? O que você preparou? – perguntei baixinho, inclinando minha cabeça até quase tocar-lhe os lábios, grato por senti-la finalmente nos braços e surpreso ao ver como ela parecia pertencer àquele lugar.

– Na... nada – gaguejou. – Eu estava só fazendo a lista dos mantimentos que preciso, e ia guardar a farinha na prateleira.

Parei com os lábios quase encostados nos dela. Dava para sentir seu hálito junto do meu, e precisei contar até dez para me segurar e não empurrá-la contra a parede mais próxima e me lançar por entre suas pernas.

– Sinto cheiro de chocolate bem aqui – sussurrei, pairando com os lábios sobre os dela, quase roçando-os.

Eu realmente não tinha o mínimo controle quando ficávamos assim tão perto. Duas semanas apenas ouvindo sua voz tinham sido as mais torturantes preliminares de toda a minha vida. Beijei-lhe o canto da boca, a bochecha e o espaço debaixo da orelha, inspirando fundo para sentir o cheiro de sua pele. Todo o sangue correu para a minha cabeça e meus braços a enlaçaram e apertaram com mais força.

Uau, que diabo é isso?

Senti seu coração bater com muita força contra o meu peito, que estava grudado no dela, mas não foi isso que me fez sentir como se o chão tivesse sumido debaixo dos meus pés.

Aquilo não podia estar certo. Por que diabos meu subconsciente andava me pregando peças daquele jeito? Beijei o ponto abaixo do lobo da sua orelha só para me certificar de que não estava pirando, e a senti estremecer em meus braços. Dei mais uma fungada em sua pele, enfiando o nariz nas pontas soltas de cabelo caídas sobre a lateral do pescoço.

Meu Jesus Cristo do chocolate ao leite, oficialmente eu tinha ultrapassado todos os limites da sanidade. Como era possível ela ter aquele cheiro? Fiquei ali e inspirei fundo novamente, deixando-me inundar pelo seu aroma. Depois de cinco anos de espera o cheiro estava bem ali, nos meus braços. Eu certamente iria parecer um tarado completo, pois aquilo estava me matando de curiosidade: eu precisava saber que cheiro era aquele. Só podia ser uma loção, creme ou alguma dessas merdas. Por uma cruel cilada do destino Claire usava o mesmo produto da minha garota desconhecida. Pelo menos o mistério seria solucionado e eu poderia, de uma vez por todas, me livrar daquela maluquice antiga.

– Provavelmente sou eu mesma. Dizem que tenho cheiro de chocolate – murmurou ela, com os braços subindo lentamente até meus ombros, enlaçando meu pescoço e minha nuca. Algo no toque dela, nos dedos que deslizavam pela parte de trás da minha cabeça, me pareceu tão familiar que foi minha vez de estremecer.

Você acabou de citar uma frase de Atração mortal*? Esse é o meu filme favorito.*

É que eu tenho uma quedinha pelas morenas, inteligentes e com um charme todo especial.

Eu me esqueci de respirar por um minuto inteiro, enquanto pedaços soltos de informações do passado tentavam rastejar até o palco central da minha mente. Ela se encaixava tão bem nos meus braços; era como se pertencesse àquele lugar, ou talvez já tivesse estado ali antes...

Não, deixa de ser mané. Claire é doce e linda, uma garota legal. Não a confunda com uma lembrança enevoada, muito menos agora.

Então me foda gostoso com uma motosserra.

Pergunta qual é o meu filme favorito.

O passado, o presente e sonhos idiotas voavam descontrolados pelo meu cérebro, tentando chegar à frente do palco. Subitamente, me veio à cabeça a sensação de cair por cima dela sobre uma cama estranha. Seu corpo era macio nos lugares certos, sua pele era lisinha e eu não conseguia parar de tocá-la. Ela emitiu os ruídos mais surpreendentes quando eu lambi a pele do seu pescoço, bem debaixo da sua orelha. Lembrei de ter me lançado dentro dela e de fechar os olhos com força, porque ela era apertadinha e quente, e eu não queria gozar antes mesmo de chegar ao fundo. Lembrei-me de ter me movimentado lentamente, entrando e saindo, torcendo para que ela estivesse gostando, porque senti vontade de fazer aquilo para sempre e só com ela. E me lembrei de ter acordado na manhã seguinte com o maravilhoso cheiro de chocolate ainda entranhado no travesseiro e nos lençóis, e de rezar baixinho, pedindo para descobrir quem ela era.

Afastei-me um pouco de Claire só para ver seu rosto. Fitei seus olhos com firmeza, desejando que todas as minhas recordações voltassem logo de uma vez, para eu não me sentir tão confuso. Seus dedos continuavam a brincar com os cabelos da minha nuca, colocando tudo em foco.

– Qual é o seu filme favorito? – murmurei.

Prendi a respiração, desesperado para saber a resposta. Vi seu rosto mudar de alegre para perplexo, e depois para nervoso. Por que ela estava nervosa? Aquela era uma pergunta comum. A não ser que...

Ela me fitou rápido, pulando de um olho para o outro, e piscou depressa para reprimir as lágrimas. Ver seus olhos daquele jeito, brilhantes e agitados, me trouxe uma lembrança forte, e eu quase engasguei ao engolir em seco. Com clareza perfeita me vi sobre ela, erguendo sua perna e prendendo-a em torno do meu quadril, enquanto fitava seus olhos. Lembrei-me com detalhes do instante em que, ainda olhando fixamente para ela, penetrei-a devagar, forçando-me a parar ao ver que ela piscava depressa para encobrir as lágrimas.

Lembrei-me de tê-la ouvido soltar um gemido leve, como se sentisse dor, e também de ter lhe perguntado se ela estava bem. Ela nunca me respondeu. Simplesmente me encarou com aqueles olhos lindos, muito brilhantes e castanhos, puxou meu rosto para junto do seu e me beijou. O rosto de Claire, os olhos de Claire, o corpo de Claire...

– *Atração mortal* – murmurou.

Minha mente voltou num centésimo de segundo para o presente, ao ouvir sua confissão sussurrada. Fiquei ali parado, olhando para ela, incrédulo. A sensação de tê-la em meus braços, seu hálito delicioso no meu rosto, o som da sua risada, o jeitinho como enrubescia quando ficava envergonhada, me lembrei de tudo. Das cutucadas que demos um no outro com o ombro, de forma conspiratória, quando jogamos beer pong. Da sensação dos lábios dela na primeira vez em que a beijei… Era ela. *Era Claire*.

– Meu filme favorito é *Atração mortal* – repetiu, confundindo meu silêncio aturdido com problemas de audição. Olhou para mim como se desejasse que eu me lembrasse de tudo. Como se torcesse para minha ficha cair e eu descobrir a razão de ela e Liz terem agido de forma tão estranha quando me viram no bar. E também o motivo de estar tão nervosa quando eu e Drew aparecemos de surpresa na casa de Jim e Liz; de como ela tentou não me encarar olho no olho, a todo custo; o porquê de todo mundo na mesa ter feito uma cara de que tinha visto um fantasma quando Drew contou a história da virgem que eu pegara; e a razão de ela se mostrar tão reticente em compartilhar alguns momentos de seu passado nas conversas que tínhamos levado pelo celular nas últimas duas semanas. Eu já sabia tudo sobre ela. Ela me contara tudo sobre sua vida naquela noite, cinco anos antes.

– É você! – sussurrei, erguendo a mão e cobrindo sua bochecha, com ternura. – Puta merda, é você!

Ela soltou uma risada fraca e fechou os olhos, encostando a testa no meu queixo.

– Graças a Deus! – murmurou, de forma quase inaudível, mas alto o bastante para eu escutar.

Coloquei a mão sob seu queixo e afastei um pouco o seu rosto para poder vê-la melhor.

– Por que você não me disse nada? – eu quis saber. – Provavelmente me achou um idiota completo.

– Achei mesmo – confirmou, com um riso safado. – No início. Liz queria te dar um soco na cara.

– Acho que continua querendo – retruquei, sem pestanejar.

Ela sorriu e meus joelhos ficaram bambos.

– Para ser honesta, eu não soube o que pensar quando te reconheci no bar e você não me disse nada, nem mesmo falou comigo. Decidi que você não passava de um desses típicos babacas que comem a faculdade inteira só para gastar onda com os amigos. Só que, depois de alguns lances que Jim relatou ter ouvido você contar, Liz sacou rapidinho que você estava bêbado demais, na véspera, para se lembrar de mim. Então eu simplesmente estava achando que eu não devia ser tão inesquecível assim, para início de conversa.

Ela riu ao dizer isso, mas eu percebi que essa ideia a incomodava.

– Não brinque com isso. Nunca! Você faz ideia do tempo que eu passei à sua procura? O número de vezes em que Drew achou que eu era maluco de carteirinha só porque eu vivia tentando achar uma loção que tivesse esse cheiro de chocolate, e nada sequer chegava perto de como eu me lembrava de você? Eu já começava a achar que tinha apenas imaginado sua existência.

Puxei seu corpo para junto do meu e encostei minha testa na dela. Tive medo de largá-la, pois ela poderia tornar a desaparecer. Será que aquilo era real? Drew jamais acreditaria num troço desses. Porra, eu mesmo ainda custava a acreditar. Agora que ela estava pertinho, dava para cheirar sua pele normalmente, e isso me fez sorrir.

– Você não bebeu tanto quanto eu na noite em que nos conhecemos ou deve ter uma memória melhor que a minha. Como conseguiu *me reconhecer*? – perguntei.

Claire abriu a boca para falar. Nesse instante, porém, a porta da loja se escancarou e ela se afastou dos meus braços num pulo, ao mesmo tempo que nos viramos na direção do barulho. O garotinho cheio de atitude entrou porta adentro e eu dei uma gargalhada, sacando que ele conseguira escapar novamente das mãos do pai.

– Mamãe! Eu comi sorvete! – gritou ele, correndo em nossa direção.

Fiquei petrificado e com a boca aberta, vendo Claire se agachar para pegar o menino que se lançava nos seus braços. Ela olhou para mim com um ar de puro terror estampado no rosto.

Puta merda! Claire tinha um filho. Enquanto eu a procurava durante cinco longos anos, ela saiu e teve um filho por aí. Viu só, seu babaca, como são as coisas?

– Meu amor, esse garoto está me levando à loucura. Estou quase comprando uma coleira ali no petshop. Ou, quem sabe, uma daquelas que dá choque. Será que é preciso autorização para portar uma daquelas armas que dão descargas elétricas?

O pai que eu vira um pouco antes entrou na loja, e eu tentei não me encolher de repugnância quando ele foi até onde Claire estava agachada, ainda abraçando o menino e com cara de quem ia vomitar a qualquer momento.

Claire curtia homens mais velhos, é mole? Aquele cara devia ter quase cinquenta anos. Eu também vomitaria, se fosse ela. Aquilo era nojento! Ela já tinha acariciado aquele saco velho e *ainda mais* enrugado. Quando ele gozava, aposto que saía apenas uma gosminha aguada do seu pau meia-bomba. O cara finalmente me olhou com atenção, de cima a baixo.

– Quem é você? – perguntou, obviamente esquecendo que tínhamos acabado de nos encontrar na porta da loja. Já devia estar com Alzheimer.

– Saco velho – resmunguei baixinho, com muita raiva.

– George! Bem que eu achei que tinha visto você estacionando o carro, agora há pouco! – exclamou Liz, vindo do seu lado da loja e se colocando ao lado de Claire para ajudá-la a se levantar. Olhei para a parte de trás da cabeça do coroa quando ele se virou para abraçar Liz. Ele era quase careca, pelo amor de Deus! Será que seu saco também estava careca? Senti vontade de bicar seus colhões enrugados e despentelhados.

Claire olhou para nós com visível nervosismo. Seus olhos dardejavam entre mim e o idoso com cara de poucos amigos. Perguntei-me o que ele iria pensar se descobrisse que tinha rolado um lance entre mim e Claire no passado. E também que ela quase tinha dado para mim bem ali, pouco antes dele aparecer e cortar nosso clima.

– O ex da sua esposa – declarei, cruzando os braços diante do peito e olhando-o com altivez num súbito acesso de macheza.

Os três me olharam com o mesmo ar de perplexidade e confusão.

– Você dormiu com a vovó? – perguntou o menino. – Ela leu uma historinha pra você pegar no sono? Papa me contou que ela ronca que nem o demônio!

George deu um passo em minha direção e eu engoli em seco. Apesar de ser velho, percebi que tinha um físico avantajado, e era bem capaz de me dar uma surra. Ou me matar e fazer parecer que tinha sido um acidente.

– Papai… – pediu Claire, em tom de advertência.

Papai? Ai, cacete, eu realmente *sou* um babaca. Devia ter síndrome de Tourette na boca. Claire não tinha mencionado seu nome nem uma vez, quando falava a respeito dele. Aquele era o sujeito que tinha desfigurado o rosto do mané que o chamara de "vovô". E eu acabara de chamar o sujeito de saco velho. Ele iria me matar ali mesmo, sem pensar duas vezes.

– Merda. Mil desculpas. Eu não dormi com sua esposa, não. Rolou um equívoco total aqui, foi mal.

Ele parou de caminhar em minha direção. Se minha massa cinzenta estivesse em forma eu manteria a boca fechada a partir daquele instante. Obviamente eu estava bêbado no dia em que distribuíram neurônios.

– Eu me confundi – completei. – Eu quis dizer que sou o ex da sua *filha*.

Ouvi Liz gemer alto e vi a boca de Claire se abrir quase um palmo.

– Mas não foi do jeito como o senhor deve estar imaginando – continuei, falando mais depressa. – Isto é... O lance foi que nós dois estávamos muito, *muito* bêbados, e eu nem sabia que era com ela que eu tinha transado até alguns minutos atrás.

Ó meu Deus, cale a porra da boca. PARE de falar!

Uma das minhas sobrancelhas se ergueu, e eu juro que o ouvi estalando os dedos e o pescoço.

– Ela tem cheiro de chocolate e eu não gosto de apanhar – despejei tudo de forma meio atrapalhada, e em pânico.

– Meu Pai do Céu... – murmurou George, balançando a cabeça para os lados.

Vi Claire dar um tapa no braço da amiga com toda a força, atrás de George, pois Liz quase caiu no chão de tanto rir. Obviamente estava achando aquilo tudo engraçadíssimo, hilário.

– Eu também não gosto de apanhar. E também não tenho cabelo no saco. Mamãe, você não vai bater nele, vai?

– Isso mesmo, mamãe, conte para a gente. Você vai bater no Carter por ele ser um menino mau? – pediu Liz, com uma voz grave e sensual, imitando Marilyn Monroe. No caos das merdas que estavam simultaneamente acontecendo, eu nem tinha conseguido dar uma boa olhada no menino que Claire continuava abraçando, agora em pé. Ele estava de costas para mim até alguns segundos atrás, e eu não tinha prestado muita atenção ao rostinho dele quando o agarrei lá fora para impedir que escapasse. Claire teve de colocá-lo meio de lado na hora em que socou Liz, e ele me encarava, agora. Era um menino muito bonito. Mas isso não era surpresa, já que era a cara da mãe. Contudo, havia algo mais nas feições...

Virei a cabeça meio de lado e ele fez o mesmo. Percebi que todos tinham emudecido subitamente, mas não consegui tirar os olhos dele. Os cantos do meu campo de visão começaram a ficar escuros e eu senti como se fosse desmaiar a qualquer momento. Aquele menino tinha *os meus* olhos. Tinha um jeito de olhar igualzinho ao meu! Rapidamente tentei fazer algumas contas de cabeça, mas meu cérebro tinha virado purê e eu nem me lembrava qual era o dia do meu aniversário!

Que porra estava acontecendo ali? Aquilo não podia ser real. Meu esperma tinha me traído. Subitamente, tive uma visão do meu esperma nadando loucamente e falando com a voz de Bruce Willis, em *Olha quem está falando*: "Vamos lá! Nadem mais depressa! Esse bundão nem desconfia que nós conseguimos escapar da camisinha! Yu-huuu, seu otário!"

A única diferença é que meu esperma era cheio de marra e se achava o John McClane de *Duro de matar*. Essa era a única explicação para aquela suruba de emoções.

– Você é o...? – perguntei ao garoto que tinha olhos iguais aos meus, quando recuperei a voz.

– Sou Gavin Morgan. E você quem é, bobalhão?

11

Boas vibrações

*i, merda.*

Meu pai ia matar Carter antes mesmo de eu ter a chance de lhe contar que ele tinha um filho. Se bem que eu tinha quase certeza de que essa pedra já havia sido cantada. Ou ele era mentalmente perturbado (parecia) ou estava em estado de choque (com certeza). Mas havia uma terceira hipótese: talvez eu não tivesse percebido aquele detalhe antes: acho que ele gostava de falar aos berros sobre sacos cabeludos e levar surras.

Gavin *também gostava* de falar sobre o seu saco o tempo todo. Será que isso era hereditário?

– Você é o...? – sussurrou Carter, olhando direto para Gavin como se tentasse calcular de cabeça a raiz quadrada de PI.

– Gavin Morgan. E você quem é, bobalhão?

– GAVIN! – ralhamos todos ao mesmo tempo, com exceção de Carter. Ele continuava com cara de quem ia vomitar a qualquer momento.

Merda, não foi assim que eu planejei que as coisas acontecessem. Sabia que depois de todas as nossas conversas e do quanto eu passara a conhecer Carter que eu teria que contar tudo... em breve. Aliás, tinha planejado contar naquele dia, com jeitinho.

Depois de ter lhe fornecido álcool em quantidade suficiente para embriagar um cavalo, é claro.

– Esse é um dos amigos da mamãe, filhote – disse a Gavin. "Amigo" me pareceu melhor, no momento, do que "o pai que você nem sabia que tinha" ou "o cara que embuchou a mamãe". Será que daria para esperar até Gavin atingir a adolescência para traumatizá-lo com essa informação?

Gavin pareceu ficar entediado com a falta de agitação na sala, já que todos continuavam paralisados na mesma posição, esperando o cérebro de Carter explodir a qualquer momento. Gavin tinha a mesma capacidade de concentração de uma criança de dois anos que sofresse de DDA por abuso de crack. Começou a se debater no meu colo, pedindo para ser colocado no chão. Prendi a respiração quando ele foi direto e parou diante de Carter com as mãozinhas nos quadris.

– Você é amigo da mamãe? – questionou ele.

Carter simplesmente concordou com a cabeça, mas manteve a boca aberta de espanto, sem emitir nenhum som. Tenho quase certeza de que ele nem mesmo ouviu o que Gavin tinha dito. Se alguém lhe perguntasse se ele gostava de assistir a filmes pornô gays enquanto pintava quadros de gatinhos felpudos, teria feito que sim com a cabeça.

Antes que alguém tivesse a chance de evitar, Gavin ergueu um dos seus punhos pequenos e deu um soco certeiro na virilidade de Carter. Ele se dobrou para frente na mesma hora, apertando as mãos em concha entre as pernas e lutando em busca de ar.

– Ó meu Deus! Gavin! – gritei, correndo para ele, me agachando novamente e forçando-o a olhar para mim, enquanto meu pai e Liz riam como duas hienas de porre, bem atrás de mim.

– Qual é a sua, garoto? Não se bate assim nas pessoas. NUNCA! – ralhei, com severidade.

Enquanto Carter tentava recuperar a respiração, meu pai conseguiu parar de rir por cinco segundos para pedir desculpas.

– Desculpe, filha. Provavelmente isso foi culpa minha. Deixei Gavin assistir *Clube da luta* comigo, ontem à noite.

Sou a suprema humilhação de Claire.

– Seus amigos te deixaram enjoada uma noite dessas, e você disse que esse aí era um dos seus amigos – explicou Gavin, como se isso fizesse todo o sentido do mundo.

Só serviu para meu pai rir mais alto ainda.

– Você não está ajudando em nada, papai – grunhi, com os dentes cerrados.

– Você não devia deixar minha mãe mal, seu cara de pinto! – gritou Gavin para Carter, colocando dois dedinhos em V diante dos olhos, para em seguida apontar diretamente para Carter, exatamente como Liz tinha feito mais cedo.

– Minha nossa! – exclamou Carter, com a voz ofegante. – Esse menino me jurou de morte?

– Minha nossa! – repetiu Gavin com voz de menina.

Liz correu até onde ele estava e o pegou no colo.

– Muito bem, rapazinho, que tal eu, você e seu avô sairmos para dar uma volta e conversar sobre palavras de gente grande? – sugeriu ela, seguindo na direção do meu pai e levando-o para longe dali, empurrando-o pelo cotovelo.

Fiquei parada e lhe lancei um olhar de agradecimento. Liz simplesmente sorriu e levou meu pai pela porta com Gavin, que lhe enchia os ouvidos comentando algo que vira num desenho do Bob Esponja.

Quando eu e Carter finalmente ficamos a sós, arrisquei dar uma olhada nele. Notei que ele não me pareceu puto da vida. Nem triste. Parecia apenas não ter ideia de onde estava, nem de que dia era. Ficamos ali impassíveis, olhando um para o outro por vários minutos até que o silêncio, que se eternizava, me incomodou.

– Quer fazer o favor de dizer alguma coisa? – implorei.

Poucos minutos antes eu estava maravilhosamente feliz por Carter ter descoberto, finalmente, quem eu era. Ele me abraçou e ia me beijar. Agora, tudo estava arruinado e a culpa era unicamente minha, por não ter lhe contado mais cedo.

Carter balançou a cabeça com força para os lados, como se tentasse clarear as ideias.

– Crianças… – bufou. – Eu não gosto de criança.

Mordi a língua. Ele ainda estava em estado de choque. Eu não poderia enchê-lo de porrada só por ele ter dito algo assim. Puxa, eu também não gostava de crianças e morava com uma. Amo meu filho, mas isso não significa que gosto dele o tempo todo.

– Eu usei camisinha! *Tenho certeza* que usei camisinha – disse ele, num tom de acusação, lançando um olhar de pânico na minha direção.

Quem me mandou morder a língua? O prazer que eu tinha sentido mais cedo, quando ele pressionou o corpo contra o meu e seus lábios provocaram arrepios no meu pescoço foi para o espaço naquele momento.

– Sério mesmo? Será que se lembra direitinho de tudo? Porque eu tenho certeza de que até vinte minutos atrás você não fazia a menor ideia de quem eu era. Mas uma coisa é certa: você realmente usou camisinha. Colocou aquele troço no pau depois de me penetrar três vezes e tirar minha virgindade. Aliás, deixe que eu lhe lembre uma coisinha, Einstein: camisinhas não são cem por cento eficazes, especialmente quando não são usadas da forma adequada. – Quase soltei fogo pelas ventas.

– Eu tenho ânsias de colocar tudo para fora quando alguém vomita na minha frente. E nunca troquei fraldas! – exclamou ele, horrorizado.

– Carter, ele tem *quatro* anos. Não usa mais fraldas. E não é Linda Blair no *Exorcista*. Não anda para cima e para baixo expelindo vômito verde o dia todo – expliquei, girando os olhos de impaciência.

– Meu saco está doendo. Preciso de um drinque – murmurou ele, antes de se virar e sair porta afora.

Quando meu pai e Liz voltaram para a loja com Gavin, eu não estava a fim de falar com nenhum dos dois. Coloquei Gavin no carro e fui direto para casa sem dizer uma única palavra o caminho todo. Provavelmente parecia uma criança grande, mas... foda-se. Estava revoltada com eles por acharem tudo muito engraçado; estava revoltada comigo mesma por não ter contado logo tudo a Carter assim que ele apareceu; por fim, estava revoltada por me sentir revoltada com tudo aquilo.

Quem se importava com o fato de ele ter aloprado geral e provavelmente nunca mais nos procurar? Não iríamos perder muita coisa. Gavin nem tinha ideia de quem ele era. Como é que alguém pode sentir falta de algo que nunca teve?

Mas eu o *tive*. Literalmente. E embora tivesse feito uma cagada gigantesca, sabia muito bem o que estava perdendo. Durante duas semanas Carter se abriu para mim. Agora eu conhecia muito mais a respeito da vida dele do que antes. Sabia que ele amava sua família e queria muito formar uma só dele, algum dia. Sabia que era muito trabalhador e faria qualquer coisa pelas pessoas que amava. Por um instante, foi maravilhoso tê-lo aqui. Estar no mesmo lugar que ele, ver seu sorriso, ouvi-lo gargalhar, sentir seus braços em torno de mim e saber que eu não estava sozinha na louca aventura de ter um filho.

Merda. Eu estava era fodida e mal paga. No fundo, eu *me importava muito*. Queria Carter na minha vida e na vida de Gavin. Queria que Gavin conhecesse o pai e queria que Carter conhecesse a pessoinha fantástica que ele ajudara a fabricar. Queria passar mais tempo ao seu lado, e queria que ele me conhecesse de verdade. Não a versão editada e parcial que eu tinha inventado nos papos de celular, por puro medo de deixar escapar alguma coisa sobre Gavin e sobre a versão fantasiosa com cheiro de chocolate que Carter manteve viva durante anos. Queria que ele conhecesse o meu eu *real*. A garota que tinha colocado os próprios sonhos em compasso de espera para poder criar o filho; a garota que repetiria tudo novamente, exatamente do mesmo jeito, se isso a fizesse ter Gavin em sua vida; a mulher imperfeita que tirava conclusões precipitadas sobre as coisas, ficava desarvorada com tolices e daria tudo no mundo para voltar àquela manhã cinco anos atrás e permanecer encolhida nos braços do garoto que tinha cheiro de canela e cujos beijos eram mais quentes que o inferno.

Passei o resto do dia limpando a casa, do teto ao chão. Esse era um sinal forte do quanto eu estava agitada, porque odeio fazer faxina.

Estava de quatro no chão, tirando um monte de merdas debaixo do sofá. Uma embalagem vazia de biscoitos, um pirulito cheio de poeira grudada e um copinho de tampa com canudo embutido e algo gosmento e bolorento pregado no fundo, que provavelmente tinha sido, um dia, leite com mel.

Nossa, Gavin não usava copinhos daquele tipo fazia mais de um ano.

– Mamãe, vão ter uma festa e visitas?

– Não, não vamos dar festa nenhuma, por quê? – eu quis saber, pescando duas moedas de cinco centavos, uma de dez e quatro invólucros vazios de jujubas.

– Por causo que você tá limpando a casa. Você só limpa a casa quando vem visita.

Tirei a cabeça quase enfiada debaixo do sofá e fiquei agachada, com a bunda apoiada nos tornozelos.

– Eu não limpo a casa só quando vamos ter visitas – reclamei.

– Só limpa, sim!

– Não, não limpo.

– Viu que não limpa? – confirmou ele, com a cabeça.

– Não foi isso que eu disse!

– Só limpa, sim!!!

Grrr! Estou discutindo com um fedelho de quatro anos, pode isso?!

– Chega, Gavin! – berrei. – Vá limpar o *seu* quarto.

– Que inferno do capeta! – resmungou ele.

– O que foi que você disse? – perguntei, com voz severa.

– Eu te amo, mamãe – retificou ele com um sorrisão, me enlaçando o pescoço com os braços e apertando com força.

Droga, eu era uma pessoa muito fácil de enrolar.

Ignorei três ligações de Liz ao longo do dia, e uma do meu pai. Os recados de Liz na caixa postal não eram nada originais.

"Deixa de ser otária e me liga."

"Ainda não tirou esse cabo de vassoura do rabo?"

"... AH, VOU GOZAR! Mete mais fundo, Jim. Me fode toda, ahhh...!"

Nossa, a vaca tinha apertado o redial com a bunda, enquanto trepava com Jim. É mole?

O recado do meu pai me mostrou na medida exata o quanto ele estava preocupado com meu bem-estar:

"Vê aí pra mim se eu deixei meu boné da Budweiser na sua casa, semana passada?"

Conforme o dia foi passando, comecei a sentir pena de Carter. Puxa, ele fora pego totalmente de surpresa. Num minuto ele estava se inclinando para me beijar e trinta segundos depois descobriu, na base do murro, que era pai de um menino de quatro anos.

Meu bom Deus, ele quase tinha me beijado.

Minha mão parou no ar enquanto colocava os pratos do jantar na lava-louça, e fiquei olhando para um ponto vazio no espaço, me lembrando de *tudo* que acontecera entre nós, antes de *tudo* ir pras cucuias. Eu devia estar ensaiando o que dizer a Carter quando voltássemos a nos encontrar, mas as recordações daquela manhã ainda estavam fresquíssimas na minha mente, e fazia muito tempo desde que eu tinha permitido a um homem chegar tão perto de mim. Meu corpo estava subalimentado de afeto. E *não havia como negar* que, no fundo, eu sempre sonhei em transar com Carter novamente. Só que completamente sóbria dessa vez, para poder me lembrar de cada detalhe. Estava constrangida em admitir que Carter sempre tinha sido o astro principal do meu banco de imagens para siririca. Pena que eu tinha sempre que inventar as cenas, pois pouca coisa da nossa primeira e única transa poderia ser usada como material masturbatório, a não ser nossos beijos ardentes e a lembrança de como ele era tesudo. Agora, porém, eu possuía fatos reais para usar. Seus lábios eram macios e quentes, contrastando com a pele sensível do meu pescoço. Senti a ponta da língua dele saindo dos seus lábios para testar meu sabor, e queria mais. A lembrança do hálito perfumado dele junto da minha bochecha fez meu coração disparar e um incêndio explodiu entre as minhas pernas. Quando as mãos do cara e seus braços fortes me enlaçaram e me puxaram para junto dele, senti cada centímetro do seu corpo (incluindo a ereção, é claro!) que mostrava o quanto ele me queria.

Eu tinha participado de poucos encontros amorosos na vida, ao longo dos anos, mas a maioria deles nunca foi muito além dos beijos. Nenhum homem chegou perto de me fazer sentir o prazer que eu experimentei com Carter. E eu nunca senti vontade de receber mais de nenhum deles. Nunca sonhei acordada sobre como seria sentir lábios e línguas estranhas explorando cada centímetro do meu corpo nu. Como teria sido transar com Carter sem a névoa proporcionada pelo álcool? Será que ele seria paciente? Suas mãos seriam fortes e exigentes sobre meu corpo, ou suaves e gentis? O bipe de uma nova mensagem de texto me acordou das fantasias e quase deixei cair o prato que segurava. Enfiei o troço na bandeja e fechei a porta da lava-louça antes de ir até a mesa para pegar o celular.

Se vc ñ tá a fim de me ligar, pelo menos faça algo p aliviar a tensão. Pegue 1 dos consolos q vc ganhou na festa de Jenny e faça um test drive. Depois, me conta tudo, ñ me esconda nada. T vejo amanhã. – Liz, a vaca dos vibradores.

Girei os olhos de impaciência e deletei o recado sem responder. Não era exatamente uma surpresa Liz me mandar uma mensagem de texto sugerindo que eu me masturbasse, certo? Desliguei a luz da cozinha e fui dar uma olhada em Gavin. Ele dormia como uma pedra. Fechei a porta do seu quarto sem fazer barulho e segui pelo corredor até o meu. Vesti uma camiseta regata para dormir, escovei os dentes e me joguei na cama. Fiquei olhando para o teto, pensando em Carter.

Em suas mãos.

Em seus dedos.

Em seus lábios.

Porraaa!

Eu não deveria estar pensando em como lidar com aquela situação? O carinha da transa de uma noite só tinha reaparecido depois de quase cinco anos, era tão gato quanto eu me lembrava e me fez sentir coisas que não era para eu sentir. Eu devia estar fazendo planos. Devia estar indo até a casa dele para pedir desculpas pela forma como aquela bomba atômica tinha explodido no seu colo. Eu tive nove meses para me preparar para isso. Ele não teve tempo nenhum, e não havia ninguém naquela hora em quem ele confiasse, ou sequer conhecesse, para ajudá-lo a segurar a barra.

Meu coração pareceu que ia derreter e meu cérebro engatou uma ré rapidinho assim que eu me lembrei do olhar de Carter quando, finalmente, me reconheceu. Será que ele tinha de fato estado à minha procura durante todo aquele tempo? Isso parecia tão impossível e ilógico. Mas nossa... o brilho nos olhos quando percebeu que eu era a mulher que ele procurava há tanto tempo foi... foi quase bom demais para suportar. Ele parecia um homem condenado à morte a quem tinha sido, no último minuto, oferecido o perdão. Seu rosto se iluminou e seu sorriso me deixou com os joelhos bambos.

Bem, na verdade... os joelhos bambearam mesmo por causa da ereção que eu senti cutucar meu quadril.

Por Deus, o cheiro dele era surpreendente. Continuava exalando canela, um cheiro de um menino. Bem, cheiro de homem-feito, agora, certo? E nossa, Jesus me abana... Que homem! Esfreguei as coxas uma na outra ao sentir a fisgada familiar entre as pernas. Merda, eu nunca conseguiria dormir, divagando daquele jeito. Muito menos conseguiria tomar decisões importantes. Sentia meu corpo como uma espécie de cerca eletrificada, pronto para explodir em chamas se fosse tocado. Passei os dedos bem devagar sobre o lábio inferior ao me lembrar da sensação dos lábios dele roçando delicadamente os meus. Nossa, só Deus sabe o quanto tive vontade de beijá-lo naquele exato momento. Quis sentir sua língua contra a minha, e também quis descobrir se ele continuava tendo o mesmo gosto de tantos anos atrás. Estava muito agitada e, agora, com tesão acumulado. Sabia que teria que cuidar daquilo ou não conseguiria dormir. Bem que eu *queria* resolver o problema com as lembranças de Carter ainda bem recentes. Subitamente, porém, pensar na minha própria mão me trazendo alívio não me pareceu muito empolgante. Queria que fossem as mãos *dele* e os *seus* dedos se deixando escorregar suavemente para dentro de mim, até me lançar sem paraquedas no abismo do prazer. Minha mão não conseguiria cumprir essa missão, naquele momento. Com relutância, olhei para a mala preta encostada na parede e fiz uma careta para ela.

– Cacete, Liz – murmurei para mim mesma, chutando as cobertas de cima de mim com força e voando até a mala. Abri o zíper, enfiei a mão lá dentro e posicionei os dedos em torno de um dos sacos plásticos lacrados que continham o que eu necessitava. Assim que senti o equipamento, congelei e olhei em torno do quarto, para me certificar de que ninguém tinha me visto fazer aquilo. Sabem como é, só por segurança, para o caso de eu ter esquecido que havia sido selecionada para o Big Brother e as dez milhões de pessoas com quem eu ainda morava pudessem estar *ali*, paradas na porta do meu quarto, acompanhando tudo o que eu fazia sem meu conhecimento. Bufei de frustração, engatinhei sobre a cama e me encostei na cabeceira. Eu era uma mulher independente de vinte e quatro anos, adulta e vacinada. Por que, diabos, me sentia uma aberração tão grande só por usar um vibrador? Estávamos no século 21, pelo amor de Deus! Até a minha avó provavelmente tinha um desses.

Uuuuughhhh... Eeeca, vou vomitar. Um pouco de bile conseguiu alcançar minha garganta e minha boca. Nota para mim mesma: pensar sobre avós que se masturbam não está, repito, NÃO ESTÁ na lista de material aprovado pelo banco de imagens masturbatórias.

Determinada a levar a coisa em frente antes de ter mais algum pensamento nojento sobre parentas que poderiam ou não ter um namorado movido à pilha, abri a embalagem com os dentes e espalhei o conteúdo no colo. Peguei o aparelho azul oval feito de plástico, e deixei um fio de mais ou menos trinta centímetros que vinha ligado ao controle remoto se desenrolar lentamente, até surgir um cilindro não muito grande, prateado, que ficou pendurado diante dos meus olhos pela ponta do fio, como um pêndulo, balançando suavemente de um lado para outro.

Você está ficando com mais tesão a cada segundo que passa. Vou fazer contagem regressiva, e quando eu chegar no 1 você será uma mulher bem gozada.

Girei os olhos de desespero e escorreguei o corpo um pouco mais para baixo na cama, até ficar deitada reta, de barriga para cima. Coloquei o controle remoto junto do quadril e olhei para a ponta prateada do... do... troço, que mais parecia um amendoim gigante. Tive um breve momento de pânico, imaginando e tentando descobrir se eu realmente acreditava em fantasmas e, caso acreditasse... Será que eles estavam me olhando naquele momento? Será que o sr. Phillips, o velho tarado que morava do outro lado da rua quando eu era pequena e tinha morrido de infarto quando eu fiz doze anos estava bem ali, encostado no canto, esperando para me ver transar comigo mesma? Será que minha bisavó Rebecca também estava ao lado dele, pronta para gritar comigo que eu seria condenada se não conseguisse controlar meu fogo?

Filhos de uma puta!

– Tomara que você mereça todo o desgaste e esse monte de dúvidas, meu amiguinho – ameacei, olhando com firmeza para meu brinquedo movido à pilha.

Balancei a cabeça diante da minha imbecilidade de estar ali, falando em voz alta com um vibrador. Fechei os olhos e sacolejei o troço de leve para sentir o peso, enquanto mantinha a mão livre pousada no controle remoto, para o caso de perder a coragem.

O safadinho era pequeno, mas potente. Ganhou vida em minha mão e, mesmo que não houvesse fantasmas no quarto antes, o zumbido forte que o pestinha emitiu certamente conseguiria acordar os babacas da outra dimensão e atraí-los em bando até a fonte do barulho, para ver que balbúrdia era aquela.

Voei para debaixo das cobertas arrastando o projétil comigo e apertei-o com força contra a barriga, tentando abafar o ruído. Quando eu era criança e tinha medo do bicho-papão, sempre me escondia debaixo da colcha, pois assim o monstro não conseguiria me ver nem pegar meu pé enquanto eu estava dormindo. Essa história é conhecida e verdadeira. Você aí também fazia isso, né não?

Imagino que as mesmas regras se aplicariam a pessoas mortas que aparecem para ficar de camarote espiando quem bate siririca. Quando tudo acontece debaixo das cobertas, isso significa que não está acontecendo de verdade, obviamente. Vocês não podem me ver! Meus lençóis são mágicos: fazem até vagina desaparecer!

O mais estranho é que as vibrações do aparelhinho na minha barriga eram gostosas. Aquilo era uma espécie de massagem que me trazia um pouco de calma. Calma é bom. Eu preciso de calma. Respirei fundo, relaxei no colchão e fechei os olhos novamente, tentando atrair para minha mente as imagens de Carter que tinha curtido naquela manhã: os olhos, a boca, a língua molhada e quente circulando bem devagar pelo espaço entre meus seios...

Tudo bem, essa cena não aconteceu, mas aquilo era só um devaneio masturbatório, e eu podia imaginar Carter me lambendo todinha, se quisesse. E eu queria. Queria que ele lambesse e chupasse meu pescoço. Queria que lambesse e chupasse meus mamilos. Queria que lambesse e fizesse uma trilha com a ponta da língua, descendo dali até meu umbigo; e depois fosse além, até cair de boca entre as minhas pernas. Minha mão segurando o projétil percorreu o mesmo caminho que a boca de Carter fez na minha mente, até que o pequeno tubo vibratório encostou na entrada da minha vagina, colado na minha calcinha.

Uau! Puxa, isso é gostoso!

Empurrei o aparelho com um pouco mais de força contra meu corpo. Meus quadris se ergueram e pequenos formigamentos de prazer me percorreram de cima a baixo.

– Ai, Jesus... Ai Maria e José! – murmurei, junto com outras palavras incoerentes de tesão e espanto.

Meus quadris se lançaram contra o vibrador e deixei escapar um gemido agudo e lamuriento. Aquilo era bom demais. Que maluquice! Eu não conseguiria me segurar nem um minuto com aquele troço na mão. Dava para sentir o molhado na minha calcinha e o latejar de todo o meu sexo. De repente eu desejei, mais que qualquer outra coisa no mundo, sentir o contato frio e liso do brinquedinho diretamente na minha pele nua. Mais que depressa, deslizei o projétil para o lado apoiando-o na barriga. Segurei-o melhor e posicionando a mão por baixo dele, abri caminho para dentro da calcinha, e o empurrei, decidida, para onde ele deveria penetrar. Assim que as vibrações e o material liso entraram em contato direto com a parte exposta e inchada entre minhas pernas, um gemido alto me escapou, minha cabeça foi lançada para trás e meus olhos se fecharam com força. Com aquele troço pulsando entre as pernas eu já não precisava mais das imagens de Carter, mas gostaria de tê-las mesmo assim. Imaginei seus dedos penetrando em mim, seus lábios mordiscando meu mamilo, apertando-o, e seu polegar formando círculos lentos em torno da área muito sensível que o aparelho tocava naquele instante. As sensações foram quase insuportavelmente prazerosas e eu gritei de surpresa, arqueando as costas na primeira onda orgástica que me sacudiu a alma, enquanto eu continuava esfregando, sem parar, a ponta do aparelho com rapidez contra meu clitóris.

– Ai que delícia!!! – gemi, surfando uma onda atrás da outra de prazer. A sensação era tão prazerosa que meus dedos dos pés começaram a se fechar com força. Eu ofegava por causa da liberação total, e a energia parecia ser lentamente drenada de mim, mas minhas mãos continuavam a trabalhar por conta própria; faziam deslizar a ponta do equipamento em meio à minha umidade, esfregando-o com rapidez de encontro ao meu clitóris hipersensível. Antes de conseguir formar um novo pensamento coerente, fui inundada por outro orgasmo, um pouco menos intenso que o primeiro, que pulsou por dentro de mim e me fez paralisar todos os movimentos. Minha boca estava aberta, mas nenhum som saía dela. Prendi a respiração e senti o latejar intenso da liberação me eletrificando o corpo inteiro. Vários minutos se passaram antes de meu cérebro voltar a funcionar. Puxei o vibrador de dentro da calcinha antes de ter uma vontade irresistível de religá-lo, pois iria acabar como aquelas malucas do programa *Minha estranha obsessão* que se trancavam no quarto e não faziam nada o dia inteiro, a não ser se masturbar e assistir ao Food Network. Desliguei o aparelho rapidinho, e o súbito cessar do zumbido tornou o quarto estranhamente quieto.

Fiquei largada na cama como uma lesma entorpecida, incapaz de erguer um membro sequer por mais de dez minutos, as pálpebras despencadas de fadiga. Quando finalmente recuperei o uso dos braços, peguei o celular na mesinha de cabeceira e digitei um texto curto.

À vaca dos vibradores: dever de casa cumprido, com sucesso. Minha vagina nunca mais será a mesma.

Uma batida forte na porta me tirou do devaneio. Tudo bem, devaneio não era a palavra certa. Estado catatônico seria uma expressão mais apropriada. Eu não tinha feito nada a não ser trabalhar e olhar fixamente para as paredes vazias da minha casa por dois dias, desde que Claire jogara a bomba sobre a minha cabeça. Arrastei-me morosamente até a porta e a abri. Drew estava em pé, vestindo uma camiseta preta que dizia "Alice in Chains" com uma foto de Alice, personagem da série *A família sol-lá-si-dó* usando uma mordaça, algemas e correntes. Drew sorria abertamente e segurava dois packs com seis cervejas empilhados.

– Entrarei sóbrio, mas sairei bêbado – brincou.

Bati a porta na cara dele e voltei para o meu canto, no sofá.

Ele tornou a abrir a porta e entrou.

– Vamos lá, florzinha, não precisa agir feito criança – disse, colocando as cervejas sobre a mesinha de centro e se largando no sofá, ao meu lado. Meu nariz se torceu de nojo ao sentir o fedor que vinha dele.

– Caralho, Drew, que bosta de cheiro é esse? – gemi, tapando as narinas com os dedos.

– Deixa de ser escroto, comprei esse perfume hoje. O último lançamento do Tim McGraw.

– Deve ter o cheiro do saco dele. Isso fede a mijo de gato, cara.

– Vá se foder! – resmungou Drew.

– Não, obrigado. Cheiro de mijo de gato corta o meu tesão.

Drew bufou de raiva, cruzou os braços e me analisou com atenção.

– Muito bem, vamos acabar com essa porra antes que eu tenha que ir até a farmácia comprar Buscofen para as suas cólicas menstruais e uma caixa de O.B. para enfiar no teu rabo.

Minha cabeça tombou para trás, no encosto do sofá. Eu sabia que estava sendo rabugento e fresco, mas não conseguia evitar. Afinal, o mundo tinha explodido na minha cara.

– Ela tem um filho. Sou pai de um garoto – murmurei.

– Sim, já saquei isso pelo recado que você deixou no meu celular ontem à noite, mas vou te contar, viu?... Tive dificuldades para decifrar a mensagem. "Bruce Willis engravidou a doceira com meu saco besuntado de pentelhos de chocolate na festa da faculdade." Levei um tempo para sacar. A sorte foi que consegui falar com Liz e Jim, já que você não atendia minhas ligações.

– E agora, faço o quê? – perguntei, com ar desolado, erguendo um pouco a cabeça para conseguir olhar para Drew.

– Antes de mais nada, você precisa ir lá conversar com ela para saber a história completa. Sei que você está em estado de choque, mas ficar aí o dia inteiro com o dedo no cu não vai melhorar as coisas em nada. Portanto, cara, levanta essa bunda magra e vira homem. Vá falar com ela, anda! Você passou uma porrada de anos tentando encontrar uma garota que acabou aparecendo bem na sua frente. Tudo bem que ela vem com uma amostra grátis, mas quem não gosta de ofertas?

– Amostra grátis?!? Drew, ela tem um filho. De grátis não tem nada! – reclamei.

– Levante-se e encare o espelho, papai-bebezão. Ele também é seu filho! Você passou os últimos anos tentando tirá-la da cabeça trepando com uma galinha fútil e insuportável. Isso sim que é caro: joias, jantares, bolsas, sapatos e um kit mensal completo de maquiagem da Clinique.

Olhei para ele com um olhar questionador.

– Que foi? Vaidade é crime? Uma pele saudável é o segredo para uma vida saudável. Precisa de um kit completo de maquiagem com cremes esfoliantes, limpadores de poros e loção para dar mais firmeza e tônus à pele.

Uma hora depois Drew se levantou do sofá, virou de frente para mim e anunciou no popular:

– Toma que o filho é teu, malandro!!!

Agradeci a Drew pelas cervejas, pela tentativa de me animar e o vi sair para ir se encontrar com Jenny. Até aí… nenhuma surpresa, considerando a forma como ele quase tinha trepado com a perna dela debaixo da mesa do jantar, na noite em que se conheceram. Segundo ele me contou, os dois passaram juntos todos os momentos em que não estavam dormindo. Pois é… As pessoas se conheciam e saíam juntas, se apaixonavam, levavam suas vidas numa boa e eu estava ali, com a cabeça enfiada no próprio rabo, pesquisando no Google sobre processos contra fábricas de camisinhas e percebendo que eu NÃO CONSEGUIA ENFRENTAR A REALIDADE.

Será que eu conseguiria segurar essa barra? Será que eu realmente era o pai do garoto?

Só tem um jeito de descobrir.

12

P.O.R.N.O.

A semana seguinte até que passou bem depressa, pelo menos quando eu não pensava em Carter. Só que, para ser franca, eu pensava nele dezoito horas por dia.

Portanto, revendo a declaração, acho que o tempo não passou tão depressa assim. Na verdade ele passou tão devagar que eu senti vontade de enfiar um garfo enferrujado no olho, só para animar um pouco. Queria falar com Carter e ver se ele estava bem, mas todas as vezes em que pegava o telefone e olhava o nome dele nos meus contatos, desistia e jogava o celular na bolsa. Apesar da forma deplorável como ele tinha descoberto tudo, pelo menos agora já sabia. Se desejasse conhecer a história completa, tivesse perguntas a me fazer, acalentasse preocupações ou quisesse arrancar fora a minha cabeça com uma dentada, a bola estava no campo dele. Carter sabia onde eu trabalhava e sabia como me encontrar, caso quisesse conversar comigo. Talvez eu estivesse sendo teimosa, mas, ah, que se dane! Eu era uma garota e tinha todo o direito de bater o pezinho e prender a respiração até ficar roxa.

Descolei duas festas para Liz ao longo da semana e recebi três encomendas de bandejas de cookies das participantes, então as coisas estavam melhorando nesse aspecto. Além das festas eu andava muito ocupada. Durante o dia, preparava comidas e cuidava dos acabamentos para a loja. Às noites eu atendia no bar e tentava não olhar para a porta cada vez que um homem entrava, na esperança de ser o meu.

Na quinta-feira eu já tinha testado todos os produtos da mala mágica de Liz e decidi que não precisava mais dos homens. Eles poderiam ir todos para o inferno. Eu ia me casar com o Jack Rabbit. Fugiríamos juntos e seríamos muito felizes fabricando Coelhinhos juntos. Mas o vibrador teria que ganhar pernas e braços, senão o plano não daria certo. Depois de alguns anos casados, eu não conseguiria mais andar, é claro.

Passei a quinta-feira toda na cozinha da loja, preparando batatas chips cobertas de chocolate branco e cookies com recheio de amendoim e caramelo para a reunião de sábado à noite. Aquele seria o último encontro na casa das pessoas, pois a loja iria inaugurar na semana seguinte. Agora que eu sabia o porquê de esses brinquedinhos fazerem tanto sucesso, estava um pouco triste por assistir ao fim das reuniões. Mesmo assim, Liz disse que eu podia ficar com a mala mágica para sempre.

Exigi que Liz assinasse um documento declarando que, em caso de emergência ou morte de Claire Donna Morgan, ela seria obrigada a remover a tal "mala mágica" do local onde a vítima (no caso, eu) morava, no máximo quinze minutos depois da supracitada emergência e/ou morte. Era sempre bom ter um plano desses pronto. Deus me livre! Já pensaram se seu pai ou sua avó chega à cena do incidente antes de todo mundo e encontra seu estoque de mágicas secretas? Não podemos deixar que um desastre desses aconteça. Também é uma boa ideia fazer com que seus amigos apaguem do computador todo o histórico de páginas visitadas na internet. Ninguém precisa especular o motivo de você ter procurado "patinho amarelo vibrador" no Google, ou de estar acompanhando com curiosidade, no eBay, o leilão de uma vela votiva preta com o formato de um pênis.

Não me julguem. O Google é meu comparsa depois de algumas taças de vinho.

Também assinei um documento onde eu me comprometia a entrar na casa de Liz e Jim para apagar o histórico do navegador deles quinze minutos após seu acidente ou morte, além de jogar fora *todos* os filmes pornô que encontrasse na estante do quarto, debaixo da cama e na prateleira superior do closet. Tinha ainda que apagar os pornôs gravados no aparelho de tevê a cabo. Por fim, devia recolher o material escondido na terceira gaveta a partir da esquerda no armário da garagem e levar os filmes guardados no fundo do armário da cozinha, atrás das tábuas de cortar carne.

É sério, não estou brincando, Liz fez uma lista.

Enquanto mergulhava batatas chips numa tigela prateada de chocolate branco derretido, olhei para a parte da frente da loja e sorri. Gavin estava deitado de barriga para baixo, junto da vitrine, colorindo um livro. Eu tinha me aproximado dele alguns minutos antes, mas ele cobriu a obra de arte e me avisou que ainda não estava pronta para ser apreciada. Segurei a batata acima da tigela para deixar escorrer o excesso de chocolate e a coloquei sobre uma folha de papel vegetal ao meu lado. Foi quando ouvi o barulho da porta que ligava as duas lojas se abrindo.

– Pode voltar para o seu lado do estabelecimento, Liz. Repito pela última vez: *não vou* revelar o ponto entre o zero e o "puta merda ai que delícia" que meu orgasmo alcançou ontem à noite quando eu usei o vibrador-borboleta.

– Puxa, que chato. Pelo menos eu posso assistir, da próxima vez?

Minha cabeça se ergueu de susto e minha boca se abriu de espanto ao ouvir o som de barítono da voz de Carter.

Que porra de mania era essa de eu falar um monte de merdas sem saber que Carter estava perto? E que maluquice era aquela de ele estar ali parado, parecendo tão tesudo que me deu uma vontade louca de pular em seu colo?

– Éééé... Tá escorrendo tudo – avisou ele.

– Eu sei – murmurei, limpando a baba com a língua ao olhar para os seus lábios.

Ele riu e me trouxe de volta à realidade ao apontar para a tigela.

– A *tigela* está torta, o chocolate vai escorrer todo.

Olhei para baixo, xinguei baixinho, ajeitei a tigela e usei os dedos para limpar a borda do recipiente e o balcão.

Carter caminhou com a maior calma do mundo e colocou-se do meu lado. Exatamente como tinha acontecido nos nossos poucos encontros anteriores, sua proximidade fez meu pulso acelerar e ficar completamente descacetado.

– Desculpe chegar assim de repente. Liz me viu saltando do carro e me arrastou até o lado dela, para me devolver a cara que eu deixei no chão da loja, na última vez em que estive aqui – explicou, enquanto eu me concentrava em limpar o chocolate e tentava ignorar o calor que vinha do corpo dele. – Espero que você não se incomode por eu aparecer sem avisar. Estou me sentindo um completo idiota por ter levado tanto tempo para vir conversar contigo.

Fiquei parada ali como um dois de paus, tentando não tocar em nada com os dedos sujos de chocolate. Virei a cabeça de lado e vi o rosto dele a poucos centímetros do meu. Notei a sinceridade em seus olhos e percebi que não conseguiria ficar furiosa com ele pelo que tinha acontecido.

– Por mim está tudo bem, pode acreditar. Eu tive muitos meses para me acostumar com a ideia. Sinto muito por uma novidade dessas ter caído sobre você de forma tão abrupta. Juro que eu pretendia contar tudo com calma. Não quero que você fique achando que eu escondi as coisas de propósito. Tentei contar logo no início, quando reconheci você no bar, mas nunca surgia o momento certo. Tudo acabou explodindo na sua cara antes que eu pudesse impedir – expliquei.

Percebi que eu não queria que Carter ficasse revoltado comigo. Mais que qualquer coisa, torcia para ele conseguir lidar com o assunto e ficar por perto. Passar a última semana indo para a cama sem ouvir sua voz foi triste e deprimente. Vê-lo na loja me fez entender o quanto morria de saudades.

– Temos um monte de coisas sobre as quais conversar. Você não faz ideia da quantidade de perguntas que estão martelando meu cérebro, neste exato momento – confessou-me.

Concordei com a cabeça antes de ter chance de responder, mas ele logo mudou de assunto.

– Por enquanto, sei que estou numa bela cozinha, ao lado de uma mulher linda que está com os dedos sujos de chocolate – completou, com um sorriso malicioso.

Antes de eu pegar uma toalha, ele esticou o braço, segurou meu pulso com força e puxou minha mão na sua direção. Prendi a respiração quando ele abriu a boca e enfiou meu dedo indicador coberto de chocolate lá dentro. A parte macia do dedo roçou a aspereza da língua, enquanto ele sugava todo o chocolate; em seguida, puxou o dedo para fora lentamente, prendendo-o por alguns segundos entre os lábios carnudos e quentes.

Para tudo!

– Mamãe, acabei de pintar o desenho!!!

O grito de empolgação e os passinhos duros de Gavin invadindo a cozinha foram como um balde de água fria lançado sobre a minha periquita aquecida. Pelo menos naquele momento, fiquei feliz por ter um empata-foda portátil no formato de um menino de quatro anos. Mais uma chupada de dedo daquelas e eu iria atirar Carter no chão e lhe mostrar, ali mesmo, toda a minha flexibilidade vaginal.

Enxugando as mãos no avental rapidamente, girei o corpo, me afastei de Carter e me agachei até ficar na altura do meu filho.

– Posso ver o desenho agora?

Gavin apertou o papel junto do peito e balançou a cabeça para os lados.

– Desculpe, mamãe, mas eu fazi esse desenho para o bichano – confessou ele, com honestidade.

Ouvi Carter dar uma bela gargalhada, atrás de mim.

– Ahn… Você disse "bichano"? – perguntei.

– Isso, isso, isso! – confirmou ele.

– Será que eu posso saber de quem você está falando?

Gavin apontou para Carter.

– Papa chamou seu amigo desse nome, no dia que a gente viu ele aqui.

Grunhi de constrangimento. Já era tempo de meu pai desconfiar que Gavin é um papagaio que repete tudo que ouve. Pelo menos, dessa vez, ele colocou o *a* no lugar do *o*, e vice-versa.

– Não gosto do seu nome. É estranho. E você não é gato – disse Gavin, olhando para Carter. – Mesmo assim eu fazi um desenho de você.

Ele desviou de mim e entregou o papel diretamente para Carter. Dei uma olhada de relance e vi que era uma figura daquelas que parecem palitos de fósforo, levando um chute no saco, dado por uma figura menor e descabelada.

– Bem, agora eu tenho um desenho para comemorar nosso primeiro encontro – reagiu Carter, sem pestanejar.

– Gavin, que tal você chamar ele apenas de Carter? – perguntei, olhando para Carter com as sobrancelhas erguidas em sinal de pergunta, para me certificar de que aquilo estava bom para ele.

Ele fez que sim com a cabeça, sorriu e se agachou, até ficar na mesma altura de Gavin.

– Muito obrigado pelo desenho – agradeceu, com um sorriso.

Gavin não se dava muito bem com estranhos, basicamente porque eu tinha colocado nele um medo dos infernos sobre os perigos de uma criança falar com pessoas desconhecidas. Analisando em retrospecto, avisá-lo de que todos os estranhos pretendiam comê-lo com batatas não foi meu melhor momento. Saibam que ser obrigada a explicar a um bando de crianças que choraram aterrorizadas na fila do Papai Noel ao ouvir meu filho gritar: "NÃO CHEGA PERTO DESSE VELHO! ELE VAI COMER VOCÊS COM BATATAS!", não foi moleza, não. Liz teve muito trabalho para me convencer a não levá-lo ao veterinário, e não deixou que eu colocasse um aparelho de GPS preso ao seu pescoço. De qualquer modo, algo me dizia que qualquer pessoa sã que raptasse meu filho certamente o devolveria em menos de uma hora. Ninguém aguentaria levar golpes no saco e ouvir palavrões o tempo todo.

Gavin geralmente não conversava com estranhos, a não ser que eu o incentivasse a fazer isso. A facilidade com que ele se entrosou com Carter me deixou surpresa.

– De nada, Carter. Meu Papa vem me pegar aqui porque mamãe vai servir cerveja para as pessoas. Papa deixa eu ver os filmes que mamãe proíbe, tomamos refri e eu queria um cachorrão, mas meu amigo Lucas tem um jipe grande onde ele anda no quintal e eu machuquei o joelho, doeu muito e mamãe colocou um band-aid e me disse para deixar de ser fresco só para eu não chorar, e você sabia que vampiros são boiolas?

– Gavin! – ralhou meu pai, antes de eu ter a chance de fazê-lo.

Ele tinha entrado na loja durante a frase interminável de Gavin e estava quase na cozinha quando o neto acabou de contar a história. Eu me levantei rapidinho e olhei para ele com as mãos nos quadris.

– Papai, eu já te proibi de assistir esses filmes com ele!

– Team Jacob, bitch! – gritou Gavin, em referência ao filme a que assistira na véspera.

– Gavin Allen! Você quer que eu passe sabão na sua boca? – perguntei, com ar zangado.

– Quero! Sabão tem gosto de jujuba de fruta – reagiu Gavin, dando de ombros.

Meu pai pegou Gavin no colo, antes que eu lhe desse um chute no traseiro, como se ele fosse uma bola de futebol.

– Desculpe, filha. *Os vampiros que se mordam* passou na tevê a cabo uma noite dessas, e não havia mais nada de interessante para ver. Mas vou logo avisando que eu cobri os olhos dele durante as cenas de ésse é xis ó.

– Ah, que ótimo! – murmurei.

– Eu vi um peito! – anunciou Gavin, alegremente.

– Tudo bem, ele pode ter espiado uma ou outra cena – admitiu papai, depois da declaração do neto.

Parece que todas as vezes que Carter estava por perto, Gavin se comportava como um... Bem, como Gavin mesmo. Não era de espantar que Carter estivesse calado há vários minutos. Provavelmente estava em estado de perplexidade extrema.

Olhei para trás e o vi parado, imóvel, olhando por sobre meu ombro para o papai. Virei-me a tempo de ver papai fazendo o famoso sinal de dois dedos em V apontando para os próprios olhos e depois para Carter, como Liz tinha feito naquele dia.

Ai cacete, pelo amor de Deus! De uma hora para outra, tínhamos uma saudação oficial de família.

– Papai, pare com isso, sim? Carter, vocês não foram formalmente apresentados. Este é meu pai, George.

Carter estendeu a mão.

– É um prazer conhecê-lo, sen...

– Dispenso essa eme, é, érre, de, a – reagiu papai, interrompendo-o.

Não parecia tão ameaçador quando era obrigado a soletrar tudo. Talvez aquilo desse certo quando Gavin estivesse por perto.

– Tô de olho em você, frutinha. Combati no Vietnã e ainda tenho estilhaços de granada nos músculos! Você curte o cheiro de napalm logo cedo, coxinha?

– PAPAI! Já chega! – reclamei. Inclinei-me e dei um beijo na bochecha de Gavin. – A gente se vê mais tarde, filhote. Comporte-se, está bem? Mamãe te ama.

Com uma rapidez desconcertante, ele esticou o bracinho, tentou erguer a minha blusa e pediu:

– Quero ver peito!

Agarrei sua mão antes que ele oferecesse a todos um strip grátis e lancei um olhar de ódio para o meu pai, que mal se aguentava em pé de tanto rir.

– Olha, eu *não ensinei* nada disso a ele, viu? Que que eu posso fazer se ele curte um peito?

Carter riu alto, mas parou quando papai olhou para ele e perguntou, com ar ameaçador:

– Você curte um peito, Carter?

– Eu… ahn… bem… Não, senhor.

Girei os olhos para papai e resgatei Carter das garras dele.

– Diga até logo para Carter, Gavin.

– Até logo, Carter! – obedeceu Gavin com um sorriso largo e um aceno feliz quando meu pai se virou e saiu da cozinha.

– Papa, o que é Vietnã? É um parque? Podemos ir lá? – ouvi Gavin perguntando quando eles saíram pela porta da frente. Suspirei fundo e me virei para Carter.

– Desculpe por tudo isso – pedi, envergonhada. – Vou compreender perfeitamente se você me der as costas agora mesmo e sair correndo para muito, muito longe daqui. Sério mesmo, não vou ficar magoada.

– Claire…

Parei de torcer a ponta do avental de nervoso e fixei os olhos nos dele.

– Não diga mais nada – pediu ele, com um sorriso.

Depois que meu pai e Gavin saíram, Carter me ajudou a limpar a cozinha e guardar todos os utensílios. Conversamos mais abertamente do que quando nos falávamos por telefone, pois agora eu não estava tão preocupada em dar alguma bandeira. Depois de tantos anos, descobri que Carter tinha entrado de penetra naquela festa e nem mesmo frequentara a Universidade de Ohio. Ele se sentiu péssimo ao saber do tempo que eu, Liz e Jim passamos à sua procura; eu me senti culpada mais uma vez por tê-lo deixado dormindo sozinho na manhã seguinte. Ainda mais agora, que ele estava sendo tão simpático, generoso e compreensivo a respeito de tudo.

Por enquanto, Carter me garantiu que iria permanecer por perto, mas eu não apostava muito nisso. Ele disse que queria passar algum tempo conosco e fazer a coisa certa, mas a verdade é que ainda não tinha passado nenhum período sozinho com Gavin.

Como meu filho descrevera com tanta simplicidade, eu tinha que servir cerveja para as pessoas à noite. Depois de terminarmos a limpeza, Carter desceu a rua comigo até o bar, para podermos conversar mais um pouco.

Foi então que me lembrei do quanto tinha sido fácil interagir com ele cinco anos antes e do quanto ele era capaz de compreender a mim e ao meu senso de humor, façanha que mais ninguém conseguia. Ele tinha me deixado à vontade e me fez rir muito. Tudo isso também acontecia nas nossas conversas por telefone. Para certas pessoas, porém, era difícil manter o mesmo nível de espontaneidade cara a cara. Mas vou ser totalmente honesta: parecia ainda mais fácil estar com ele lado a lado agora e sacar suas reações e expressões faciais quando eu lhe contava algo sobre Gavin. De repente, senti vontade de ter feito tudo de forma diferente. Fiquei triste por ele ter perdido os primeiros anos de Gavin. Agora Carter o via como um menino que andava com desenvoltura, era muito agitado, tagarela e desbocado. Mas não tinha curtido as melhores partes, os detalhes que fizeram dele um rapazinho de personalidade forte, seus ataques de raiva engraçados e seus maus hábitos valerem muito a pena: o primeiro sorriso, as primeiras palavras, os primeiros passos, o primeiro abraço apertado, o primeiro "eu te amo".

Eram essas e outras coisas que me impediam, semana após semana, de vender meu filho para um brechó, e Carter tinha perdido tudo isso. Fiquei preocupada com a possibilidade de suas expectativas serem elevadas demais. E se ele não conseguisse estabelecer uma ligação paterna com Gavin? Eu me sentia ligada a Carter de um jeito que nunca vivenciara com mais ninguém, até então. Ele me fazia sentir coisas que eu imaginava que só pudessem existir em sonhos, e nos melhores. Mas eu não podia mais pensar apenas em mim. Também tinha que pensar no meu filho e em como tudo aquilo poderia afetá-lo.

Por enquanto, acho que precisava deixar Carter participar de nossas vidas e esperar para ver aonde isso nos levaria.

Quando chegamos ao bar, troquei de roupa rapidamente e vesti o short preto e a camiseta do Fosters Bar & Grill. Quando voltei do banheiro, fiquei surpresa ao ver que Carter tinha se colocado totalmente à vontade, sentado junto do balcão.

Entrei atrás do balcão pela lateral do bar, fui até onde ele estava e parei, em silêncio.

– Pensei que você fosse voltar para casa – falei, me apoiando com os cotovelos sobre o balcão.

Ele deu de ombros, sorriu e declarou:

– Fiquei pensando comigo mesmo... Por que voltar para uma casa vazia quando posso ficar aqui e admirar uma tesuda a noite toda?

Percebi que tinha enrubescido e cortei pela raiz a risadinha que tive vontade de dar.

– Você está sem sorte. Hoje só tem eu aqui no bar.

Não, eu não estava jogando verde para colher elogios, longe de mim uma coisa dessas.

– Maravilha! A mulher mais sexy e gostosa que eu já vi na vida é mais que o bastante.

Ora, vejam só... Elogios, elogios e mais elogios.

Inclinei-me mais um pouco sobre o balcão para chegar pertinho dele, e Carter fez o mesmo. Eu não me importava de estar trabalhando, pois queria beijá-lo. Além do mais, havia poucos clientes porque ainda era cedo.

Passei a língua nos lábios enquanto fixava os olhos em sua boca e o ouvi gemer baixinho. Mais alguns centímetros e conseguiria passar a língua no seu lábio superior.

– Ai!...

Recuei de repente e soltei um gritinho de dor, bem alto, ao sentir algo bater na parte de trás da minha cabeça.

Esfregando a área dolorida eu me virei e vi T.J. com os dois braços no ar, fazendo uma dancinha de vitória.

– Acertei na mosca, Morgan! E o primeiro ponto da noite vai para *mim*! – gritou, correndo para um quadro-negro que ficava atrás do bar, na ponta oposta à que eu estava, onde marcou um ponto sob o seu nome.

– Filho da puta! – murmurei, virando-me para Carter.

– Humm... Que maluquice foi essa que acabou de acontecer? – quis saber ele, com uma risada.

Antes de eu ter a chance de lhe contar que T.J. estava apenas sendo o babaca de costume, ele veio correndo, parou ao meu lado e colocou uma bolinha de pingue-pongue sobre o balcão, com um soco, diante de Carter.

– Isso, meu camarada, é um joguinho que batizamos de P.O.R.N.O.

– Uau, sua noção de pornografia e a minha são ligeiramente diferentes – ironizou Carter, pegando a bolinha e girando-a entre os dedos.

– Não, não, não, nada de pornografia. Estou falando de pê, ó, érre, ene, ó. – soletrou T.J.

Carter olhou para mim com cara de descanso de tela.

– É um joguinho que inventamos para os dias de pouco movimento – expliquei.

T.J. pousou uma das mãos no balcão e manteve a outra no quadril.

– Claire, não subestime a grandiosidade do P.O.R.N.O. Você está desvalorizando a única coisa que impede que eu cometa suicídio todas as vezes que venho para o trabalho. Um pouco mais de respeito pelo P.O.R.N.O., por favor. – T.J. se virou para Carter e continuou: – Foi Claire quem inventou as regras – explicou, muito empolgado, pegando um pedaço de papel debaixo do balcão.

– Regras, como assim? – quis saber Carter. – Vocês simplesmente não pegam a bolinha e tacam em alguém?

T.J. entregou o papel a Carter, incentivando-o a ler tudo com atenção enquanto explicava:

– *Au contraire*, meu amigo. É muito importante haver regras no P.O.R.N.O. Se não for assim, um joga a bolinha, o outro joga a bolinha de volta, todos vão sair jogando bolinhas uns nos outros e se instalará a anarquia completa!

– Muito bem, *Clube dos cinco*, afaste-se de mim antes que eu quebre a regra de respeitar a distância mínima de três metros e taque essa bolinha na sua cara agora mesmo – ameacei.

T.J. se afastou um pouco e Carter riu ao começar a ler as regras em voz alta.

– Regra número um: P.O.R.N.O. é mais divertido em companhia de amigos. Convide-os, se não, você vai se tornar uma figura patética, dedicando-se ao P.O.R.N.O. sozinho. Regra número dois: Objetos pontiagudos nunca deverão ser usados para jogar P.O.R.N.O., afinal furar o olho do adversário pode estragar a brincadeira. Regra número três: Ataques surpresa e entradas inesperadas pelos fundos deverão ser previamente combinados ou ter a aprovação de todos os participantes. Regra número quatro: Apenas duas bolas poderão estar em ação em cada investida, para evitar confusão de bolas, a não ser quando houver anuência em contrário por parte dos juízes. Regra número cinco: A sessão de P.O.R.N.O. estará encerrada quando o outro jogador ou jogadores resolverem parar com a brincadeira. Caso contrário, alguém acabará segurando bolas inúteis.

Sim, às vezes eu me comporto como um menino de doze anos, podem zoar à vontade.

– Mas, afinal de contas, o que significam, exatamente, as letras P.O.R.N.O. e como eu faço para participar da brincadeira? – quis saber Carter, erguendo as sobrancelhas várias vezes com rapidez.

– Ora, esse é o título do jogo. "Pongue, Organização, Regras e Notificações Oficiais." Às vezes resumimos a brincadeira como "atirar várias merdas uns nos outros". Para ser franca, não sei se você aguentaria uma partida inteira de P.O.R.N.O., Carter. É um jogo intenso que exige habilidade, determinação e muita manha – expliquei com um sorriso maroto, pegando a bola das mãos dele, virando-me com uma rapidez fantástica, tacando-a com toda a força vários metros adiante e acertando em cheio a bunda de T.J., que se inclinara para frente e limpava uma das mesas.

– SACANAGEM! – reclamou T.J.

– Basta ter talento com as mãos – expliquei, girando o corpo novamente e me colocando de frente para Carter.

Não faço ideia de onde aquela cara de pau tinha surgido. Parecia que eu estava incorporando Liz.

– Não se preocupe, Claire, sou muito bom com as mãos. Tenho o palpite de que serei um excelente jogador de P.O.R.N.O. Tudo tem a ver com o ângulo dos dedos e a força que você usa no impulso quando... ahn... atira a bolinha. Às vezes é preciso ir devagar, com sutileza, mas outras vezes é necessário força e rapidez.

Santas indiretas, Batman.

– A que horas você sai?

Em dez segundos, se você quiser.

– Só uma da manhã. Hoje é meu dia de fechar o bar – informei, esfregando as coxas uma na outra e imaginando os dedos dele me acariciando entre as pernas, forçando a entrada cada vez mais, com suavidade até que... caraca!

– Posso esperar aqui enquanto você trabalha? Posso te ajudar a fechar o bar e depois podemos jogar conversa fora ou... sei lá – sugeriu, olhando para meus lábios.

SIM! Puta madrasta do todo-poderoso SIM! Sim, sim, porra, mil vezes sim!

– É, pode ser – disfarcei, dando de ombros e indo colocar as cervejas no freezer, o que foi uma boa chance de deixar minha vagina ser envolta pelo vapor gélido, para ver se ela parava de expelir lava!

13
Genitália latejante

Por horas e horas eu apreciei a bunda de Claire... bem, isto é... apreciei o *trabalho* de Claire e troquei algumas palavras com ela sempre que tive oportunidade.

Também me tornei um orgulhoso membro da Equipe P.O.R.N.O. quando consegui lançar uma bolinha de pingue-pongue que bateu na cabeça de T.J., ricocheteou e entrou pelo decote, parando bem no meio dos peitos de Claire. Ouvi rumores sobre me elegerem capitão da equipe depois dessa jogada. Claire confirmou que eu realmente sabia como usar minhas bolas e comecei e me perguntar se era alguma tara eu ficar excitado sempre que ela pronunciava a palavra "bolas".

O que seria necessário para que ela dissesse "pau"?

T.J. passou diante de mim nesse momento, desfazendo o laço do avental para guardá-lo debaixo do balcão. Eu provavelmente devia estar com ciúmes por ele ser um cara pintoso e estar o tempo todo tão perto de

Claire, mas vê-los interagindo só me fazia rir. Eram como irmãos, pelo jeito como se zoavam, empurravam um ao outro, se xingavam o tempo todo e tagarelavam alegremente com qualquer um que se metesse na conversa. Como resultado disso, decidi que gostava de T.J. e não teria que matar o sujeito.

– Ei, T.J., eu queria te pedir um favor. Consiga que Claire pronuncie a palavra "pau" e eu lhe darei vinte pratas.

– Combinado! – aceitou ele, na mesma hora, se afastando de mim.

Todos os clientes já tinham partido. Claire colocou o cartaz de "fechado" na porta e vinha na direção do balcão.

– Ei, Claire, você se lembra daquele cara que veio aqui faz alguns meses, deu um tapa na sua bunda e perguntou: Claire que eu te chupe? Lembra do que você disse pra ele?

– Chupador de pau – replicou ela, distraída, indo para o bar e começando a organizar as garrafas.

Com um sorriso bobo e um ar sonhador, deslizei uma nota de vinte para T.J. quando ele passou. Aquela ia ser uma bela amizade. Se ele conseguisse que ela dissesse: "Me foda com mais força, Carter", talvez eu lhe comprasse um pônei de presente.

T.J. se despediu e foi embora, enquanto Claire acabava de fazer a limpeza. Depois de alguns minutos, deu a volta no balcão e se sentou ao meu lado, num dos braços altos.

– Tá com uma carinha de exausta... – falei quando ela pousou o queixo na mão e soltou um longo suspiro.

– Esse é o seu jeito simpático de dizer que minha aparência está uma merda? – zoou ela.

– Claro que não. Se você estivesse com uma aparência de merda eu te diria, numa boa. Também te avisaria se o jeans que você está usando fizesse sua bunda parecer maior, se alguma comida que você prepara tivesse gosto de algo que saiu do fundo do meu tênis, ou se alguma piada que você conta não tivesse a mínima graça.

– Puxa, quanta gentileza a sua – reagiu ela, com uma risada.

– Prazer, Carter Ellis.

Ficamos sentados ali por vários minutos, só olhando um para o outro. Nada daquilo me parecia real, até o momento. Eu mal podia acreditar que ela estava sentada bem ali, na minha frente. Não dava para crer que continuava tão altiva, divertida e linda como nas minhas recordações, e eu não conseguia acreditar que Claire tinha um... *meu* filho.

– Você, tipo assim, me surpreende, sabia? – afirmei, por fim, quebrando o silêncio.

Percebi o rubor que iluminou suas bochechas quando ela desviou os olhos, e seu olhar grudou num guardanapo que ela começou a picotar.

– Não sou tão especial assim, pode acreditar.

Balancei a cabeça negando e vi que, obviamente, ela não se conhecia muito bem.

– Tá de brincadeira, né? Saca só... Uma garota que passou a noite com um tremendo de um otário numa festa de faculdade, engravidou sem planejar, teve que desistir dos seus sonhos e sair da faculdade, trabalhou como uma condenada para criar um menininho fabuloso e agora vai abrir o próprio negócio. Se isso não é surpreendente, não sei o que poderia ser.

Ela continuou a picotar o guardanapo numa velocidade ainda maior, enquanto eu seguia falando.

– É forte, autoconfiante, belíssima, faz as coisas parecerem simples e práticas. Sinto-me extremamente grato por ter voltado a te encontrar. Tenho uma dívida eterna por você ter cuidado sozinha do... do nosso filho. Você fez um trabalho fantástico com ele. É tão altruísta que me deixa de queixo caído de espanto.

Puxa, eu tinha usado a expressão *nosso filho*. Gavin era meu filho. Por mais estranho que pareça, isso não me fez sentir ímpetos incontroláveis de mergulhar sobre uma cama de faquir cheia de pregos enferrujados.

Apesar da rasgação de seda ela continuava sem olhar para mim, e eu começava a me sentir nervoso. Fiquei com muita pena do pobre guardanapo no balcão que, agora, mais parecia confete. Estiquei o braço e coloquei a mão sobre a dela, para que parasse de picotar o papel fino, fazendo a maior sujeira.

– Ei, há algo errado? – perguntei.

Claire finalmente virou o rosto para mim e, vou ser sincero com vocês, me apavorei só de ver lágrimas brotando dos seus olhos. Não sei lidar com choro. Nem um pouco. Se ela me pedisse para colocar fogo no próprio corpo eu atenderia ao pedido rapidinho, só para não precisar vê-la chorando.

– Gavin é um garoto maravilhoso. É inteligente, saudável, divertido. O melhor filho do mundo. Tem seus momentos chatos, mas é educado e muito bem-comportado, simplesmente perfeito. Perfeito! Toda pessoa que o conhece o adora, eu curto demais, amo de verdade cada segundo que passei e passo sendo sua mãe, e... – parou de falar de repente.

Eu sabia que ela estava enfeitando o pavão. Se ela dissesse a palavra "perfeito" mais uma vez eu é que iria começar a chorar. Não queria a versão açucarada da história. Preferia saber de tudo, tudo mesmo, cada detalhe que eu tinha perdido ao longo dos anos – o bom, o mau e o feio. A perna de Claire balançava sem parar de nervoso, o pé no apoio do banco alto do bar. Ela parecia prestes a explodir. Supus que, com tudo o que estava rolando ao mesmo tempo ela devia estar sofrendo um bocado de estresse. Era uma mãe solteira com muitos problemas na vida e eu já tinha percebido que Gavin não era nenhum anjinho. Qual o menino dessa idade que era perfeito? Mas notei que ela queria que eu tivesse essa impressão. Será que tinha medo de eu mudar de ideia se descobrisse os horrores de ter um filho? Eu sempre tive vontade de ter filhos. Um dia. Esse era um dos maiores problemas entre mim e Tasha. É claro que eu sabia que nem tudo eram arco-íris e dias cor-de-rosa. Sabia que criar um filho sugava toda a vitalidade de uma pessoa e a fazia duvidar da própria sanidade.

– Tudo bem se você tiver vontade de reclamar um pouco. Nem consigo imaginar a barra que você deve enfrentar.

– Eu amo Gavin – repetiu ela, com convicção. – Demais.

Dei uma risada leve ao ver seu ar de pânico.

– Ninguém aqui está questionando isso. Mas você também não precisa agir como se tivesse tudo sob controle cem por cento do tempo. Não vou considerar você menos valorosa, *nem* Gavin, se você desabafar um pouco, pode acreditar. Quero saber de tudo. Não menti quando disse isso para você, no início da noite.

Ela pareceu relaxar um pouco. O pobre guardanapo finalmente tinha escapado da fúria assassina de Claire, e seu pé já não quicava tanto no apoio do banco. Contudo, ela ainda me olhava com desconfiança. Mas eu conhecia um jeito de fazê-la se acalmar e se abrir um pouco. Fiquei em pé, me debrucei para o lado de dentro do bar, esticando o braço o máximo que consegui, até alcançar o que pretendia pegar.

Sentei-me de volta no banco com um copo de shot que estava de cabeça para baixo numa bandeja e o enchi com Three Olives sabor uva, que eu já sabia que era o seu favorito. Coloquei a vodca de volta na prateleira atrás do bar e empurrei o copo para o lado.

– Seja honesta – sugeri, empurrando um pouco mais o drinque, até colocá-lo diante dela.

Ela mordeu o lábio inferior, olhou para a bebida e depois para mim. Parecia um livro aberto, e dava para ver todas as emoções conflitantes que passavam pelo seu rosto como um filme, até que ela cedeu.

– Eu-realmente-amo-Gavin-de-forma-incondicional-mas-tem-horas--que-ele-simplesmente-me-enlouquece! – despejou ela num fôlego só, tão depressa quanto conseguiu, mas fechou a boca na mesma hora com a mão.

– Tome logo um gole – insisti, apontando para o drinque e tentando encorajá-la.

Sem hesitar, ela virou o shot de uma vez só e bateu o copo no balcão com força, quando acabou.

– Vá em frente – continuei, me inclinando na direção dela para lhe servir mais uma dose de vodca.

– Na primeira vez em que ele falou "mamãe" meu coração se derreteu todo. O problema é que aquele garoto nunca fecha a matraca. Nunca! Ele fala até durante o sono. Uma vez estávamos no carro e ele não parava de tagarelar sobre carneiros, batatas fritas, seu pinto e nosso cortador de grama; parei o carro no meio da rua e saltei. Depois de dar duas voltas em torno do carro e tornar a entrar, ele continuava falando sem parar, e me perguntou se cortadores de grama tinham pintos. Ele... nunca... para... de... falar.

– Tome outra dose – tornei a insistir, com um sorriso.

Ela entornou tudo direto de novo, bateu o copo no balcão com força e pediu para eu servir mais vodca. Tornei a encher o copo e o empurrei em sua direção.

– Engordei vinte e cinco quilos quando fiquei grávida dele. Você faz ideia do que é olhar para baixo e não conseguir enxergar a própria...?

– Hummm... Não – confessei, baixinho.

– Minha bunda ficou tão grande que ganhou um código postal só pra ela.

– Se isso te faz se sentir melhor, sua bunda é perfeita – garanti, com toda a honestidade.

– Obrigada.

Servi mais um drinque e nem precisei apontar para que ela bebesse.

– Os abraços dele são a cura mágica para tudo. Mas você tem noção de quantas vezes um bebê caga, golfa, arrota e chora? Às vezes ele vomitava em jato a mamadeira inteira! Bebia, arrotava, golfava. Lavar, enxaguar, repetir, lavar...

Lá se foi mais um shot.

– Ele não dormia a noite toda, e isso continuou até completar três anos e meio. Fiquei tão exausta com aquilo que contei a ele que a Bruxa Má do Oeste morava debaixo da cama e morderia seu pé se ele se levantasse durante a noite por qualquer motivo, exceto em caso de incêndio na casa.

Lançou a cabeça para trás e entornou mais uma dose.

– Não acredito que você já não esteja me odiando – espantou-se ela.

– Mas por que eu iria te odiar?

– Porque, basicamente, eu usei você para perder a virgindade, sumi e nunca mais nos falamos.

– Gata, na minha terra isso é um presentaço de Natal para qualquer cara – falei, com uma gargalhada, tentando deixá-la mais animada. – Era eu quem devia estar te implorando desculpas. – Peguei o queixo dela e virei seu rosto para mim.

Por Deus, como ela era linda! Eu era um completo canalha, pois queria tirar vantagem dela estar de pilequinho. Ah, que se foda, eu precisava beijar essa deusa. Tinha esperado cinco anos para sentir seu gosto novamente. Ela virou a cabeça de lado e esfregou a bochecha na palma da minha mão, e eu quase me esqueci do que precisava lhe dizer.

– Tudo bem que nós estávamos bebaços naquela noite – continuei –, mas se eu tivesse desconfiado que você nunca tinha… que você era… que aquela era a sua primeira vez, eu teria feito tudo muito melhor, e de forma diferente – admiti.

Teria contemplado você peladinha para guardar de cor cada centímetro do seu corpo. Depois, iria girar a língua lentamente em torno dos seus mamilos e abocanhá-los com carinho até você gemer meu nome. Eu iria saborear sua pele e enterrar a cara entre as suas pernas para fazê-la gozar com tanta intensidade que você se esqueceria até do próprio nome.

– Nossa!!! – reagiu ela, com um olhar vidrado.

– Opa… Acho que eu disse a última frase em voz alta, em vez de ter só pensado, né?

Ela ficou sentada ali com a boca aberta, olhando fixamente para mim, e senti receio de ter feito a maior cagada da vida. Era cedo demais para eu falar sobre a vagina dela e do quanto eu queria uma amizade íntima com aquela parte da sua anatomia. Está certo que eu tinha passado os últimos cinco anos glorificando cada detalhe que conseguia lembrar dela, e passara a última semana me preocupando com a possibilidade de minhas lembranças serem melhores do que a realidade, mas isso era burrice. Ela continuava a ser tão surpreendente sentada ali na minha frente quanto era nos meus sonhos, e eu queria que soubesse disso. Abri a boca, mas antes de ter a chance de falar, ela pulou do banco e murmurou alguma coisa sobre precisar guardar as bebidas na geladeira nos fundos da loja. Passou ao meu lado e me deixou sentado ali no banco alto diante do bar, com a garrafa de vodca na mão e um cheiro forte de chocolate perfumando o ar.

Ah, meu Deus. Puta que pariu!

Eu era uma tremenda covarde. Fugi dele o mais rápido que consegui e agora estava no depósito do bar, fingindo que guardava cerveja.

Eu iria saborear sua pele e enterrar a cara entre as suas pernas para fazê-la gozar com tanta intensidade que você se esqueceria até do próprio nome.

Meu Jesus Cristo pulando em cima de um biscoito cream cracker! Eu não tinha experiência nenhuma com merdas daquele tipo. Senti vontade de me esfregar na perna dele assim que aquelas palavras saíram da sua boca. Obviamente ele não pretendia dizê-las em voz alta, pela expressão de choque que surgiu no seu rosto.

– Merda! – explodi, socando uma caixa vazia de latinhas.

Só que ela não estava vazia e eu quase quebrei a mão quando meu punho bateu de frente com latas cheias de cerveja. Bêbado só faz merda!

– Féladaputa!!! – xinguei, balançando a mão ferida, chutando o ar com força e acertando uma garrafa de tequila, que saiu rolando pelo chão.

– Espero que essa violência contra as bebidas alcoólicas não seja resultado de algo que eu disse.

Quando me virei, vi Carter encostado no portal. Por que ele tinha sempre que testemunhar meus momentos de constrangedora estupidez?

– Tô falando sério. Que mal essa pobre garrafa de tequila fez a você? – perguntou ele, vindo em minha direção.

– Além do fato de ter sido o álcool que prejudicou meu julgamento e me fez perder a virgindade para um cara que conheci numa festa de faculdade? Um cara que é um tesão e que acabou me engravidando? E eu não consegui descobrir o nome dele porque sou uma vadia completa? E agora que ele está aqui, eu me sinto totalmente fora do prumo já que minha experiência nesse tipo de jogo é zero ao quadrado? – desabafei, falando tudo em interrogativa e num fôlego só.

– Você me acha um tesão?

Girei os olhos para cima diante da tentativa dele de aliviar o clima e encobrir minha confissão, fruto de puro nervosismo.

– Quer saber de uma coisa? – continuou ele. – Essa tequila é uma escrota, mesmo. Vá em frente e chute com mais força. Aproveite e dê umas porradas nas latas de cerveja também, porque eu vi elas rindo de você pelas costas.

Gargalhei diante do ridículo dessa frase. Não estava totalmente bêbada, mas tinha ficado calibrada com nosso Jogo da Verdade, e conseguia enxergar o humor daquela situação. Quando parei de rir, ele esticou o braço e tirou da frente do meu rosto uma mecha de cabelo que havia escapado do rabo de cavalo. Aquele gesto me fez lembrar com tanta clareza da noite em que tínhamos nos conhecido que eu suspirei baixinho.

– Vamos deixar uma coisa bem clara, de uma vez por todas: você não é nenhuma vadia. Eu não a culpo por nada do que você fez. Não vou mentir, negando ter ficado meio desapontado ao acordar na manhã seguinte e ver que não havia ninguém ao meu lado, para depois passar cinco anos me perguntando se eu não tinha inventado você. Mas jamais te acharia uma vadia por ter feito o que fez – esclareceu, aproximando-se alguns centímetros. – Não menti agora há pouco, quando disse que teria feito as coisas de forma diferente com você naquela noite – continuou, suavizando a voz e chegando tão perto que nossos joelhos se tocaram. Engoli em seco quando ele ergueu a mão e me segurou pelo quadril. – Eu teria beijado você mais – confessou, inclinando-se de leve e pousando um beijo suave no canto da minha boca. – Eu teria segurado seu corpo contra o meu por muito mais tempo, para sentir cada centímetro das suas curvas – sussurrou, junto da minha bochecha, enquanto me enlaçava a cintura e encaixava meu corpo no dele.

A mão pousada no meu quadril deslizou pela lateral do meu corpo, me apertou as costelas e roçou de leve o bico do meu seio, até se espalmar com vontade sobre o meu coração.

– Eu teria tocado você em muitos lugares e levado todo o tempo do mundo para sentir seu coração batendo com força contra a minha mão.

Passei a língua nos lábios para umedecê-los, e tentei controlar a respiração. Nossa, como eu adorava o cheiro dele, o jeito como falava e suas mãos em mim. Como foi que eu tinha conseguido viver tanto tempo sem essas coisas?

– Mais que tudo, eu jamais teria ingerido uma única gota de álcool naquela noite, para que cada momento passado ao seu lado pudesse ficar entalhado no meu cérebro. E a lembrança de sua pele deslizando sob minhas mãos estaria clara e nítida como o dobrar de um sino.

Eu tinha certeza de que ele estava ouvindo o batucar do meu coração ecoando por todo o depósito. Sabia que ele conseguia perceber a aceleração dos meus batimentos com cada palavra que eu ouvia.

– Porra, Claire – sussurrou ele. – Só o fato de estar junto de você já me deixa louco de tesão.

Ele empinou o joelho de leve e forçou a coxa um pouco mais contra a minha virilha para eu entender exatamente sobre o que ele falava. Minhas mãos voaram para os ombros dele, num esforço de segurá-lo e puxá-lo para bem perto. Minha perna automaticamente se ergueu um pouco mais, como se tentasse enlaçá-lo pela cintura para grudá-lo em mim. Os lábios dele pairaram de leve sobre meu pescoço, e eu tive quase certeza de ter gemido. De repente, seus lábios estavam novamente junto da minha orelha, cochichando:

– Se isso for demais ou eu estiver indo muito depressa, é só me mandar parar que eu paro.

Muito depressa? Será que eu estava agindo como uma piranhuda, me esfregando nele daquele jeito? Eu era mãe de família, pelo amor de Deus.

Por falar nisso, uma mãe que nunca tinha sido fodida decentemente na vida e estava com um tesão da porra.

– Se você parar, vou te matar com requintes de crueldade – sussurrei, quando os lábios dele encontraram o caminho dos meus e se conectaram.

Mal nossas bocas se colidiram com fúria, senti a língua dele empurrar meus lábios, exigindo passagem. Deixei minha língua receber a dele, sentindo-o gemer baixinho e avançar, ganhando território, ao mesmo tempo que pressionava os quadris com mais força contra os meus. Meu corpo formigava todo, como nos romances sentimentaloides de banca de revista. Meus seios se erguiam, meus mamilos estavam duros e minhas pernas tremiam.

EU TINHA GENITÁLIA LATEJANTE!

Senti como se fosse explodir se ele não encostasse em mim. Queria tanto que ele me tocasse que quase senti dor. Não tinha muita prática em falar sacanagens nessa hora. Só de pensar em dizer "mete logo essa mão na minha *argh* boceta" me fazia encolher de repugnância. Poderia tentar "leve seus dedos para brincar na minha gruta", ou talvez "estacione seu caminhão na minha garagem".

Foca na foda, Claire!

Ai, meus sais, a língua dele era mágica. Onde foi que ele tinha aprendido a beijar? Aposto que seu pai lhe ensinara.

Eca, que viagem. Que ideia escrota!

Ai, meus santos, eu estava me transformando numa poça de secreção vaginal e minha calcinha já estava encharcada.

TOQUE MINHA VAGINA!

Se eu gritasse isso mentalmente talvez ele ouvisse. A língua dele circulou engatada com a minha, sua mão segurou minha bunda com virilidade e me puxou para roçar no pau dele, duro como pedra.

METE A MÃO NELA!

Minha perna deslizou um pouco para baixo do quadril dele e a aspereza do seu jeans roçando a pele nua da minha coxa me fez choramingar de prazer. Ele me empurrou para trás, caminhou grudado em mim e me colou de costas na parede do depósito, aprofundando o beijo e tornando-o mais lento ao mesmo tempo. Minhas mãos agarravam os cabelos da sua nuca com tanta força que eu devo ter arrancado um tufo pela raiz.

A mão que palmeava minha bunda se afastou e eu quase gritei de frustração, mas logo senti que ele escorregava os dedos e dedilhava a parte da frente da minha coxa, palmilhando centímetro por centímetro, rumo à bainha do meu short.

AI MEU DEUS, ELE VAI TOCAR MINHA VAGINA!

Será que eu tinha me lembrado de vestir roupa de baixo sexy, em vez da calcinha larga pró-menstruação? Vocês sabem do que estou falando. Aquelas gigantescas e toscas calcinhas bege de vovó que a gente só usa quando a maré vermelha invade o litoral. As calcinhas secretas, que não podemos permitir que sejam vistas nunca, nem pelo nosso animal de estimação.

Ele interrompeu o beijo de língua e seus dedos entraram por baixo da perna do meu shortinho e – graças a Nossa Senhora das Calcinhas Sedutoras eu tinha me lembrado de colocar uma tanguinha fio dental Victoria's Secret quando me vesti, mais cedo.

– Sei que isso não vai compensar meu modo desajeitado na nossa primeira noite, mas quero que você curta tudo numa boa, Claire. Posso te tocar? – perguntou, baixinho, roçando os lábios nos meus e olhando bem dentro dos meus olhos.

Será que ele não sentia minha genitália latejante, nem ouvia os gritos internos do meu cérebro?

Preciso dos seus dedos dentro de mim AGORA!

Opa, acho que ele sacou.

– Porra, Claire, essa foi a coisa mais excitante que eu já ouvi.

Não havia tempo para eu ficar constrangida por ter pensado em voz alta, pois ele já fazia o que eu pedira. Sua mão entrava suavemente pelo cós do meu short e eu senti a ponta de um dedo médio bater na porta do paraíso.

– Ai que delícia! – murmurei, erguendo os quadris contra a mão dele.

Ninguém jamais tinha me tocado daquele jeito. Eu achava que os toques naquelas regiões inóspitas fossem todos iguais e fizessem aflorar os mesmos sentimentos. Pensei que dava no mesmo se era um homem que explorava o matagal para abrir uma clareira ou eu que seguia as trilhas de sempre.

Obviamente estava redondamente enganada.

Os dedos de Carter se moviam para cima e para baixo em câmera lenta contra a fina camada de cetim, e senti vontade de gritar alto até a cabeça saltar do pescoço como impelida por uma mola, de tanto prazer.

– Humm… tá toda molhadinha – sussurrou ele, enquanto seus dedos se moviam para a parte lateral da calcinha e brincavam com o pano, em busca da abordagem certa.

Ouvir sacanagens ditas por outras pessoas nessa hora sempre me deixava ruborizada e sem graça. Sinto "vergonha alheia" por elas e pelas palavras esquisitas que saem de suas bocas. Fala sério, será que não conseguem se ouvir? É muito brega dizer "mete com força até o fundo, tesudo" ou "você é tão apertadinha, gata". Quem diz essas coisas na vida real? Porém, não senti nada disso diante do palavreado chulo de Carter. Os palavrões dele eram sexy e eu não queria que parasse de falar. Podia comentar o tempo que quisesse sobre o quanto eu era apertadinha, molhada e tesuda a noite toda, se lhe desse na telha. Ele plantou vários beijos suaves nos meus lábios enquanto levava um tempo infinito fazendo com que seus dedos penetrassem de leve por baixo da fina camada de material sintético, e usou a parte macia da mão para alargar a perna da minha calcinha e ter acesso amplo, geral e irrestrito. Prendi a respiração e tentei não pensar sobre aquela ser a primeira vez na vida que um homem me tocava naquele ponto. Isso era triste e patético, na verdade.

O mais deprimente era o fato de eu sentir pena de mim mesma numa hora como aquela, em que seu indicador e seu dedo médio estavam prontos para alicatar meu grelo.

Deixei o lamento de lado quando senti seus dedos entrando em contato direto com minha pele nua e encharcada.

– Hummm… aaai – gemi, lançando a cabeça para trás e batendo-a com força na parede.

Puxa, aquilo era *muito* melhor do que usar meus próprios dedos. Aliás, meus dedos, naquele instante, pareciam ter sido besuntados de xilocaína e balançavam moles como peixes mortos, derrubando coisas em volta sem sentir. Os dedos de Carter eram lisos, escorregadios, aveludados, me tocavam com carinho e… *Puta merda*, como eu queria aquilo! E como foi bom que Liz tivesse me obrigado a manter a depilação íntima em dia!

Anotação mental: lembrar de pedir desculpas a Liz por chamá-la de "vaca sádica inspetora de periquitas alheias" todas as vezes que ela marcava uma depilação cavada. Graças à dedicação de Liz à minha caranguejeira, Carter não precisava desbravar a mata atlântica dentro da minha calcinha, nem parar o que estava fazendo para sair em busca de um aparador de grama.

Ele mergulhou com determinação, plantou um beijo de boca aberta no meu pescoço e empurrou lentamente um dedo dentro de mim, deixando o polegar repousando sobre o meu clitóris enquanto dava um tempo para eu me adaptar ao que ele estava fazendo.

Ao perceber que ele manteve o dedo completamente imóvel lá dentro, agarrei sua nuca com mais força e empurrei meus quadris um pouco para frente, fazendo o dedo penetrar todo e o polegar deslizar levemente para o lado.

Aquilo era o máximo e, ao mesmo tempo, ainda não era o bastante. Senti que iria gozar cedo demais, muito antes do que gostaria, porque o jeito como ele movimentava os dedos era genial. Isso, por si só, já era chocante. Eu sempre precisei de um monte de lembranças de cenas de filmes pornô rodando na minha mente sem parar, antes de gozar. No entanto, não conseguia pensar em mais nada, a não ser no que ele estava fazendo naquele instante. Imagens de *Vizinhos travessos*, *Loucuras sapecas*, nada disso era necessário naquele momento.

Ele começou a entrar e sair de mim com o dedo, lentamente; em seguida, dedicou-se a manobras maravilhosas, encurvando a ponta do dedo antes de puxá-lo, deixando-me ofegante como uma cadela no cio, ao mesmo tempo que lambia a lateral do meu rosto. Seus lábios e sua língua cobriram cada centímetro do meu pescoço e seu polegar começou a fazer círculos progressivamente mais amplos, até que eu me vi batendo com os quadris na sua mão para forçá-lo a acelerar o ritmo.

A essa altura eu já gemia e choramingava descontroladamente e nem tive tempo de me sentir uma vagabunda de rua por fazer sons como aqueles, nem por ter um homem de verdade tocando a minha vagina, que estava a um segundo de explodir.

Tô falando sério.

Ele puxou o dedo para fora de forma inesperada e usou a parte macia de dois dedos para massagear meu clitóris, até eu me sentir partindo ao meio de encontro à sua mão.

– Ai, caralho! Porra. Carter!

Os dedos dele continuaram a se mover e ele engoliu meus gritos com seus lábios enquanto eu forçava o corpo contra sua mão, não querendo que ele parasse. Emiti um monte de ruídos estranhos dentro da sua boca enquanto ele continuava a me beijar e arrancar meu orgasmo lentamente, do fundo da alma, até minhas pernas ficarem trêmulas a ponto de eu mal conseguir me manter em pé. Quando eu parei de mover os quadris e o restinho da minha poderosa liberação de energia se dissipou, ele tirou a mão de dentro do meu short, me enlaçou com o braço e, beijando-me lentamente, deixou a língua escorregar devagar sobre a minha. Não sei quanto tempo mais ficamos ali dentro do depósito, enroscados um no outro, nos beijando. Acho que eu conseguiria ficar ali durante meses beijando-o sem parar e sem necessidade de tomar ar fresco.

Finalmente separamos nossas bocas uma da outra e ficamos ali em pé, parados, nos olhando fixamente.

– Essa foi a coisa mais excitante que eu já vi na vida. Devia ter feito isso cinco anos atrás – disse ele, com um sorriso.

– Sabia que se você tivesse feito isso cinco anos atrás eu teria algemado minha xereca ao seu braço e obrigaria você a repetir a dose todos os dias?

Ele riu com vontade, mas logo depois seu rosto ficou sério.

– Claire, preciso te pedir uma coisa. É muito importante.

Ai, meu Deus. Será que ele iria me pedir para fazer um *ménage à trois*? Ou estava prestes a me contar que, na verdade, era mexicano, precisava de um *greencard* e esse era o único motivo de estar ali. Ai, merda, e se ele não tivesse gostado da minha vagina? Será que a pobrezinha era esquisita? Eu devia ter dado mais vezes. Meu ginecologista nunca mencionou que houvesse algum problema. Na verdade, comentou que eu tinha um útero excelente. Por que será que Carter não gostava da minha vagina? Merda, e se ele curtisse dendrofilia e se excitasse fazendo sexo com árvores?

– Eu gostaria de passar algum tempo com meu filho.

Eu sabia que ele ia dizer isso.

– Tudo bem se você se sentir pouco à vontade em me deixar sozinho com Gavin, uma vez que ele nem me conhece direito. Mas eu gostaria de ir visitá-lo, de vez em quando – completou.

Não pude evitar o sorriso que se estampou em meu rosto. Além dos dedos de Carter merecerem um prêmio importante, como um abajur de grife com a forma de uma perna ou um monumento nacional erigido em seu nome (kkkk, *rígido* era a palavra mais adequada), ele tinha tomado a iniciativa e pediu um tempo para passar com Gavin, mesmo depois de ter levado um soco no saco e ser ameaçado com o perigoso sinal dos dois dedos em forma de V, no estilo "tô de olho em você".

Gavin finalmente teria a chance de ter contato com outro homem além do meu pai e de Jim.

Eu, por minha vez, ganharia novas oportunidades de ter Carter passeando com seus dedinhos entre meus lábios, os pequenos e os grandes, muito em breve.

14
Capitão Narcolepsia

— Quer dizer então que nossa pequena Claire faturou um serviço quase completo, com direito a roçada de cobra cega na bacurinha e balé de dedo nervoso no capô de fusca? – berrou Drew, mantendo a voz mais alta que o barulho das máquinas da linha de montagem.

– Quer saber? Estou profundamente arrependido de ter te contado o que aconteceu ontem à noite – berrei de volta.

Ergui a mão para pegar a furadeira hidráulica que pendia do teto e a puxei para prender a porta do carro ao corpo do veículo. Tinha três minutos para fazer isso, antes do carro seguinte vir pela esteira. Aturar Drew agindo como um babaca insensível ia fazer com que eu me atrapalhasse todo e forçasse a produção a atrasar alguns minutos.

Isso e o fato de eu não conseguir parar de pensar no que acontecera entre a gente no depósito do bar, na véspera. Minha nossa, ela estava mais linda ainda na hora em que gozou. E os gemidinhos... Porra, só de pensar naquilo já fazia Carter Júnior bater continência e começar a implorar por mais. Tomara que ela não achasse que as coisas estavam indo depressa demais entre nós, porque eu realmente queria repetir nosso esfrega-esfrega. E nem me importava por ficar sem gozar. Vê-la alcançar o clímax e se dissolver nas minhas mãos já era satisfação suficiente para mim.

– Cara, você sabe que seus segredos estão completamente a salvo comigo. Eu jamais espalharia que você penetrou a pequena área e quase fez um golaço entrando com bola e tudo ontem à noite, nem que o Chewbacca não mora na calcinha dela. Fico feliz, porque agora eu não preciso mais me preocupar com você.

Desliguei a furadeira e olhei por cima da peça para Drew, que prendia a maçaneta.

– Por que você ficou preocupado comigo?

– Ah, qual é? Você estava a um passo de cobrir o pau com ganache de chocolate para tentar pagar um autoboquete.

– Você disse "ganache"?

– Pois é. – Drew deu de ombros. – Jenny me obriga a assistir ao canal de culinária na tevê a cabo o tempo todo. Desde que começou a desenvolver os folhetos para Claire, enfiou na cabeça que vai aprender a cozinhar. Passou mais de vinte minutos um dia desses procurando na internet uma porra de uma receita maluca para cobertura de bolo feita de açúcar de punheteiro.

Soltei uma gargalhada sem querer e voltei a trabalhar no carro.

– Você mandou que ela procurasse na farmácia, ao lado do K-Y e entre os remédios para controle da ereção? Deveria avisá-la sobre os perigos desse tipo de açúcar no sangue. – Eu ri.

Não, eu não iria insistir na zoação.

– E aí… você e Jenny vão à casa da Claire hoje à noite? – perguntei, para mudar de assunto.

Claire comprou a ideia de me deixar ver Gavin, mas achou melhor começar o projeto com um grupo, e convidou todo mundo para jantar lá.

– Não perderia isso por nada nesse mundo. Vou até estrear uma camiseta nova para a ocasião – avisou Drew, com um sorriso.

Às seis da tarde em ponto bati na porta de Claire. Ouvi passinhos miúdos vindo pelo chão e subitamente a porta se escancarou.

Baixei os olhos, vi meu rapazinho parado à minha frente, e não pude deixar de sorrir. Minha nossa, ele parecia *demais* com Claire, mas os olhos... uau, eles eram exatamente *iguais* aos meus.

– Qual é a boa, Gavin? – cumprimentei, pegando o presente embrulhado que estava escondido atrás das costas e entregando-o a ele. – Trouxe isso pra você.

Gavin pegou o pacote da minha mão sem pestanejar, antes que eu mudasse de ideia. Em seguida, virou-se e saiu correndo gritando por Claire.

– MÃÃÃÃE! Aquele cara me trazeu presente!

Ri e entrei, fechando a porta às minhas costas.

Claire morava numa casa em estilo bangalô, circundada de varandas, e a primeira coisa que eu reparei quando entrei na sala de estar foi no quanto ela era aconchegante. Havia velas decorativas acesas na mesinha de centro e no consolo da lareira. O cheiro que vinha da cozinha era de dar água na boca. Circulei pela sala olhando para os quadros e porta-retratos que ela espalhara por praticamente todas as paredes e superfícies dos móveis: fotos de quando era menina, fotos do pai, fotografias dos amigos e, principalmente, de Gavin. Meu coração se apertou de emoção ao ver uma imagem de Claire com a barriga redonda, imensa, e nosso filho lá dentro. Ela parecia uma menininha! Peguei a foto do consolo da lareira para analisá-la mais de perto. Era exatamente assim que eu me lembrava dela, do dia em que nos conhecemos, com exceção da barriga gigantesca. Olhar para aquela foto me deixou triste e zangado. Não com ela, é claro. Eu jamais conseguiria me sentir zangado com ela por nada que fizesse. Na época da foto éramos jovens demais, inexperientes e burros, e nenhum dos dois tinha usado a cabeça naquela noite. Minha chateação era causada por saber que eu tinha perdido tudo aquilo. Perdi a chance de ver sua barriga crescer; perdi a oportunidade de colocar a mão nela e sentir os chutes do nosso filho.

– AUUU! – gritei, quando senti uma dor forte na canela.

Olhei para baixo e vi Gavin parado, olhando para mim depois de chutar minha perna.

Esqueçam a parte sobre não sentir o chute dele. Pelo menos minha canela se lembraria disso para sempre.

– Ei, eu se esqueci do seu nome – anunciou ele. – Posso te chamar de "cocô"?

Antes de eu conseguir pensar numa boa resposta para isso, ouvi a voz de Claire atrás de mim.

– Gavin?!?

– Não fui eu, não fui eu! – jurou ele, com um ar de pânico no rosto.

– Sei! – reagiu ela, sem piscar. – O nome desse simpático rapaz é Carter, lembra? Pare de chamar todo mundo de "cocô".

Virei-me na direção dela, que estava encostada no portal e olhava com ar de zanga para nosso filho.

– Não se ofenda – pediu, olhando para mim. – Na semana passada, toda vez que alguém perguntava algo, Gavin respondia "vaca gorda", não importa qual fosse a pergunta.

Eu ri, feliz por ver que a história de me chamar de "cocô" não era um sinal de que ele me detestava. Claire atravessou a sala até onde eu me encontrava e viu o porta-retratos que estava na minha mão.

– Ah, meu Deus, não olhe para essa foto, por favor. Parece que eu engoli uma melancia ou tenho um cisto gigante crescendo dentro de mim. Um cisto que não parou de me dar bicos na base da pelve nos últimos meses e me fazia mijar nas calças sempre que eu espirrava – contou, mas logo soltou um grunhido. – Nossa, eu acabei de confessar que fazia xixi nas calças, não foi?

– Sim, agora já era. Mas, tudo bem, prometo enviar essa informação por mensagem de texto só para alguns dos meus contatos, em vez de mandar para a agenda inteira.

Subitamente percebi que estávamos frente a frente, com os pés se tocando, perto o bastante para beijá-la. Inclinei-me para fazer isso, esquecendo por completo que não estávamos sozinhos na sala.

– Manhêêê!… Posso abrir meu presente agora mesmo?

Nossas bocas pararam a poucos centímetros uma da outra, e ambos olhamos para a pessoinha que se enfiara entre nós dois.

Claire suspirou e recuou um pouco.

– Sim, pode abrir seu presente agora mesmo – autorizou.

Ele se sentou no chão ali mesmo onde estava, e começou a rasgar o papel de presente com força, fazendo voar pedaços da embalagem em todas as direções.

– Você não precisava trazer presente para ele – disse-me ela, com ternura.

– Não foi nada. – Encolhi os ombros. – É uma coisa boba.

– Mamãe, olha só isso! É uma caixa de giz de cera, lápis de cor, canetinha e, uau!... Vou poder colorir meus livros e fazer novos desenhos – reagiu Gavin, muito empolgado, erguendo tudo para Claire ver.

– Que fantástico, filhote! Coloque tudo em cima da cama da mamãe; amanhã a gente brinca de desenhar.

– Mas eu quero pintar agora! – reclamou Gavin, largando a caixa de desenho no chão. – Merda!

– Gavin Allen! – berrou Claire.

Eu sabia que não devia rir, então desviei o olhar e pensei em coisas tristes como cãezinhos atropelados e a cena do filme *Campo dos sonhos*, quando o personagem de Kevin Costner consegue jogar beisebol com o pai falecido. Nossa, essa cena sempre me dava um nó na garganta.

– O próximo palavrão que sair da sua boca vai te garantir uma surra, entendeu? Agradeça a Carter pelo presente e vá brincar no seu quarto até a hora do jantar.

– Obrigado, Carter – murmurou Gavin, saindo da sala de fininho.

Quando ele estava longe o bastante para não me ouvir, soltei uma gargalhada, e Claire me deu um tapa no braço.

– Desculpe, mais foi engraçado pra cacete.

Ela girou os olhos para mim e voltou para a cozinha. Fui atrás dela.

– Sim, ele é um festival de gargalhadas. Quero ver você achar graça depois de andar pela rua com ele. Ou assistir a uma missa, por exemplo. Preste atenção na parte da cerimônia em que todos ficam em silêncio absoluto e dá para ouvir o lindo barulho da fonte, nos fundos da igreja. Um dia desses, Gavin gritou exatamente nessa hora: "Mãe! Estou ouvindo Jesus fazendo xixi!" Não vai ser tão engraçado, eu garanto.

Olhei para o balcão atrás dela e meu queixo caiu. Cada espaço da parte de cima estava coberto de chocolates, cookies e doces diversos, de todos os tipos possíveis e imagináveis.

– Estou na fantástica fábrica de chocolate de Willy Wonka?

Claire riu, abriu a tampa de uma panela gigantesca que esquentava no fogão e mexeu um pouco o conteúdo.

– Pois é... Resolvi transformar todos vocês em cobaias hoje à noite. Jenny vai tirar fotos de alguns dos itens que pretendo oferecer na loja. Vai colocar as melhores fotos nos anúncios e folhetos, já que eu não tenho uma máquina fotográfica decente, a não ser a do celular.

Olhei com ar sonhador para tudo aquilo. Talvez eu tenha um fraco por doces, afinal.

– Caraca, o que são aquelas coisas ali? – eu quis saber, apontando para uma fileira de protuberâncias de chocolate branco do tamanho do meu punho fechado, todas cobertas de caramelo.

– Ah, é uma receita que inventei e estou experimentando. Derreti uma tigela de chocolate branco, acrescentei lascas de pretzels e migalhas de batatas chips; quando a massa solidificou, espalhei caramelo por cima. Acho que exagerei no tamanho. No momento, resolvi batizá-los de Globs.

Santa Maria nas nuvens. Senti vontade de convidar aquela mulher para ser mãe dos meus filhos.

Opa, espere um pouco…

Ouvimos uma batida forte na porta da frente e Claire me pediu para atender enquanto ela arrumava a mesa e dava os toques finais nos quitutes.

Eram Jenny e Drew que tinham chegado. Mantive a porta aberta para eles e balancei a cabeça para Drew. Jenny entrou apressada e foi direto até a cozinha, para falar com Claire.

– É sério isso, Drew? – perguntei, olhando para a sua camiseta.

Havia uma imagem de um garotinho com uma arma de fogo desenhada acima de sua cabeça. Por baixo, estava escrito: "Conselho do dia: não bata em crianças, porque agora elas andam armadas."

– Qual é, Carter? As crianças hoje em dia são o capeta encarnado. Esse conselho é específico para você, cara. Aposto que vai me agradecer, um dia. E aí, onde está o moleque? Será que ele não precisa trocar a fralda, ou algo assim? Posso mostrar pra ele meu carro novo ou oferecer umas balas – sugeriu Drew, olhando em torno e esfregando as mãos.

– Ele tem quatro anos, Drew, não usa fraldas. E é melhor tirar da cara esse olhar bizarro de raptor de crianças tarado.

– Não usa fralda? Que diferença isso faz? Vamos lá, mostra aí sua semente demoníaca – pediu Drew.

Passamos na porta da cozinha e enfiei minha cabeça lá dentro para perguntar a Claire se ela não se importava de irmos até o quarto de Gavin. Ela me explicou onde era e seguimos pelo corredor. Ele estava sentado no chão, no meio do quarto, espalhando pasta de dente por todo o carpete.

– Ei, garotão, o que está fazendo? – perguntei, entrando velozmente no cômodo e tirando o tubo de creme dental já vazio de sua mão.

– Merda – respondeu ele, encolhendo os ombros.

Merda mesmo. O que fazer? Será que eu devia contar a Claire? Não queria que o garoto me visse como um linguarudo logo de cara. Ele poderia ficar revoltado comigo por eu dedurar sua travessura. Mas, ei, esperem um pouco, eu era o adulto, ali. Não podia permitir que ele me visse como um pateta que tolera tudo. Era preciso mostrar a ele quem era o chefe. E, com certeza, não era o Tony Danza.

– Acho que você não devia estar espalhando pasta de dente no chão, não é? – perguntei, num tom neutro. – Nem falando palavrão.

– Que pergunta idiota, Carter. É lógico que ele não devia espalhar pasta de dente no carpete – reagiu Drew, com a cara séria.

Olhei para trás e lhe lancei um olhar fulminante.

– Eu sei disso – cochichei, entre os dentes. – Estou tentando fazer com que ele admita que está errado.

– Então tá, dr. Phil. Mas tenho certeza que ele sabe que é errado, senão não teria feito. Crianças se fingem de desentendidas. Fazem coisas erradas o tempo todo só porque podem aprontar tudo que lhes dá na telha. Ser adulto é um porre. Eu nunca escaparia com vida se espalhasse pasta de dente no carpete da minha mãe, hoje em dia.

Eu lidava com duas crianças.

– Mas, Drew, por que você espalharia pasta de dente… Ah, quer saber de uma coisa? Deixa pra lá. – Tornei a me virar de frente para Gavin.

– Sua mãe não vai ficar nem um pouco feliz quando vir a sujeira que você fez. Que tal me mostrar onde ficam as toalhas, para podermos limpar tudo antes que ela apareça?

Pronto! Ele não ia me odiar já que não ia entregá-lo à polícia materna, e eu lhe mostrei que aquilo era errado. Eu era um pai e tanto!

É claro que Gavin ficou interessadíssimo na limpeza, desde que não contássemos a Claire o que ele tinha aprontado. Por um instante refleti se ela não acabaria descobrindo. Talvez cortasse meu pau ou me asfixiasse durante o sono. Depois pensei: se eu contasse, será que Gavin iria me dar outro soco no saco? Talvez voasse na minha garganta, dessa vez. Eu não sabia se tinha mais medo do meu filho ou da mãe dele.

Vinte minutos mais tarde o tapete já estava limpinho, como novo. Drew e eu sentamos no chão de pernas cruzadas, no meio do quarto, pedindo a tudo quanto é santo para que as garotas não aparecessem naquele minuto.

Gavin decidiu que deveríamos brincar de trocar de roupa. Tentamos convencê-lo a brincar de algo mais masculino como polícia e ladrão, corredor polonês ou tacar fogo em alguma merda – qualquer coisa, menos aquilo. Infelizmente, é impossível ganhar uma discussão com um menino de quatro anos, por mais tenaz que a pessoa seja. Drew e eu estávamos vestidos de bebês. Era uma fantasia completa, com direito a babador, chupeta na boca e bichinhos de pelúcia no colo. Gavin colocara sobre nossas cabeças gigantescos chapéus de sol da mãe, cujas abas tombavam sobre nossos rostos. O de Drew era cor-de-rosa e o meu era branco. Pelo menos nos recusamos a vestir uma de suas fraldas antigas (novas!) que ele encontrou numa gaveta do closet, do tempo em que ainda não fazia cocô no peniquinho.

– Ei, tio Drew, tenho um segredo pra contar – anunciou Gavin.

Drew tirou a chupeta da boca para falar.

– Conte-me tudo, não me esconda nada.

Gavin se inclinou na direção dele e sussurrou no seu ouvido, mas tão alto que eu ouvi.

– Você fede a bacon com cheddar.

Gavin se afastou e Drew fez uma careta, girando os olhos.

– Cara, esse segredo é uma bosta – reclamou.

– *VOCÊ* É QUE É UMA BOSTA! – gritou Gavin.

– Pessoal, o jantar está pronto, vocês já podem...

As palavras de Claire foram interrompidas quando ela entrou no quarto e nos pegou naquela situação. Parou de repente, e Jenny, que vinha quase correndo atrás dela, bateu de cara nas suas costas. Claire colocou a mão na boca para esconder as risadinhas. Jenny, porém, não fez questão nenhuma de esconder o quanto curtiu a cena. Dobrou-se para frente, quase se mijando em meio a risos escandalosos, enquanto apontava para nós.

– Por favor, deixa eu pegar a câmera – implorou Jenny, em meio às gargalhadas.

– Quer que eu dê uma golfada? Vomitar é comigo mesmo! – ameaçou Drew.

Nós dois nos livramos das roupas ridículas de bebê enquanto as garotas continuavam a rir e erguiam as palmas das mãos para bater um toca aqui com Gavin. Drew e eu nos levantamos do chão, Jenny pegou Gavin no colo, lhe disse o quanto ele era fantástico e o encheu de paparicos. Ele curtiu cada palavra e juro que, num determinado momento, aquele garoto lançou um sorriso malicioso para nós dois ao colocar a cabeça sobre os peitões de Jenny que, por sinal, estavam quase totalmente de fora, saltando de um sutiã desses que sustenta e ergue.

– Cacete, fiquei com ciúmes desse moleque. Bem que eu queria estar aninhado no meio das peitcholas dela, como um bebê no berço – sussurrou Drew.

– Você ouviu o que acabou de dizer? – perguntei, quando saímos do quarto de Gavin e seguimos pelo corredor até a sala de jantar, onde fomos recebidos por Liz e Jim, que já estavam sentados.

Depois de um jantar delicioso e poucos problemas, com exceção de uma ou outra briguinha entre as duas crianças (Gavin e Drew), Claire começou a trazer uma bandeja atrás da outra, todas lotadas de doces e delícias variadas.

A partir desse momento eu só consegui pensar nos fantásticos produtos de Claire expostos nas pratileiras e seus deliciosos quitutes servidos numa bandeja de prata. Eu adoraria comê-la todinha em cima de uma bandeja. Queria lamber seus Globs.

– Carter, quer um pouco?

– Porra, claro que quero!

– Mããããe, o Carter disse tê, ó, éle, a! – acusou Gavin.

Ops.

– Quem te ensinou a soletrar, garoto? – quis saber Drew, com uma risada de deboche.

– Dããã, eu já fazi quatro anos! – zoou Gavin.

Pedi licença e fui ao banheiro, antes que me mijasse nas calças devido a um ataque de riso. Estava em pé fazendo xixi e tentando não pensar em Claire peladinha sobre uma bandeja quando a porta do lavabo subitamente se abriu e Gavin entrou.

– Oi, olá, Gavin! – cumprimentei, um pouco nervoso, tentando virar o corpo meio de lado sem interromper o fluxo. – Olha, eu estou ocupado fazendo xixi, amigão. Pode fechar a porta, por favor?

Ele fez o que eu pedi, mas não saiu do lavabo. Agora ele estava preso comigo num espaço apertado enquanto eu tentava acabar de mijar. E olhava atentamente para o meu equipamento. Resolvi fingir que aquilo não era nem um pouco estranho.

– Ahn... Gavin... Dá pra olhar para outro lugar? Veja só aquele patinho amarelo. Não é legal?

Ele continuava vidrado, olhando fixamente para a minha mangueira. Será que isso era algo preocupante?

– Uau, Carter, você tem um pinto GIGANTESCO!

De repente, ter Gavin no banheiro ali comigo não me pareceu tão ruim. Se ao menos ele tivesse estado comigo no banheiro quando eu cursava a oitava série e espalhasse essa preciosa informação até ela chegar aos ouvidos da Penny Frankles, talvez eu não tivesse ido ao baile de formatura sozinho.

Acabei de mijar, fechei o zíper da calça, puxei a descarga e tentei não dar tapinhas de congratulações nas minhas próprias costas. Puxa, eu tinha um pinto gigantesco. Tinha mesmo, pode apostar. Quase precisava de um carrinho de mão para ajudar a carregá-lo, quando ficava duro. Criança não mente: se um menino de quatro anos disse isso é porque era verdade.

Voltamos à mesa e eu não consegui esconder o sorriso exibicionista.

– Do que você tá rindo? Soltou um peido, por acaso? – perguntou Drew.

– Ei, mamãe, o Carter tem um pinto GIGANTESCO – anunciou Gavin com a boca cheia de biscoito, afastando as mãos uma da outra quase um metro, como alguém que mostra o tamanho de um peixe imenso que pescou.

Claire abaixou os braços de Gavin, mas todo mundo na mesa riu. Eu fiquei na minha, sorrindo e tentando manter a anaconda quietinha dentro das calças, para não assustar ninguém.

– Ei, tio Drew, quer ouvir uma piada pesada e suja? – perguntou Gavin, muito empolgado.

– Não sei... Isso não vai fazer você levar uma surra? – perguntou Drew, com ar sério. Fiquei quase emocionado ao ver a preocupação pedagógica de Drew por Gavin se meter em alguma enrascada.

– O elefante mergulhou na poça de lama, depois atravessou a rua e fez cocô! – gritou Gavin, quase morrendo de rir diante da sua versão de "piada suja".

Todos riram muito da tentativa de Gavin de fazer graça. Todos, menos Drew.

– Cara, essa é velha e sem graça – afirmou ele, com uma expressão impassível.

– Quer levar porrada? – ameaçou Gavin, erguendo o pequeno punho no ar na direção de Drew.

– Chega, já é o bastante por hoje. Gavin, vista o pijama que eu já vou lá ler uma historinha – disse-lhe Claire.

Gavin desceu da cadeira com alguma dificuldade e lançou um último olhar ameaçador para Drew, antes de sair correndo para o seu quarto. Cinco pares de olhos se voltaram ao mesmo tempo para Drew.

– Ué, gente… Que foi? – quis saber ele. – Não teve graça mesmo, e eu nem entendi a piada.

– Muito bem, Claire – disse Liz, desviando o olhar de Drew, provavelmente para não sentir vontade de esganá-lo. – É hora do show principal da noite. Mostra pra gente o que você preparou de novidade – sugeriu, apontando para as bandejas espalhadas sobre a mesa.

Claire passou pela mesa apontando para cada delícia e explicando o que era. Cookies com recheio de amendoim e caramelo, cupcakes, trufas com frutas, palha italiana de chocolate branco, batatas chips cobertas com chocolate branco e ao leite, pretzels caramelados, doces com castanhas-de-caju, amêndoas, passas, flocos de arroz e bacon, além de um sonho recheado com creme branco que Drew batizou de Peitchola.

Jenny circundou a mesa tirando várias fotos de tudo para os anúncios e folhetos antes de atacarmos e consumirmos os quitutes com voracidade, e Claire ficou mais vermelha que um tomate com os elogios que ganhou. As novidades estavam deliciosas. Depois de provar tudo, ficamos à beira do coma hiperglicêmico.

– Tirei um monte de fotos fantásticas, Claire. Para a capa do folheto, acho que nós deveríamos focar espeficicamente nos produtos com cobertura de chocolate – sugeriu.

– Você quer dizer "especificamente", certo? – perguntou Jim.

– Sim, foi o que eu disse – replicou ela. – Espeficicamente.

– Ei, Claire posso ir com você colocar Gavin na cama? – pedi, para desviar a atenção do mais novo tropeço de Jenny com o idioma.

O rosto dela se acendeu com minha sugestão, e eu fiquei grato por ter tido a perspicácia de pedir.

Deixamos todo mundo limpando a mesa de jantar e fomos até o quarto de Gavin, mas ele já estava dormindo em cima da caixa de brinquedos. Sorri assim que o vi.

– Você não viu nada – sussurrou Claire, com contentamento. – Esse não é o lugar mais engraçado onde ele já pegou no sono. Tenho um álbum de fotos inteiro dedicado aos seus hábitos de dormir. Isso já aconteceu em cima do encosto do sofá, como um gato, sentado na mesa de jantar, com a cara em cima do prato, debaixo da árvore de Natal, no meio de uma pilha de brinquedos, no closet, no penico... pensa num lugar e eu te garanto que Gavin já dormiu nele. Parece um cavalo, praticamente pega no sono até quando está em pé. Jim lhe deu o apelido indígena de Chefe Dorme-Sentado, mas Liz recentemente trocou para Capitão Narcolepsia.

Ela entrou no quarto em silêncio total e pegou seu corpinho no colo com facilidade, dando um beijo em sua cabeça enquanto o carregava para a cama. Eu me apoiei no portal, tentando não parecer sentimental nem fresco demais, mas achei muito doce ver Claire cuidando dele. Ela o cobriu com um edredom, ajeitou os cabelos espalhados sobre sua testa e o beijou mais uma vez, antes de se virar e vir em minha direção.

– Então, sr. Ellis. Está muito apavorado com essa merda toda de tentar domesticar uma criança?

Havia um sorriso em seu rosto quando ela se colocou em pé na minha frente, com ar de desafio, mas dava para ver que aquela atitude durona era só para inglês ver. Na verdade ela estava nervosa quanto à forma como eu iria lidar com tudo aquilo. Olhei por cima do ombro dela para o menininho profundamente adormecido na cama e meu coração disparou. Senti uma urgência inescapável de me agarrar nele e nunca mais soltá-lo; de salvá-lo de qualquer coisa ruim que pudesse surgir em seu caminho; de protegê-lo de coisas apavorantes como o bicho-papão ou palhaços.

Sem sacanagem, palhaços são assustadores pra cacete!

Olhei para a mulher incrível parada diante de mim e percebi que sentia a mesma coisa com relação a ela.

– Não quero que o bicho-papão pegue você e detesto palhaços – desabafei, sem querer.

Ela riu e deu tapinhas carinhosos e solidários na minha bochecha. Eu era péssimo naquele jogo. Não funcionava muito bem sob pressão. Eu me importava muito com Claire e com Gavin, e queria que ela soubesse que eu não pretendia desaparecer. Por que uma porra simples assim era tão difícil de dizer em voz alta?

– Não foi isso que eu quis dizer – consertei. – Tudo bem, confesso que odeio palhaços. Eles são macabros e sinistros. Homens adultos nunca deveriam usar roupas de bolinhas, nem sapatos gigantes.

Droga, pare com essa diarreia de palavras!

Antes que eu me atrapalhasse ainda mais e enfiasse um pé com sapato gigante dentro da boca, Claire cobriu meus lábios com a mão.

– Tudo bem você se apavorar, é normal. Pode acreditar, eu entendo que é muita coisa para você absorver de uma vez só – disse ela, com suavidade. – Da noite para o dia você foi de solteiro livre para um homem com uma família nas costas.

Respirei fundo e tentei novamente. Ergui o braço, tirei a mão dela dos meus lábios e espalmei-a no peito.

– Deixe que eu recomece dizendo, logo de cara, que sou péssimo, péssimo de verdade, nessas merdas de me comover com cenas melosas e conversar sobre meus sentimentos. Se bem que, se você perguntar a Drew, ele vai discordar disso na mesma hora, visto que passou cinco anos me ouvindo lamentar como um bebê chorão sobre o quanto eu queria te reencontrar. Depois de tanto tempo e todos esses anos levando as pessoas a minha volta à loucura, tentando descobrir seu cheiro em cada lugar por onde passava, não vou estragar tudo fugindo correndo, aos gritos, noite afora.

O polegar dela se moveu de um lado para outro, no meu peito; Claire ergueu a outra mão e tocou meu rosto antes de se inclinar e me dar um beijo suave e doce nos lábios. Quando recuou o rosto, eu a enlacei pela cintura e deixei minha testa pousar na dela.

– Sei que no dia em que descobri tudo eu saí correndo da cena do crime como um motorista bêbado que atropela e foge, mas eu te prometo, Claire, que nada disso vai me apavorar novamente.

Ela se afastou um pouco, me olhou fixamente, e os cantos de sua boca se ergueram num sorriso tranquilo.

– Você acabou de recitar uma das falas do filme *Cocktail* só para me impressionar?

– Sim, exatamente isso. E se você, por acaso, curtir me ver aloprando geral e pulando em cima do sofá da Oprah, como o Tom Cruise fez, eu topo pagar esse mico.

– CÊ TÁ DE SACANAGEM?!?!?! Eu preferia tomar no rabo a ter que assistir a essa cena!!!

A voz de trovão de Drew veio da sala e roubou a atenção do que estávamos conversando. Demos uma última olhada em Gavin antes de fechar a porta, caminhamos de mãos dadas pelo corredor e encontramos todos sentados na sala de estar, brincando de um jogo doentio chamado "Você preferia...?"

Claire e eu nos sentamos um ao lado do outro, no sofá. Coloquei meu braço sobre seus ombros e ela se aninhou bem juntinho de mim. Nada parecia tão perfeito em minha vida, fazia muito tempo.

– Vamos lá então, minha vez – disse Drew. – Jim, você preferia ser um ator pornô com o nome artístico de Marcu Sedoso ou João Sem Prega?

15

Sou uma vadia depravada...

— Eu vou, eu vou, sentar agora eu vou... senta, senta, senta, sen...

– Gavin Allen Morgan, se você não parar de cantar essa música *agora* eu vou colocar você no latão da esquina pro lixeiro levar – berrei, pela décima vez, enquanto acabava de limpar a cozinha do almoço.

– Que saaacooo! – reclamou Gavin, antes de sair para o quarto pisando duro.

– Por falar em lixo, quando é que aquele tal de Cracker vai passar por aqui? – perguntou meu pai, sentado à mesa da cozinha.

Por que todo mundo hoje acordou disposto a me tirar do sério?

– O nome é CARTER, papai. Deixe de ser desagradável, sim? Ele vem para cá quando acordar.

Meu pai fez uma pose elaborada, olhando para o pulso com atenção, apesar de nem mesmo usar relógio.

– Já são meio-dia e quarenta e oito. Que tipo de indolente é esse traste?

Joguei o pano de prato do balcão, me virei e olhei para meu pai com raiva.

– Ele trabalha no turno da noite, papai. Já conversamos sobre isso várias vezes. Mais um comentário a esse respeito e vou publicar no seu Facebook a frase "Eu curto um pênis longo".

Fui até o freezer para completar minha lista de compras, que mantinha grudada nele, e tentei não olhar para o relógio. Eu me sentia bastante ansiosa para ver Carter.

Estava atolada até o pescoço com coisas pendentes para o dia da inauguração da loja. Carter andava fazendo muitas horas extras, e não tínhamos mais nos visto desde a noite do jantar, já fazia uma semana. Conversávamos todos os dias pelo telefone, e ele também ligou algumas vezes só para falar com Gavin, o que fez meu coração derreter de emoção.

As lembranças do tempo que eu e Carter passamos no depósito fizeram com que eu ganhasse créditos extras nos deveres de casa que Liz me passava, e fiz novas explorações na mala mágica, com produtos do tipo "quem precisa de homem". Liz ficou emocionadíssima ao telefone quando eu lhe contei tudo. Foi um momento inesquecível para nós duas.

Eu ia trabalhar no bar naquela noite e Carter ficou de me dar uma carona até lá. Liguei para Liz e pedi que ela e Jim passassem no Fosters mais tarde, para fazer um pouco de companhia a Carter.

– Acho que vou me esconder atrás do sofá e pular bem na hora em que ele chegar aqui. O sujeito vai conhecer a ira de Morgan – sugeriu meu pai, com um aceno da cabeça.

– Não tem graça nenhuma, papai. E você não quis dizer "ira de Deus"?

– É a mesma coisa – afirmou, dando de ombros.

Deus disse: "Faça-se a luz", mas foi George Morgan quem ligou o interruptor.

Esse era o estranho jeito de meu pai se referir a Carter, desde que o conhecera. Reconheço que não era lá muito amistoso, mas já representava um progresso. Pelo menos reconhecia a existência de Carter e não se resumia a novas formas de matá-lo. Papai estava listando, desde o início da manhã, todos os tipos de assassinato por ordem alfabética, a partir do "A", e finalmente tinha chegado ao "E".

Morte por "enforcamento no candelabro", caso vocês estejam curiosos.

A campainha tocou e eu corri para atender. Enxuguei as mãos nas coxas da calça jeans, ajeitei um pouco o cabelo, puxei a ponta da blusa para baixo e ergui os dois passistas da comissão de frente para deixar o material belamente exposto. Dei um passo atrás, respirei fundo e abri a porta de uma vez só. Meu coração falhou uma batida ao ver Carter parado ali.

– Você sabe que há vidros dos dois lados da porta, não sabe? E as cortinas são transparentes? – perguntou Carter, com um sorriso malicioso.

Por que aquilo acontecia? POR QUE, Senhor do universo?

– Eu te daria um cheque no valor de um mês do meu salário se você se inclinasse para frente outra vez e levantasse os peitos novamente para eu ver – ofereceu ele ao entrar, enquanto eu fechava a porta.

Fechei os olhos, evitando contato olho no olho, mortificada de vergonha, mas antes de ter a chance de torcer que um buraco no chão se abrisse para me engolir, os lábios de Carter já estavam sobre os meus. Ele passou a mão pela minha cintura e me puxou com força na sua direção, prendendo meu queixo com a outra mão enquanto deslizava a língua pelos meus lábios e a enfiava lentamente em minha boca. Eu poderia beijar aquele homem durante vários dias sem nunca me fartar. Os lábios dele se movimentaram contra os meus de forma suave e sensual, enquanto sua mão deslizava pelo meu rosto, descia até o pescoço e parava na pele nua que ficava acima do coração. Quis pegar na mão dele e empurrá-la para dentro do sutiã. Meus punhos agarraram a parte da frente da sua camiseta e um gemido me escapou dos lábios quando sua mão desceu mais alguns centímetros.

Toque meus peitos. Agora! O poder da minha mente comanda você.

Mas sua mão interrompeu a trajetória descendente e tive vontade de gritar. A língua continuava sua luta corpo a corpo contra a minha, mas num ritmo lento demais, e quis ter na mão uma daquelas bandeiras verdes das corridas de carro. Balançaria o troço para cima, para baixo, para todo lado. Acenaria a bandeira no ar sem me importar com mais nada.

Carter, ligue os motores! Bandeira verde total! Prepare-se para a largada. Pise no acelerador e agarre o peito que está na pole position.

– Letra F! – anunciou papai. – *Formigas-de-fogo*. Se você agarrar os peitos da minha filha diante de mim, bem aqui na minha sala, juro que vou te algemar pelas costas, te amordaçar e encher sua cueca de formiga-de-fogo.

Carter e eu nos afastamos um do outro tão depressa que parecíamos adolescentes pegos no flagra transando, em vez de dois adultos que até já tinham um filho juntos.

– Seu pai disse que vai me torturar até a morte com formigas-de-fogo ou eu entendi errado? – sussurrou Carter.

– É isso mesmo. Pelo visto chegou à letra F na lista de formas de matar você. Comporte-se, porque a próxima ameaça deve ser um guarda-chuva enfiado no seu rabo – alertei, baixinho.

Meu pai se aproximou de nós e olhou para Carter de cima a baixo.

– Você tem alguma tatuagem, filho?

Carter olhou para mim confuso e encolhi os ombros. Nunca dava para saber o que estava prestes a sair da boca do meu pai.

– Ahn... Não. Isto é, não, *senhor*, não tenho – garantiu Carter.

– Tem uma bike?

– Bem, tenho uma mountainbike, dessas com amortecedores, mas está no depósito porque ainda não tive oportunidade de tirá-la de lá e...

– A bike a que me refiro é uma moto, Carly – interrompeu meu pai com um suspiro de irritação. – Você anda de motocicleta?

Carter balançou a cabeça para os lados.

– Não, senhor, é perigoso. E meu nome é Car...

– Já foi preso por brigar num bar? – interrompeu meu pai.

– Não. Nunca fui preso na vida, nem me envolvi em nenhuma briga de bar, sr. Morgan – garantiu Carter, com um sorriso confiante.

Papai se inclinou de leve na minha direção.

– Claire, tem certeza de que esse sujeito não é gay? – sussurrou.

– Caraca, pai, não! Ele *não é* gay – sussurrei de volta.

– Ei!... – protestou Carter, insultado pela pergunta do meu pai.

Papai olhou para ele e suspirou.

– Muito bem, pode se encontrar com minha filha e ter contato com seu filho. Mas se você tornar a emprenhar essa menina...

– PAPAI!

Ele olhou para mim, eu estava brava, com as mãos nos quadris e, provavelmente, tinha fumaça saindo pelas orelhas, mas continuou sua preleção como se eu não estivesse ali.

– Repito: se você tornar a emprenhar essa menina eu vou passar um pente-fino por toda a superfície deste planeta e caçar você que nem o Predador até encontrá-lo e trazer sua bunda espinhenta para esta casa te arrastando pelo saco! Não vou aturar sozinho mais nove meses essa Miss Xixi nas Calças, pode ter certeza.

Ai, pelo amor de todos os santos.

Olhei de um para o outro, e ambos continuavam se encarando.

Carter fez que sim com a cabeça e estendeu a mão para meu pai apertar.

– Combinadíssimo – disse Carter quando se cumprimentaram, selando o acordo.

Que maravilha! Uma grande e feliz família de malucos de carteirinha.

Foi nesse momento que Gavin entrou na sala segurando algo acima da cabeça.

– Carter! Olha só a espada nova que eu encontri!

Meu santo Cristo dos vibradores roxos!

Meu filhinho adorável corria pela sala com meu Jack Rabbit apontado para o alto, acima da cabeça, como se fosse um gladiador pronto para a batalha – um gladiador empunhando uma "espada" roxa com cinco velocidades.

– Iá, iá… hummm. Pra que serve esse botão aqui? – perguntou Gavin, parando de simular um combate e apertando o botão que fazia as protuberâncias na ponta do aparelho começarem a girar.

Voei na direção dele, tentando arrancar o troço da sua mão, mas o pestinha não largava o vibrador. De forma frenética, apertei todos os botões, tentando desligar o aparelho, ao mesmo tempo que fazia um cabo de guerra com Gavin. Subitamente apertei o botão da velocidade máxima. A parte de cima girou e vibrou tão depressa que os braços de Gavin começaram a tremer como gelatina.

– Ma-ma-ma-mãããeee… Isss-ssso fa-az cosss-quiii-nhaaas!

Porra, quando foi que aquele garoto tinha ficado tão forte?

– Gavin, largaaa! Isso não é um brinquedo! – gritei, entre os dentes.

Fala sério, analisem a situação: eu estava brincando de cabo de guerra com meu filho usando uma piroca de borracha como corda. Isso não é nada engraçado, galera!

– É um brinquedo, sim! Por que só você pode ficar com os brinquedos legais? – Gavin bufava e usava toda a sua força para puxar o vibrador da minha mão suada, até que ele venceu o cabo de guerra e eu acabei caindo de bunda no chão.

– Pode deixar, pessoal. Não se preocupem porque estou com tudo sob controle – expliquei, com ar de sarcasmo, para meu pai e Carter, que estavam lado a lado a poucos metros de nós, assistindo ao show de camarote. Olharam um para o outro e caíram na gargalhada.

Menos mal! AGORA eles tinham se enturmado. Justamente quando eu tentava arrancar um brinquedo sexual da mão do meu filho de quatro anos.

– Gavin, larga isso AGORA! – berrei com toda a minha força.

– É melhor fazer o que sua mãe mandou, Gavin. Ela fica no maior mau humor quando não consegue brincar com a espadinha dela – avisou meu pai, às gargalhadas.

Carter se mijava de rir, junto com ele, até que eu lhe lancei um olhar que dizia: "Se você não parar de rir para vir me ajudar, nunca mais deixo você chegar perto da minha calcinha."

Funcionou. Ele fechou a boca na mesma hora e tomou uma atitude.

– Ei, Gavin, trouxe um presente pra você. Está na varanda da frente. Garanto que é muito mais legal que o brinquedo da sua mãe. Por que não vai até lá para ver o que é? – sugeriu Carter.

Gavin largou o vibrador na mesma hora e saiu em disparada para a porta da frente.

– Sorte a sua ter me ajudado, senão você ia se ver comigo mais tarde – avisei a Carter, com cara de ódio.

Obviamente ele não entendeu a gravidade da situação, pois voltou a rir de forma descontrolada. Meu pai enxugava as lágrimas, quase sem ar de tanto rir. Foi quando eu me toquei que fizera essa última ameaça balançando o vibrador diante do rosto de Carter.

Baixei o braço rapidinho, abri uma das gavetas do armário da sala e enfiei a porcaria do vibrador lá dentro no instante em que Gavin tornava a entrar na sala com um revólver de brinquedo, um chapéu de caubói e um distintivo de xerife em forma de estrela espetado na camisa.

– Bandidos, bandidos, tenham muito cuidado, senão vou arrancar o pinto de vocês fora com minha pistola – cantarolou Gavin, apontando a arma de forma aleatória para diversos objetos.

– Puxa, os tiras andam apelando – murmurou Carter.

Perdoei Carter quando fomos para o bar porque, puxa, pensem bem, eu não podia guardar rancor dele e fantasiar sobre o seu pênis ao mesmo tempo, concordam? Seria um conflito de interesses.

O movimento já começava a aumentar no bar, pois o pessoal que largava o trabalho chegava depois das sete. Liz e Jim jantaram com Carter numa das mesas presas à parede, com bancos dos dois lados, e os três foram se sentar junto do bar depois da sobremesa. Em uma das muitas viagens que fiz, passando ao lado deles, Carter me segurou pelo braço. Girou o banco alto e me puxou para junto dele, prendendo-me entre suas pernas abertas. Coloquei a bandeja vazia sobre o balcão quando ele pousou as mãos nos meus quadris.

– Você se lembra de quando eu prometi que iria te avisar, caso sua bunda ficasse imensa? – perguntou.

Caraca, pensei alarmada. Eu *sabia* que não devia ter lambido a tigela de chocolate ao leite na noite anterior, depois de preparar os cupcakes. Dava para sentir minhas coxas crescendo a cada segundo enquanto eu estava ali, em pé. Será que já tinham começado a roçar uma na outra quando eu andava? Aposto que Carter estava preocupado com a possibilidade de eu provocar faíscas ao caminhar, de tanto esfregar as coxas.

"Prevenir incêndios no meio das pernas depende apenas de você", já dizia o urso babaca dos anúncios da guarda florestal. Só que, querem saber?, foda-se a floresta! Minha xereca poderia entrar em chamas e acabar em cinzas, porque Carter me achava uma baleia.

– Relaxa, baby. Eu *não ia* dizer que você está gorda – zoou ele.

Ai, que alívio.

– Eu prometo avisar sempre que sua bunda estiver tão linda e apetitosa que eu fique louco para passar as mãos em volta dela. Como agora.

Mordi o lábio inferior e sorri.

– Mais alguma coisa?

Sim, confesso que tentava pescar mais elogios, depois do susto de quase provocar uma fusão nuclear ao esfregar as coxas uma na outra. Merecia elogios.

– Sim – disse Carter, depois de me beijar com ternura. – Também prometo te avisar sempre que suas pernas me parecerem tão compridas e sensuais que eu não consiga pensar em outra coisa, a não ser enlaçá-las em torno da minha cintura.

Tornou a me beijar os lábios.

– E também prometo te contar sempre que achar você tão linda que até Deus vai perceber que está faltando um anjo lá em cima – completou.

– Óóóhh, você realmente acabou de usar a cantada mais manjada de todos os tempos comigo?

– Estou à espera de uma chance de usá-la desde que fiz quinze anos – confessou, com um sorriso.

– Vocês ainda não acabaram com essa melação? Meu vômito chegou à garganta e voltou só de ouvir tanta merda – reclamou Liz, sentada diante de Carter.

– Ora, ora, esse não é o casalzinho mais doce do mundo?

Me virei e olhei para trás ao ouvir uma voz feminina diferente que gotejava sarcasmo.

– Tasha?!? Que porra você está fazendo aqui? – reclamou Carter, levantando-se do banco e se colocando ao meu lado.

Uau, que aparição era aquela? Tasha? A ex de Carter? Era essa mulher que Carter namorava antes de vir para Butler? Puxa, isso era a cereja podre do bolo de merda que era a minha vida. Ela preenchia todos os estereótipos de atriz pornô. Tinha quilômetros de cabelos oxigenados, olhão azul e um corpo escultural. Sem mencionar a cintura mais fina já vista em toda a história e o mais bonito par de seios que eu já vira na vida. Só podiam ser falsos. Peitos de verdade não eram tão perfeitamente redondos. Se eu não a tivesse odiado desde que nasci, era bem capaz de perguntar se ela me deixaria tocá-los. O pior foi que a vagaba me pareceu familiar. Ajeitou os cabelos para trás sobre um dos ombros e então, subitamente, eu saquei de onde a conhecia.

– Ei, você não estava na reunião de acessórios de sex shop na casa da Jenny, duas semanas atrás?

Liz se levantou, veio para o meu lado e confirmou:

– Sim, eu me lembro dela. Tasha Tesão – recordou Liz com um sorriso, cruzando os braços.

– Nada disso. Acho que o nome dela era Tasha Trepadeira.

– Não, não, não... Tenho quase certeza de que o nome dela era Tasha Traveca – garantiu Liz, olhando para mim à espera de confirmação.

Fiz que sim com a cabeça.

– Hum, acho que era isso mesmo. A periguete provavelmente não se lembra disso porque trocamos o apelido pelas costas dela – comentei, dando de ombros.

Antes que eu percebesse, a Fode Fácil já estava diante de mim.

– Escute aqui, sua vaca, só porque você é a vadia da semana na agenda do Carter, isso não te torna especial, sabia?

O caos se instalou. Carter levantou a voz com Tasha; Tasha berrava com todos como uma alucinada e Liz a afastou para longe de mim. Fiquei ali no meio da muvuca, em estado de choque.

– Já chega, Tasha! – berrou Carter, dando uma de machão. – Diga o que você quer e cai fora. Não admito que você surja aqui do nada só para insultar Claire.

Ela me lançou mais um olhar depreciador antes de se virar para ele.

– Puxa, não levou muito tempo pra você achar uma putinha pra encher de leite, não foi? – perguntou a Carter, com mais sarcasmo.

Ah, diz que foi mentira. Diz que ela não *me chamou de putinha.*

Dei dois passos na direção dela com as mãos tremendo de raiva e louca de vontade de destruir aquele risinho com um soco.

– Isso parece até piada, dito por uma vadia que deu para todos os homens da lista telefônica quando estava com o Carter. Sua xereca é uma caverna aberta e escancarada, um rombo maior que aquele que o iceberg fez no *Titanic*. Existe uma pancadaria generalizada dentro da sua calcinha, com centenas de homens aos berros, acotovelados e horrorizados, tentando sair do poço.

Eu já nem sabia o que dizia, a essa altura. Vomitava coisas sem sentido porque estava revoltadíssima. Mas parece que tinha acertado na mosca... Isto é, na perseguida dela, porque Tasha veio para cima de mim como um touro feroz... Ou melhor, uma vaca feroz. Todo mundo se mexeu ao mesmo tempo. Eu saí do caminho; Carter, Liz e Jim pularam na minha frente e agarraram Tasha, que continuava aos berros, jurando que ia me matar. A verdade é que ex-namoradas que são vadias com cara de atriz pornô não ficam muito bonitas quando estão com a cara vermelha como um tomate, cospem perdigotos quando vociferam, e fazem os braços e pernas voarem para todos os lados feito boneco do posto!

Carter finalmente conseguiu agarrar o cotovelo da descontrolada e a empurrou na direção da porta da frente, enquanto ela continuava a berrar insultos e ameaças de morte contra mim. Carter conseguiu contato visual comigo e fez mímica de "Sinto muito", antes de desaparecer pela porta do bar com a alucinada.

Não vou mentir para vocês, fiquei com um pouco de medo. A impressão é que todo mundo no bar me olhava com atenção. Mas o barulho era tanto ali que ninguém tinha percebido a dimensão do que acontecera. Mesmo assim, aquilo me enervou. Eu odiava ser o centro das atenções. E detestava a forma como me sentia insegura. Afinal, Carter se encontrava lá fora *sozinho* com a ex-namorada. É claro que a maluca era a primeira da fila para ganhar sua camisa de força, mas saber disso não me acalmou.

Quando uma das garçonetes passou perto de mim, avisei que iria tirar alguns minutos de folga. Liz me levou para trás do balcão e Jim ficou atrás de mim, massageando meus ombros para aliviar a tensão. Nenhum dos dois disse nada. Acho que estavam à espera de eu surtar geral ou me curvar em posição fetal, sugando o polegar. Eu nunca tinha participado de nenhuma briga na vida, até aquela noite. Sabia me defender muito bem com palavras, mas quando alguém me ameaçava fisicamente eu fugia da raia. Teve uma vez, no ensino médio, em que Liz e eu estávamos passeando pelo shopping e uma garota bem freak passou por nós e bateu com o ombro no meu, de propósito. Sem pensar duas vezes, eu me virei e gritei: "Tá tentando o suicídio?!?!"

Ela parou na mesma hora e se virou, junto com seu bando de figuras cobertas de maquiagem preta e estilo depressivo. Na mesma hora eu tirei o canudo da raspadinha de cereja da boca e apontei com o polegar para Liz.

– E aí, perdemos algum barraco, crianças? – quis saber Drew, chegando alguns minutos depois e abraçando Jenny, enquanto o resto de nós olhava para a porta por onde Carter tinha desaparecido.

Virei-me para ele e sua camiseta dizia: "Eu depilo o saco!"

– Tentaram me matar – contei a ele, com a voz aterrorizada.

– O quê? Quem? – perguntou ele.

– Tasha – respondeu Liz, com ar de nojo.

Jenny se sentiu culpada na mesma hora.

– Deu merda? Ela já chegou? Claire, sinto muitíssimo. Foi tudo culpa minha.

– De que diabos você tá falando? Você conhece aquela vaca descontrolada? – quis saber Liz.

– Fizemos faculdade juntas. Ela me ligou há duas semanas, comentou que estava na cidade e queria se encontrar comigo. Foi por isso que compareceu à reunião dos brinquedinhos sexuais. Era para ela passar só o fim de semana aqui, mas resolveu ficar mais tempo. Eu não fazia ideia de que ela conhecia o Carter até agora há pouco. Ela me perguntou se eu conhecia, informou que era uma velha amiga e queria dar uma passada só para dar um oi. Só depois que eu contei que vocês todos estariam aqui foi que eu me toquei que ela costumava sair com um tal de Carter. Foi por isso que corremos para cá. Achei que conseguiríamos chegar antes dela e viemos tentar impedir alguma baixaria.

Drew tirou o braço do ombro de Jenny, virou-se para mim e entrou em ação.

– Muito bem, Claire, vamos combinar a estratégia. Você sabe dar um belo cruzado de direita? – quis saber Drew, segurando meus braços e me olhando com ar sério.

– Como assim? Um soco? Não! Sobre o que você está falando? Não pretendo brigar com ela – avisei, girando os olhos diante do absurdo daquilo.

– Você não entendeu. Eu conheço essa maluca há anos. Ela ameaçou você? – quis saber.

– Sim, aquele depósito de porra ameaçou dar porrada na Claire – informou Liz.

– Caraca, então já começou o jogo. Frogger entrou na jogada! – gritou Drew, parecendo empolgado.

– Você quis dizer Donkey Kong, certo? – perguntou Jim, colocando-se ao lado de Liz e enlaçando-a pela cintura.

– Não, nunca curti Donkey Kong, esse jogo nunca me deixou ligado. Frogger funcionava muito melhor comigo.

– Drew, nada vai *funcionar melhor* por aqui. Nunca me envolvi numa briga e não pretendo estrear hoje. Carter levou a maluca lá para fora e espero que esteja mandando a desgraçada para o inferno. Problema resolvido – garanti, encerrando a questão.

Drew me olhou com horror.

– Claire, acho que você não está entendendo a gravidade da situação. Por mais que eu deteste Tasha tanto quanto uma urticária no rabo, ela é tesuda e sexy. Quanto a você, Claire, é uma mamãe muito gostosa, uma MILF de valor, mas inexperiente.

– Drew, você não está falando coisa com coisa. – Estranhei, olhando para ele, confusa.

– Na verdade você não conhece direito *nem a mim*, Claire – constatou Drew com tristeza, balançando a cabeça para os lados.

Ele me soltou e recuou um passo, enxugando uma lágrima imaginária debaixo do olho.

– Jim, me ajude aqui, cara. Estou abalado demais para continuar.

Jim se desvencilhou de Liz, deu um passo à frente e aplicou tapinhas solidários nas costas de Drew.

– Como Drew ressaltou muito bem Claire, você é um tesão. Apesar de todos concordarmos que aquela despirocada fugida do pinel precisa ser colocada em seu lugar, ela também é um tesão, infelizmente. Portanto, analise a situação: vocês são duas gostosas de cabelos compridos. E estamos num restaurante que tem, no estoque, dezenas de pacotes de gelatina – explicou Jim, com ar muito sério.

– Ah, meu Deus, vocês tão de sacanagem com a gente, não tão? – perguntou Liz, indignada. – Tudo o que vocês mais querem é ver duas garotas lutando numa piscina de gelatina. É isso?

– Ora, se liga, Liz! – reclamou Drew, sem demonstrar nenhum traço de humor na voz. – Para um homem, SEMPRE, o lance mais importante é assistir duas garotas gostosas se atracando numa piscina de gelatina. Nunca, NUNCA se esqueça disso. Além do mais, gelatina é uma *delícia*!

Liz olhou para mim e explicou:

– Sabe de uma coisa? Embora esses dois retardados estejam raciocinando com a cabeça de baixo, aquela que não tem massa cinzenta, a verdade é que você precisa aprender a socar uma pessoa. Só por garantia, entende, para o caso de Carter não conseguir colocar um pouco de bom-senso na cabeça da vadia. Se ela voltar agora, é claro que vamos expulsá-la daqui, mas se ela atacar na hora em que você estiver descarregando as compras do supermercado? Ou pular do banco de trás do carro no seu pescoço quando você estiver dirigindo na estrada? – perguntou Liz, com ar de preocupação.

– Ai, cacete, qual é a de vocês, hein? Isso não está me ajudando NEM UM POUCO! – exclamei.

– Tudo bem, pode ser exagero. Além do mais, os peitos dela são grandes demais para poderem entrar no banco de trás de um carro. Você iria reparar na vadia entalada assim que abrisse a porta – replicou Liz, dando de ombros. – Mesmo assim, é importante que aprenda a furar um daqueles implantes de silicone com um direto sem quebrar as unhas.

Aquilo não estava acontecendo de verdade, estava? Eu não queria aprender a lutar. Devia ter mantido a matraca fechada, em vez de vomitar comentários sobre a vagina-cratera da vaca leiteira.

Drew se virou para mim, ergueu as duas mãos no ar com as palmas voltadas para o meu rosto e apontou para elas com a cabeça.

– Vamos lá guerreira… reúna sua coragem e bata com toda a fúria em uma das minhas mãos – ordenou Drew, colocando-se em posição de saco de pancada.

Fiquei ali com as mãos nos quadris, olhando em volta para todos, que estavam em pé aguardando ansiosamente pelo meu soco na mão de Drew.

– Essa é a ideia mais idiota que eu já ouvi – reclamei.

– Vamos lá, Claire, bota pra quebrar. Depois vai lá fora, arrebenta a cara dela e deixa com um olho só, tipo um ciclone – sugeriu Jenny.

– Ciclone? – perguntou Jim.

– O monstro, ora. A mesma coisa que um furacão, um tornado. Um ciclone.

Todos balançaram a cabeça para os lados.

– O nome do monstro é ciclope, amor – suspirou Drew.

Aproveitei esse momento para respirar fundo e socar a mão de Drew, que foi pego de surpresa. Ele olhou para mim, perplexo, enquanto eu pulava para frente e para trás na ponta dos pés, como um lutador de boxe. A sensação foi ótima. *Excelente*, mesmo. Arrebentei a mão dele. Podem trazer a vadia!

– Claire, que porra é essa? – quis saber Drew.

– Eu te deixei apavorada, não foi, piranha? Esse é o meu cruzado movido a fúria, sua VADIA! – gritei, empolgada.

Drew colocou as mãos nos quadris e me olhou fixamente.

– Foi um soco ou foi um carinho, Claire. Espero que sua periquita tenha mais disposição que seu soco, senão vou sentir pena do pau do Carter.

– Por que você vai ficar com pena do meu pau? – perguntou Carter, já de volta, antes que eu tivesse a chance de dizer a Drew que minha vagina e o pênis de Carter não lhe diziam respeito.

– Qual é a boa, cara? Que diabos a miss McFoda Feliz queria aqui? – perguntou Drew.

– Veio me contar do quanto estava arrependida de ter transformado sua xereca num supermercado vinte e quatro horas, e lamentou o fato de uma pessoa só dar valor ao que tem quando perde.

– Uau, esse verso é de uma das músicas de *Cinderela*, é mole? Aquela maluca não tem receio de entortar a coluna por causa dos air bags siliconados? – quis saber Liz.

Todos começaram a rir e fazer piadas sobre o que aconteceu, mas não foi nada divertido. Nem um pouco. Aquela vaca queria me matar. Ou, pelo menos, me dar umas porradas na cara. Será que todos já tinham esquecido esse detalhe? Ela queria me dar um soco! Na cara! Com o PUNHO!

– Detesto estragar o clima feliz, mas aquela vaca tem o cérebro fora da casinha e quer fazer purê do meu rosto.

Liz me lançou um olhar tranquilizador, mas me zoou.

– Acalme-se, Long Duk Dong – disse ela, me dando um tapinha encorajador nas costas. – Você soca como uma bisavó bêbada, mas lembre-se... Ninguém *leva um soco* tão bem quanto você. Isso é o mais importante, no momento.

Olhei para ela confusa, por alguns momentos, mas logo me lembrei do que ela falava: o clube da luta de bêbados no ano passado.

– Desculpe perguntar, Liz, mas por que você diz que Claire sabe levar um soco como ninguém? Não entendi a piada – avisou Carter, parecendo preocupado.

– É que no ano passado Jim nos obrigou a assistir *Clube da luta* pela centésima vez. Apesar de eu adorar qualquer cena em que Brad Pitt aparece sem camisa, Claire e eu decidimos tomar um drinque a cada vez que Edward Norton falava na terceira pessoa. Com vinte minutos de filme já estávamos pra lá de Bagdá. Não sei de quem foi a ideia, mas Claire e eu montamos nosso próprio clube da luta na sala de estar – explicou Liz.

– A ideia foi sua, Liz. Você ficou na minha frente, ergueu a blusa e disse: "Soca meu abdômen com o máximo de força que conseguir, manezona".

Jim teve um ataque de riso ao recordar aquela noite. Não foi meu momento mais memorável, reconheço. Meu soco de bêbada conseguia ser muito pior que meu soco de sóbria, e eu mal toquei na pele de Liz. Ela, no entanto, sabe socar como uma verdadeira campeã de luta livre cheia de esteroides.

– Isso mesmo! – lembrou Liz. – Aquela foi uma das melhores ideias que eu já tive, pelo menos em estado de embriaguez. Começamos a nos socar sem parar até que você ficou ofegante, deu uns gritos e pediu, entre silvos agudos: "Muito prazer, sou a hemorragia interna de Claire. Dá pra parar com essa porra, por favor?"

Carter olhou de uma para outra e balançou a cabeça, incrédulo.

– Não se preocupe com a sua garota, Carter. Ela aguentou uns dez rounds antes de apagar – informou Jim, com uma gargalhada. – E você vai adorar saber que eu registrei tudo em vídeo.

– Elas rolaram na gelatina? Por favor, me diga que a luta foi num tanque cheio de gelatina de morango – pediu Drew, excitadíssimo.

Meu turno terminou algumas horas mais tarde e eu senti que precisava desesperadamente de um drinque depois dos eventos funestos da noite. Joguei o avental atrás do bar e fomos todos para uma mesa maior, para ficarmos juntos. Depois de devidamente instalados, Carter nos contou o que tinha rolado lá fora. Tasha revelou que havia cometido um grande erro e queria ele de volta. Carter riu na cara dela e mandou que a vadia levasse a xereca infestada de micróbios de volta para Toledo. Também aproveitou para informá-la que sempre quis ficar comigo, mesmo no tempo em que estava com ela. O golpe final foi avisar que, agora que tinha me reencontrado, ele não ia me deixar escapar nunca mais.

Aplausos, por favor.

Perdi a conta de quantos drinques entornei pelo resto da noite. Sempre que pousava o copo vazio na mesa, alguém o completava como num passe de mágica. Acho que Carter sabia o quanto eu estava estressada por causa de Tasha e queria que eu relaxasse e curtisse a noite.

Ou então queria me deixar bêbada para poder abusar de mim. Oba!!!

Minhas partes íntimas começaram a pular de alegria, batendo palmas e gritando: "Sim, por favor!"

Olhei para a porta a noite toda, temendo que Tasha voltasse com força total. Depois de um tempo, já não sabia por qual porta ela chegaria, pois via umas trinta diferentes, todas na entrada do bar.

Olhei para meu drinque e tentei contar quantos cubos de gelo havia ali dentro, mas perdi a conta depois do um.

Uau, o que será que eles tinham colocado naquela vodca?

Carter ficou de olho em mim o tempo todo, sorrindo muito, e tive que me esforçar ao máximo para não pular no seu colo. Estava louca para tomar algum tipo de iniciativa, mas não sabia porra nenhuma sobre seduzir um cara e merdas desse tipo. Pousei minha mão em sua coxa e comecei a subir lentamente. Parei a poucos centímetros da protuberância de onde não conseguia desviar o olhar. Queria esfregar minha xereca naquele morrinho apetitoso.

Sim, eu sabia que estava numa mesa cheia de gente em volta, mas não conseguia parar de olhar para o espaço entre as pernas de Carter, como se aquilo fosse um oásis e eu estivesse desidratada há meses.

Pensei em coisas que poderia cochichar em seu ouvido, para excitá-lo.

– Nós devíamos estar fazendo sexo.

Carter riu e beijou minha bochecha.

– Eu pensei em voz alta, não foi? – perguntei.

– Sim, você realmente fez isso – confirmou ele, com um sorriso.

Virei-me para o lado, agarrei o braço de Liz, me levantei e a arrastei comigo.

– A gente já volta – murmurei, para todos à mesa.

Carreguei-a até o bar, a alguns metros da mesa.

– Não sei como sexy – reclamei.

– Hummm… Cuma? – Foi a reação de Liz.

– Quer dizer… Não sei como fazer sexy.

– Você quer dizer que não sabe como fazer para *parecer* sexy, é isso? – perguntou Liz, rindo.

Concordei com a cabeça. Liz me entendia. Minha melhor amiga era a melhor de todas as amigas. Ela era tão linda, legal e linda.

– Você está indo muito bem. Caso ainda não tenha reparado, Carter não conseguiu manter as mãos longe de você a noite toda. E não dava para você ver, mas sempre que colocava a mão na perna dele, Carter engolia em seco e olhava para um ponto vago no espaço, como se fizesse um grande esforço para não gozar na cueca.

Comecei a entrar em pânico. Talvez fosse efeito da bebida, mas e daí? Eu não sabia nadica de nada sobre seduzir um cara, e certamente iria fazer papel de idiota completa.

– Você está *realmente* apavorada com isso? – perguntou Liz, ficando séria subitamente ao perceber o quanto eu estava abalada.

– Sinto que vou vomitar a qualquer momento, de nervoso.

– Claire, você é uma gata supergostosa – garantiu minha BFF, com um suspiro. – Pode ficar ali sem fazer nada e mesmo assim ele vai ficar que nem um cãozinho, querendo se esfregar na sua perna. Você só precisa de um pouco de autoconfiança. Repita comigo: "Sou uma vadia depravada, muito depravada."

Liz colocou as mãos no quadril e esperou que eu repetisse. Olhei, meio nervosa, para Carter, mas ele batia altos papos com Drew.

– Isso é ridículo – reclamei.

– O ridículo é você achar que não consegue parecer uma vagabunda. Fala sério, você acha que eu seria sua amiga se não achasse que existe uma quenga depravada escondida aí dentro, em algum lugar? Não me desvalorize, por favor. Você é uma perfeita dama da noite, uma mulher da vida, o terror das casas de saliência.

– Pare de usar essas gírias antigas – pedi.

Carter provavelmente já tinha transado com muitas mulheres. Mulheres que conseguiriam chupar uma rola até virar parafuso, além de serem experientes artistas de pole dance. A intenção de Liz era boa, mas eu não saberia como encarar uma situação dessas.

– Você está começando a me deixar irritada. Simplesmente repita: "Sou uma vadia depravada, muito depravada."

Girei os olhos para cima. Era melhor eu fazer logo o que Liz queria, ou não conseguiria me livrar daquilo.

– Sou uma vadia depravada, muito depravada – murmurei, baixinho.

Puxa, até *eu* me senti um pouco melhor ao falar aquilo em voz alta. Talvez Liz tivesse razão.

– Vamos lá, sua devassa, você consegue expressar isso com muita determinação. Repita mais alto, pense com a xereca e coloque tudo para fora – incentivou Liz.

Respirei fundo e repeti um pouco mais alto. Graças a Deus a música estava bombando e as pessoas conversando.

– Puxa, você ouviu esse barulho? – perguntou Liz. – O pinto de Carter encolheu, murchou, caiu no chão e faleceu. Você é uma vergonha, mesmo. Tente mais uma vez. Agora!

Fechei os punhos com força, os estendi ao longo do corpo e minha respiração acelerou. Eu conseguiria ser uma piranha suja; conseguiria ser mais vagaba do que uma puta numa suruba LGBTM (M de machos).

Tudo bem, talvez não tão *vagaba assim.*

Engoli uma golfada de ar e projetei para fora meu nervoso, minha ansiedade e meus medos irracionais em uma única frase.

– SOU UMA VADIA DEPRAVADA, MUITO DEPRAVADA!!!

Infelizmente isso saiu a plenos pulmões em meio ao silêncio que se instalara entre uma música e outra, de modo que a quantidade de decibéis do bar despencara de forma considerável. Eu estava tão preocupada em fazer a puta bem rameira que não reparei na música que tinha acabado. Para piorar a coisa, todos pareciam ter ficado profundamente interessados na minha súbita e determinada afirmação. Bêbado só faz merda 2.

O pessoal em volta imediatamente começou a aplaudir, gritar e assobiar. Também ouvi algumas vaias, uivos e a voz de uma pessoa zelosa que berrou:
– Economizem a pica para enfiar tudo na vadia depravada!

Jenny deu um soco no braço de Drew por causa disso.

Todos ficaram tão pesarosos com meu mico-gorila que me enviaram drinques grátis durante mais de uma hora. Eu não podia recusar, pois seria indelicadeza.

Foi por isso que Carter (naquele momento me amparava) tentava me ajudar a entrar em casa, pois meus pés se recusavam a cooperar e… Olha lá, temos pizza!

Desvencilhei-me dele, cambaleei pela sala, abri com sofreguidão a caixa de papelão que papai deixara sobre a bancada da cozinha e enfiei um pedaço inteiro de pizza fria na boca.

– Hummm, ijjo agui tá deligiooso! – murmurei de boca cheia, enrolando as palavras.

Carter ficou atrás de mim, me segurando pelos quadris para me equilibrar, enquanto eu devorava mais dois pedaços acompanhados de dois copos d'água.

– Porra, essa pizza é boa pra… ahn… Gostosa pra caralho! – disse para Carter, limpando as mãos engorduradas num rolo de papel-toalha que vi ao lado da caixa.

Muito bem, chega de adiar o momento. Era hora de resolver aquela merda.

Virei-me para Carter, me aconcheguei em seus braços, lancei para ele meu melhor olhar de tesão reprimido e repeti meu mantra.

Sou uma vadia depravada, muito depravada.

– Você está bem, Claire? Caiu um cisco no seu olho?

Carter envolveu meu queixo com os dedos e empurrou minha cabeça levemente para trás, a fim de analisar meu olho, que não tinha cisco nenhum, é claro. Era puro sex appeal.

Eu sou uma vadia bêbada muito depravada. Vadia, bêbada e depravada.

Afastei o rosto das mãos dele e decidi ficar só com um sorriso de orelha a orelha. Assim era mais seguro.

Eu ia conseguir. Ia encarar tudo numa boa.

Puxei minha blusa pela bainha, passei-a por cima da barriga sem abrir os botões, continuei por cima do sutiã de renda preta e pela cabeça.

Só que a blusa ficou presa nos grampos do cabelo. Fiquei parada diante de Carter com a gola da blusa presa na cabeça e no queixo, os braços estendidos para frente, apalpando o ar. Na mesma hora me lembrei do episódio de *Beavis e Butt-Head* em que Beavis sai pelo corredor da escola com a camisa presa na cabeça, gritando: "Sou o Grande Cornholio. Preciso de papel higiênico para limpar a bunda."

Dei algumas gargalhadas abafadas e Carter dobrou um pouco as pernas para me olhar pelas aberturas da blusa.

– Gata, o que você está fazendo? – quis saber ele, rindo.

– Acho que vou precisar de ajuda para picar felada – expliquei, em meio a novos ataques de riso.

– Você quis dizer ficar pelada, certo?

A pergunta soltou meu riso mais ainda e isso, logicamente, me fez chorar. Soluços profundos e pesados acompanhados de nariz escorrendo.

Senhoras e senhores, neste ponto do voo desta noite, estamos prestes a enfrentar área de turbulência e choro de bêbado. Por favor, coloquem seus assentos na posição vertical e tentem não olhar para o desastre à sua esquerda.

Carter me ajudou a baixar a blusa, liberando minha cabeça, apoiou as mãos nos meus maxilares e me enxugou as lágrimas com os polegares.

– Ei, por que essas lágrimas? O que houve? – perguntou, baixinho.

Isso me fez chorar ainda mais. Ele era tão legal, tão lindo e também... legal. Funguei com mais força.

– Eu queria parecer uma vadia para te agradar, para fazer você sentir mais tesão. Não queria que seu pênis ficasse desapontado, e agora a Tasha Trepadeira vai me cobrir de porrada porque eu chamei a xereca dela de poço de Itu.

Carter riu muito ao ouvir minhas ideias desconexas, se agachou um pouco e me pegou no colo, estilo noiva entrando na suíte da lua de mel. Caminhou pela sala em direção ao meu quarto e eu pousei minha cabeça em seu peito.

– Em primeiro lugar, eu jamais permitiria que Tasha agredisse você, então você não deve pensar nisso nem por um segundo – tranquilizou-me, e me depositou suavemente sobre a cama. Pegou alguns lenços de papel em cima da mesinha de cabeceira e os colocou na minha mão, ajoelhando-se ao lado da cama. – Em segundo lugar – continuou, baixinho, enquanto eu assoava o nariz e puxava as cobertas para me enfiar debaixo delas. – Você não precisa fazer nada para parecer mais excitante ou sexy. Você já é tudo isso e muito mais só por estar viva e respirando. Vivo num constante estado de tesão quando estou ao seu lado ou pensando em você. Não quero que se sinta nervosa ou preocupada com qualquer coisa relacionada a mim, a você e a sexo. Você é tudo que eu sempre sonhei, Claire, nunca duvide disso.

Bem que eu gostaria de não estar bêbada, para poder colocar o pênis dele na minha boca nesse exato momento.

Carter gemeu baixinho; eu estava bêbada demais para me incomodar por ter dito essa frase em voz alta e me enfiei debaixo das cobertas.

– Se você continuar dizendo essas coisas eu vou acabar quebrando a promessa que fiz para mim mesmo quando te reencontrei – avisou Carter, balançando a cabeça enquanto puxava a colcha até meus ombros e ajeitava os cabelos presos no meu rosto.

– Que promessa? – sussurrei, sem conseguir manter os olhos abertos por muito mais tempo.

Carter se inclinou e colocou os lábios junto do meu ouvido.

– A promessa de que na próxima vez em que eu estiver dentro de você, bem no fundo, você vai se lembrar e curtir muito cada segundo.

Senti vontade de dizer que ele era muito metido, mas isso me fez refletir sobre o verbo "meter" e perguntar a mim mesma por que um homem exibido era chamado de "metido".

Apaguei cantarolando "Ela só quer, só pensa em namorar".

16

O nome disso é "mamilo"

O corpo de Claire deslizou suavemente, colado no meu. Ela se agachou e abriu o botão do meu jeans enquanto descia mais. O som do zíper se abrindo lentamente quebrou o silêncio do quarto. Olhei para baixo, vi que ela já se colocara de joelhos e tive que me forçar para não agarrá-la pelos cabelos com violência e colocar sua boca onde eu queria. Suas mãos suaves e macias forçaram minha calça um pouco mais para baixo e libertaram minha furiosa ereção, mas ela a impediu de subir ainda mais com as pontas dos lábios. Olhou para cima com os olhos semicerrados e sorriu antes de encostar sua boca quente e molhada em torno do meu pau. Engoliu a vara inteira e girou a língua ávida em torno do membro, sem parar. Suas bochechas se encovaram quando ela chupou com mais força, o mais profundo que conseguiu, movimentando a boca para baixo e para cima de toda a extensão da minha rola. A ponta do pau bateu no fundo da sua garganta quando ela chupou com mais vontade, e isso me fez gemer baixinho. Sua mão também me bombeava para cima e para baixo, seguindo o curso da estaca dura como pedra que esbarrava no seu queixo, e eu senti meus ovos se retesarem com o jorro do esperma que foi lançado longe. Ela lambeu tudo com carinho, da base até o topo,

passando a língua na glande latejante várias vezes antes de afastar a cabeça e perguntar: "O que que tá acontecendo com o seu pinto?"

Gemi novamente e tentei empurrar a cabeça dela para junto da minha pelve, pois assim ela poderia me tomar novamente por inteiro na boca.

– Ei, o que que tá acontecendo com o seu pinto?

Acordei de repente, virei a cabeça de lado e berrei a plenos pulmões ao ver Gavin parado a um palmo de mim, no sofá, olhando com assombro para o espaço entre as minhas pernas. Segui sua linha de visão e gemi mais uma vez ao notar a ereção matinal imensa que surgia como um obelisco, por baixo do lençol.

Sentei-me o mais depressa que consegui e amontoei o travesseiro no colo da melhor forma que pude. Claire entrou correndo na sala com um olhar de pânico, certamente provocado pelo meu grito de pavor.

– O que aconteceu?!? – perguntou, alarmada. Em seguida, correu e se ajoelhou no chão, ao lado de Gavin.

Pare de imaginar Claire ajoelhada. Pare de pensar em Claire de joelhos. Concentre-se na imagem daquela velhinha do Titanic *completamente nua.*

– Carter tem um pinto gigantesco, mamãe. De dinossauro – afirmou Gavin, apontando para mim. – Ele fazeu os mesmos barulhos que eu quando minha barriga dói.

Claire disfarçou uma risada e, por fim, me encarou.

– Acho que nem preciso perguntar se você dormiu bem! – brincou ela, com descontração.

Balancei a cabeça, atônito, ao perceber o quanto ela tinha acordado animada, mesmo com o porre da véspera.

– Como é que você conseguiu acordar funcionando? – perguntei. Apesar do ar meio sonolento, ela parecia ótima. Seus cabelos estavam em desalinho, havia uma mancha de maquiagem sob o olho e ela vestia uma camiseta regata velha e shorts mais velhos ainda. Mesmo assim, era a mulher mais linda que eu já vira.

Ela riu e apontou para Gavin.

– Você vai aprender rapidinho uma das regras da paternidade: não existe tempo para ressaca. Eu e o Tylenol Extraforte Ação Imediata nos tornamos grandes amigos nos últimos anos.

O telefone tocou e ela correu para atender, deixando Gavin ali, olhando para mim.

– E aí, como foi a noite que você passou na casa do seu avô? – perguntei, colocando o travesseiro de lado, agora que minha paudurecência matinal estava sob controle.

Gavin encolheu os ombros e soltou:

– Você tem uma xereca?

Olhei para ele com cara de idiota, sem saber se tinha ouvido direito.

– Humm... O que você disse, mesmo? – perguntei, erguendo as pernas do sofá e colocando os pés no chão.

– Eu perguntei se você tem uma xereca – repetiu o garoto, com um bufar de irritação.

Olhei para a cozinha e vi Claire ao telefone, andando de um lado para o outro. Merda, essa eu teria que responder sem ajuda. Onde foi que aquele garoto aprendeu a palavra "xereca"? Espere, talvez não conheça. Tem só quatro anos, cacete! Provavelmente confundiu a palavra "xereca" com "peteca". Talvez... quem sabe...

– Ahn... Gavin, você sabe o que essa palavra significa?

Por favor, diga peteca, diga peteca.

– Papa viu um filme ontem à noite e um cara disse que se sentia dirigindo uma xereca. Dá para dirigir uma xereca? Uma xereca tem janela e buzina?

Agora é que fodeu tudo.

– Viado do caralho! – xingou Claire, voltando à sala de estar.

Gavin abriu a boca de espanto, mas Claire cortou seu barato.

– Nem pense em repetir o que eu disse. Vá para o seu quarto e se vista. Você vai ter que ir para o trabalho com a mamãe, hoje.

Gavin saiu correndo e seus comentários sobre xerecas foram rapidamente esquecidos quando eu vi o ar de preocupação no rosto de Claire.

– Que foi? O que aconteceu?

Ela se largou no sofá ao meu lado, recostou a cabeça no encosto, olhando para o teto, mas logo fechou os olhos.

– Meu pai ia tomar conta de Gavin hoje, para eu poder adiantar coisas importantes na loja, mas acredita que foi convocado para trabalhar? – reclamou, com um suspiro longo.

Clic (barulho de lâmpada se acendendo no cérebro).

– Eu posso tomar conta dele – ofereci, na mesma hora.

Ela ergueu a cabeça e me olhou com a boca aberta.

– Tô falando sério, Claire, eu dou conta do recado. Adoraria ficar com ele o dia todo, para passarmos algum tempo juntos.

Depois de quarenta minutos ouvindo Claire recitar uma lista de todos os objetos minúsculos que ele poderia enfiar na boca, me fazer repetir oito vezes o telefone da clínica pediátrica para casos de envenenamento e desenhar um diagrama com figuras fazendo ressuscitação cardiorrespiratória, Gavin e eu nos despedimos de Claire com beijos, entramos no meu carro e seguimos direto para a biblioteca pública, onde aconteceria uma sessão de contação de histórias infantis.

O local estava cheio de moleques pequenos e pais que sabiam como cuidar dos pirralhos em caso de problemas ou perguntas embaraçosas. Nada ali poderia dar errado, certo?

– ... Quanto ao sexo, meu amigo, pode dar adeus a essa atividade por um bom tempo. Antes de nosso filho nascer, minha mulher parecia uma vadia desinibida. Costumava me presentear com boquetes alucinantes enquanto eu dirigia; vestia uma roupa sumária de enfermeira e vinha me receber na porta sempre que eu voltava do trabalho; quando saíamos, parávamos numa rua discreta, na volta para casa, e trepávamos no banco. No da frente.

O sujeito ao meu lado soltou um suspiro imenso. Era um pai que eu conheci assim que entrei na biblioteca com Gavin. Estava lá em companhia do filhinho de três anos e da filha de oito. A menina era fruto do primeiro casamento, e o menino era com a esposa atual. Começamos a bater papo assim que eu me sentei ao lado dele em um dos sofás, enquanto as crianças formavam um círculo, sentadas no chão a alguns metros de nós, ouvindo a bibliotecária, que lia um livro interpretando. Depois de contar ao novo amigo a versão resumida de meu relacionamento com Claire e Gavin, pedi-lhe algumas dicas sobre como lidar com filhos, já que ele já estava nessa estrada há muito mais tempo que eu. Mal sabia que o papo iria se transformar numa palestra sobre "Como os filhos foderam minha vida sexual".

– Logo depois que nosso filho nasceu, meu pau foi colocado na lista de espera, no subsetor "sem utilidade". Às vezes, quando eu presto muita atenção, dá para ouvir meus ovos solitários executando a marcha fúnebre na flauta doce – cochichou para mim, enquanto acenava alegremente e lançava um sorriso para o moleque.

Nossa! Claire e eu ainda nem tínhamos começado as atividades sexuais de verdade. Será que era isso que ia acontecer? Antes de eu ter chance de exigir de meu novo amigo alguma notícia boa, para não ter só pesadelos, sua filha Finley chegou junto de nós com um livro nas mãos.

– Papai, lê para mim esse livro sobre cavalos? – pediu ela, docemente, subindo no colo do pai.

– Claro, gatinha – replicou ele, enlaçando a filha com o braço e pegando o livro.

Ah, viu?, disse para mim mesmo. Veja só como as crianças podem ser adoráveis. Às vezes, é claro que também sabem ser uns capetas, mas certamente têm um coraçãozinho de ouro. Não há nada mais lindo que observar um pai com a filha.

– Por Deus, Jesus, Maria e José! – assustou-se o pai. – Onde foi que você pegou este livro? – quis saber meu novo amigo, enquanto alguns dos outros pais olhavam para ele com ar de censura.

Estiquei o pescoço para ver qual era o problema com o livro e notei que o título da obra era *Cavalo dado não se olha o membro: o melhor da literatura gay*. Minha boca se abriu de horror e olhei em volta para ver se mais alguém reparara que havia exemplares pornôs no setor de livros infantis.

– Gatinha, procure outro livro, sim? – pediu ele, com toda a calma do mundo, escondendo o livro atrás das costas.

– Mas eu quero esse porque tem cavalos – reagiu a menina.

– Mas você não pode ler esse. É livro de gente grande, desaconselhado para crianças. – Na capa tinha um jumento excitado!

Finley girou os olhos e bufou, entregando-lhe outro livro que trouxera, *Comedores de cocô*, uma obra educativa sobre hábitos alimentares de besouros e moscas.

Dessa vez foi o pai que girou os olhos.

– *Comedores de cocô*, novamente, Finley? Você precisa descobrir novos livros, doçura.

Depois de tirar o livro da mão da filha, ele me explicou:

– Ela tem uma atração especial por cocô. Quando era bebê, costumava pintar as paredes do quarto com o dedo, usando o cocô da fralda.

Deu uma risada de saudade ao se lembrar daquele tempo, e eu tapei a boca para não vomitar. Olhei para a mão da menininha na mesma hora, com medo de ver suas unhas lotadas de merda seca!

– Várias vezes, quando brincávamos no parquinho, ela corria até onde eu estava e dizia que tinha um presente especial para mim. Estendia a mão e me entregava cocô de gato que tinha recolhido num areal próximo. Ah, bons tempos, aqueles – relembrou, balançando a cabeça.

Várias vezes? Isso tinha acontecido mais de uma vez? Pintar as paredes com o dedo usando cocô? Presentes feitos de merda? Mas as crianças já não nasciam sabendo que cocô nunca deve ser tocado? Será que alguém avisara a Gavin que essa era uma regra que não deve ser quebrada sob hipótese alguma?

Olhei para Gavin. Ele estava remexendo em uma caixa cheia de livros, junto do círculo de crianças. Será que estava à procura de um cagalhão para trazer de presente pra mim? E se ele tentasse pintar a *minha* cara, com o dedo, usando o cocô? Garanto que eu iria gritar, e é proibido gritar na biblioteca. O que fazer? O QUE FAZER?!?

– Então tá... Boa sorte com teu lance de pai de primeira viagem, cara – foram os votos do homem ao se levantar para sair.

Fiquei ali sentado no sofá tentando suprimir o ataque de pânico que jurei estar tendo. Precisava de um saco de vômito. Por que eu não trouxe um saco de vômito? Meu Jesus das mãozinhas de cocô. MÃOZINHAS DE COCÔ!

– Carter! Ei, Carter! – gritou Gavin, correndo na minha direção, ignorando os vários adultos o mandando falar mais baixo.

Olhei para as mãos dele, rezando para não ver merda. Como explicar a Claire que obriguei nosso filho a voltar para casa a pé porque não queria restos de cocô no estofamento do carro? Recuei e franzi o cenho quando ele correu em minha direção, preparando-me para receber uma torta de merda na cara ou um bolo de fezes no braço. Ele vinha correndo tão depressa que não conseguiu parar a tempo e deu de cara com meu joelho, fazendo um som oco de osso com osso.

Ai, cacete, por favor Senhor, não permita que haja merda nas minhas calças.

Assim que atingiu minhas pernas, começou a escalá-las até meu colo, com muito cuidado para não deixar cair no chão algo que trazia na mão. Uma criança precisa ter muito cuidado quando sobe no colo de alguém com a mão cheia de merda, obviamente.

Apoiou os joelhos nas minhas coxas e eu o senti rastejar pelo resto do caminho. Meus olhos estavam fechados com tanta força que isso me deu dor de cabeça.

Meu Jesus Cristinho, me livre dessa. Um sanduíche de merda. Será que ele vai me fazer fingir comer o troço como as crianças fazem quando brincam de fazer biscoitos de massinha? A expressão "cara de quem comeu merda" finalmente ganhou um significado real na minha vida.

– Eu trazi um presente pra você, Carter. Adivinha em que mão está? – perguntou, empolgadíssimo.

Senhor, me impeça de precisar escolher, porque certamente será a mão errada.

Gavin ficou impaciente com meu silêncio.

– Vamos lá, Carter, abra os olhos. Não seja um covarde afrescalhado.

Engoli de nervoso, já planejando as possíveis formas de me desinfetar e tirar o cheiro de merda da pele.

Tomar banho de água sanitária faz mal para a pele? Provavelmente sim, ainda mais depois de eu arrancar uma camada de epiderme com lixa. Abri os olhos lentamente, um de cada vez, até enxergar Gavin e ver que suas mãos estavam atrás das costas.

– Vamos lá, escolha uma das minhas mãos e vê o que eu trazi – propôs, ainda empolgado.

– Puxa, acho que escolho... esta – disse, sem muito entusiasmo, batendo na mão direita.

Adeus, camisa limpa e sem manchas. Vou me lembrar sempre de você com muito carinho.

Gavin corcoveou no meu colo, quase escorregando pelas coxas, e trouxe a mão escolhida para a frente do corpo, informando:

– Você escolheu a mão certa! Tá aqui, olha só! – exclamou, no auge da empolgação.

Olhei para baixo lentamente, de nervoso e respirei de alívio ao ver o que havia em sua mão.

Era um livro da biblioteca – pequenino, lindo, brilhante e novinho. Não estava coberto de merda, nem era *feito* de merda. Era simplesmente um livro. O título era: *Vamos lá, seja feliz!*

Peguei o livro de sua mãozinha, ergui-o no ar. Na capa havia uma foto com cãezinhos saltitando num gramado.

– Que livro legal! Por que você escolheu ele? – perguntei, enquanto Gavin colocava no meu ombro a mão que tinha usado para segurar o livrinho e me olhava fixamente.

– Porque eu gosto de você. Mamãe diz que é bom fazer coisas que deixam as pessoas felizes. Quero que você seja feliz.

Tudo que eu consegui fazer foi ficar ali olhando para ele. Agora a ficha caiu. Percebi por que Claire não tinha desmontado quando descobriu que estava grávida; por que largou a faculdade e desistiu dos sonhos por causa daquele menino. Subitamente percebi que meu coração estava sentado ali no meu colo e, apesar de eu não ter estado presente nos primeiros quatro anos da sua vida, eu o amava de forma incondicional simplesmente pelo fato de ser o meu filho. Ele era parte de mim. Soube, sem sombra de dúvida, que daria a própria vida para garantir que ele fosse feliz. Envolvi seu corpinho com os braços, torcendo para ele não me considerar um estranho qualquer e me permitir abraçá-lo.

Ele se agarrou em mim sem hesitação e eu pousei carinhosamente minha testa contra a dele.

– Amigão, eu já sou o cara mais feliz do mundo – garanti, falando baixinho.

Gavin olhou para mim por alguns instantes e tirou a outra mão das costas, dizendo:

– Legal! Então, depois de ler o livro das pessoas felizes, você pode ler este aqui?

Eu me afastei um pouco dele e olhei para o livro que estava em sua mão: *Os monólogos da vagina*.

Depois de sairmos da biblioteca, levei Gavin para tomar sorvete e voltamos para a casa de Claire. Fiel ao seu jeito de ser, Gavin não parou de falar nem um minuto durante todo o percurso até entrarmos em casa, e eu comecei a me perguntar se ele era alguma espécie de disco arranhado que ficava repetindo tudo sem parar e precisa levar um esporro para fechar a matraca.

Resisti à vontade de testar essa teoria, mas faltou pouco.

Quando entramos em casa eu me sentei no sofá. Gavin pegou um álbum de fotos em uma das gavetas e se aninhou no meu colo, segurando o tesouro. Passou pelas páginas, me explicando o que aparecia em cada uma das fotos. Eu vi cada aniversário seu, cada Natal, Halloween e todas as coisas que eu havia perdido entre essas datas. Com os comentários de Gavin sobre cada evento, quase senti como se tivesse vivido aqueles momentos.

Eu também descobri algumas coisas sobre Claire. Soube de uma prima que ela não suportava, por exemplo.

– Essa é Heather. Ela é prima da minha mãe. Mamãe diz que ela é uma vagabunda – explicou Gavin apontando para uma foto de grupo que devia ter sido tirada em algum encontro de família.

Também descobri que Gavin tinha um estranho hábito: o de espalhar tudo quanto é pasta, creme e gel por toda a casa. Isso estava bem documentado em, pelo menos, cinco páginas do álbum. Refleti que eu deveria ter tirado uma foto do incidente com a pasta de dente.

– Gavin, como é que pode, você ter tantas fotos suas fazendo bagunça e sujeira? – perguntei, passando para a página seguinte, onde havia uma foto dele sentado no chão da cozinha em meio a uma montanha de grãos de café, cereais matinais, flocos de aveia e o que me pareceu mel. – Espero que, depois, você tenha limpado tudo isso para a sua mãe.

– Fazer faxina é ridículo – replicou ele, sem pestanejar.

Considerando o estado da minha casa, naquele momento, eu não tinha argumentos contra isso.

Continuamos a olhar o resto das fotos naquele álbum e em mais quatro outros, antes de eu notar que Gavin tinha ficado absolutamente imóvel no meu colo. Olhei para baixo e vi que ele tinha pegado no sono ali mesmo, sentado. De forma muito desajeitada, coloquei as mãos em concha debaixo de suas pernas e o carreguei para o quarto na posição exata em que ele tinha caído no sono, ou seja, com as costas coladas no meu corpo e as pernas balançando no ar. Sabia que havia uma regra do tipo "nunca acorde um bebê adormecido", e achei que isso também se aplicava a meninos pequenos, já que eles conseguiam se meter em muito mais encrencas que os bebês.

Depois de colocá-lo na cama com todo o cuidado, voltei para a sala de estar e relaxei no sofá. Liguei a tevê e zapeei por vários canais até achar algo interessante para assistir. Uma hora depois, quando já começava a cochilar, meu celular apitou, provavelmente pela décima vez desde que tinha saído de casa com Gavin. Sorri, pegando o celular no bolso, pois sabia que era Claire, mais uma vez.

Como estão as coisas? Está tudo bem?
– Claire –

Eu nem podia me sentir ofendido por ela estar tão preocupada, pois isso era compreensível. Para minha surpresa, ficar sozinho com Gavin não tinha sido ruim, pelo contrário. Na verdade, ele era um menino bem-comportado, mais do que qualquer criança da qual eu já tinha estado perto.

Perfeito. Gavin acabou de se apaixonar por uma stripper aqui na boate. No momento está ligadão devido à mistura de Red Bull com vodca. Descobri que ele não gosta de uísque.

– Carter –

Ri comigo mesmo ao reler e resposta e apertei o botão "enviar". O celular apitou poucos segundos depois com a resposta, como eu sabia que ia acontecer.

Espero que pelo menos você tenha dado em cima de uma bem gostosa, e não de uma vagaba desdentada e cheia de pereba na xereca. Quanto ao seu filho, ele sempre preferiu vodca. Puxou à mãe.

– Claire –

Minha gargalhada ao ler a mensagem dela foi tão alta que olhei para o corredor, com medo de ter acordado o pobrezinho. Digitei uma resposta rapidamente. Apesar da piada de Claire, tinha certeza de que ela estava escondendo um pouco do seu medo.

Tudo está ótimo. Aliás, exatamente como cinco minutos atrás, quando você perguntou. ;)

– Carter –

O celular tornou a apitar menos de cinco segundos depois.

Você não entendeu nada! Não é com Gavin que estou preocupada. Meu medo era você ter sido preso a uma cadeira com silver tape e estar com a cabeça raspada a essa hora.

– Claire –

A campainha tocou e eu me levantei para ver quem era, mas antes enviei uma última mensagem de texto, garantindo a Claire que nosso filho não tinha conseguido me sobrepujar.

Ainda.

Abri a porta e vi Drew parado ali, com uma caixa nas mãos.

– O que fazes aqui, zé ruela? – perguntei.

Drew entrou, me empurrando para trás com a caixa.

– Também é ótimo te ver, pentelhão. Trouxe todos os folhetos, anúncios e o resto das merdas que Jenny andou preparando para Claire. Ela pediu que eu descarregasse as tralhas todas. O que *você* está fazendo aqui a essa hora do dia? E por que ainda está com a mesma roupa de ontem à noite? Finalmente molhou o biscoito na tigela da mamãe-delícia?

Peguei a caixa da mão dele e fiz cara de impaciência.

– Quer parar de falar merda, seu idiota? Gavin tá dormindo.

Drew olhou por cima do meu ombro, na direção do quarto do garoto.

– Ótimo, eu trouxe um presente pro girino – anunciou ele com um sorriso, pegando uma camisetinha do bolso de trás do jeans. Abriu-a diante de mim, e eu não pude fazer nada, a não ser balançar a cabeça, atônito.

– Você não fez isso! Porracaralho... Claire vai te matar – avisei.

Olhei para o relógio, percebendo que Gavin já estava dormindo há muito tempo.

– Cê sabe por quanto tempo as crianças dormem? – perguntei.

– Tá perguntando isso *pra mim*? Sei lá, cacete, como é que eu posso saber. Qual foi a última vez em que você foi lá para dar uma checada nele?

Olhei para ele com cara de paisagem.

Merda, eu deveria fazer isso, vigiá-lo de vez em quando? O garoto estava dormindo! O que poderia acontecer de perigoso com ele dormindo?

Girei o corpo e corri pelo corredor até o quarto de Gavin, com Drew colado atrás de mim.

– Taqueuspariu!!!

A cama de Gavin estava vazia, o lençol e a colcha jogados nos pés da cama, como se ele tivesse acordado, chutado as cobertas e fugido.

Vasculhei o quarto todo, olhei atrás da porta, debaixo da cama e no closet.

– Cristo meu Pai! Perdi o moleque. Porra, eu perdi o garoto! – gritei, em pânico, revirando tudo no closet e pegando um palhaço com corpo de pelúcia que estava no fundo de uma pilha de brinquedos.

Não foi aquela menina do *Poltergeist* que tinha sido raptada do closet por um palhaço vindo do inferno? Merdaaa!

– Perder não perdeu, cara, ele não pode estar longe daqui. Só existe uma saída desta casa, e ele teria passado onde você estava para conseguir escapar.

Drew saiu do quarto e eu fiquei ali em pé, tentando não chorar e estrangulando a porra do palhaço macabro que tinha raptado meu filho.

Claire ia me odiar. Nosso filho tinha sido sugado para as profundezas do inferno enquanto eu assistia *Breaking Bad*. Maldita metanfetamina por me fazer perder o foco.

E se ele se enfiou pelos dutos de ventilação e conseguiu passar para o lado de fora? Meu Deus, talvez ele tivesse se trancado dentro da geladeira e sufocado. As autoridades não avisavam que era aconselhável prender as portas da geladeira com cordas? Ou será que isso era só para quando alguém colocava a geladeira na calçada para ser levada pelo lixeiro?

Porra! Eu não sabia nada de porra nenhuma!

– Carter! Achei! – gritou Drew, do lado de fora.

Saí do quarto de Gavin como um foguete, voei pelo corredor e vi Drew em pé encostado no portal do banheiro, se mijando de rir.

– Qual é a graça? – perguntei, zangado, passando direto por ele.

Foi quando eu vi Gavin sentado na borda da pia com uma merda branca espalhada pela cara toda.

– Gavin, o que você espalhou na cara? Isso é maquiagem da sua mãe?

– Não – garantiu o pestinha, balançando a cabeça para os lados. – É isso aqui, ó – disse, mostrando-me um tubo vazio.

Peguei a embalagem para ver o que era. Hipoglós! Meu filho tinha espalhado Hipoglós pela cara toda. E quando eu digo "a cara toda" a descrição é exata. Cada centímetro do seu rosto estava coberto pelo creme gosmento, inclusive os lábios e as pálpebras.

Drew olhou por cima do meu ombro.

– Cara, esse moleque espalhou creme de passar na bunda pela cara toda. Agora você sabe que vou ser obrigado a chamá-lo de "cara de cu" pelo resto da vida, tá? – avisou Drew, às gargalhadas.

– Cala a boca, cara de pinto – devolveu Gavin.

– Eu, calar a boca? Você é quem tem cara de cu aqui, garoto – retorquiu Drew.

Peguei uma toalha no armário e a joguei em cima da pia.

– Vocês dois parem de discutir! – gritei, começando a esfregar a merda esbranquiçada da cara de Gavin. Qual era o ingrediente principal daquele troço, cimento branco? Estava tudo grudado e melequento, como se tivesse sido misturado com cola. E por que aquela toalha estava com cheiro de hortelã?

A gosma branca começou a sair, mas em seu lugar começou a se espalhar uma gosma azul. Que porra era aquela?...

Analisei a toalha e vi que era dali que saía a porra azul. Levei-a ao nariz e cheirei.

– Essa toalha tá cheia de pasta de dente – murmurei.

Drew foi até o armário e pegou outra toalha.

– Eeeca, que porra gosmenta é essa? – reclamou, com cara de nojo, largando a toalha no chão.

Olhei para as mãos dele, que estavam cobertas de pasta de dente. Fui até o armário e peguei mais algumas toalhas. *Todas* estavam cagadas com pasta de dente. E enfiado no fundo de uma das prateleiras estava o tubo vazio.

Virei-me e olhei para Gavin.

– Por que você espalhou pasta de dente em tudo?!?

– Sei lá – reagiu ele, dando de ombros.

Descobri uma toalha limpa lá no fundo da pilha, na prateleira do alto e consegui limpar Gavin. Drew o levou para brincar no quarto enquanto eu limpei a mistura de Hipoglós com Crest que cobria o banheiro. Depois, coloquei para lavar todas as toalhas com cheiro de hortelã. Eu passava pela sala de estar, diante da porta de entrada, depois de colocar a máquina para funcionar, quando Claire entrou.

– Querida, você chegou! – comemorei com um sorriso.

Ela riu junto, veio até onde eu estava e enroscou os braços em torno da minha cintura.

– Vou parecer muito afrescalhada e melosa se confessar que é uma delícia voltar para casa e ver você aqui?

Beijei a ponta do nariz dela.

– Sim, vai parecer uma garota carente. Só não se torne uma mulher grudenta demais, senão fica esquisito.

Ela me deu um tapa no peito e rolou os olhos como quem diz "até parece!".

– Tenho certeza de que você vai é curtir muito o meu tipo de grude – garantiu ela, com um sorriso safado, esfregando os quadris nos meus. Coloquei minhas mãos em sua cintura e a rocei contra a minha ereção, que surgira no instante em que ela entrou pela porta.

– Talvez tenha razão, srta. Morgan – falei, inclinando-me para beijá-la.

– Tire as mãos da *minha* mulher!

Afastei os lábios da boca de Claire e ambos começamos a rir ao ouvir a reclamação de Gavin, que nos olhava com ar de zanga.

– Gavin, que roupa é essa? – perguntou Claire, se desvencilhando dos meus braços e caminhando em direção ao filho.

Drew seguiu logo atrás dele e abriu um sorriso de orelha a orelha.

– Oi, belezura! Gostou da camiseta que eu comprei pra ele?

Gavin estufou o peito, orgulhoso, puxando a ponta para baixo para que Claire pudesse ler.

– Meu pinto é maior que o do meu pai! – Ela leu, lançando um olhar malévolo para Drew.

– Quis comprar uma camiseta esperta como as minhas, e encontrei essa no tamanho dele – explicou Drew.

Eu achei a camiseta de Gavin muito melhor do que aquela que dizia "Cospe ou engole?".

Claire expulsou Drew de casa, depois de lhe agradecer por ter levado o material que Jenny mandara, mas decidiu deixar Gavin com a camiseta porque, sejamos honestos, era engraçada demais para tirar. Eu não estava com a mínima vontade de largar Claire e Gavin tão cedo, mas precisava tomar uma ducha e trocar de roupa. Como Claire tinha trabalhado o dia todo, convidei-a, e também Gavin, para jantar na minha casa. E pedi que ela preparasse uma mochila para cada um.

Fiquei tão empolgada que corri de um lado para outro pelo quarto, frenética, tentando achar algo para vestir que dissesse "Quero transar com você até ficar vesga assim que nosso filho dormir, mas não quero parecer vulgar demais, nem desesperada". Lavei os cabelos e passei condicionador três vezes; raspei as pernas duas vezes e esfreguei um pote inteiro de hidratante nelas. Fiquei diante da cômoda, segurando uma calcinha fio dental branca com babadinhos de renda também branca, enquanto tentava manter a toalha enrolada no corpo prendendo-a com os braços junto dos seios. Acabei jogando a calcinha sexy branca de volta na gaveta. Branco era para virgens e eu não queria parecer virginal. Queria ser uma despirocada; uma tesuda gostosa, excêntrica, louca para trepar, vestindo calcinha cavada vermelha, bem apiranhada. Quer dizer, não apiranhada demais, talvez.

O celular tocou e eu lutei para manter a toalha no lugar enquanto apalpava o tampo da cômoda, no meio das roupas, até achar o aparelho. Atendi prendendo o celular no ouvido com o ombro.

– Use a calcinha larga com renda vermelha e o sutiã do mesmo conjunto, aquele que ergue os peitos.

– Liz, que porra é essa? Como foi que você descobriu que... Eu nem tive tempo de... – gaguejei, ao telefone.

Ela suspirou de forma dramática.

– Pois é, Miss Xereca Fedorenta, já que você resolveu não me contar que ia embarcar no Carter Express hoje à noite, tive que descobrir em outras paragens.

– Mas, Liz! Eu mesma só descobri isso há trinta minutos. Ia ligar para você contando, juro. Como foi que você soube, afinal?

– Jim pegou Carter comprando camisinhas na farmácia... Tamanho PP, por sinal. Eu nem sabia que eles fabricavam preservativos para micropênis. Deve ser pediátrica.

– Rá-rá-rá, muuuito engraçada, Miss Boceta com Eco – repliquei, para rebater o insulto. – Aliás, por falar em poço sem fundo, nos últimos dias eu não tenho recebido nenhuma ligação feita sem querer com a sua bunda, na hora da trepada. Jim abandonou o hobby de explorar cavernas?

Gavin entrou no quarto usando sua mochila *Toy Story*. Ficou empolgadíssimo com a novidade de dormirmos na casa de Carter. Garantiu para mim que já sabia preparar a própria bagagem, mas eu pretendia conferir quando ele estivesse distraído. Na última vez que tinha ido dormir com meu pai, guardou dentro da mochila uma meia suja, oito carrinhos e um garfo de plástico.

– Liz, tenho que desligar. Seu afilhado acabou de entrar aqui no quarto e eu ainda preciso arrumar a criatura – expliquei, enquanto Gavin subia na cama e começava a pular dela para o chão, várias vezes sem parar. Estalei os dedos e apontei para a cama. Na mesma hora ele recolheu as pernas, deu um pulo para trás e caiu de bunda sobre o colchão.

– Não esquece de colocar na mochila do belezoca uma caixa de Dramin e um rolo de silver tape. A última coisa de que você precisa esta noite é alguém berrando "Mamãe!" quando houver uma piroca dura que nem aço espetada na perseguida. Por falar nisso, não importa quantas vezes Carter tente convencê-la do contrário, não é nada excitante *ele mesmo* dizer a palavra "mamãe" no seu ouvido. *Nunca*. Pode acreditar.

Eu podia passar sem a imagem mental de Jim dizendo "mamãe" enquanto trepava com Liz. Desliguei rapidinho e peguei a calcinha e o sutiã vermelhos na segunda gaveta. Liz tinha me dado aquilo de presente fazia dois anos, para um encontro às cegas com um amigo. Ela mesma tinha armado tudo. O cara chegou uma hora antes do marcado e perguntou se podia me conhecer logo para ir embora mais cedo, pois sua mãe ia precisar do carro e ele ainda tinha que arrumar o quarto antes que ela voltasse para casa. Não preciso nem dizer para vocês que a etiqueta tinha ficado pendurada na renda vermelha da calcinha até aquele dia.

Remexi o corpo preparando-me para vestir o sutiã, enquanto Gavin ficou na cama acompanhando tudo pelo espelho. Eu tinha aprendido bem cedo que é impossível tentar fazer alguma coisa sem ninguém por perto quando se tem um menino circulando pela casa. Cobrir o corpo e correr para me esconder atrás da porta caso ele entrasse quando eu estivesse me vestindo só o deixaria mais curioso, me enchendo de perguntas. E a expressão "encher de perguntas" nem chega perto de descrever o quanto ele era irritante. Era melhor agir com naturalidade e, se algumas perguntas pintassem, eu responderia a elas de forma prática, direta e madura. Em teoria.

– Você está protegendo os peitos, mamãe? – perguntou Gavin.

Eu ri, balancei a cabeça para os lados e expliquei:

– Bem, já que esse sutiã tem mais enchimento que outra coisa, acho que, de certo modo, *estou* protegendo meus peitos, sim.

Virei-me de frente para ele enquanto acabava de prender as alças e peguei o jeans que tinha deixado na ponta da cama.

– Ei, mãe, como chama essas coisas vermelhas?

– Que coisas vermelhas? – repliquei, distraída, vestindo o jeans e olhando em pé, parada, tentando escolher uma das quatro blusinhas que eu tinha separado.

– Essas bolinhas vermelhas nos seus peitos.

Fechei os olhos e baixei a cabeça.

Muito bem, aquela era a minha chance de ser adulta. Ele tinha feito uma pergunta razoável e eu deveria lhe dar uma resposta igualmente razoável, certo? Mas ele só tinha quatro anos. Qual é a idade apropriada para aprender a palavra "mamilos"? Eu devia ser honesta e dar o nome certo ou seria melhor inventar alguma coisa? Ele ia entrar na escolinha dali a alguns meses. E se os amiguinhos falassem alguma coisa sobre mamadeiras, ou vissem fotos de gatinhos mamando na mãe? Se eu inventasse uma expressão, meu filho poderia dizer na frente da turma toda: "Nada disso, professora. Minha mãe disse que o nome disso é 'vaquinha Noo-Noo', como o aspirador de pó dos Teletubbies, e eles são usados apenas para decoração."

Meu filho ficaria traumatizado pelo resto da vida quando a turma toda zoasse ele por confundir o aspirador dos Teletubbies com um bico de mamadeira. Dava até para ouvir a voz de Robert De Niro na minha cabeça. "Eu tenho uma vaquinha Noo-Noo, Greg, você quer me ordenhar?"

– Essas bolinhas vermelhas se chamam mamilos, Gavin.

Honestidade era a melhor política. E vamos em frente.

Ele continuou sentado ali por mais alguns minutos, sem dizer nada. Mentalmente eu dava tapinhas de parabéns em mim mesma por ser uma mãe competente, tão verdadeira e aberta com meu filho.

– Mamilos – repetiu ele, baixinho.

Concordei com a cabeça, orgulhosa por ele ser capaz de usar uma palavra de adultos, em vez de parecer idiota. Eu ainda tinha pesadelos só de lembrar que meu pai chamava qualquer vagina de "Chuby-Chuby" na minha adolescência.

– Mamilos, mamilos, mamilos. É engraçado repetir isso!

Merda. Talvez eu tivesse dito o nome correto cedo demais.

Ele pulou da cama e saiu do quarto correndo cantando a cantiga "Brilha, brilha, estrelinha". Só que trocou a letra por "Brilha, brilha, mamilinho" e repetiu a canção cem vezes.

17

Só prendendo com silver tape

Trojan, Jontex, Durex, Prudence, Preserve, Olla, Trojan Magnum (oba, meu pau de setenta centímetros certamente precisa de uma dessas), Blowtex, Gozzi, Goddess, Stilo e Cavalgada Radical.

Sério? Existia mesmo uma camisinha cuja marca era Cavalgada Radical? Por que não colocar simplesmente Vai Fundo e pronto?

Fiquei no corredor do supermercado batizado de "Planejamento Familiar", tentando decidir que marca de camisinha era mais eficiente. Planejamento familiar? Dá um tempo. Quantas pessoas iam até aquele corredor por estarem planejando uma família? Todos iam ali para EVITAR ter que pensar sobre planejar uma família.

Eu não podia comprar Trojan, porque toda vez que abrisse a embalagem iria ouvir a musiquinha do comercial falando dos guerreiros de Troia e veria, por algum motivo, um cara todo musculoso, barbudo, montado num cavalo. Goddess era um nome que me lembrava a marca de um absorvente; isso me remetia a menstruações e, consequentemente, me provocava ânsias de vômito. A camisinha Stilo me fazia lembrar um colunista social viadaço falando sobre champanhe e caviar. Ovas de peixe não eram nada sensuais, e muito menos um fofoqueiro doido para chu... deixa pra lá.

Não ia fazer papel de idiota comprando Trojan Magnum. Se eu levasse para casa um troço daqueles teria que falar a noite toda como um daqueles caras escrotos: tu se deu bem, vadia. Domesticou a anaconda cega!

Claire provavelmente não curtiria muito ser chamada de vadia *depois* de eu fazer sexo com ela e ter que dormir com uma cobra no meio das pernas. Ou iria?

A marca Prudence fazia lembrar algo chato e sem graça. Prudência é o cacete! Eu quero é trepar em Crystal Lake!

Cavalgada Radical eu já tinha descartado, e só sobrou a camisinha Durex. Pelo menos, se a buça dela grudar no meu pau... Bingo! Viajei na maionese, pensando em me fantasiar de encanador. Mas a cena dela se agachando debaixo da pia recebendo uma desentupida com a bunda empinada teria que esperar pelo menos mais algumas semanas.

Peguei a embalagem tamanho família com quarenta e oito camisinhas, pois vinha de brinde um tubo de KY e um anel peniano vibratório. Joguei tudo no carrinho de compras. O anel peniano me apavorou um pouco. A ideia de ter alguma coisa vibrando encostado no meu saco era perturbadora. E se acontecesse um curto-circuito? A única bola de fogo que me apetecia era o sol. Sem falar no cheiro de pentelho queimado, que é de cortar qualquer clima.

– Pare de se preocupar. Aposto que Claire nem vai reparar que seu pau é fino.

Virei de lado para ver quem tinha dito isso e vi Jim parado ali, com um risinho safado e uma caixa de absorvente na mão.

– Muito engraçado, seu babaca. Já vi que você tá de chico essa semana. Não se esqueça de levar também um bom remédio para cólicas e alugue *Laços de ternura* para poder passar a noite chorando sem parar – zoei, sem dó nem piedade.

– Ei, qual é a sua? *Laços de ternura* é uma história linda e comovente sobre a dinâmica do relacionamento mãe e filha. Mostre um pouco de respeito por Shirley MacLaine e Debra Winger, pelo amor de Deus. Esse filme ganhou cinco Oscars, sabia?

– Caraca! Acalme-se, Nancy. Liz sabe que você está usando a vagina dela hoje? – perguntei, com cara de horror.

– Vou fingir que não ouvi nada, porque se eu contar a Liz o que você disse sobre esse filme ela vai cortar seu saco com uma espátula de rocambole cega, cara.

Ele certamente tinha razão com relação a isso. Liz parecia um buldogue com raiva (a doença) e mal da vaca louca. Iria foder com a minha vida se eu a deixasse puta.

– Como eu peguei você comprando camisinhas e considerando que Claire é uma espécie de irmã para mim, sinto-me na obrigação de lhe dar uns conselhos – explicou Jim, empurrando para o lado, na prateleira, alguns frascos de lubrificante vaginal para colocar a caixinha de absorvente. Em seguida, cruzou os braços.

– Fique à vontade. – Assenti com a cabeça.

– Gosto de você, Carter, mas conheci Claire antes e estou noivo da melhor amiga dela. Isso significa, pelas regras do universo feminino, que sou obrigado a gostar mais de Claire que de você. Dito isso, devo citar grandes frases da história do cinema para estabelecer a sinceridade da situação em que estamos, no momento.

Fez uma pausa de suspense. Esperei que ele continuasse apoiando o cotovelo na haste do carrinho de compras.

"Quem está na chuva é para se molhar."

"Se quiser sair na porrada, Jack Johnson e Tom O'Leary estão prontos para te enfrentar."

"Se for comer a dona, vai ter de levar o cãozinho dela também."

"Vou arrancar seu globo ocular e esmigalhar seu crânio."

Balancei a cabeça, impressionado.

– Essa última citação foi do *Nascido para matar*? – perguntei.

– Isso mesmo.

– Muito bem lembrado – elogiei.

Jim se virou, pegou a embalagem do absorvente e se despediu.

– Vou nessa, então. Minha missão aqui está completa. Ainda preciso pegar umas coisinhas por aí, mas a gente se vê mais tarde.

Uma hora e meia depois, eu tinha conseguido limpar a casa, trocar a roupa de cama, montar uma cama extra no segundo quarto, para Gavin, e espalhar alguns brinquedos que tinha comprado para ele na última semana. Talvez tivesse exagerado um pouco, mas não me importava. Eu havia perdido quatro anos de aniversários e muitas datas importantes como Natal, Halloween, dia das crianças, domingos e todos os outros dias em que eu teria lhe comprado alguma coisa. Havia uma quantidade imensa de dias de atraso para compensar.

Meu filho ia passar a noite na minha casa.

Tive vontade de pular pela casa e bater palmas de alegria, como uma adolescente. Estava empolgado por ele poder vir se aconchegar comigo no sofá, de pijama, para assistir ao novo filme que eu tinha alugado mais cedo. Mal podia esperar para colocá-lo na cama e acordar com ele amanhã de manhã aqui em casa, para poder lhe preparar um belo café da manhã. Queria curtir cada minuto do seu dia. Queria ouvi-lo rir, escutar sua voz, as coisas que ele dizia e apreciar o jeito como interagia com Claire.

Claire.

A linda, inteligente, divertida e sexy Claire que também ia passar a noite na minha casa. Eu nem me aguentava com tanta vontade de acordar com ela ao meu lado, de manhã. Perdi esse momento cinco anos atrás, mas não iria perder dessa vez. Queria que o rosto dela fosse a primeira coisa que eu visse quando o sol se erguesse no céu, e seu corpo enroscado no meu seria a primeira coisa que eu sentiria. Mais que tudo, no entanto, eu queria estar sóbrio e curtir cada segundo. Não queria que a névoa e o entorpecimento induzido pelo álcool me roubassem nada daquela noite, para nenhum de nós.

Tomara que ela não tenha achado que eu tinha sido muito apressadinho em comprar camisinhas. Se ela não quisesse fazer nada eu não pretendia pressioná-la, de jeito nenhum. Mas se ela pedisse para que a minha anaconda pulsante e cheia de amor pra dar descesse para brincar no play, eu não iria reclamar nem um pouco.

Eu tinha acabado de jogar um pacote de espaguete num panela de água fervendo quando a campainha tocou. Marquei o timer do fogão, atravessei a sala de estar com passos apressados e coloquei a mão na maçaneta. Assim que abri a porta, Gavin passou por mim com a rapidez de um raio.

– Oi, Carter! Mamãe tem mamilos! Você tem mamilos? – quis saber ele, tirando a mochila das costas e despejando todo o conteúdo no chão, no meio da sala.

– Pelo amor de Deus, Gavin, segura sua onda! – ralhou Claire, entrando logo atrás e girando os olhos ao me encarar. Eu ri e fechei a porta. Tive que me segurar para não apalpar sua bunda e cheirar seus cabelos.

Nossa, ela realmente tinha uma bunda maravilhosa.

– Que história é essa de mamilos? – eu quis saber, ao pararmos lado a lado na entrada da sala de estar, observando Gavin remexer em tudo que tinha trazido na mochila.

– Ele estava no meu quarto enquanto eu me vestia para vir para cá e me perguntou o nome das coisinhas vermelhas nos meus seios. Achei que o mais correto seria ensinar-lhe o nome certo, mas percebo agora que foi um grande erro. Ele passou o resto do tempo cantando músicas infantis com letras como "O mamilo brigou com a rosa; atirei o pau no mamilo; cai, cai mamilo; mamilo que bate-bate...". Eu quase abri a porta do carro em movimento e o empurrei, para ser atropelado pela jamanta que vinha atrás – disse Claire, com uma risada.

– Mamãe parou o carro, destrancou as portas e mandou eu saltar e andar a pé pelo resto do caminho – informou Gavin.

– Tudo bem confesso que *quase* não foi a palavra exata – disse ela, dando de ombros. – Em minha defesa eu devo relatar que avisei a Gavin que se ele dissesse a palavra "mamilo" mais uma vez, uma única vezinha, eu iria parar o carro e obrigá-lo a fazer o resto do caminho a pé. Segundo o pediatra, é importante cumprir as ameaças *sempre*, para não perder a autoridade.

Ajudei Claire a despir o casaco, pesquei o de Gavin, que estava jogado no chão, e fui guardá-los no armário da entrada.

– Talvez esse seja o momento mais adequado para contar que ele me perguntou se eu tinha vagina, hoje de manhã, na biblioteca. Depois, me pediu que eu lesse para ele *Os monólogos da vagina*.

Claire grunhiu baixinho e balançou a cabeça.

– O que que eu vou fazer quando ele começar a frequentar a escolinha, daqui a alguns meses? Ele vai ser igualzinho àquele menino do filme *Um tira no jardim de infância*, com a diferença que ele vai anunciar para todos: "Meninos têm pênis, meninas têm vaginas e minha mãe tem mamilos!"

Enlacei-a pela cintura, puxei-a para junto de mim e reparei, mais uma vez, em como era bom ter o corpo dela colado ao meu.

– Você está me perguntando o que *nós* vamos fazer, certo? – corrigi. Precisava fazê-la entender, com toda firmeza, que eu não pretendia mudar de ideia sobre tudo aquilo. – Não esqueça que ele também vai espalhar para todo mundo o quanto meu *piru* é grande. Pelo menos eu espero que ele faça isso. Talvez eu deva reforçar que a palavra *grande* não é a melhor a ser usada, e sim *imenso* ou *gigantesco*.

Claire ergueu as sobrancelhas e eu percebi que talvez a brincadeira não tivesse agradado muito.

– Puxa, o que eu acabei de dizer soou muito mais vulgar do que eu pretendia, foi mal – desculpei-me.

Claire virou-se de frente para mim, com as costas para Gavin. Pousou os braços nos meus ombros e usou os dedos para brincar com os cabelinhos da minha nuca. Senti os pelos dos meus braços se arrepiando na mesma hora; Mister Feliz acordou da sua soneca de fim de tarde e começou a se manifestar, quase babando.

– Podemos banir a palavra "piru" das nossas conversas? – pediu ela, com um sorriso.

Olhei por sobre o ombro dela para Gavin. Ele parecia muito ocupado, ainda de costas para nós. Conversava com seu boneco do Batman, perguntando ao herói se ele tinha mamilos. Olhei para Claire e deixei as mãos escorregarem pelos seus quadris e em torno da sua bunda, puxando-a mais para perto de mim.

– Topo fazer isso se você passar a usar apenas a palavra "pau" de agora em diante – avisei, com uma risada safada.

Ela colou o corpo ainda mais em mim, roçou seus quadris contra os meus e gemeu baixinho quando entrou em contato com minha ereção intensa e incontrolável.

– T.J. me contou que você pagou vinte dólares a ele naquele dia, só para me ouvir dizer essa palavra.

Merda. T.J. ia ser derrotado na próxima vez que jogássemos P.O.R.N.O. Eu ia lhe enfiar uma bola de pingue-pongue goela abaixo. Pousei os lábios num dos cantos da boca de Claire e trilhei com beijos um lento caminho ao longo do seu maxilar, passando pela bochecha. Quando alcancei o lóbulo, libertei a língua para poder lamber sua pele e saboreá-la.

Ela emitiu um gemido baixo, empurrou ainda mais os quadris contra os meus e virou o rosto de lado, colocando a boca junto dos meus ouvidos.

– Pau, pau… pê, a, u – sussurrou ela, soletrando a palavra na terceira vez, com voz sensual.

– Puta que pariu – murmurei, envolvendo-a e abraçando-a com tanta força que seus quadris ficaram imóveis contra os meus. – Gostosa pra caralho.

O timer na cozinha soou e todos os pensamentos sobre os lábios de Claire e a palavra "pau" foram colocados de lado. Eu me desvencilhei dela e seguimos juntos até a cozinha, para terminar de preparar o espaguete.

O jantar correu às mil maravilhas, embora Claire tivesse que lembrar a Gavin, a cada dez segundos, que ele devia parar de falar com a boca cheia. Nunca, em toda a minha vida, eu conheci um menino que falasse tanto sobre tudo e sobre nada ao mesmo tempo, mas curti cada segundo da sua tagarelice. Depois que acabamos de jantar, mandei que Claire e Gavin fossem para o segundo quarto, onde nosso filho iria dormir, enquanto eu acabava de lavar os pratos.

Alguns segundos depois, ouvi um grito lancinante de Gavin.

Quando Carter nos enxotou da cozinha, peguei a mão de Gavin e seguimos até os fundos da casa, onde Carter disse que ficava o segundo quarto. Achei lindo o fato de Carter ter preparado um espaço especial para receber Gavin.

Abri a porta e assim que Gavin viu o que tinha lá dentro ele exclamou aos berros:

– LEGAL PRA CARALHO!!!

Na mesma hora invadiu o quarto e eu fiquei na porta com a boca aberta, sem ter forças para formar palavras, mesmo que elas fossem para brigar com ele pelo uso dos palavrões.

Carter tinha montado uma filial da Toys 'R' Us. Havia até uma casa de árvore num dos cantos do cômodo. Uma casa de árvore fuderosa! Como foi que ele tinha conseguido entrar com aquilo no quarto?

Lentamente, comecei a analisar cada detalhe do aposento, e depois tornei a olhar tudo com calma, para me certificar de que não estava imaginando coisas. Não estava. Realmente havia uma pilha com milhares de bichos de pelúcia num dos cantos; um beliche irado com cobertas em estampa de carros de corrida; três pistas de Hot Wheels que percorriam o quarto todo, indo, vindo, formando vários cruzamentos; um monte de caixas de quebra-cabeças; uma mesa de desenhar cheia de livrinhos para colorir e giz de cera; uma bancada baixa lotada de latas de onde transbordavam carros, caminhões-monstro, soldadinhos, caixas de Lego e só Deus sabe o quê. Gavin andava de um lado para outro tocando em tudo, mais feliz que pinto no lixo.

– Puta merda! – exclamei.

Gavin parou de escalar a casa na árvore e olhou para mim.

– Mamãe, você não pode falar "merda" – ralhou.

Eu ri, histérica.

– Era só o que me faltava... Posso falar "merda" na hora que eu quiser. Sou adulta, porra. Você é que não pode dizer "merda" nem "caralho" nem "porra". Merda! Caralho! Porra!

Senti uma ardência no fundo da garganta e uma fisgada no olho que indicava que eu ia começar a chorar a qualquer momento. Merda! Aquilo tinha sido demais. Agora eu estava completamente apaixonada pelo porra grossa. Ele tinha comprado para o meu... ahn... para o *nosso* filho uma loja de brinquedos inteira! Certamente não teria feito isso se a coisa não fosse séria. É claro que ele me disse, um monte de vezes, que estava falando sério, e eu queria acreditar, mas evitava pensar no assunto. Não podia ir em frente e achar que toda aquela situação era real até ter cem por cento de certeza de que ele não iria abandonar Gavin. Carter podia me largar, podia mudar de ideia a respeito de nós dois, que eu tinha certeza de que conseguiria sobreviver. Só que eu nunca, jamais deixaria meu filho sair magoado daquela história.

Agora, olhando em volta naquele quarto e percebendo a facilidade com que Carter tinha aberto espaço para nós em sua vida e tinha modificado seus planos para o futuro, quaisquer que fossem eles, percebi, sem sombra de dúvida, que desejava muito que ele fosse um pai de verdade para Gavin. Carter já não era mais apenas um doador de esperma. Era um pai. E eu sentia, no fundo do coração, que seria um excelente pai.

Deixei que as lágrimas me brotassem dos olhos e escorressem pelas bochechas enquanto sorria para nosso filho, que testava todos os novos brinquedos. Ouvi alguém pigarrear atrás de mim e me virei para ver Carter parado ali, com um jeito tímido e as mãos nos bolsos.

– Eu... ééé... Você está muito brava comigo? Não planejei comprar tanta coisa de uma vez só, mas quando entrei na loja não consegui parar. Eles estão fabricando Hot Wheels que mudam de cor na água, Claire! E tem um caminhão de lixo chamado Fedorento que anda por conta própria, devora brinquedos menores e depois arrota. Você sabia que inventaram um produto chamado Moon Sand, que é uma fantástica areia de modelar? Ah, e também tem o Aqua Sand, que modela coisas aquáticas num material isolante que seca quando é retirado da água, é reaproveitável e…

Eu me lancei nos braços dele e calei suas palavras com os lábios. Ele pareceu surpreso, mas me recebeu com facilidade num abraço e devolveu o beijo com vontade. Despejei todos os meus sentimentos naquele beijo; toda a minha felicidade, toda a minha confiança e meu amor. Mostrei a ele com os lábios o quanto estava grata por ter sido abençoada por um homem como ele em minha vida. Conseguiria beijá-lo durante vários dias sem nem mesmo me lembrar de respirar. A única coisa que me fez parar de atacá-lo foi o silêncio absoluto que se instalou no quarto.

Interrompi o beijo e Carter gemeu, reclamando um pouco; isso fez com que minha região ao sul do equador festejasse o momento com formigamentos de tesão, sabendo que o explorador tropical não queria parar. Mantendo os braços em torno dele, virei a cabeça para trás.

– Onde está Gavin?

– Hummm, que quentinho. Minhas mãos sentem cosquinhas gostosas e engraçadas – ouvimos Gavin dizer, lá do quarto de Carter.

– Merda, em que furada vamos entrar agora? – murmurei, suspirando fundo, afastando-me dos braços de Carter com relutância.

Carter abriu um sorriso, mas na mesma hora um ar de terror surgiu em seu rosto. Ele se virou e saiu correndo na direção do quarto antes de eu ter chance de lhe perguntar o que estava errado. Corri atrás dele quando ele entrou no quarto. Parecia cena de filme: Carter se lançou no ar com os braços para frente, como o Super-Homem. Voou pelo cômodo e aterrissou de barriga em cima da cama, ao lado de Gavin, não sem antes agarrar alguma coisa da mão dele. Fiquei ali com a boca aberta, tentando entender que diabos estava acontecendo.

– Eeeeii! – reclamou Gavin, fazendo uma cara feia.

O rosto de Carter estava colado na colcha, e seus ombros tremiam tanto que Gavin quicava na cama. Será que estava chorando? Meu Deus… será que estava tendo um AVC?

– Carter, que porra é essa? – exigi saber.

– Que porra é essa, Carter? – repetiu Gavin.

– Gavin! – ralhei, enquanto Carter continuava tendo convulsões, ou seja lá o que fosse aquilo.

– Mas mããe, ele roubou meu gel – reclamou Gavin, fazendo biquinho.

Fui até a cama para ver para onde Gavin apontava. Um tubo de algum creme estava nas mãos de Carter, sobre a cama. Assim que consegui chegar mais perto para ver, Carter escondeu o produto atrás das costas. Só então eu percebi que ele não estava morrendo de ataque epilético, nem nada desse tipo… Estava quase se cagando de tanto rir.

– Isso não tem graça nenhuma, Carter. Você roubou meu gel – reclamou Gavin.

Isso fez Carter gargalhar ainda mais alto, até ficar quase sem ar. Olhava para ele, confusa, quando ele ergueu o braço e me mostrou um tubo de K-Y Warming Gel, o creme que, além de lubrificar, aquecia a pele.

Santo Cristo lubrificado! Um gel que aquece? Gavin tinha besuntado as mãozinhas com K-Y e poucos segundos depois eu notei que havia dezenas de camisinhas à sua volta. Algumas tinham sido abertas e retiradas da embalagem.

– Seus balões são uma bosta, Carter – reclamou Gavin.

Despenquei na cama ao lado de Carter e tive um ataque de riso igual ou maior que o dele.

Nos primeiros vinte minutos de *Toy Story 2*, Gavin ferrou no sono, com a cabeça encostada no colo de Carter. Levantei-me para ir ao banheiro e peguei o celular na mesa da cozinha para tirar uma foto deles. O momento era fofo demais para não ser documentado.

Dei um tapinha no ombro de Carter depois de guardar o celular no bolso, apontei para Gavin e fiz movimento com os braços, indicando que ele devia ser levado para o quarto. Carter, de forma meio desajeitada, tentou arrumar um jeito de envolver Gavin com os braços, e deu para perceber que estava apavorado com a possibilidade dele acordar.

– Tudo bem, não se preocupe – tranquilizei-o. – Ele não acorda agora nem que a vaca tussa.

Carter balançou a cabeça para os lados e murmurou algo que me pareceu "Pode ser, até desaparecer e você descobrir que ele foi devorado por um palhaço macabro".

Carter se moveu com rapidez, levando o filho nos braços como se tivesse feito isso mais de mil vezes antes, e Gavin nem sequer balançou as pálpebras, com o movimento. Segui atrás deles pelo corredor e sorri diante da imagem de Gavin com a cabeça aninhada na curva do pescoço de Carter e as pernas pendentes. Caminhamos até o quarto, pulando por cima dos brinquedos espalhados para não tropeçar, e parei um pouco antes, vendo Carter colocar Gavin na cama de baixo do beliche, cobrindo-o em seguida. Tentei de todos os modos não soluçar de emoção quando ele acariciou os cabelos do filho e os afastou da testa, como eu fazia normalmente todas as noites.

– Minha merendeira tem mamilo de vaca – murmurou Gavin, em pleno sono, antes de virar o corpo e ficar de cara para a parede.

Carter olhou para trás, na minha direção.

– Que diabo foi isso? – perguntou num sussurro, rindo baixinho.

Passei ao lado dele, me inclinei e beijei a cabeça de Gavin.

– Seu filho também fala durante o sono – informei a Carter, pegando-o pela mão e afastando-me da cama com ele. – Eu imaginava que isso pudesse ser hereditário. Eu não falo dormindo, talvez o problema tenha a ver com o que ele come antes de ir para a cama.

Carter continuou segurando minha mão, ainda dentro do quarto.

– Desculpe desapontá-la, mas eu não falo durante o sono. O que você costuma dar a ele?

– LSD, cogumelos psicodélicos, chá de trombeta, o lanchinho normal para uma criança de quatro anos.

Antes de chegarmos à porta, Carter soltou minha mão, foi até a parede e espetou na tomada uma luzinha noturna com o formato de um carro de corrida. Foi até onde eu estava, na porta do quarto, e pegou minha mão novamente.

– Viu só? É isso que está errado com os jovens no nosso país – sussurrou ele. – Cookies de chocolate em demasia e pouco ácido lisérgico.

Fiquei parada ali, olhando para ele. Um quarto cheio de brinquedos *e* uma luzinha noturna? Nossa, aquele homem tinha pensado em tudo.

– Que foi? – quis saber ele, ao notar que eu continuava imóvel.

– Você me deixa maravilhada, só isso – confessei, com um sorriso, puxando-o para o corredor e fechando a porta do quarto.

Caminhamos em silêncio pelo corredor até o quarto de Carter, e ambos sabíamos, sem sombra de dúvida, qual seria o próximo passo. Eu tinha sentido vontade de dormir novamente com ele desde o momento em que o reconheci, naquele dia no bar. De repente me pareceu que isso já fazia muito tempo, mas aquele instante, naquela noite, certamente seria o momento certo para isso acontecer.

Carter fechou a porta do quarto e eu apalpei a maçaneta atrás dele para trancá-la, só por precaução. Gavin dormia como uma pedra, mas estava num lugar estranho e eu não sabia se ele se adaptaria bem à cama. Talvez fosse egoísmo da minha parte, mas depois de cinco longos anos sem momentos de privacidade, achei que merecia aquilo. Além do mais, era preferível algumas batidas na porta para nos alertar que ele estava acordado, em vez de entrar sem se anunciar e nos perguntar por que estávamos lutando pelados em cima da cama.

A única luz do quarto vinha de um abajur sobre a mesinha de cabeceira, que lançava um brilho suave no ambiente. Ficamos parados diante da porta fechada, simplesmente olhando um para o outro. A coisa mais estranha é que aquilo não nos parecia nem um pouco esquisito. Eu queria curtir tudo bem devagar. Queria me lembrar de cada segundo, de cada momento. Não queria guardar na lembrança apenas detalhes e cenas desconexas entrando e saindo da mente depois de uma noite de bebedeira. Queria me lembrar de cada toque, de cada olhar e de cada sentimento. Nunca me arrependeria da primeira vez que tínhamos feito sexo porque isso me trouxe Gavin. Só que essa vez iria significar mais, porque agora eu amava de todo o coração o homem com quem iria me deitar.

Dali a poucos minutos eu estaria completamente nua diante dele.

Ai, meu Deus. Em poucos minutos eu estaria nua. Diante de Carter.

Merda, estou cheia de celulite na bunda. Por favor, mantenha os olhos longe do meu traseiro.

Ele se inclinou um pouco e me pegou pela mão, puxando-a para junto dele. Não largou minha mão nem por um instante enquanto juntávamos nossos braços unidos atrás das minhas costas e entrelaçávamos os dedos. Depois de um tempo, largou uma das mãos e a colocou sobre minha bochecha enquanto olhava fixamente para meus olhos.

– Antes de fazermos isso, preciso te contar uma coisa – sussurrou ele.

Pronto, ele vai revelar que é gay.

– Estou cem por cento, completamente e totalmente apaixonado por você e por Gavin.

Meu lábio inferior estremeceu de emoção e meu coração pareceu decolar. Fechei os olhos com força e tentei manter as lágrimas lá dentro, enquanto encostava a testa na dele. Quando consegui me recompor e coloquei as emoções sob controle, me afastei um pouco para poder analisar o rosto dele.

– Eu também te amo demais, Carter – murmurei de volta.

Um sorriso iluminou seu rosto e eu levei minhas mãos à sua boca, tentando tracejar o formato dos seus lábios. Ele beijou as pontas dos meus dedos e começou a me empurrar gentilmente, de costas, na direção da cama. Adorei o jeito dele de me olhar, como se eu representasse todo o seu mundo. Acho que, em nossa primeira noite, não tínhamos chegado a curtir um verdadeiro contato visual, do tipo olho no olho.

Quando a parte de trás dos meus joelhos bateu na beira da cama, ele me inclinou para trás lentamente, segurando-me com força e baixando-me sobre o colchão com suavidade, até que eu senti a maciez da cama nas costas e o desejo duro de Carter na frente. Seu braço me segurou com firmeza pela cintura e ele me ergueu um pouco mais, o suficiente para nos lançar devagar, novamente e agora juntos, sobre os lençóis. Ergui as pernas e o enlacei pelos quadris. Pousei as mãos sobre suas bochechas e estiquei o pescoço para poder beijá-lo lentamente. O beijo começou de um jeito suave e doce, mas logo se alterou. Dava para sentir a rigidez do seu membro contra a parte de cima das minhas coxas. Uma onda de calor surgiu de dentro de mim e minha calcinha ficou toda molhada. Carter movimentou os quadris devagar e meu gemido ecoou em sua boca entreaberta. Esse som deve ter servido de sinal verde, porque ele empurrou a língua mais fundo dentro da minha boca e pressionou sua ereção, ainda contida pelo jeans, contra minha pelve. Movi as mãos até a borda da sua camiseta e as enfiei por baixo do tecido. O calor da sua pele lisa esquentou na mesma hora as minhas mãos geladas, e eu continuei movendo-as para cima e para baixo, acariciando seu estômago e seu peito. Ergui os antebraços um pouco e levantei sua camiseta até o pescoço, deixando nua a parte da frente do seu corpo. Ele interrompeu o beijo para pegar a parte de trás da camiseta, puxando-a por cima da cabeça e atirando-a longe.

Manteve-se por cima de mim apoiado num braço só e repetiu os movimentos que eu tinha acabado de fazer. Espalmou a mão sobre a parte baixa da minha barriga e enfiou os dedos com suavidade por baixo da blusa. Observou atentamente a própria mão se movendo debaixo do tecido, subindo pelo estômago, até chegar ao espaço entre os seios. Nesse instante, eu agarrei a ponta da blusa e a puxei para cima, arqueando as costas para conseguir despi-la e atirando-a na mesma direção onde ele tinha jogado a camiseta dele. A mão espalmada que repousava sobre meu peito escorregou para o lado e roçou na porção superior do meu seio, que transbordava do sutiã rendado vermelho. Suspirei, com os olhos fechados, e lancei a cabeça para trás quando sua mão encobriu meu seio e o sutiã ao mesmo tempo.

– Você é tão linda... – murmurou, massageando suavemente o monte macio e me fazendo gemer. Antes de eu ter tempo de formar um pensamento coerente, seus dedos ágeis arriaram a borda do sutiã, sua cabeça mergulhou subitamente, e seus lábios quentes e úmidos capturaram meu mamilo, colocando-o na boca.

A essa altura eu estava... *hummm*... entregue. Minhas mãos massagearam suas costas enquanto minhas unhas se enterravam com força na sua pele, ao mesmo tempo que ele girava e girava a língua em torno do mamilo. Será que algum dia eu soube que havia um nervo que ligava meu mamilo diretamente ao clitóris? Santo inferno! Toda vez que ele sugava eu sentia uma fisgada de prazer nos países baixos, e isso começou a me levar à loucura.

– Você está com roupa demais – reclamei, enfiando a mão entre nós dois para desabotoar o cós e abrir o zíper da calça dele. Ele se afastou de mim subitamente, ficou em pé ao lado da cama e arriou tudo de uma vez só, enquanto eu abria a minha calça.

Puta merda, ali se encontrava o seu pênis – o famoso e poderoso pênis que estaria dentro de mim a qualquer momento. Será que ele parecia ainda maior, agora? Talvez fosse apenas efeito da iluminação. Ainda bem que aquela luz não era tão forte quanto a de um provador, pois isso também faria minha bunda parecer maior.

– Você está me deixando constrangido olhando assim, com tanta atenção, para o meu pau. Vou logo avisando que ele não executa nenhum movimento estapafúrdio, caso esteja à espera de malabarismos ou algo assim – avisou Carter com um sorriso, enquanto se inclinava e enfiava as pontas dos dedos no cós do meu jeans e na borda da minha calcinha, arriando-os lentamente.

Não preste atenção à cicatriz da cesárea, nem às marcas repuxadas em torno dela. Se você não pensar nisso, elas não serão reais.

Merda, ele ia me ver nua. Se ele olhasse para outro lado ou fechasse os olhos eu iria me sentir melhor.

Olhe para baixo, depois olhe para cima e pare no meu rosto. Pronto, sou uma modelo de capa de revista!

– Estou só perguntando a mim mesma se você tem permissão para conduzir esse veículo por aí, e se ele cabe na minha garagem – brinquei, com ar malicioso, mantendo a mão sobre a ponta da cicatriz aninhada no alto do pequeno triângulo onde, antes, ficavam meus pelos pubianos. Tudo bem, confesso que não era só brincadeira. Como é que aquela tromba tinha conseguido entrar em mim da primeira vez, e como é que eu não tinha saído pela rua andando meio torta no dia seguinte?

Carter percebeu minha manobra para esconder a cicatriz e, na mesma hora, afastou minhas mãos dali e as prendeu nas laterais do meu corpo.

Nossa, se eu encolher meu estômago um pouco mais, vou distender o esfíncter.

– Não se cubra, por favor. Adoro cada centímetro do seu corpo – garantiu ele, com um jeito sincero, colocando o joelho na cama junto da minha coxa e plantando um beijo carinhoso na cicatriz da cesárea. Ele amava cada centímetro do meu corpo *antes* de Gavin deixá-lo megaultraesticado. Se bem que as lembranças que Carter tinha do meu corpo naquela primeira noite não deviam ser muito límpidas; mas tenho quase certeza de que ele se lembrava de que minha bunda não parecia um mapa feito de pergaminho egípcio. Na minha situação atual, eu poderia muito bem ensinar astronomia; se a pose não fosse meio esquisita, bastaria eu ficar pelada de bunda para cima na frente da turma e um mapa em relevo da lua apareceria diante dos alunos.

Ele largou uma das minhas mãos e usou o braço para se manter erguido acima de mim, analisando meu corpo. As pontas dos seus dedos acompanharam a linha da cicatriz para frente e para trás, várias vezes. Percebi um ar tristonho em seus olhos, e não iria permitir que isso acontecesse quando estávamos a poucos segundos de fazer amor. Peguei seus dedos e os movimentei para cima, colocando-os sobre meu seio.

Muito bem, eu estava começando a ficar boa nessas coisas. Aquilo não me pareceu nem um pouco esquisito. Eu queria a mão dele no meu peito e coloquei a mão dele no meu peito. Pronto, simples assim!

Carter ergueu os olhos, sorriu para mim e se ajoelhou ao lado da cama. Lancei-lhe um olhar questionador quando ele deslizou as unhas ao longo dos meus quadris, seguiu pelas coxas e pela parte de trás dos meus joelhos. Pensei em mandar que voltasse lá para cima quando, sem avisar, ele me puxou em sua direção até minhas pernas ficarem dobradas na beira da cama. Antes de eu ensaiar um protesto, ele dobrou o corpo e beijou a parte interna das minhas coxas.

Ó meu Jesus Cristinho. Puta merda, ele vai cair de boca em mim.

A ponta de sua língua fez uma trilha que foi da parte de dentro da minha coxa até o osso da bacia, onde ele atracou os lábios e começou a me sugar lentamente. Fechei os olhos bem fechados e agarrei no lençol com toda a força, usando as duas mãos, enquanto ele beijava todo o caminho que ia do meu quadril até o púbis.

Caraca, ele chegou ao, que delícia!, umbigo. Eu já estava molhadinha e ele provavelmente conseguia sentir meu cheiro. Eu devia ter comido morangos, melancia, uma dúzia de rosas ou um arbusto inteiro de hortelã. Será que isso funcionava com mulheres? Eu tinha lido certa vez um artigo que garantia que isso dava certo com homens. O esperma tinha o mesmo gosto das coisas que o homem comia. Será que minha vagina estava com gosto de espaguete à bolonhesa? Droga, eu não devia ter jantado!

As mãos dele me escorregaram pelas pernas até o alto das minhas coxas, e seus polegares afastaram os lábios externos da minha vagina. Ele parou de beijar a área que ficava em torno do meu quase inexistente triângulo de pelos encaracolados, afastou um pouco a cabeça e observou o que fazia com os dedos. A essa altura, eu mantinha aberto um dos olhos, para ver qual seria seu próximo movimento. Embora eu estivesse apavorada com a possibilidade da minha vagina estar com gosto de cantina italiana, era muito excitante ver Carter olhar para o que fazia com tamanha concentração, as mãos pousadas nas minhas coxas enquanto me massageava, movendo os polegares em movimentos circulares, em meio à umidade intensa.

Seus polegares se ergueram novamente, me alargando um pouco mais. Ele gemeu, mas antes de eu ter a chance de me desculpar por não conseguir gargarejar com as partes íntimas usando enxaguante bucal, ele baixou a cabeça e mandou ver, envolvendo tudo com lábios mornos e língua ágil.

Um grito abafado me escapou, arqueei as costas e dei socos na cama.

Todo o embaraço que eu sentia desapareceu quando a boca dele entrou em contato comigo. Todos os pensamentos sumiram da minha mente, e tudo que eu senti no mundo foi o que ele fazia comigo. Ele me lambeu e me sugou com força, deixando seus lábios e sua língua descerem mais, até a abertura, para depois voltar. Em seguida, com a pontinha da língua sobre o meu clitóris, começou a suavemente estimulá-lo para cima e para baixo, sem parar. A aspereza de sua língua e seu hálito quente contrastando com minha pele molhada me fez ofegar com força e eu movi os quadris ao ritmo das lambidas.

Eu já sentia os formigamentos do orgasmo chegando quase além do controle. Ouvia os ruídos molhados de seus lábios e sua língua em mim, mas não dava a mínima, naquele momento, para o eco que os sons pareciam produzir no quarto silencioso. Carter ia me fazer ter um orgasmo gigantesco usando a boca e só de pensar nisso cada centímetro quadrado do meu corpo latejou, meu púbis teve espasmos e meus quadris se lançaram com mais força contra a boca que os atacava. Sua língua desceu mais, invadiu a fenda túrgida e, freneticamente, penetrou mais fundo. Minhas pernas começaram a tremer com a necessidade de liberação, e eu vi que respirava de forma muito ofegante, por excesso de carência. Ele empurrou a língua o máximo que pôde e depois a tirou lentamente, umas quatro ou cinco vezes, e logo voltou a chupar e lamber a parte de fora, de baixo para cima. Beijou meu clitóris como tinha beijado minha boca – sua língua em torvelinho e seus lábios macios que chupavam cada centímetro da minha pele na região. Uma das suas mãos se afastou da minha coxa e eu o senti girar a ponta do dedo médio diante da abertura. O dedo começou a me invadir e recuar de forma incessante, enquanto sua boca continuava a me devorar.

No atordoamento do prazer, me ouvi entoando "mais, mais", repetidas vezes, incentivando-o a enfiar o dedo até o fundo. Seus lábios e sua língua nunca desistiram das investidas e ele atendeu todos os meus desejos. Seu dedo grosso e comprido lentamente deslizou por inteiro para dentro de mim, até chegar tão fundo que dava para sentir os nós dos outros dedos se esfregando contra a minha pele. Com uma audácia que nunca imaginei ter, agarrei sua cabeça com fúria e a segurei contra minhas pernas abertas, os quadris lançando-se para frente de forma errática, ao passo que seu dedo se movia com força, agora massageando a região entre a vagina e o ânus. Ele movimentava a cabeça para os lados, lambendo-me sem parar enquanto continuava a, perversamente, me massagear. Mais forte do que minha vontade de prolongar aquele momento, a onda do orgasmo me rasgou por dentro. Segurei os cabelos dele com sofreguidão, mantendo-o no lugar enquanto corcoveava os quadris e gritava de prazer.

– Ai, caralho! Ohhhhh, YES, YES!

Carter continuava a chupar cada gota de liberação que meu corpo produzia, enquanto eu ofegava e gemia na convulsão do orgasmo, e pressionava a pelve bem devagar, para baixo. Se eu não afastasse sua cabeça dali, provavelmente ele continuaria a fazer aquilo para todo o sempre. Mas eu precisava dele naquele momento. Larguei-lhe os cabelos por um instante, apertei seus braços e o puxei para a parte de cima do meu corpo. Ele engatinhou por cima de mim como um tigre, manteve o corpo acima do meu e sorriu.

– Puta merda. Seu sabor é gostoso pra cacete! Eu poderia continuar lá embaixo a noite toda.

Fiquei surpresa ao perceber, mais uma vez, que ouvir Carter pronunciar palavrões me excitava tremendamente. Tenho quase certeza de que emiti um grunhido enquanto enfiava uma das mãos entre nossos corpos quase colados e envolvi com força o seu pau, encaixado entre minhas coxas. Deixei que a piranha depravada encarnasse em mim e comecei a passar a mão para cima e para baixo ao longo de todo o comprimento daquela vara magnífica e dura, revestida de pele macia. Passei o polegar para frente e para trás, esfregando a ponta do dedo sobre o líquido transparente e viscoso que lhe escorria da cabeça do pênis, espalhando-o por toda a pele lisa do local.

– Caralho, eu preciso te penetrar! – murmurou Carter, de forma viril. Rapidamente apalpou, com uma das mãos, a cama à nossa volta e, sem enxergar direito, tentou pegar uma das camisinhas espalhadas. Quando finalmente conseguiu se apossar de uma, colocou-se de joelhos entre minhas pernas e eu o vi tirando-a da embalagem, colocá-la na ponta do pênis e puxá-la lentamente para baixo. Nunca imaginei que ver aquilo de perto fosse me dar tanto tesão, mas... Puta que pariu! Vê-lo tocar em si mesmo com tanto carinho, mesmo que fosse só para vestir uma camisinha, foi surpreendente. Assim que ele acabou de proteger o monumento, enfiei a mão lá embaixo e a apertei com força em torno dele, pois precisava tocá-lo. Ele inclinou o corpo, colocando-se sobre mim e enlaçou minha cintura com o braço, levando-me mais para perto dele, ao mesmo tempo que nos posicionava no centro da cama. Soltei o outro braço do seu ombro e o puxei mais para perto, para poder encaixá-lo na minha entrada. Dobrei os joelhos e o deixei aninhado entre as minhas pernas. Ele empurrou os quadris para frente, de leve, o suficiente apenas para permitir que a ponta do pênis, muito intumescida, encontrasse meu orifício vaginal.

Foi muito diferente da nossa primeira vez e, no entanto, era mais ou menos igual. O corpo dele ainda se encaixava no meu como se tivesse sido feito sob medida. Sua pele roçando contra a minha fez meu corpo formigar todo de expectativa. Tirei a mão do seu membro e a coloquei nas suas costas, apertando-o com força.

Ele olhou para os meus olhos fixamente, e antes de pensar, as palavras tinham saído da minha boca.

– Eu te amo.

Ele ofegou, estremeceu de leve e murmurou:

– Eu também te amo demais! Nunca, nunca mesmo, vou me arrepender da nossa primeira vez, mas daria tudo no mundo para que aquele momento tivesse sido um pouco mais parecido com o de agora.

Eu o puxei um pouco mais para perto, até que ele se apoiou nos cotovelos e repousou a testa num dos lados da minha cabeça, passando para o outro logo em seguida, mexendo os pulsos de leve para afastar meus cabelos dos olhos.

– A única coisa que me importa, agora, é estar aqui com você – repliquei, com a voz doce.

Ele me olhou fixamente mais uma vez, pousou um beijo leve sobre os meus lábios e então, lentamente, se empurrou por completo para dentro de mim.

Jeeeeeeesus.

Todo o ar me escapou dos pulmões e eu agradeci aos deuses da lubrificação vaginal por estarem todos de plantão lá embaixo e Carter não precisar forçar a entrada. Ele não se moveu e eu percebi que segurava a respiração. Era eu quem deveria estar prendendo o fôlego, não? Ele tinha acabado de enfiar um taco de beisebol vermelho e pulsante dentro de um canudo. Eu me senti cheia e completamente chocada ao perceber o quanto tinha precisado me expandir para recebê-lo. E ainda mais chocada ao sentir como era gostoso tê-lo dentro de mim. Ele recomeçou a respirar e tirou uma parte do membro com carinho, mas logo voltou a bombeá-lo lá para dentro, sempre com suavidade.

– Porra, que boceta maravilhosa – grunhiu baixinho, enquanto continuava a se mover vagarosamente para dentro e para fora de mim. Dava para sentir que ele estava se segurando, com medo de me machucar. Sabia o quanto se recriminava por ter me machucado em nossa primeira noite juntos. Mas eu era virgem e uma dorzinha era inevitável. Eu não precisava que ele se controlasse de forma tão ortodoxa. Não naquele momento. Queria sentir toda a sua paixão e a força da sua necessidade por mim. Com audácia, desci com as mãos pelas costas dele, apertei suas nádegas com ímpeto e o puxei mais para dentro.

– Mais! – gemi, contra os lábios dele.

Na mesma hora ele tirou o membro quase todo de dentro de mim e voltou a enfiá-lo com vontade, de uma vez só, fazendo sua pelve bater com força contra a minha. Então se manteve completamente parado e soltou o ar de forma trêmula, encostando a testa na minha.

– Merda, desculpe, não quis machucar você. Mas é que eu te desejo demais! – murmurou.

– Eu não vou desmontar, Carter. Por favor, não se segure, eu preciso de você. Me come com vontade.

Ele afastou a cabeça da minha para poder me olhar bem fundo, e tentei convencê-lo, da melhor forma que consegui, de que estava tudo bem. Ele deve ter percebido que era verdade. Seu braço saiu de perto da minha cabeça e ele deslizou a mão pelo meu corpo até chegar à coxa. Apertou minha perna com força e a ergueu ligeiramente, fazendo meu joelho dobrar e colar na lateral do seu corpo. Pousou mais um beijo suave em meus lábios, lançou os quadris para trás e arrancou quase todo o membro. Apertei a perna ao lado do seu corpo, numa expectativa enlouquecedora, e ele meteu tudo mais uma vez dentro de mim, num movimento súbito. Foi muito mais fundo dessa vez, e eu ergui os quadris do jeito que pude para receber sua investida. Ele gemeu junto dos meus lábios e eu engoli o som, beijando-o com toda determinação. Minhas mãos continuavam a apertar e abrir suas nádegas para os lados, com força, e eu empurrei minha pelve furiosamente para cima, incentivando-o a continuar. Ele não hesitou e assumiu um ritmo constante, entrando e saindo de mim. Manteve a marcha firme, me penetrando o máximo que conseguia, até que ambos estávamos cobertos por uma fina camada de suor, ofegando e gemendo entre beijos molhados.

– Porra, gata, não vou conseguir me segurar nesse ritmo – grunhiu, tentando diminuir a velocidade dos movimentos.

– Não para! Goza pra mim, goza? – murmurei, contra os lábios dele.

Eu não acreditava que tinha pedido aquilo, mas era verdade. Eu queria que ele perdesse o controle e pudesse obter prazer com o meu corpo. Precisava sentir que conseguia provocar esse efeito nele.

Ele rosnou e atacou minha boca com um beijo intenso, de virar a cabeça, enquanto seus quadris batiam contra os meus numa velocidade cada vez maior. A cama rangia a cada investida. Enterrei as unhas nas costas dele e envolvi sua cintura com as pernas, me segurando com vigor para aguentar a cavalgada. Sua língua invadiu minha boca com a mesma fibra que seu pênis invadia meu corpo, e aquilo foi tão excitante que eu poderia ter tido mais um orgasmo avassalador se não pensasse ter ouvido uma batidinha leve na porta do quarto.

Carter parecia distante dali. Fechei os olhos e torci para que nosso filho não estivesse do outro lado da porta, ouvindo tudo e se traumatizando pelo resto da vida.

Carter afastou a boca dos meus lábios e passou a bombear minhas entranhas de forma irregular. Eu sabia que ele estava perto de gozar. Não queria que ele parasse, mas percebi que o barulho que ouvi na porta não tinha sido fruto da minha imaginação.

Merda! Merda! Merda! Pelo amor de Deus, Gavin, mantenha a matraca fechada. Quero que esse momento seja bom para Carter, sem ser arruinado por uma vozinha dizendo que está com vontade de fazer xixi.

Sim, sou uma mãe horrível.

– Porra, Claire, aarh, porraaa – grunhiu Carter.

Caraca, será que eu devia apertá-lo de leve e mandar que ele falasse mais baixo? Ou colocar sutilmente minha mão em sua boca?

Ele se lançou com mais vontade, uma última vez, e eu senti seu pênis latejar dentro de mim com muita virilidade quando ele ejaculou.

Graças a Deus. Isto é, ah, que droga, já acabou?

– Mamãe! Tô com sede.

Carter riu enquanto ainda gozava, mas continuou a deslizar para dentro e para fora de mim algumas vezes, até que desmontou por completo sobre o meu corpo. Ficamos parados ali por alguns segundos, tentando recuperar o fôlego.

Pronto, agora ele nunca mais vai querer trepar comigo de novo. Esqueça o trauma do nosso filho, eu tinha acabado de provocar um trauma no pau de Carter. Tinha curtido o melhor sexo de toda a minha vida, mas nunca mais conseguiria repetir a dose porque o pênis de Carter tinha acabado de falecer.

Descanse em paz, meu amigo, descanse em paz. Aqui jaz o pênis de Carter: membro amado, trabalhador duro e incansável, e um cara muito legal.

– Mamãe!!! – gritou Gavin, com mais força, do corredor.

– Só um minutinho! – berrei, sem lembrar que estava ao lado do ouvido de Carter.

Ele ergueu o corpo, olhou para mim e me lançou um sorriso.

Era a hora da decisão: seu pênis estava abandonando o campo para sempre.

– Vamos fazer um intervalo de trinta minutos, antes de partir para o segundo tempo. Só que dessa vez vamos prender esse garoto na cama com silver tape.

18

Papai Gato

Não vou mentir. Enquanto me lançava dentro de Claire, julguei ter ouvido alguém bater na porta do quarto. Não podia imaginar quem poderia estar batendo ali numa hora como aquela. Especialmente à uma da manhã, no instante exato em que fazia amor com a garota dos meus sonhos. E se fosse um serial killer? Falando sério, agora… Mesmo que alguém chutasse a porta naquele momento eu não iria parar. A não ser que a pessoa anunciasse um assalto a mão armada. Talvez conseguíssemos dominar alguém que tivesse uma faca, mas um revólver não daria para encarar. De qualquer modo eu morreria muito feliz, dentro de Claire.

Foi então que me passou pela cabeça a possibilidade de Jim ter invadido minha casa e ter se colocado do lado de fora do quarto me perturbando com frases do tipo "Espero que você saiba o que fazer com essa maria-mole aí pendurada", ou "Claire é como se fosse minha irmã. Se você não fizer a gata gozar seis vezes, vou chamar o Kid Bengala pra te ensinar".

Pensar em Jim num momento como aquele era absurdamente errado, e eu quase brochei.

Quase.

Claire fez uma manobra poderosa com a vagina, e eu senti como se houvesse um punho lá dentro apertando meu pau como se fosse uma bola de borracha para evitar tendinite. Santa protetora das vaginas!

Voltei a me concentrar no lance, com foco redobrado. Aquilo era tão gostoso que eu não queria parar; a mãozinha que Claire tinha dentro da xereca continuava me apertando a rola e eu senti vontade de chorar de emoção, de tão bom que estava. Ela era morna, apertadinha e me envolvia como uma luva. Senti vontade de bancar o babaca completo e lhe dizer que sua vagina parecia uma torta de maçã recém-saída do forno, como acontece nos filmes românticos. Mas não uma torta qualquer, e sim uma daquelas do McDonald's, do tipo que vem tão quentinha, macia e deliciosa que tiveram que colocá-la na lista dos produtos que custam menos de um dólar, para todo mundo poder comer pelo menos onze de cada vez. Eu confesso: conseguiria devorar onze bilhões de vaginas como a de Claire. Os barulhinhos que ela fazia com a boca, cada vez que eu a penetrava, me levaram a gozar muito mais depressa do que eu pretendia. Ouvi-la dizer que não queria que eu parasse porque estava louca para me sentir lá dentro quase fez minha cabeça explodir. Ambas, diga-se de passagem.

Beijei Claire num esforço para tentar atrasar meu orgasmo iminente, mas isso piorou as coisas. Sua boca era a coisa mais deliciosa que eu tinha experimentado em toda a minha vida, e sua língua deslizando sobre a minha fez meu pau latejar com mais intensidade ainda. Empurrando-me para dentro daquele espaço quente e acolhedor cada vez mais, o máximo que conseguia penetrar, me fez experimentar um orgasmo explosivo e intenso. Por um momento eu quase entrei em pânico, achando que tinha gozado com tanta força que o esperma ia estourar a camisinha.

Todo mundo sabia que meu esperma era poderoso. Isso poderia de fato acontecer. De novo. As cabecinhas dos espermatozoides certamente estavam batendo contra a parede de látex e gritavam, em anarquia: "O cara quer nos manter em cárcere privado! Maldito!"

Depois da primeira onda de gozo intenso, ouvi uma vozinha vindo do lado de fora do quarto.

– Mamãe! Tô com sede.

Explodi numa gargalhada no instante em que ejaculei bilhões de Carterzinhos furiosos que se chocaram contra a camisinha e, inconformados, ergueram os punhos em protesto. As pernas e braços de Claire estavam bem presos em torno dos meus quadris e eu desabei em cima dela, com cuidado para não esmagá-la. Afinal, queria que ela permanecesse viva para podermos repetir a dose. Não curto necrofilia.

Ficamos ali ofegando pesadamente por alguns instantes, até que eu comecei a rir novamente. Como é que eu consegui esquecer por completo que havia uma criança no quarto ao lado? Cheguei a pensar que um assassino desses que usam machado para esquartejar as vítimas pudesse ter invadido minha casa. E tinha batido na porta só por cortesia, antes de derrubá-la com um chute. Por algum motivo meu subconsciente achou isso mais lógico do que lembrar que eu tinha um filho e ele estava ali, do lado de fora do quarto.

– Mamãe!!!

– Só um minutinho! – berrou Claire, bem no meu ouvido.

Ergui um pouco o corpo para poder ver seu rosto direito e perguntar se poderíamos prendê-lo com silver tape antes da próxima transa. Juro que não esperava que seu rosto se iluminasse tanto com a ideia. Afinal, eu tinha dito aquilo brincando. Mais ou menos.

– Vamos ter que inventar alguma desculpa para explicar a ele o que estávamos fazendo – disse ela.

– Você... porra, caralho, hummpfgh! – despejei, de forma incoerente, abrindo a boca num "o" de prazer extremo.

Tinha acontecido de novo. Aquele aperto forte com a vagina. Que porra era aquela?

– Muito bem, que truque foi esse que você acabou de fazer com a vagina? Acho que eu tornei a gozar sem tirar de dentro.

Ela se sacudiu ao rir e esse movimento fez meu pau meia-bomba escorregar lá de dentro. Quis fazer um biquinho de frustração, mas então percebi que Gavin continuava do lado de fora do quarto.

Nossa, éramos uns pais de merda, mesmo. Torci para o moleque não estar com a cabeça sangrando, nem nada do tipo.

Desculpe, amor da minha vida, é que mamãe e papai estavam muito ocupados, brincando de esconder o salame. Já encharcou o carpete de sangue?

Saí de cima de Claire e peguei alguns lenços de papel na mesinha de cabeceira, para envolver a camisinha. Quase lancei uma risada de deboche para a poça de porra lá dentro e mostrei para eles meu dedo médio. Hahaha, seus bundões, dessa vez, não! Se foderam!

– Kegels – explicou Claire, agarrando a blusa, vestindo-a rapidamente e rebolando em seguida para entrar na saia. Ligado no lance, percebi que ela não vestiu a calcinha.

– Ei, espere um instante. Você disse Kegels? Que é isso, marca de cereais?

A essa altura Gavin forçava a maçaneta com tanta força que eu não me surpreenderia se o troço saísse na mão dele. Lancei as pernas para fora da cama, vesti a cueca e fui abrir a porta, ao lado de Claire.

– Não é Kellogg's, Jenny, estou falando de Kegels! – zoou Claire, rindo da minha cara. – Esses exercícios especiais são a explicação para a força espetacular dos músculos da minha vagina.

Senti vontade de dar um tapa forte na sua bundinha linda por ela me sacanear e me chamar de Jenny, mas não tive tempo para isso. Ela abriu a porta e vimos Gavin parado ali, com a cabeça colada na maçaneta e uma tremenda cara de tédio.

Claire se agachou e o pegou no colo.

– Oi, amigão, você está bem? Teve um pesadelo? – perguntei, despenteando os cabelos no alto de sua cabeça.

– O que vocês dois estavam fazendo aqui dentro?

Puxa, nada como ir direto ao assunto.

Claire afastou o rosto dele e olhou para mim.

– Ahn... Nó-nós estávamos... hu-humm – gaguejou ela.

– Vocês estavam brincando de algum jogo? – insistiu Gavin.

Não consegui prender o riso e me perguntei se Claire me daria um soco se eu explicasse a Gavin as regras do jogo de esconder o salame.

A primeira regra na brincadeira de esconder o salame é nunca bater na porta do local onde ocorre a partida, a não ser que esteja escorrendo sangue dos seus olhos ou algo na casa esteja pegando fogo. Seus cabelos, por exemplo. Qualquer outra coisa deve esperar até a brincadeira acabar.

– Bem, estávamos fazendo uma ligação no telefone. Era um telefonema muito importante – explicou Claire.

Gavin olhou para ela com cara de quem não acredita na história.

– Era uma ligação de longa distância – completei. – Era uma distância *muuuito* longa e o assunto era importantíssimo. Não podíamos passar nem mais um minuto sem tentar o contato, e quando a ligação se completou não dava para desligar porque isso seria muito... ahn... doloroso. Foi por isso que não atendemos a porta na hora que você bateu. E foi assim: uma ligação de distância *graaande*, *imeeensa*. Sua mãe gritou de susto ao ver o quanto a distância era grande.

Claire beliscou minha coxa, mas eu não conseguira evitar.

– Seu pai está exagerando o tamanho da distância – disse ela, sem mais comentários.

Meu queixo caiu ao ouvir isso e Gavin me olhou com uma cara engraçada. Claire se ajoelhou, colocou-o no chão e me lançou um olhar de censura, sem perceber que tinha falado demais.

Senti algumas fisgadas no estômago. Quis me agachar e abraçar ambos, depois pegá-los pela mão e pular em volta do quarto. Ainda não tínhamos conversado com Gavin sobre quem eu era. Mais que tudo no mundo eu desejava que ele me chamasse de "papai", mas não queria apressar as coisas. Claire havia cuidado de tudo por conta própria desde o começo e durante muito tempo. Eu não devia atropelar o processo. Preferia que ela chegasse por si mesma à conclusão sobre o momento certo de contar, sabendo que confiaria em mim para conviver com Gavin.

Foi nesse instante que eu vi que a ficha dela caiu. Seu rosto ficou terrivelmente pálido e, por um segundo, pensei que ela fosse vomitar no meu pé. Ela me olhou, depois virou os olhos para Gavin. Olhou várias vezes para nós dois antes de seus olhos pousarem de vez em mim. Só então ela se ergueu, rapidamente.

– Ó meu Deus, me desculpe. Não percebi o que acabei de soltar sem querer – murmurou, olhando para Gavin, a fim de conferir se ele tinha prestado atenção. Ele continuava ali, olhando para nós dois como se fôssemos idiotas.

– Merda, me desculpe! – continuou. – Vou dizer a ele que eu estava só brincando. Vou explicar que eu me referia à ligação, ou algo assim. Ai, meu Deus, sou uma sem noção, mesmo – murmurou.

Passei as mãos para cima e para baixo no braço dela, tentando acalmá-la, e disse:

– Ei, preste atenção! Está tudo bem. Na verdade foi ótimo. Pensei em lhe perguntar se devíamos contar a ele, mas tive medo de você achar precipitado.

Ela soltou um suspiro de alívio.

– Tem certeza? Não quero que você faça nada que não se sinta pronto para fazer.

– Gata, estive pronto para esse momento desde que deixei de bancar o idiota, destravei e vim conversar com você, depois de ter sumido por uma semana.

Ela se inclinou e me deu um beijo curto antes de se virar e pegar Gavin no colo.

– E aí, Gavin? Você sabe o que é um papai? – perguntou-lhe Claire.

Ele olhou para mim e me analisou por alguns minutos. Comecei a ficar preocupado. E se ele não gostasse da ideia de eu ser seu pai? E se ele me achasse muito careta ou muito burro? Merda, eu não devia tê-lo obrigado a limpar a pasta de dente do chão do quarto. Pais legais levam seus filhos a boates de striptease, permitem que eles promovam festas de arromba para os amigos em casa e fumam baseado com eles nas tardes de domingo, enquanto ficam viajando e escalando o time de futebol dos seus sonhos.

– Dããã... Papa é o seu papai! – respondeu Gavin com cara de "óbvio que eu sei".

Claire fez que sim com a cabeça e elogiou:

– Você é um rapazinho muito esperto! Isso mesmo, Papa é o meu papai. E Carter é o seu papai.

Ficamos ali, em silêncio completo, enquanto Gavin alternava os olhares entre mim e Claire, com ares de profunda análise.

Ele está me filmando de cima a baixo.

– Posso arranjar uma gata para dançar sentada no seu colo e fumar uma erva contigo quando for recrutado para o exército – ofereci, sem pensar.

Claire olhou para mim como se eu tivesse pirado na batatinha.

– Posso te chamar de Papai Fodão? – perguntou Gavin, com a maior naturalidade, sem reparar no meu ataque de riso.

Gavin imaginou um pai, criou-o e viu que era bom.

Sim, eu tinha acabado de me lembrar dos primeiros versículos da Bíblia e comparara meu filho a Deus. Cale a boca, Pastor Carter!

Claire riu diante do pedido de Gavin.

– Que tal chamá-lo apenas de "papai"? – sugeriu ela.

– E que tal se eu chamar o Carter de "Cara de Papai"? – propôs Gavin.

Aquele garoto estava negociando a versão de "papai" que mais lhe agradava. Era um gênio! Fiquei preocupado sem motivo algum. Dei um passo à frente e peguei Gavin do colo de Claire.

– Que tal deixarmos mamãe dormir enquanto nós dois decidimos sobre meu novo nome, e eu coloco você na cama? – foi minha proposta.

Claire ficou na ponta dos pés para beijar a bochecha de Gavin. Em seguida, se inclinou um pouco mais e me beijou. Gavin me enlaçou o pescoço com os braços e pousou a cabeça em meu ombro.

– Tudo bem, Papai Gato – decidiu ele.

Claire e eu caímos na risada com essa tirada. Enquanto seguíamos pelo corredor, virei a cabeça para trás e fiz mímica com a boca, olhando para ela e dizendo "obrigado", antes de levar Gavin para o quarto.

Juro que não sei por que fiquei tão preocupada com a possibilidade de Carter pirar quando eu contei que ele era o pai de Gavin. Isso me provou mais uma vez o quanto ele era maravilhoso.

Enquanto Carter colocava Gavin na cama novamente, peguei a bolsa que tinha levado com coisas para passar a noite, tirei a camiseta regata e o shortinho que levara para usar como pijama e os vesti. Escovei os dentes, voltei para a cama, me encolhi debaixo das cobertas e esperei a volta do meu amor. Já começava a pegar no sono quando a cama afundou ao meu lado e senti os braços dele me enlaçando por trás, pela cintura. Sorri e me aconcheguei ao seu corpo quentinho.

– Está tudo bem com Gavin? – murmurei, sonolenta.

– Tudo numa boa. Ele decidiu que não estava mais com sede, mas me obrigou a ler uma história. E entramos num acordo quanto ao meu nome: "Paizão" por enquanto – revelou, com uma risada satisfeita.

– Se deu bem. Duas semanas atrás ele só se dirigia a mim como "Chatilda".

Fiquei quietinha ali, aninhada nos braços de Carter, e aquele me pareceu o lugar mais confortável onde eu tinha estado em toda a minha vida.

Durante cinco minutos.

Essa era a prova de que tudo que os casais apaixonados fazem nos filmes é pura baboseira, maior mentira. O braço de Carter ficou debaixo do meu pescoço, debaixo do travesseiro, o que deixou minha cabeça meio torta, num ângulo estranho. Pressenti que aquilo ia acabar num belo torcicolo. Comecei a suar mais que puta em confessionário ao sentir o outro braço dele pesar e me apertar com força a cintura, ao mesmo tempo que suas pernas se entrelaçavam com as minhas. Senti a bunda suar e os cabelos da perna dele fazendo cócegas nas minhas, como se estivesse sendo picada por centenas de muriçocas.

Acho que pegaria muito mal eu chutá-lo para longe de mim, certo?

Mexi o corpo só um pentelhésimo de milímetro. Não queria que ele achasse que eu não gostava de dormir de conchinha, mas estava enlouquecendo por me obrigar a permanecer completamente imóvel. Talvez se eu ficasse bem quietinha, calada e petrificada, ele pegaria no sono e eu o empurraria para longe de mim. O casal Cunnigham estava absolutamente certo por dormir em camas separadas no seriado *Dias felizes*. Era por isso que as pessoas naquela época acordavam com ar tão calmo, descansado e jubiloso. Marion não tinha a perna cabeluda de Howard se esfregando nela a noite toda.

– Pode parar, Claire – sussurrou Carter, juntinho do meu ouvido.

Merda. Agora a coisa ia ficar tensa e esquisita. Tínhamos *acabado* de transar pela primeira vez em muitos anos e eu estava doida pra dizer "chega pra lá para eu conseguir dormir direito". Sou a pessoa menos romântica do mundo.

– Parar com o quê?

– Você está se remexendo e suspirando há mais de dez minutos – replicou ele.

Tenho síndrome de Tourette, doença dos tiques compulsivos e uma condição chamada "coração de babuíno". Tudo isso somado faz com que eu me sacuda muito e suspire o tempo todo sempre que um troço cabeludo encosta em mim.

Bosta, não era eu que vivia ensinando a Gavin que devemos ser honestos? E ali estava eu, tentando achar um jeito de dizer a Carter que eu tinha órgãos de macaco, em vez de simplesmente lhe contar a verdade.

– Sabe o que é?... Eu nunca passei a noite com ninguém, antes. Isto é, com exceção de Liz, mas sempre estávamos bêbadas.

Carter quase tossiu de tanto rir ao me ouvir dizer isso.

– Por favor, repita essa história. Devagar e com muitos detalhes – pediu, baixinho.

Eu ri e dei um tapa no braço dele, que continuava me envolvendo a cintura.

– Estou falando sério! – reclamei.

– Eu também. Vocês estavam nuas quando dormiram juntas, não estavam? Por favor, conte que vocês estavam peladinhas – suplicou.

Coração de babuíno ou a verdade?... Coração de babuíno ou a verdade?...

– É que meu pescoço está torto, doendo muito, e sinto tanto calor que o cobertor vai entrar em combustão a qualquer momento – despejei, sem pensar duas vezes.

Carter ficou calado. Por um tempo longo demais.

Merda, feri seus sentimentos.

– Puta que pariu, graças a Deus! – reagiu ele, afastando os dois braços de mim. – Meu braço esquerdo está formigando e minhas pernas estão dormentes há quinze minutos!

Como "quem não chora não mama", eu me dei bem.

Estava deitada na cama acordada fazia já alguns minutos, observando as primeiras luzes do alvorecer penetrando pelas cortinas. Tive que cobrir a boca com a mão para não cair na risada quando Carter começou a falar durante o sono.

Nossa, por isso é que dizem "tal pai, tal filho"! Obviamente, nunca tinham comentado com Carter sobre seus hábitos durante o sono. Por falar nisso, só de pensar em outra mulher dormindo na mesma cama que ele era como sentir uma punhalada no peito, então eu afastei para longe da mente essas imagens, pelo menos por enquanto.

Ele estava deitado de barriga para cima com um dos braços sobre a cabeça, no travesseiro, e o outro largado sobre o estômago. Se fosse um filme pornô ele estaria nu debaixo do lençol, seu pênis gigantesco já estaria ereto e eu, em estilo vadia total, puxaria o lençol para lhe dar uma bela mamada.

Bow-chica-wow-wow.

Só que eu não era uma vadia e aquilo não era um pornô. Mas já tinha visto tantos filmes desse tipo que sabia muito bem o que fazer. Olhei para o relógio da mesinha de cabeceira e calculei que ainda tinha mais ou menos uma hora, antes de Gavin acordar. Olhei para o rosto tranquilo de Carter e me lembrei de como foi ter sentido sua boca entre as minhas pernas, na noite anterior.

Muito bem, eu conseguiria fazer isso. Ele havia me proporcionado dois orgasmos fantásticos desde que tínhamos nos reencontrado. Eu estava um ponto na frente do placar. Era hora de empatar o jogo, para eu não me sentir tão egoísta.

Estiquei o braço devagarzinho e baixei o lençol até as canelas dele. Apoiando o corpo nos cotovelos, usei a pontinha dos dedos para erguer o elástico da cueca larga e dar uma boa olhada lá dentro.

Olá, como vai, big boy?

Uau, agora eu me sentia uma vadia de verdade. E queria lamber o pau com vontade.

Hehe, rimou!

Mantenha o foco, vadia!

Cheguei o corpo mais para perto dele e baixei a cabeça até deixá-la no nível da sua cintura. Meu cotovelo escorregou um pouco no lençol e tive que soltar a cueca para manter o equilíbrio e não cair por cima do coitado. O elástico bateu na pele da sua barriga com força e eu prendi a respiração. Olhei para seu rosto com atenção para ver se ele tinha acordado.

– Tem pão quentinho na cozinha – resmungou, ainda dormindo.

Olhei para o espaço entre as pernas dele e percebi que Sir Porra Grossa estava despertando. Eu hein, vai entender um troço desses! Sonhar com pão quentinho o deixava excitado. Pensei em preparar um pão na chapa para o café da manhã. Será que Carter tinha requeijão em casa? É claro que não havia nada melhor que pão na chapa com bastante requeijão, mas talvez eu conseguisse improvisar só com manteiga…

Droga! Por que era tão duro manter a atenção no pau dele? Especialmente um tão bonito quanto o de Carter?

Hehe… Pau duro! Vara, baguete, bengala, cacetinho…

Fechei os olhos com força e esperei baixar a padeira em mim. E padeira iniciante sempre queima a rosca! Com toda a calma do mundo, fiquei de quatro e me coloquei por cima de Carter, entre suas pernas abertas. Sem pensar mais em bisnagas com requeijão, baixei a cabeça e encostei o nariz no volume de seu membro, que já forçava o tecido da cueca.

Uau, ele ficou mais duro só por eu fazer isso. Que legal! Quero vê-lo crescer no meu forno à lenha!

Foca na rola e esquece a panificadora, mulher!

Apoiei os cotovelos na cama, dos dois lados dos quadris de Carter, e empinei a bunda para o ar, pois não queria tocar nas pernas dele e perturbá-lo.

Com todo o cuidado do mundo, puxei o elástico da cueca e o abaixei suavemente em torno da sua ereção.

Olhei rapidinho para o seu rosto e fiquei feliz ao ver que ele continuava dormindo. Soltei a respiração que tinha prendido sem perceber e o sopro atingiu o pênis dele, pois minha boca estava a poucos centímetros, a essa altura. Observei fascinada o seu membro ficar cada vez mais esticado e volumoso.

Fala sério! Só de eu respirar ali perto ele teve essa reação? Ou será que continuava sonhando com minha rosca açucarada?

Dei de ombros, pois não sabia a resposta. Não podia interrogar um pênis. Ele era grande e poderoso como o Mágico de Oz. E naquele momento o Poderoso Oz queria que eu chupasse seu cogumelo do amor. Estiquei meu queixo e coloquei a ponta da língua na base do pênis, pouco acima da borda da cueca, que eu ainda segurava. Lambi lentamente, de baixo até em cima, surpresa ao perceber o quanto a pele era macia e suave em torno da haste dura como pedra. Minha boca mergulhou no pequeno vale que fica pouco abaixo da cabeça do pênis e fiz uma leve pressão ali com a ponta da língua, como tinha visto no pornô *Jorrada nas estrelas*.

Carter gemeu baixinho, ainda dormindo, e eu sorri.

Ergui o corpo alguns centímetros e deixei a língua passear livremente pela glande. Fiz com que ela girasse algumas vezes ao chegar à ponta, abri os lábios e enfiei tudo na boca.

Carter gemeu mais forte dessa vez e eu ergui os olhos para ver se ele continuava dormindo.

Puxa, até que aquilo não era tão ruim. Dava para fazer numa boa. Eu era uma verdadeira e imunda chupadora de pica! Liz ficaria orgulhosa.

Isso me fez lembrar que eu precisava ligar para Liz e pedir que ela fosse me ajudar a preparar trezentos pênis de chocolate para as tais reuniões, no próximo fim de semana.

Baixei a cabeça um pouco e tomei mais de Carter na boca, sem parar de girar a língua sobre a chapeleta intumescida. Provei um pouco do líquido lubrificante que escorreu pela ponta e o sabor era deliciosamente mágico: uma mistura de marshmallow psicodélico com calda de chocolate branco alucinógeno. Cara… que viagem, maluco…

Dei uma risada ao pensar nisso. Imagina, estava rindo com o pau de Carter na boca. Graças a Nossa Senhora dos Boquetes Surpresa ele continuava dormindo. Rir do pênis de um homem pode fazê-lo se sentir pouco à vontade.

Chupei com mais força e fui mais fundo, o máximo que consegui sem engasgar. Vomitar sobre o pênis dele não seria uma boa estreia no mundo dos boquetes.

Ele ficou imenso, completamente inchado, túrgido dentro da minha boca e eu não podia crer que aquilo estava acontecendo sem ninguém testemunhar. Eu, Claire Morgan, estava com um pau duro na boca, inteiro, a cabeça coçando minha úvula! Merecia aplausos ou tapinhas nas costas. Devia ter esperado Carter acordar para fazer aquilo. Aposto que ele pegaria seu pau e bateria com ele na minha bochecha, como se fosse um taco de golfe. Isso acontece nos filmes. Quem sabe ele poderia dizer: "Que buraco fundo, hein?"

Lentamente, comecei a descer e subir ao longo da bela vara e deixei que meus lábios molhassem por completo a pele aveludada.

Os quadris de Carter se ergueram um pouco. Ele gemeu de novo e me deixou tonta, me sentindo poderosa. Passei mais uma vez com meu aspirador de pó a vácuo por toda a extensão do membro (sim, criei um novo apelido para a minha boca, não me julguem). Ao olhar novamente para cima, vi que ele arregalou os olhos de repente e seu corpo ficou rígido em um décimo de segundo.

Meus lábios apertavam a cabeça do pênis quando ele soltou um berro.

– NÃO HÁ NADA DE ERRADO COM MEU PINTO! ISSO ACONTECE COM TODOS OS HOMENS!

As pernas dele sumiram debaixo de mim e me atiraram de costas quase fora do colchão, enquanto ele se recolhia na cabeceira protegendo o pênis, que continuava fora da cueca, com as duas mãos.

– Onde está Gavin? – perguntou, aflito, os olhos procurando em torno do quarto. – Ele não tem vagina!

Fiquei deitada de costas na ponta da cama, apoiada nos cotovelos e me perguntando que porra era aquela.

– Ahn... Suponho que ele ainda esteja dormindo. Aliás, você também está – informei.

– Onde está o padeiro com o pão quentinho?

Estiquei uma das pernas e chutei a coxa dele com força.

– CARTER! – berrei. – Acorda!

Por fim, ele olhou para mim, muito confuso. Piscou duas vezes e balançou a cabeça com força, como se tentasse colocar os parafusos no lugar.

– Tive mais um daqueles sonhos com você me pagando um boquete, exatamente como no outro dia, quando Gavin estava na sala de estar me vigiando enquanto eu dormia. Caraca, dessa vez o sonho me pareceu ainda mais real! – murmurou.

Eu não tinha ideia de sobre o que ele falava.

Seus olhos procuraram pelo quarto mais uma vez, como se ele esperasse que Gavin pudesse surgir debaixo da cama, gritando: "Surpresa! Eu vi mamãe cantando no seu microfone!"

Tornou a olhar para mim e perguntou:

– O que você está fazendo aí, deitada na pontinha da cama?

Suspirei longamente, ergui o corpo devagar e fui até onde ele estava, na cabeceira. Ao chegar lá, encostei a cabeça na parede e olhei para o colo dele. Suas mãos continuavam cruzadas, protegendo o pênis que continuava com a ponta para fora da cueca. Ele seguiu meus olhos, e agiu rapidamente, puxando a cueca para proteger o que estava exposto.

Que pena!

– Pois é, Carter... Dessa vez não foi sonho. Minha boca estava aí quando você acordou descontrolado, gritando e falando do seu pinto e avisando que nosso filho não tem vagina.

A expressão no rosto dele poderia ser hilária se minha boca não estivesse deprimida pela falta de um pênis para preenchê-la. O pênis de Carter deveria exibir o batido slogan de bala: "É pura magia na sua boca."

– Ah, essa não!... Por favor, não me conte que eu interrompi um clássico boquete matinal. Diga que isso não aconteceu e eu finjo que não chutei você para afastá-la do meu pau, porque meu ego jamais conseguirá superar um trauma desses.

Eu me inclinei na direção dele e dei um tapinha em sua bochecha.

– Desculpe, amor, mas minha boca e meus lábios estavam em torno do seu pênis enquanto você dormia – murmurei.

Ele gemeu, num longo lamento.

– Devo afirmar, porém – continuei –, que foi uma surpresa total descobrir que um belo boquete desses poderia terminar com um coice no peito.

Ele tornou a gemer, mas dessa vez foi de irritação.

– Merda! A culpa não é minha. Sempre que estou ao seu lado, mesmo dormindo, meu pau fica duro e tenho sonhos eróticos com você. Pensei que fosse um repeteco do que tinha acontecido outro dia e aloprei.

Olhou para mim e fez um biquinho lindo.

– Por favorzinho... Dá para fazer tudo de novo? – implorou.

Eu ri com vontade quando percebi a voz dele, imitando criança.

A porta do quarto se abriu subitamente. Gavin entrou como uma rajada de vento, subiu na cama e se aninhou entre nós dois.

– Bom dia, mamãe – cumprimentou ele, se aconchegando em mim.

Carter suspirou ao perceber que não adiantava mais implorar. Mesmo assim sorriu ao me ver embrulhando Gavin com os braços e me enfiando com ele debaixo do lençol.

Depois que nos instalamos, Gavin olhou para Carter por sobre o ombro.

– Bom dia, Papai Polvo – disse ele, antes de se virar novamente para mim e brincar com meu cabelo.

Eu dei uma risada. Carter realmente parecia um polvo, cheio de pernas e braços.

Ele balançou a cabeça para os lados e me acompanhou na risada.

A mão de Gavin emoldurou minha bochecha e ele me olhou muito sério, com cara de pidão.

– Posso te pedir uma coisa, mãe?... – começou.

Eu o apertei com mais força e sorri.

– Claro, pode falar, meu amorzinho.

– Deixa eu ver seus mamilos? – pediu.

19

A paciente precisa de uma lavagem intestinal com urgência!

A boca de Claire se encontrava no meu pênis.

Estávamos sentados no sofá depois do almoço e eu não conseguia desviar os olhos da boca de Claire, que estava com o queixo pousado sobre a cabeça de Gavin.

Aquilo era errado. Mil vezes errado!

Porra!… Lábios vermelhos e carnudos envolveram meu pênis e eu tinha dado um chute na dona daqueles lábios. Tudo bem que eu estava inconsciente, mas mesmo assim… Dei um chute como se ela fosse uma bola de futebol e a joguei a um metro do meu pau. Essa é a regra número um do sexo: nunca chute uma garota quando ela está com a boca no seu pau. Se os dentes dela estiverem em ação e ela estiver mordendo com força… Fodeu! Fodeu nunca mais!!!

Soltei mais um longo suspiro e voltei a atenção para o filme que passava na TV.

– Como é mesmo o nome desse desenho? – perguntei.

Gavin estava enroscado ao meu lado com os pés no colo de Claire.

– *Procurando Nemo* – murmurou ele.

Assistimos ao filme em silêncio por alguns minutos e eu tornei a me sentir uma criança, curtindo o que acontecia na tela. Já fazia um tempão que eu não assistia a um bom desenho animado.

– Cacete! Eles acabaram de assassinar a esposa daquele pobre peixinho? – reagi, chocado.

– Isso mesmo – confirmou Gavin. – O peixão mau comeu ela.

Disse isso com toda a calma do mundo, como se o assassinato de um lindo peixinho de desenho animado fosse a coisa mais normal do mundo. Que diabos estava errado com aquele filme? Aquilo não podia ser adequado para crianças. Acho que não era apropriado nem para mim.

– Você tem certeza de que esse é um filme para crianças? – perguntei a Claire.

Ela riu e balançou a cabeça para os lados quando me olhou.

Uma hora mais tarde, Gavin dormia com a cabeça no meu colo e Claire estava recostada além, com o cotovelo no braço do sofá e a cabeça apoiada na mão.

Se eu ouvisse Nemo chamando "papai" mais uma vez, juro que ia me acabar de chorar, como um bebezinho. Peguei o controle remoto e desliguei o DVD.

Claire ergueu a cabeça da mão e me lançou um olhar de curiosidade.

– Precisamos colocar outro filme, porque esse é muito deprimente. Mataram a esposa do coitado do peixe nos primeiros cinco minutos, e agora temos que passar o resto da história vendo o pobrezinho procurar pelo filho sequestrado. Que tipo de gente doente da cabeça resolveu transformar uma história triste dessas num filme para crianças? – perguntei, aos sussurros, para não acordar Gavin.

– Seja bem-vindo à Escola Disney/Pixar sobre as dificuldades da vida – respondeu ela, com um tom seco.

Eu ri ao ouvir isso.

– Ah, qual é?!... Não é possível que todos os desenhos sejam assim. Eu não me lembro de ter ficado tão aterrorizado por um filme, nem no tempo em que era pequeno.

– Justamente porque você ainda era criança. Não compreendia direito o que acontecia na tela, do mesmo jeito que Gavin não entende. De qualquer modo, sempre achei que eles fazem esses filmes para os adultos – explicou.

Balancei a cabeça, incrédulo.

– Desculpe, mas eu me lembro de todos os grandes clássicos da Disney e garanto que não existe, em nenhum deles, nada que provoque pesadelos.

Ela ergueu uma das sobrancelhas para mim, em sinal de desafio.

– Tudo bem, vamos lá... *Bambi* – instiguei.

Ela riu na mesma hora e explicou:

– Ei, qual é? Esse é o mais fácil e óbvio. O pai do veadinho correu para as colinas assim que o teste de gravidez deu positivo. A mãe de Bambi era uma corça assustadiça e solteira que morava numa comunidade na cracolândia da floresta, um lugar dominado por gangues de coelhinhos. Um belo dia foi morta por uma bala perdida quando um caçador passava por ali, deixando Bambi órfão, e o pobrezinho foi obrigado a amadurecer de um dia para o outro.

Droga, eu tinha me esquecido de tudo isso. Já fazia um bom tempo desde a última vez em que eu assistira *Bambi*.

– Tudo bem, então, tá legal. O que me diz de *A pequena sereia*? Uma linda criatura do mar se apaixona por um belo príncipe.

Opa, era melhor calar a boca. Eu tinha um monte de priminhas e Ariel era um tesão. Homens, em geral, sempre passavam horas olhando para uma sereia gostosa, imaginando como seria dar um come nela.

Por falar nisso, falando sério... Como é que as sereias trepam?

Claire concordou com ar de deboche.

– Ah, claro. A doce Ariel, que foi obrigada a abrir mão de tudo, inclusive da sua identidade, por causa de um homem. O príncipe Eric não podia criar um bom par de guelras? Não, nem pensar! Ariel teve que desistir dos amigos, da família e da própria casa para ficar com ele. Eric tirou tudo dela, só tirou, tirou e não deu nada.

Vasculhei a cabeça em busca de outro clássico da animação, mas continuava embatucado com a ideia de trepar com uma sereia. Talvez bastasse deitar a sereia na ponta da cama e seu pau encontraria, de forma mágica, o caminho do paraíso naquele corpo sem pernas que terminava numa nadadeira.

– Tudo bem, o que me diz de *A bela e a fera*? A garota mais linda do mundo se apaixona pela personalidade e sensibilidade de um cara, e não por sua beleza física? Não dá para achar nada errado nessa história. Além do mais, ela ensina uma grande lição às crianças.

Disse isso e lancei um sorriso convencido para ela.

Talvez houvesse um botão mágico que fizesse o corpo da sereia abrir uma brecha abaixo da cintura, grande o bastante para alguém trepar com ela. Isso, isso, isso!... Tipo um mamilo mágico! Aperte o mamilo e veja a sereia se arreganhar.

– Errado! – replicou Claire. – Uma garota linda e pobre se apaixona por um monstro rico e agressivo. Só que ela o ama tanto que vive inventando desculpas para tantos abusos. "Ah, essas marcas roxas? É que eu tropecei e caí da escada."

Ela virou o rosto meio de lado e me olhou fixamente.

– Eu poderia ficar o dia todo aqui recitando absurdos desse tipo, pode acreditar – avisou. – Não podemos esquecer o escândalo que foi a torre do castelo em forma de pênis, na capa do VHS de *A pequena sereia*. Ou a voz que sussurrava, no fundo de uma das cenas de *Aladdin*: "Crianças, tirem a roupa toda."

Olhei para ela horrorizado.

E não vou enganar vocês... Baixei os olhos para os seios de Claire e me perguntei se um dos mamilos não seria um botão mágico. Essa ideia poderia render um Prêmio Nobel.

– Muito bem. De hoje em diante, Gavin só vai assistir a filmes puros e com belas mensagens, do tipo *Poltergeist* e *Sexta-feira 13* – decretei. – E você vai se fantasiar de Ariel no Halloween desse ano.

Claire revirou os olhos, se inclinou para pegar Gavin do meu colo e desapareceu no corredor. Alguns minutos mais tarde voltou, e eu a observei atravessando a sala, vindo em minha direção. Ela se sentou em cima de mim com as pernas abertas e minhas mãos agarraram os quadris dela de forma automática para mantê-la no lugar enquanto ela deslizava as mãos pelo meu pescoço e enroscava os dedos nos meus cabelos.

– Ele vai apagar por algum tempo. Quer brincar um pouco? – perguntou ela, com uma risadinha.

– Posso tocar nos seus mamilos? – perguntei, esperançoso.

Eu não pretendia ficar magoado, mesmo que ela me negasse acesso direto aos gêmeos, mas sempre era bom determinar as regras do jogo por antecipação, para não haver surpresas.

Ela riu e me beijou o canto da boca.

– Me pegou de farol aceso, né? – brincou ela, junto da minha boca. – Estou sem sutiã.

Fácil acesso ao mamilo mágico.

– Uhuuuu! – festejei.

Engoli a risada dela com um beijo, levando um tempão para explorar, lentamente, todos os centímetros de sua boca. Estava com o pênis semiereto desde que Claire tinha entrado na sala. Ouvi-la gemer baixinho enquanto eu a beijava me levou ao paraíso da maçaranduba. Minhas mãos massageavam sua bunda e eu a puxei um pouco mais para baixo, para que ela sentisse a parte dura louca para rasgar a calça jeans. Ela rebolou bem devagar em cima de mim e eu enfiei as mãos por baixo da sua blusa para sentir-lhe a carne nua. As pontas dos meus dedos pontilharam a coluna dela até o pescoço e depois fizeram o caminho de volta, bem devagar, até eu sentir que sua pele ficou toda arrepiada.

Nossas línguas travavam batalhas, enganchadas uma na outra; enlacei seu corpo e puxei-a para mais perto, até ela colar no meu peito. Seus quadris continuavam a rebolar contra minha ereção e eu me senti novamente como um adolescente no sofá do porão dos meus pais, me roçando e me esfregando nela sem tirar as roupas.

Pelo menos dessa vez o aparelho dental de Abby Miller não ia ficar preso no meu cabelo enquanto ela tentava, sem sucesso, lamber sem parar a minha orelha. E quando eu digo "lamber sem parar", por favor imaginem um galão de cuspe entrando pelo meu ouvido adentro até tudo ficar com um som estranho, como se eu nadasse nas profundezas de um oceano de baba.

Deslizei as mãos pelas laterais de Claire e subi pela frente do seu corpo. As palmas de minhas mãos se movimentaram em círculos suaves em torno dos seus seios, e senti seus mamilos ficarem duros como espetos em contato com minhas mãos. Ela pressionou meu pênis um pouco mais para baixo e isso nos fez dar um gemido forte e uníssono. Porra, eu estava doido para me lançar dentro dela, mas isso não era uma coisa possível de ser alcançada ali no sofá, com um menino de quatro anos a poucos metros da gente.

As mãos dela abandonaram os cabelinhos da minha nuca e deslizaram por baixo da própria blusa, até colocá-las em cima das minhas. Ela apertou meus dedos com força para colocar mais pressão sobre a carne tenra e macia. Eu daria meu testículo direito pela chance de cair de boca ali na mesma hora.

Tudo bem, exagerei sobre o testículo direito.

Nem o esquerdo, pensando melhor.

Merda, esqueçam os testículos. O que eu queria muito, muito mesmo, era lamber seus biquinhos.

O beijo se aprofundou enquanto trabalhávamos juntos, apertando e acariciando os mamilos dela. Suas coxas apertaram meus quadris como dois tornos e ela gemeu alto ao descer com mais força contra o calombo que não parava de crescer dentro das minhas calças. Proporcionar um orgasmo por dia a Claire era minha nova missão de vida. Os sons que ela emitia e o jeito como se roçava em mim eram o paraíso, mas eu precisava tocá-la toda, pele na pele. Precisava sentir *in loco* o quanto ela me queria naquele momento.

Assim que esse pensamento surgiu em minha cabeça, ela arrancou uma das minhas mãos do seio e a conduziu barriga abaixo, fazendo com que nossas mãos unidas penetrassem por baixo do cós da sua legging.

– Porra, você também está sem calcinha... – murmurei, vagando com os dedos sobre os caracóis macios dos seus pelos pubianos e fazendo-os escorregar lentamente através da sua lubrificação vaginal. Ela não conseguia fazer mais nada a não ser gemer baixinho, enquanto eu mergulhava mais e cobria meus dedos com seu líquido interno. Sua mão permaneceu sobre a minha o tempo todo, indicando os locais exatos onde eu deveria pressionar ou diminuir a velocidade. Aquela foi a coisa mais excitante da minha vida: sentir meus dedos escorregando pelo seu interior quente enquanto sua mãozinha ágil me guiava, centímetro a centímetro.

Com a outra mão ainda enganchada na minha nuca, ela lançou a cabeça para trás, deixando o pescoço exposto. Enfiei dois dedos dentro dela até o fundo e a beijei lentamente pescoço abaixo, enquanto meu polegar fazia pequenos círculos em torno do seu ponto mais sensível. Os quadris dela corcovearam contra a minha mão quando eu comecei a mover o pai de todos com rapidez para dentro e para fora dela. Mantive o polegar imóvel, de forma a deixar que os movimentos dos seus quadris a levassem para frente e para trás, roçando a parte macia do meu polegar, pois isso lhe daria controle sobre o orgasmo.

Agarrei a parte de trás da cabeça dela com força e a puxei para baixo, num beijo ardente. Assim que nossas línguas se enroscaram, ela explodiu. Seus gemidos e murmúrios foram abafados pela minha boca e isso foi bom, pois ela gritaria muito alto se nossos lábios não estivessem fundidos.

Ela cavalgou meu dedo médio e eu o mantive dentro do seu calor, sendo apertado, até sentir a última gota do seu orgasmo explodir numa contração. Ela se afastou da minha boca e despencou contra meu ombro, com o rosto aninhado na curva do meu pescoço.

Meu dedo permaneceu lá dentro até ela conseguir retomar o fôlego e eu senti os músculos da sua vagina latejando, ainda em descontrole. Ela ergueu a cabeça e ofereceu, com um olhar sonhador:

– Me dê só dois segundinhos para me recuperar e eu prometo chupar você como se fosse um...

– Gaga-ulalá, gaga-ulalá, uanti ió bédi romanci.

O som de Gavin cantando Lady Gaga aos berros nos deixou congelados. Ele vinha em nossa direção e ficamos petrificados.

Claire me olhou com os olhos arregalados, mas eu não consegui tirar o dedo de sua vagina.

Por que diabos eu não conseguia tirar o dedo da boceta dela?!

Sob circunstâncias normais eu queria meus dedos lá dentro vinte e quatro horas por dia, mas comecei a perceber o erro no meu modo de ver as coisas. Havia situações em que não era aceitável ter os dedos enfiados numa vagina. Quando a pessoa está num posto trocando o óleo do carro, por exemplo; ou no dentista, fazendo limpeza de tártaro; ou quando o filho de quatro anos está no mesmo aposento que os pais.

– Tão fazendo o quê!?!

O que salvou o dia foi o fato de meu sofá estar de costas para o corredor. No momento, tudo que Gavin conseguia ver era a minha nuca e o rosto aflito de Claire.

– Ahn... Papai precisava de um abraço – replicou ela.

– Oba, também quero dar um abraço no papai!

– NÃO! – gritamos, ao mesmo tempo.

Claire olhou para baixo e depois para mim, com uma expressão de pânico.

Encolhi os ombros. Eu me recusava a tirar o dedo dali. E se Gavin resolvesse me cumprimentar? Isso não é uma coisa comum numa criança de quatro anos, mas... Caraca! Ele iria precisar de terapia por muitos anos, depois disso.

Lancei a cabeça para trás o máximo que consegui e vi Gavin de cabeça para baixo, parado e com ar distraído, batendo com a ponta do dedão do pé no carpete.

– Ei, amigão, quer me fazer um favor? No meu quarto, em cima da cômoda, tem um montão de moedas. Dá para você levar tudo para o seu quarto e colocar uma por uma no seu cofre de porquinho? – sugeri.

Os olhos dele ficaram imensos e ele começou a pular.

– Legal! ADORO dinheiro!

Dizendo isso, ele se virou e correu pelo corredor. Deu para ouvir o barulho das moedinhas que ele recolheu em cima da cômoda e levou para o seu quarto.

Só conseguimos relaxar ao perceber que aquilo iria mantê-lo ocupado o bastante para que nos recuperássemos ou, pelo menos, que eu tivesse tempo de tirar o dedo da vagina de Claire com calma.

Ela escorregou lentamente do meu colo e se largou no sofá ao meu lado, enquanto ouvíamos o barulho das moedas sendo depositadas no cofrinho de cerâmica, acompanhados por mais um verso de "Bédi romanci".

– Preciso ensiná-lo a gostar de músicas melhores. De Led Zepellin e Beatles – disse, ajeitando o volume dentro da calça para uma posição mais confortável.

– Puxa, eu pensei em gravar nosso próprio álbum Kidz Bop. É claro que teríamos que chamá-lo de *Kidz Bop, só proibidão* – disse ela, com um sorriso.

– Que ideia fantástica! Você já sustenta aquele garoto há muito tempo, está na hora dele arrumar um emprego.

Ela concordou com ar sério.

– É verdade. Já temos "S&M", a canção sexy da Rhianna. Podemos acrescentar Gold Digger, na versão de Kanye.

– Acho que ele venderia mais se cantasse rap – sugeri. – "Bitches ain't shit" ou "Ninety-Nine Problems". Precisamos só ensinar a ele um pouco mais de atitude.

Enquanto ríamos, Gavin voltou correndo para a sala.

– Você tem cincoito e sete moedas, paizão. Vai comprar pra mim um hambúrguer, seu bundão.

Tudo bem. Acho que podíamos dispensar as aulas sobre atitude.

À medida que os dias foram passando, eu vivia agradecendo a Deus por Carter. Ele me ajudava em tudo que podia e cuidava de Gavin todas as noites depois que voltava do trabalho. Quase todas, na verdade.

Teve um dia de folga quando Liz se ofereceu para ficar com Gavin a noite toda para podermos curtir algum tempo só nós dois, sem medo de outro coice para me afastar do pênis de Carter, nem nada do gênero. Exigi que Liz jurasse segredo quando lhe contei a história, mas acho que Carter percebeu que Liz sabia de tudo quando ela começou a lhe fazer perguntas aleatórias do tipo: "Ei, Carter, você já assistiu ao filme *O coice mortal?*" ou "Claire e eu estamos pensando em fazer aulas de boxe tailandês. O que acha disso, Carter?"

Fiquei feliz ao perceber que o sexo era tão ou mais fabuloso quando estávamos sozinhos, sem recear que nosso filho pudesse surgir no quarto a qualquer momento. Ganhei cinco estrelas naquela noite na primeira aula do curso de Boquetes e não fui chutada para fora de sala. Não levei chute nenhum, na verdade.

Cortei drasticamente minhas horas extras no bar, para ter tempo de preparar tudo para a inauguração da loja. No momento, ia trabalhar só quando tinha uma brecha. Às vezes, arrumava algumas horas de folga e ligava para ver se estavam precisando de mim. Embora aquele não fosse exatamente o emprego dos meus sonhos e eu nunca ter planejado ficar lá para sempre, ainda me ressentia um pouco por não passar todas as noites no bar. Os Foster tinham sido muito generosos comigo ao me dar o emprego sem fazer perguntas, apesar de eu estar com cinco meses de gravidez, na época, e ter acabado de abandonar a faculdade.

Eu tinha chorado como um bebê ao ligar para lá na véspera e ouvir de T.J. que eles não iriam mais precisar dos meus serviços. Aquele bar era um segundo lar para mim e eu guardava muitas recordações do lugar. Minha bolsa tinha estourado quando eu estava no depósito, pegando uma garrafa de vodca. Gavin deu seus primeiros passinhos uma tarde em que papai o levou para almoçar lá. O mais importante, porém, foi eu ter reencontrado Carter naquele balcão.

O bar ficava pouco adiante da nossa loja, na mesma rua, e eu sabia que ainda iria passar muitos bons momentos lá. Só que era estranho saber que eu não estaria mais trabalhando lá todos os dias. Seria mentira se eu dissesse que grande parte da minha tristeza vinha da ausência definitiva de P.O.R.N.O. na minha vida. Apesar disso, T.J. teve um desempenho memorável um dia, quando eu estava guardando chocolate na geladeira da minha loja e ele apareceu. Ouvi o sininho da porta e pensei que fosse Carter chegando com

Gavin. Assim que girei o corpo, fui atingida na cara por três bolinhas de pingue-pongue. Depois de se gabar e comemorar por, finalmente, ter me acertado três boladas de uma vez só num instante em que eu estava sóbria, T.J. saiu correndo da loja.

Passei o resto da noite rascunhando várias regras novas para o P.O.R.N.O., uma das quais incluía uma penalidade pelo arremesso de múltiplas bolas sem autorização prévia do atacado. Um copo deveria ser colocado sobre a mesa, uma bola seria atirada na direção do citado copo e, caso o arremesso fosse bem-sucedido, o ataque podia ter início. Entretanto, se a bola não entrasse no citado copo, o arremessador receberia uma bolada na cara. Chamei essa regra de "Bolas pra Fora".

Drew deu uma passada na loja para levar algumas caixas pesadas e achou uma cópia das regras sobre o balcão. Três horas depois, voltou com camisas para todos, onde se lia "Adoro P.O.R.N.O.", e se autointitulou capitão da equipe.

Antes mesmo de eu ter a chance de me preocupar com o pagamento das contas domésticas até começar a lucrar com a loja, Carter se sentou comigo, uma noite depois da primeira que passamos em sua casa, para avisar que iria assumir todas as despesas até a loja começar a bombar. Foi a noite da nossa primeira briga. Eu tinha me virado numa boa e conseguira criar Gavin sem ajuda externa durante todo aquele tempo. Não iria aceitar esmolas de Carter. Nem pensar! Minha teimosia me impediu de analisar a situação pela ótica dele e a briga foi feia. Ele tinha perdido muita coisa e se sentia culpado o tempo todo, embora a culpa não fosse sua. Pagar minha conta de telefone, comprar sapatos novos para Gavin e bancar as consultas com o pediatra faria com que Carter finalmente fizesse parte das nossas vidas, deixando de ser apenas um cara batizado de "papai". No fim, por mais que eu me mostrasse independente e odiasse a ideia de alguém pagar minhas contas, não podia lhe negar o pedido, pois aquele era o seu desejo e isso o deixaria feliz. Encerrei o chilique, concordei com o que Carter pedia e fizemos quentíssimas "ligações de longa distância" trancados na lavanderia, enquanto Gavin assistia a um filme na sala de estar.

Foi com a ajuda de Carter que, apesar da diminuição de minhas horas de trabalho no bar, consegui dar conta de quase tudo alguns dias antes da inauguração da loja. A única coisa que faltava era dobrar todos os folhetos que Jenny imprimira para mim. Carter ficou com Gavin uma noite, para que eu pudesse passar algum tempo com as meninas, que tinham se oferecido para me ajudar a dobrar os folhetos.

Jim e Drew iam fazer companhia a Carter, já que eu pretendia prender suas mulheres a noite toda. Mas fiz pé firme com Drew e ameacei lhe dar uma raquetada na bunda com a força de um saque de John McEnroe se meu filho voltasse para casa com novas palavras proibidas em seu vocabulário.

Liz, Jenny e eu estávamos sentadas no chão da minha sala, cercadas por milhares de folhetos dobrados e ainda por dobrar, além de quatro garrafas de vinho.

Na verdade eram cinco. A quarta delas eu tinha esvaziado na taça de Liz pouco antes de ela pular e correr feito uma louca para o banheiro com as mãos entre as pernas como um bebê, por não aguentar mais de vontade de fazer xixi.

Foi quando eu me levantei e fui até a cozinha pegar a quinta garrafa. Ao passar pelo banheiro, vi a porta escancarada.

– Liz, você está mijando de porta aberta?

Ela me olhou com olhos atônitos de bêbada, balançando o corpo para frente e para trás, sentada no vaso, urinando.

– Estou. Te incomoda?

– Só se você escorregar e mijar no chão do meu banheiro – avisei, indo para a cozinha.

– Muito xusto, xustissimamente xusto! – berrou, engrolando as palavras.

Depois que eu abri a quinta garrafa e enchi as três taças, Liz voltou do banheiro, espalhou os folhetos pelo chão e se deitou de barriga para baixo, segurando o queixo com as mãos.

– Muito bem, suas galinhas vadias, hora de brincar de "Verdade ou Consequência" – avisou ela, com voz arrastada. – Jenny, por qual apelido você chama sua vagina?

Jenny corou, mordeu o lábio inferior e olhou para baixo. Depois de longos minutos de incentivos meus e de Liz, ela finalmente murmurou algo parecido com "Water".

– Como é que é? Repita, por favor, não tenho audição de cachorro – pedi.

– Em compensação, sua xana fede como um cão vira-lata. – Liz se escangalhou de rir com a própria piada.

– Vá se foder, sua verruga anal.

– Eu apelidei minha vagina de Waterford, o nome da porcelana – gritou Jenny, interrompendo a zoação desenfreada.

Eu e Liz nos viramos para ela com o mesmo olhar confuso.

– Que porra é essa, sua louca?!? – estranhou Liz, tomando mais um gole de vinho.

– Pois é... – Jenny encolheu os ombros. – Waterford é um aparelho de jantar caríssimo, porcelana muito fina e tal. Só deixo alguém comer usando minha Waterford se for um convidado especial.

– Por que não a chama simplesmente de "porcelana chinesa", ou algo mais fácil?

Jenny refletiu por um instante.

– Porque eu nunca estive na China, ué! – explicou, com um olhar de espanto.

– Muito bem, deixa pra lá – interrompi. – Próxima vítima: Liz. A pergunta é a mesma. Que nome você da à sua periquita?

Por que será que a sala estava toda torta?

Liz tomou um gole imenso do vinho.

– Gulosa, uma verdadeira devoradora de rolas! – respondeu, com um esquisito sotaque caipira.

O rádio ligado na cozinha encerrou uma longa sequência de anúncios e recomeçou a programação musical.

– Ai, adoro essa música. Ela me envelopa! – exclamou Jenny, com ar sonhador.

– E também coloca um selo em você? – Liz riu. – Um selo escrito "vaca"?

– Não, um selo escrito "grelo" – propus, aos berros.

Por que eu estava berrando daquele jeito?

– Eu não tenho nenhuma tatuagem – lamentou Jenny, do nada.

– É a vez de Claire e eu escolho "consequência" – declarou Liz.

– Ei, sou eu que tenho que escolher! – protestei. – Não é assim a brincadeira?

– Cala a boca, vadia! Eu desafio você a enviar uma foto dos seus peitos pro Carter.

– Espere um pouco, dá pra repetir? – pediu Jenny. – Não consigo ouvir direito com a taça vazia – murmurou, servindo-se de mais vinho. Liz simplesmente a ignorou, rastejou pelo chão como um soldado de trincheira, pegou o celular que estava no meio de nós e o entregou a mim. Hesitei por um segundo, mas logo peguei o aparelho de sua mão, liguei a câmera e matei meu vinho de uma vez só, para pegar um pouco de coragem líquida.

Ergui a blusa e o sutiã até cobrir a cabeça, estiquei o braço o máximo que consegui e tirei uma selfie esperta. De repente, a blusa e o sutiã estavam de volta ao lugar e meus dedos rolavam pelos nomes da lista de contatos, enviando a foto antes de alguém ter chance de falar.

– Puta merda, maluca! Eu só pedi para você pagar peitinho, não precisava esfregar seus air bags na cara da gente. De qualquer modo, devo confessar que estou orgulhosa de você, amiga! – disse Liz, com expressão de fascínio.

– Os peitos de Claire são bonitos – murmurou Jenny, olhando para a parte da frente da própria blusa.

Anexei a foto a uma mensagem de texto: "Tamu c saudade", e apertei "enviar".

Aquilo me deu uma incrível sensação de poder. Eu me senti uma espécie de Joana d'Arc, ou talvez a versão moderna dela em *A lenda de Billie Jean*. Ser queimada numa estaca não era nada divertido, mas eu aceitaria encarar um corte de cabelo quase a zero, como no filme, para depois ser seguida por centenas de amigos fora da lei entoando "queremos justiça" e atravessando a fronteira. Virei o celular para Liz e mostrei-lhe a mensagem de texto.

– Oh, gafanhoto, eu sabia que você iria aprender todas as lições – disse ela, enxugando uma falsa lágrima do rosto.

– Não consigo mais rezistrar nada – resmungou Jenny, deitando de costas no chão e olhando para o teto.

– Registrar! Com g, gistrar! Pelo amor de Deus, alguém aí me traga depressa uma Enciclopédia Britânica de presente para essa jumenta – gritou Liz, ainda deitada.

– Queremos justiça! – berrei, com o punho erguido.

Comecei a dobrar mais folhetos enquanto Liz se arrastava até onde Jenny estava, para tentar convencê-la a entrar num supletivo. Depois, Liz a obrigou a pagar vinte flexões por excesso de burrice e repetir palavras de ordem. Foi nesse momento que eu me levantei e fui até a cozinha para pegar mais biscoitos e cortar queijo.

Analisando agora, aprendi que quem tem um sangue do tipo Merlot não devia lidar com raladores de queijo.

❦ ❦ ❦

– Dá um chute no saco dele!

Eu me sentei na poltrona reclinável e girei os olhos de impaciência quando começou um novo round da luta de UFC que passava na TV.

– Olha aí, galera, numa boa... Chega desse papo de chutar o saco – reclamei.

Drew olhou para mim fazendo biquinho e disse:

– Qual é, maluco? Seu moleque nem tá acordado.

Olhei para trás, onde Gavin despencara de sono. Literalmente. Seu corpinho estava debruçado sobre o braço do sofá, a cabeça e os braços pendiam soltos em direção ao piso e os joelhos meio tortos pareciam espremidos entre os almofadões. Como é que ele conseguia pegar no sono daquele jeito?

– Estou tentando salvar você da ira de Claire, cara. Pode acreditar, é para sua própria segurança – falei, apreciando sua camiseta, que exibia um casal caminhando na praia de mãos dadas, com as palavras: "Adoro longas caminhadas na areia depois de um bom anal."

– Vou jogar meu saco em vocês todos – anunciou a voz abafada de Gavin, pendurado com a cabeça quase no chão.

Olhei para Drew com ar de "Eu não disse?"

– Ô, Carter – chamou Jim, vindo da cozinha. – Por que que a Claire me enviou uma foto dos peitos acompanhada das palavras "Tatu c maldade"?

– O quê?! – gritamos Drew e eu, em uníssono.

Jim me entregou seu celular para eu confirmar e me inclinei para olhar.

– Tá falando sério? Tem uma foto dos peitos da Claire no *teu* celular? – gritou Drew, pulando do sofá numa velocidade espantosa, numa tentativa de pegar o celular antes de mim.

Entrei em pânico, voei da poltrona reclinável no canto da sala e pulei nas costas de Drew, com o braço em torno do pescoço dele.

– Que porra é essa?!? Sai das minhas costas, seu tarado – gritou Drew, girando o corpo enquanto tentava se desvencilhar e me tirar de cima dele.

– Nem pense em olhar para a foto, seu chupador de pica – ameacei, tentando mantê-lo imobilizado com um braço enquanto esticava o outro para pegar o celular.

O aparelho tocou nesse instante e Jim o recolheu, girando os olhos diante do que via.

Drew parou de tentar escapar e ficamos parados ali, imóveis. Quer dizer: Drew ficou em pé, parado; eu continuava colado nas costas dele como macarrão bem passado.

– Vamos lá... Agora é Jenny me perguntando se eu quero jantar na China hoje à noite. Que porra está rolando lá com as malucas das mulheres de vocês?

Desci das costas de Drew e Jim me entregou o celular. Fui até a mensagem que Claire tinha enviado e meu queixo caiu.

Confirmado: eram os seios dela. Ge-Zúis!!! Encaminhei a mensagem para o meu celular e apaguei tudo dali. Mais tarde, pretendia perguntar-lhe o que significava aquilo, entre outras coisas.

Meu celular tocou nesse instante e o identificador de chamadas avisava que era Liz.

– Atende, caralho. Aproveita e pergunta a Liz por que Claire está me mandando fotos dela pelada – sugeriu Jim, com uma gargalhada.

Apertei o botão para ouvir a ligação, mas imediatamente afastei o aparelho do ouvido ao perceber gritos abafados.

– Caraca, quem tá gritando? – quis saber Drew, franzindo o cenho.

Balancei a cabeça para os lados e encolhi os ombros enquanto colocava o celular no ouvido, mais uma vez.

– *Juro por Deus que se você vomitar nesse carro vou quebrar seu pescoço! Deixa de ser fresca.*

– Ei – berrei, tentando me fazer ouvir através dos berros. – ALÔ!

Os gritos continuaram e nós três corremos até a cozinha, para não acordar Gavin.

– *Você já é adulta e mãe, pelo amor de Deus. É só um pouco de sangue. Quer parar de gritar?*

– LIZ! ALÔ! – tornei a berrar quando cheguei à cozinha.

Drew estava se mijando de rir, mas eu conhecia aqueles gritos. E ouvir Liz mencionar a palavra "sangue" me deixou meio apavorado. Claire estava *sangrando*?

– Drew, liga pra Jenny agora! – ordenei, depressa.

Alguns segundos depois ouvi o celular de Jenny tocando ao fundo da minha ligação, e também a voz de Jenny tentando encobrir os gritos de Claire e os berros de Liz. Desliguei, pois não ia conseguir nada daquele jeito, e me virei para Drew.

– Ohmmm, eu também te amo, Fofinha! – derretia-se ele.

Dei-lhe um soco no ombro e indiquei, com o dedo apontado, que ele devia ir direto à questão.

– Ei, gata, o que que tá rolando aí? Por que Claire está gritando? – perguntou, afastando um pouco o aparelho para ligar o viva voz.

Os berros e guinchos explodiram e ecoaram na cozinha. Todos nós franzimos a testa ao mesmo tempo, incomodados.

– Claire tem peitos lindos – afirmou Jenny.

Girei os olhos para cima.

– Gata, presta atenção! O que está acontecendo? Onde vocês estão? – quis saber Drew.

– *Estou morrendo! Ah, meu Deus, vou sangrar até a morte dentro de um táxi que fede a mijo e peido!*

Por que diabos Claire estava sangrando dentro de um táxi?

– Claire sofreu um azzidente... ahn, um axidente. Está com um dodói – explicou Jenny, numa voz pastosa.

– *Muito bem garotas, chegamos ao hospital. Não, nada disso, não precisam me pagar a corrida. Simplesmente CAIAM FORA do meu táxi.*

Drew e Jim ficaram na minha casa com Gavin e eu fui voando para o hospital.

E se Claire tivesse perdido a mão num acidente horrível no triturador de lixo? Ou um cutelo de açougueiro tivesse caído em sua perna e ela precisasse de uma amputação? Minha casa não estava preparada para receber uma cadeirante! Caralho!!! Será que vendiam rampas para cadeiras de rodas no Walmart?

No instante em que entrei na sala de emergência do hospital, me arrependi tremendamente de ter deixado Jim e Drew em casa. Estava preso no mesmo aposento com três bêbadas. Uma delas soluçava sem parar e gritava, histérica, que iria deixar o filho órfão, enquanto as outras duas atiravam, de forma aleatória, vários objetos em cima de pessoas que passavam e berravam perguntas do tipo "nada a ver".

– Desculpe, meu senhor... Saberia nos informar onde fica a sala de raios X para podermos achar o grampo que ela perdeu na vagina? – quis saber Liz de um servente que passava, apontando para Claire.

Lancei meu melhor olhar de desculpas para o cara, antes de focar a atenção em Claire.

– Amor, está tudo bem. Foi só um corte superficial no dedo. Você vai precisar de dois pontinhos só, talvez nem isso – garanti, embalando-a nos braços enquanto lhe acariciava as costas.

Estalei os dedos na direção de Jenny e Liz, que agora estavam no canto da sala soprando e tentando prender luvas cirúrgicas na cabeça. Depois de me lançarem olhares inocentes, deram tapas uma na outra com as luvas infladas e caíram num incontrolável acesso de riso.

– Está tudo bem? *Tudo bem?* – gritou Claire, ainda mais alto. – Eles me perguntaram se eu tinha deixado testamento. Eu quase MORRI aqui, hoje!

Eu ri, mas disfarcei quando ela me lançou um olhar de ódio.

– Claire, esse é o procedimento normal. Eles perguntam isso para todo mundo que dá entrada aqui – menti, para tranquilizá-la.

– Eu concordo. Você concorda? Quem mais concorda? – quis saber Liz.

– Você não está me ajudando nem um pouco, Liz – grunhi para ela.

– E você não está nem aí – replicou ela, e pôs-se a analisar o conteúdo dos armários da enfermaria.

– E se eu morrer? Meu filho vai ficar sozinho no mundo! – soluçou Claire.

– Ahn... Ei, se liga! O pai da criança está bem aqui, ao seu lado – lembrei a ela.

– Ótimo! Mas... E se alguma coisa de grave acontecer com nós dois? Eles podem mandar Gavin para ser criado pela tia Gertrudes, que acumula tralhas, conversa com as cortinas e toma detergente na colher – lamentou ela.

Emoldurei o rosto dela com as duas mãos, enxuguei-lhe as lágrimas e beijei-lhe os lábios suavemente.

– Ok, escute com atenção – propus. – Se houver um desastre natural amanhã e nenhum de nós dois escapar, tenho certeza de que seu pai não se incomodaria de ficar com Gavin. Por que você está preocupada com um troço desses justo agora?

– Eles me perguntaram se, no caso de emergência, eu conhecia algum padre para vir me aplicar a extrema-unção. Eles realmente acharam que eu ia morrer, Carter. Isso é sério! – Ela chorou ainda mais. – E seu meu pai tiver um infarto amanhã ou for atingido por um asteroide quando estiver entrando no carro, na saída do trabalho?

Nunca mais eu iria deixar Claire assistir ao Sci-Fi Channel antes de dormir.

– Juro para você que eles perguntam a todo mundo sobre a extrema-unção. De qualquer modo, você ficaria mais descansada se fizéssemos uma lista com nomes? Podemos encher dez páginas com nomes de pessoas potencialmente capazes de cuidar do Gavin, se isso deixar você mais calma.

Ela concordou com cara alegre e me enlaçou o pescoço com força.

– Agradeço muito, amor. Gosto de você mais do que uma puta gosta de exames grátis para detectar doenças venéreas – declarou, com voz de bêbada.

Massageei suas costas com carinho e lancei olhares de censura para Liz e Jenny, que tinham apagado algumas palavras do quadro de avisos onde havia números de telefone importantes. Em vez de "Solicitar refeições" agora estava escrito "Solicitar prostitutas". Em vez "Se deseja visitar a capela, peça a uma enfermeira", agora se lia "Se quer gozar gostoso, peça a uma enfermeira".

O médico apareceu com os papéis de liberação de Claire e uma receita de antibiótico. Explicou tudo com calma e se virou para deixar o quarto.

– Doutor, espere! A paciente precisa de uma lavagem intestinal com urgência! – berrou Liz, enquanto Jenny prendia um tubo de borracha em torno da cabeça, como uma bandana.

Acho que podíamos cortar logo de cara algumas pessoas da lista de possíveis tutores para Gavin.

26

Vem de ré que eu já engatei a primeira

Puta que pariu! Onde está a porra do filho da puta do macaco que tinha me chutado a cabeça e cagado na minha boca?

– Acho que estou morrendo – grasnei.

A risada de Carter fez a cama balançar e um pouco de vômito surgiu na minha garganta. Tapei a boca com a mão e respirei fundo pelo nariz, para fazer a vontade passar.

– Por favor, chega desse papo de "morte". Ainda nem amanheceu direito e não estou acordado o suficiente para dizer coisas bonitas – replicou Carter, massageando minhas costas em círculos lentos.

Pensei em perguntar sobre que diabos ele estava falando quando o latejar em minha cabeça começou a me trazer flashes das coisas que tinham rolado na véspera.

– Ó meu Deus! Enviei uma foto dos meus peitos para Jim – lamentei, sentindo uma nova onda de náusea.

– Você também vomitou no estacionamento da Emergência, ligou para Drew e contou a ele que é a Rainha do Coice no Boquete. Depois, redigiu um testamento num guardanapo do Burger King e pediu à atendente para ela ir reconhecer firma.

Nunca mais vou beber. Nunca mais vou beber. Nunca mais...

– Por que eu não sou uma daquelas pessoas com amnésia alcoólica ou que simplesmente apagam quando ficam de porre? Seria ótimo não precisar me lembrar desses micos no dia seguinte – murmurei.

Senti o colchão afundar mais uma vez ao meu lado. Alguns segundos depois, o braço de Carter veio por trás e colocou diante de mim um guardanapo com coisas escritas.

– Desculpe, gata, mesmo que você tivesse esquecido, eu ainda teria a prova do seu mico – disse Carter, com uma risada. Peguei o guardanapo da mão dele e apertei os olhos para conseguir ler os garranchos, enquanto ele se enfiava debaixo das cobertas, ao meu lado.

– Não quero moer... mover?... MORRER! Este gradanapo do Burguer Donald's vai servir de testamento, ouviu, sua VADIA? Por falar nicho, as batatas fritas daqui são umas bostas. Se eu morrer, não alimente meu filho com essas batatas de merda. E não entregue meu filho para o peidófilo que aparece naquele comercial usando uma coroa de rei. Qual é a daquele cara, afinal? Ele tem um gorpo normal, mas a cara parece de prástico e ele está sempre rindo? Isso não tá certo, cara. Não tá certo mermo! Minhas orelha tá dormentes.

Perguntei a mim mesma se alguém tinha me dado um calmante na véspera. Foi a primeira vez na vida em que eu torci para ter sido sedada, nem que fosse para culpar o medicamento por tudo que aconteceu, em vez da bebida.

– Tudo bem, eu queria um testamento de verdade, escrito por um advogado, e também uma nova certidão de nascimento para Gavin onde aparecesse o seu nome como pai. É claro que devia ter feito isso antes de beber mais que o meu peso em vinho – expliquei.

– Para sua sorte, sou fluente no bebedês, ainda mais o seu. Mesmo tendo sacado que você mal sabia o que falava ontem à noite, deu para perceber que julga isso importante. Também é importante para mim, por falar nisso. Deus nos livre de nos acontecer alguma coisa. Caso isso ocorra, porém, eu me sentiria melhor sabendo que Gavin ficará bem. Já temos o seu pai. Meus pais, apesar de você ainda não ter conhecido eles, certamente topariam na hora dar uma força para criar Gavin. Mesmo assim, acho que deveríamos escolher alguém mais jovem como plano B, só por garantia. Sei que você vai estar tremendamente ocupada no próximo mês porque a loja vai abrir amanhã, e não temos tempo para sentar e discutir isso com calma, mas talvez fosse uma boa visitar nossos amigos nos próximos dias e ver como eles interagem com Gavin. Sabe como é, uma espécie de pesquisa secreta.

Senti uma vontade súbita de colocar tudo para fora mais uma vez, mas segurei firme, pois Carter merecia minha atenção total e sem vômito.

– Não acredito que você levou a sério alguma coisa do que eu disse ontem.

Carter chegou mais perto, deitado, pressionou o corpo no meu e me envolveu a barriga com os braços.

– Levo a sério tudo que você diz e faz, mesmo depois de fotos proibidas enviadas para nossos amigos e seus berros na janela do drive-thru, ameaçando quem cuspisse no seu hambúrguer ao prepará-lo – afirmou Carter, beijando minha fronte.

Ergui a mão diante do rosto e reparei, pela primeira vez, no curativo que tinham feito no meu dedo médio.

– Acho que tem tudo a ver eu quase ter cortado fora o dedo do meio. Vai ser divertido mostrar justamente esse dedo para todo mundo que me perguntar o que aconteceu – falei, com um suspiro. – Sabe o que eu acabei de lembrar? Liz e Jim vão tomar conta de uma priminha dele por algumas horas, hoje. Pensei em ir até lá para ela e Gavin poderem brincar, enquanto eu e Liz preenchemos o resto da papelada. Faltou ainda uma coisa ou outra. Você também poderia ir conosco para fazermos nossa primeira entrevista secreta.

Carter se apoiou no ombro, para poder olhar direito para mim.

– Vou ter que usar um anel decodificador de sinais secretos e inventar um codinome de espião do tipo James Bond Buça ou Agente 69?

Ergui a cabeça para poder olhar melhor para Carter.

– Vou ter que chamar você por esses nomes em voz alta diante de pessoas que conhecemos? – eu quis saber.

– Só se descobrirem nosso plano secreto.

Ele pousou a cabeça no travesseiro ao meu lado e, em poucos segundos, senti seu pau duro roçando a minha bunda.

– Tá falando sério? Só de pensar num codinome do tipo Bond Buça já te deixa excitado? – perguntei, com uma gargalhada, tentando não fazer careta quando o movimento fez minha barriga se retorcer.

A mão dele, pousada em meu estômago, deslizou por baixo da camiseta, subiu pela frente do meu corpo até alcançar meu seio.

– Qualquer coisa que eu diga, faça ou pense sobre você me excita – informou ele, baixinho, enquanto a palma de sua mão circulava suavemente sobre o meu mamilo. Empurrei os quadris para trás e esfreguei minha bunda por todo o seu membro enquanto ele massageava meu seio e me plantava um beijo na lateral do pescoço. De repente, sua cabeça se afastou de mim e sua mão parou de explorar minha pele.

– Você vai vomitar de novo, não vai? – perguntou, quando eu apertei os olhos com força e pensei em arco-íris, gatinhos e outras coisas lindas, para evitar colocar tudo para fora.

Não funcionou. Arco-íris me fizeram pensar no slogan "Experimente o arco-íris", das balinhas Skittles e no pacote delas que eu tinha devorado na véspera, antes de ir para a cama. Gatinhos me fizeram pensar em Whiskas, caixinhas de areia com bolas de cocô durinhas e...

Saltei voando da cama e corri para o banheiro. Quase não deu tempo de chegar junto da privada para esvaziar o conteúdo do estômago que, por coincidência, adivinha?, tinha as cores do arco-íris.

– Tudo bem, meu pênis não ficou nem um pouco ofendido por fazer você vomitar – berrou Carter, do quarto.

Carter acordou Gavin, vestiu-o e lhe serviu café da manhã, enquanto eu tomava uma ducha e tentava voltar à condição humana. Por mais que eu deteste reconhecer, vomitar tinha ajudado muito. Eu tinha finalmente conseguido exorcizar meus demônios.

Quando saí do chuveiro, percebi que estava sem roupas... quer dizer, tinha só a camiseta regata que eu usara para dormir, além da calcinha. Onde o resto das minhas roupas tinha ido parar?

Vasculhei o closet de Carter até achar uma de suas camisas. Depois, remexi em sua gaveta de cuecas em busca de algo que pudesse vestir. Procurando bem no fundo, pesquei uma minúscula tanga vermelha.

Os deuses da vingança sorriam para mim.

Vesti a cuequinha sumária e fui até a cozinha, onde Carter limpava a mesa do café enquanto Gavin tentava enrolá-lo.

– Mamãe sempre deixa comer bala logo depois do café da manhã.

Fiquei parada do lado de fora da porta para poder ouvi-los sem que eles me vissem. Gavin estava sentado à mesa e Carter estava de costas para ele, carregando a máquina de lavar louça.

– Me engana que eu gosto... Bala depois do café da manhã? E eu sou o Papai Noel – resmungou Carter, quase para si mesmo.

– Você é o Papai Noel? – perguntou Gavin, muito empolgado e já se levantando da cadeira.

Carter se virou na mesma hora com expressão de pânico.

– O quê? Não! Bem, tecnicamente eu... Espere, não. Não, nada disso, não sou Papai Noel. Isso foi só uma ironia – explicou.

– O que é "mironia"?

– Merda! – reagiu Carter.

– Êta, você disse *merda* – acusou Gavin, apontando o dedo para Carter, pronunciando a palavra feia de forma quase inaudível.

– E você acabou de repetir – argumentou Carter. – Mas não conte para a sua mãe.

– Não me contar o quê? – eu quis saber, entrando na cozinha com um sorriso nos lábios.

– Você ouviu tudo, não foi? – suspirou Carter.

Fui até onde Gavin estava, peguei-o da cadeira e lhe dei um abraço bem apertado.

– Não sei sobre o que você está falando – afirmei, beijando as duas bochechas de Gavin. – E quanto a você, rapazinho, como dormiu esta noite?

Ele me apertou com toda a força que tinha até que eu tive que descolar seus braços do meu pescoço para conseguir respirar.

– Dormi bom. Mas você chegou engatinhando no quarto e me avisou para eu nunca conversar com o rei do hambúrguer – contou.

Carter gargalhou alto e eu gemi.

Dei um último abraço apertado em Gavin e o coloquei em pé.

– Vá até o quarto e procure seus sapatos, sim? Vamos visitar tia Liz e tio Jim daqui a pouco.

Ele soltou um grito de empolgação e saiu da cozinha correndo.

Fui até onde Carter se encontrava e inclinei o corpo na direção dele, que estava encostado na bancada da cozinha.

– Você está linda usando essa camisa – elogiou, me enlaçando com os braços.

Beijei seu queixo e ergui os olhos.

– Fico ainda mais bonita de tanguinha vermelha – falei, com uma gargalhada, virando meio de costas e erguendo a ponta da camisa para ele poder ver.

Ele balançou a cabeça e suspirou.

– Não acredito que você achou esse troço. Minhas cuecas samba-canção me faziam parecer muito careta no trabalho, então eu pensei em...

– Tranquilo – interrompi. – Pode deixar que eu não vou avisar todo mundo que você se amarra numa tanguinha PP.

Ri e enlacei seu ombro com os braços. Ele se inclinou para baixo e me deu um beijo doce, chupando meu lábio superior com força. Meus dedos dos pés se curvaram de prazer.

– Onde estão minhas roupas? – perguntei, entre um beijo e outro.

– Sua blusa está no lixo. Você jogou lá assim que chegou ontem à noite ao ver que ela estava toda manchada de sangue. Disse que não conseguiria tornar a usar algo que a lembraria de como quase tinha morrido num horrível acidente. Eu tirei sua calça jeans antes que você jogasse fora também. Está na secadora.

Balancei a cabeça e suspirei quando Carter me apertou com força e me beijou mais uma vez, com voracidade.

– Vem morar aqui comigo? – pediu, de forma inesperada.

Os lábios dele continuaram grudados nos meus e eu abri bem os olhos para ver na expressão dele se havia entendido certo. Ele me fitava com tanta intensidade que percebi que tinha ouvido direito.

– Eu te amo – completou, depressa. – Amo Gavin. Adoro acordar de manhã e ver vocês dois aqui em casa. Não quero perder o momento em que ele vai conseguir amarrar os sapatos sozinho pela primeira vez ou escrever o nome. Não gostaria de acordar de manhã sem ver a baba dele no travesseiro, junto de mim.

Eu ri, dei um tapa no braço dele e a conversa tomou um tom mais ameno.

– Além do mais – continuou –, preciso de uma mulher descalça e grávida na minha cozinha, preparando empadão de frango todas as noites – completou, com um sorriso.

– Bem, se você pretende que eu cumpra esse papel, é melhor fingirmos que nunca nos conhecemos.

Continuamos ali na cozinha, nos braços um do outro. A ponta da cueca minúscula de Carter entrou na minha bunda e eu percebi que nunca tinha sido tão feliz.

– Eu topo – concordei.

As sobrancelhas dele se ergueram de alegria e seu rosto se acendeu num sorriso imenso.

– Sério mesmo? Pensei que teria que recorrer a subornos e chantagens.

– Sério mesmo – confirmei com a cabeça, rindo. – Vamos nos mudar para sua casa só para eu poder monitorar as merdas que você diz e dar um soco no seu rim sempre que você sugerir que eu fique grávida e circulando descalça por sua cozinha.

Algumas horas mais tarde, Liz e eu terminávamos de arrumar a papelada na mesa da cozinha. Jim e Carter também estavam sentados à mesa conversando conosco, enquanto Gavin e Melissa, a menininha de oito anos, brincavam.

Gavin, na verdade, estava na sala de estar vendo um filme, mas Melissa corria de um lado para outro pela cozinha, na velocidade da luz e berrando a plenos pulmões. Isso já fazia quase quinze minutos. Carter e eu trocávamos olhares discretos, pensando na conversa que tínhamos tido no carro, a caminho de lá. Combinamos de não chamar a atenção de Gavin nenhuma vez a tarde toda. Resolvemos deixar que Liz e Jim tomassem conta da situação, para avaliarmos como eles agiam. Eu já sabia o tipo de babysitters que eles eram, depois de tantos anos de amizade, mas era importante que Carter constatasse pessoalmente. Eu tinha certeza de que Liz e Jim eram fantásticos para lidar com crianças, e Carter certamente os escolheria como tutores de Gavin, depois daquela tarde.

Para nossa surpresa, não foi necessário brigar com Gavin nem uma vezinha. Ele estava se comportando de forma maravilhosa. Em compensação, Melissa me fez lembrar o motivo de certos animais devorarem a própria cria. Tocava o maior terror! Depois da sua vigésima sétima passagem pela cozinha balançando as mãos sobre a cabeça aos berros, Liz achou que já tinha aturado demais.

– Melissa! Pare com isso! – ralhou, com voz firme.

A pequena terrorista parou na mesma hora. Por dois segundos. Logo em seguida voltou com força total e saiu pela sala berrando desesperada, como se estivesse com o rabo em chamas. Seu rabo ia ficar realmente vermelho dali a instantes, se ela não acabasse com aquele inferno.

– Isso é tudo que você pretende fazer? – perguntei.

– Claro que não – replicou Liz, erguendo a cabeça do papel que assinava. – Da próxima vez que ela passar por aqui pretendo colocar o pé na frente.

Nada convencional, nem de longe, mesmo assim não fiquei chocada com isso.

Para ser franca, estava com vontade de enfiar um rojão daqueles que soltam fagulhas coloridas dentro das calças da pestinha e dar-lhe um banho com fluido de isqueiro.

– Puxa, Melissa me parece meio... Ahn... Energizada demais – disse Carter para Jim.

Jim concordou com a cabeça e justificou.

– É uma gracinha de menina, mas só consigo aguentá-la em doses homeopáticas. Teve uma vez em que a levamos para jantar conosco e ela estava aprontando todas no restaurante. Liz mandou que ela fosse para o carro e ficasse lá dentro, de castigo, enquanto pagávamos a conta. Já estávamos a meio caminho de casa quando percebemos que ela não estava no carro. – Ele riu. – Você se lembra desse dia, Liz?

Carter se virou para mim horrorizado, mas eu evitei olhar para ele. Durante todo o caminho eu me gabei do quanto Liz e Jim eram fantásticos para lidar com Gavin e elogiei o jeito natural deles para cuidar de crianças. Foi mal... Tinha me esquecido dessa história. Em defesa deles, devo ressaltar que Melissa era o Demo encarnado. Eu certamente também teria voltado para casa sem me ligar na ausência dela.

Melissa fez mais piruetas pela cozinha e, cumprindo a ameaça, Liz esticou o pé para fora na frente da fofinha. A pentelha voou pela sala e se estabacou de cara no chão.

– NADA DE CABIDES DE ARAME! – gritou Liz, com cara de louca, como a personagem do filme *Mamãezinha querida*.

– Você é esquisita – declarou Melissa, levantando-se do chão e correndo para a sala.

– Bom trabalho, mamãezinha querida – elogiei.

– E aí, Liz? Quando vocês tiverem filhos como pretendem discipliná-los? – perguntou Carter.

Lancei-lhe um olhar penetrante. Era para disfarçarmos nossa missão ali. Fazer uma pergunta direta como essa era a maior bandeira.

– Bem, não sou muito boa nessa história de educar crianças. – Liz deu de ombros. – Se for divertido e ninguém sair sangrando do local, tudo bem. Essa é a minha filosofia.

Gavin entrou nesse momento e encostou a cabeça no meu braço.

– Melissa mandou dizer que todo mundo está proibido de chegar perto da sua zona de exclusão. O que significa isso? Não gosto dela, é muito barulheira. Avisei pra ela que minha mãe não pensa duas vezes antes de socar uma criança – comentou ele, com um suspiro.

Melissa gritou ainda mais alto na sala e ouvimos um barulho forte e seco.

– Que diabos ela está aprontando agora? – quis saber Liz.

– É que a gata está se comportando mal – avisou Gavin.

Todo mundo sabia que a gata de Liz e Jim era uma bola de pelos de puro terror. Ela atacava pessoas inocentes quando menos esperavam. Uma vez eu estava no chão, fazendo cócegas em Gavin; ela surgiu do ar, vindo sei lá de onde, aterrissou nas minhas costas com os dentes e as unhas enterrados na minha pele. Eu odiava aquela gata com todas as minhas forças, mas acho que odiava Melissa ainda mais. Tomara que a gata tivesse colocado a peste no devido lugar.

– A gata arranhou vocês, crianças? – perguntei, buscando marcas de arranhão nos braços de Gavin.

– Não, mas ela não quer ficar presa dentro da mala – explicou.

Os adultos se olharam em silêncio. Ao som de mais um baque surdo na sala de estar, todos pularam e correram para lá.

Depois de confirmar que Melissa não passara a atuar como serial killer de animais, enforcando gatos, fomos para casa.

– Essa não foi a melhor vitrine das habilidades deles como pais ou educadores – tentei explicar a Carter quando ele saiu com o carro da vaga.

– Ei, Gavin! – chamou Carter, olhando pelo espelho retrovisor. – Qual foi a expressão nova que a tia Liz te ensinou hoje?

– "Os faróis do meu carro estão acesos" – disse Gavin, com naturalidade, olhando pela janela.

Carter me lançou outro olhar incisivo.

– Tia Liz disse que você tem um mamilo duro por papai, mamãe. Isso quer dizer que ele vai ganhar um presente? Eu também quero! – reclamou Gavin.

Depois de passar em casa para pegar algumas coisas, fomos para a casa de Carter e eu coloquei Gavin para tirar um cochilo. Carter já tinha desistido de me convencer a tirar os nomes de Liz e Jim da lista quando eu disse uma única palavra:

– Drew.

Se eu estava disposta a dar uma chance àquela criança crescida, Carter teria que demonstrar mente aberta em relação aos meus amigos. Pelo menos concordamos em esperar até a loja inaugurar, no dia seguinte, antes de contar a Gavin que iríamos nos mudar. Se soltássemos a novidade agora, ele iria nos pentelhar até a hora da mudança, perguntando se faltava muito para chegar a hora a cada cinco minutos. E eu não precisaria lutar contra a vontade de largá-lo na calçada enquanto cuidava da loja. Uma pessoa tem limites para o que consegue aturar.

Depois do cochilo de Gavin, o pai de Claire deu um pulo na minha casa para pegá-lo. O neto iria passar a noite em sua companhia. Ele entrou pela porta da frente sem se dar ao trabalho de bater e inspecionou atentamente todos os aposentos. Depois de ver tudo que queria, anunciou que a casa era "boazinha". Por mais estranho que pareça, essa foi a coisa mais gentil que ele me disse desde o dia em que me conheceu, e senti que estávamos começando a nos entrosar.

Inclinei-me para lhe dar um abraço, mas ele me impediu, colocando a mão na minha testa.

– É melhor não fazer isso, filho.

Recuei e exibi um ar solidário.

– Foi o Vietnã, certo? Ainda é difícil para o senhor se aproximar e ter confiança nas pessoas, acertei?

– Errou. É que ainda não tenho certeza que você não é gay. Se tentar brincar de apalpar minha bunda a coisa vai ficar estranha entre nós, e serei obrigado a partir seus dedinhos em dois, como se fossem gravetos.

Eu ainda vou dar uma porrada nesse coroa qualquer dia desses, escrevam o que estou dizendo.

Logo depois, nos despedimos de Gavin, e Claire saiu em seguida. Foi para a loja, pois ainda precisava preparar coisas de última hora para a inauguração, no dia seguinte.

Eu me ofereci para pegá-la depois de tomar banho e arrumar algumas coisas.

Claire tinha me dado uma cópia da chave da loja, e eu entrei sem fazer barulho, duas horas mais tarde. Estava escuro na rua. Deixei as luzes do salão apagadas mesmo depois de entrar e caminhei pé ante pé até a cozinha, lá nos fundos.

Ouvi música tocando e, ao virar na cozinha, vi Claire lambendo os restos de chocolate que escorriam pelo seu dedo médio. Meu pau adquiriu vida própria quando eu a observei girar o dedo lentamente dentro da boca e a vi balançando o corpo de forma lânguida para frente e para trás, ao som do ritmo erótico da canção que tocava.

Rodeei a bancada onde ela trabalhava, ainda em silêncio. Posicionei-me por trás dela e coloquei os braços dos dois lados do seu corpo, apoiando as mãos no mármore. Inclinei-me para frente, ergui uma das mãos para afastar seu cabelo do pescoço e ajeitei-o sobre o ombro. Ela continuou a trabalhar, virando moldes de chocolate sobre a bancada e arrumando os produtos prontos sobre uma toalha, para eles não quebrarem nas pontas. Seu corpo acompanhava a música e se esfregava em mim de vez em quando. Quando encostei a boca na lateral do seu pescoço, seus movimentos ficaram irregulares e trêmulos.

– Isso são pênis e peitos de chocolate? – perguntei.

– São. – Ela gemeu quando eu passei a ponta da minha língua pela sua pele, a fim de saboreá-la. – São amostras para as festas de inauguração de Liz e coisas desse tipo… Hummm!

Sorri com a boca em seu pescoço quando ela gemeu e lhe dei mais um beijo ali, de boca aberta, mas dessa vez deixei meus dentes arranharem o caminho, de leve. Notei quando os arrepios surgiram em sua pele e percebi que a respiração ficou entrecortada. Continuei a mordiscar e sugar, bem devagar, a lateral do seu pescoço até que ela desistiu de se concentrar nos moldes de chocolate. Colocou-os sobre a bancada e cobriu minhas mãos com as dela. Ao fazer isso, porém, derramou a tigela de chocolate derretido por cima da bancada. O líquido morno lhe escorreu pela mão, seguiu até a borda e começou a pingar no chão.

– Merda! – Claire riu ao erguer as mãos da bancada e tentar tirar o chocolate grudado nelas. Baixou a cabeça e olhou para a poça marrom no piso. Nesse momento eu ergui a mão, coloquei o resto do seu cabelo por cima do outro ombro e deixei seu pescoço livre para minhas investidas. Enfiei o dedo no chocolate esparramado pela bancada e o deslizei pelo pescoço dela, formando uma trilha de calda.

– Você espalhou chocolate no meu cabelo? – perguntou ela, com ar distraído.

Minha mão deslizou como uma cobra pela cintura dela e ergui a bainha da saia até tocar a pele lisinha e morna da sua barriga. Enquanto eu movimentava uma das mãos pelas costas dela abaixo, enfiava a outra em sua calcinha. Meus dedos escorregaram lá para dentro, atravessando o suave triângulo de pelos encaracolados. Colei os lábios em seu pescoço coberto de chocolate e lambi tudo lentamente, ao mesmo tempo que deixava os dedos de baixo deslizando diante de sua entrada, até penetrá-la.

– Delícia – gemeu ela, baixinho, enquanto eu entrava e saía com o dedo dentro dela, sentindo-o cada vez mais molhado com sua lubrificação vaginal. – Não precisa se preocupar. Pode espalhar chocolate onde bem quiser – autorizou.

O gostinho dela era sensacional, melhor que qualquer coisa no mundo. Eu poderia ficar ali saboreando-a a noite toda, sem enjoar.

Mordisquei e suguei a parte de trás de sua nuca, tendo o cuidado de remover todo o chocolate que tinha espalhado lá. Fiquei feliz em descobrir que o ponto que ficava pouco abaixo da sua linha de cabelo, na nuca, deixava-a louca. Todas as vezes que meus dentes a arranhavam ali ela gemia mais alto e balançava os quadris com mais força. Ergui a mão que estava apoiada na bancada e a enfiei por baixo da blusa dela. Levantei o sutiã e alcancei um dos seios. Cobri-o por completo com a palma da mão aberta; depois, juntei dois dedos e apertei de leve o mamilo. Repeti os movimentos com a outra mão e meus dedos circularam pelo ponto mais quente entre suas pernas.

A batida da música e o som dos gemidos roucos encheram o ambiente. Eu estava a dois passos de ejacular na calça só de ouvi-la e senti-la se desmontar em minhas mãos. Esfreguei os quadris, rebolei de leve contra seu traseiro e foi minha vez de gemer. Sua pele estava macia, em contraste com a minha rigidez de pedra; estava molhada contra meus dedos mornos; sua pele tinha um gosto meio salgado e meio doce, como os pretzels cobertos de chocolate que ela preparava. Eu estava prestes a dizer algo completamente idiota do tipo "você é o yin do meu yang", mas a verdade é que, com toda a honestidade, ela era exatamente isso. Mais que qualquer coisa na vida, queria que ela fosse minha. Para sempre. Esse pensamento deveria me assustar. Se fosse outra mulher, provavelmente eu estaria em pânico. Mas não Claire. Nada nela me apavorava, exceto a possibilidade de perdê-la.

Seus quadris começaram a se mover mais depressa e eu beijei sua orelha.

– Te amo tanto, mais tanto, que... – suspirei, baixando minha mão mais um pouco e enfiando dois dedos no espaço apertado e quente. Claire gemeu alto e eu comecei a fazer meus dedos entrarem e saírem dela, enquanto minha outra mão trabalhava o mamilo.

Senti as mãos vazias quando elas foram arrancadas subitamente de dentro dela e do seu seio. Ela se virara sem avisar e estava de frente para mim. Ambos olhamos para a parte da frente da sua blusa, com chocolate escorrendo por todo lado. A calda também pingava das minhas mãos e das dela, que continuavam encostadas na bancada. Ri quando ela me besuntou o rosto com as duas mãos.

– Amo você mais do que chocolate – afirmou ela, com um sorriso.

Suas mãos começaram a escorregar pela frente da minha camiseta, deixando uma trilha de chocolate e mergulhando dentro da minha calça. Antes que eu desse por mim, Claire tinha arriado meu jeans até a coxa. Tentei segurá-la pelos quadris, mas ela afastou minhas mãos com um tapa.

– Não, nada disso, é minha vez de brincar – avisou, com um sorriso maroto nos lábios.

Meu pau subiu, liberto, e quase bateu na minha barriga, pronto para o agito. Quando ela passou a língua pelos lábios e olhou para ele, eu gemi de prazer. Ela colocou as mãos atrás das costas, mexendo em alguma coisa. Antes de eu ter chance de lembrar a ela que aquele não era o momento de limpar nada, ela me tascou um beijo ardente e eu senti algo morno e úmido em torno da glande.

Ela se afastou um pouco, deixou-se escorregar para baixo e eu abri a boca de espanto.

Caraca, será que Claire pretendia...?

Ela colocou a mão em torno da base do meu pênis, fez um movimento para baixo e então, começando pelos lábios e envolvendo a cabeça do membro, tomou-o na boca por inteiro. Nem sei quais foram as exclamações inesperadas que emiti sem querer. Talvez tenha dito "chamuau", "ghiggidy" e outras palavras incoerentes. Inclinei-me para frente por cima dela e minhas mãos se espalmaram na bancada, lançando respingos de chocolate para todo lado e manchando a frente da minha camiseta quando Claire se pôs a lamber meu pau de cima a baixo, tomando todo o cuidado para chupar até a última gota do chocolate morninho que tinha espalhado generosamente com os dedos, enquanto me beijava.

Ela estava limpando a calda do meu pau com a língua! Eu me senti num filme pornô de verdade, daqueles com boa qualidade, música adequada e um roteiro soberbo. Nada parecido com o daquele cara que espalhou manteiga de amendoim no pinto e chamou o cachorro para... deixa pra lá.

Nossa, os lábios dela davam a volta no meu pau e engoliam tudo, ou pelo menos o máximo que conseguiam, e na mesma hora eu me esqueci do cachorro boqueteiro. Graças a Deus. A partir desse momento ela assumiu um ritmo mais lento, movendo a cabeça devagar para cima e para baixo, sugando com mais força a cada vez que chegava no topo, antes de mergulhar mais uma vez até a goela. Senti vontade de erguer o punho no ar ou oferecer uma salva de palmas para Claire, mas isso levaria a cena para o terreno do pornô de baixa qualidade.

Senti meus testículos saltitando de prazer, segurei os braços dela com mais força e tentei erguê-la. Por mais que fosse fantástico estar dentro de sua boca, eu precisava penetrá-la naquele exato momento. Desci a cintura da saia dela junto com a calcinha e arriei tudo, para poder libertar suas pernas.

Erguendo Claire com todo o cuidado, coloquei-a sentada na ponta da bancada e a movi um pouco para o lado, a fim de evitar que ela se sentasse sobre o chocolate. Abri seus joelhos o bastante para poder me colocar no meio deles. As mãos dela na bancada se lançaram sobre a calda derramada dos dois lados do corpo. Eu a segurei pela cintura e ela começou a espalhar as mãos pelo chocolate cada vez mais denso e perfumado. Pegou uma boa quantidade com uma das mãos, lançou tudo no meu ombro e desceu lentamente, deixando para trás uma trilha feita pelos dedos, e isso nos fez rir. Depois, cobriu um dedo da outra mão com chocolate, levou-o à boca e espalhou a calda adocicada pelo lábio inferior.

Minha nossa, será que a música que tocava no fundo era trilha de algum filme de sacanagem? Será que eu estava estrelando *Pica na fantástica fábrica de chocolate*, *A festa de boquete* ou quem sabe *Como porra para chocolate*?

Baixei a cabeça um pouco e a beijei, sugando seu lábio inferior e lambendo tudo de forma implacável. Quando acabei, ela empurrou a própria língua além da minha e a fez girar no meu céu da boca. O sabor era de Claire e de chocolate. Por um momento eu senti vontade de chorar como um bebê porque meu sonho de mais de cinco anos estava ali, diante de mim. Levantei um pouco os joelhos dela, segurando-os por trás, e enlacei suas pernas em torno dos meus quadris. Minhas mãos a exploravam, subindo pelo alto das suas coxas e pela bunda. Suguei a língua dela com mais força e a puxei para o limite da bancada, minha ereção encostada na entrada de sua gruta encharcada.

Os braços dela me apertaram os ombros com força e eu me lancei para frente, penetrando-a lentamente até minha pelve encostar na dela. Nossas bocas não se desgrudaram enquanto eu dava estocadas maliciosas, girando os quadris e me roçando pra valer contra ela. Claire choramingou na minha boca e se atirou com determinação contra mim, provocando fricção nos lugares onde mais precisava. Suas pernas me apertaram a cintura com impressionante firmeza e eu segurei sua bunda com vontade, balançando-a com muita verve e cada vez mais depressa contra meu corpo. Estava louco para me mexer mais e fiquei com vontade de sair e tornar a entrar com rapidez no calor que me envolvia como a força de um torno, mas sabia que ela estava curtindo mais daquele jeito e isso era tudo que importava.

Nosso beijo nunca terminava e eu a senti me apertando cada vez mais. Ela rebolava sem parar, me alicatava os ombros enquanto eu me lançava contra ela e movia os quadris, levando-a ao delírio.

Aprofundei o beijo e engoli seus gritos no instante em que ela gozou. Suas mãos me seguraram pelos cabelos com força e eu não me importei por me ver obrigado a ter que lavá-los com xampu e creme para me livrar de todo o chocolate. Tirei uma das mãos do seu traseiro e a apoiei sobre a bancada para manter o equilíbrio enquanto saía de dentro dela quase por completo para depois penetrá-la novamente até o colo do útero, com estrelas explodindo dentro dos meus olhos fechados e curtindo sensações que pareciam me eletrificar.

Os gemidos de Claire e os xingamentos murmurados me incentivaram a me mover cada vez mais depressa. Graças a Deus por isso, pois não havia mais como ser gentil, a essa altura. Eu simplesmente precisava foder com ela bem gostoso em cima da bancada da cozinha. Simples assim.

Minha mão livre seguiu por baixo de um dos joelhos dela e sua perna se encaixou na curva do meu cotovelo. Ergui a perna ainda mais e penetrei fundo até nós dois gemermos juntos.

Aumentei a intensidade das investidas e meti tudo cada vez mais rápido, meus quadris se movendo à velocidade da luz. O aroma de chocolate enchia o ar e o suor quente dela me envolvia enquanto eu a bombeava feito um animal selvagem, entrando e saindo; o som molhado de nossos corpos batendo com força um no outro apressou meu orgasmo como um trem de carga desembestado. Aguentei poucos segundos além disso e gritei o nome dela quando gozei, sem diminuir a energia das estocadas. Meu orgasmo pareceu me partir ao meio e eu juro que foi o melhor que eu tive na vida. Empurrei-me todo no fundo dela mais uma vez e fiquei ali parado até meus últimos espasmos de prazer cederem ao silêncio.

Encostei a testa na dela e ficamos ali parados exatamente onde estávamos, tentando recuperar o fôlego. Meu braço escorregou por trás da perna dela e caiu, sem força, junto à lateral do meu corpo. Senti meu membro ainda latejando dentro dela, tornei a erguer os braços e abracei-a com vigor, puxando-a para junto de mim.

Depois de alguns minutos largado ali, finalmente consegui readquirir a capacidade de falar.

– Santa Rita do cacau!!! Se todas as nossas noites a partir de agora forem assim, vou adorar esse seu novo empreendimento de chocolate.

Claire riu e olhou em torno.

– Parece que uma granada de chocolate foi detonada nessa cozinha.

Havia chocolate nos cabelos dos dois, eu senti chocolate seco no rosto e nos braços, e nossas roupas estavam cobertas de calda grossa. Olhei para baixo e vi marcas de dedos feitas com chocolate nas coxas de Claire e também nos quadris. A parte interior de sua saia, pendurada no ar, estava ensopada com o chocolate que continuava a pingar da beira da bancada. Estávamos tão ocupados curtindo o brilho de nosso momento pós-coito e rindo tanto da bagunça que tínhamos feito que nem percebemos o barulho da porta de ligação com a loja de Liz, que se abriu por completo.

– SURPRESA! – gritaram várias vozes ao mesmo tempo quando olhamos para a porta, chocados.

– Que… porra… é… essa?!? Vocês estão de sacanagem comigo? – gritou Liz, fechando os olhos com força e tentando não deixar cair no chão o bolo que trazia.

– Meu Deus! Meus olhos, MEUS OLHOS! – gritou Jim, cobrindo o rosto com as duas mãos e se virando para o outro lado.

– Isso são peitos feitos de chocolate? – quis saber Drew, caminhando até onde estávamos, pegando um na bancada e jogando inteiro na boca.

Meu pinto, completamente murcho a essa altura, continuava dentro de Claire. Foi como no dia em que não consegui tirar o dedo da vagina dela. Que diabos estava errado comigo?

– Desculpem eu ter me atrasado. Claire, você ficou surpresa? – perguntou Jenny, forçando a passagem entre Liz e Jim e parando de repente ao ver a posição em que estávamos. Sobre a bancada. Com nossas bundas de fora, completamente cobertas de chocolate.

– KKKKK, Claire está com peitos e pênis colados no rabo! – Drew soltou uma gargalhada com a própria piada.

Isso explicava os caroços estranhos que eu senti na bunda de Claire. Por um instante fiquei preocupado de ela ter algum furúnculo ou outro problema de pele que eu não tivesse reparado.

– Espero que você desinfete essa bancada antes da inauguração da loja – zoou Liz.

– Desinfete meus olhos também – murmurou Jim, ainda de costas para nós dois.

Claire não tinha movido um músculo sequer todo esse tempo, e eu senti uma vontade estranha de colocar um dedo debaixo de suas narinas para confirmar se ela ainda respirava.

– Resolvemos fazer uma surpresa, trazendo um bolo com a palavra "SUCESSO", mas parece que vocês resolveram celebrar sem esperar pela gente. – Jenny riu. – Drew, por que ainda não brincamos com chocolate? Precisamos remendiar isso.

– Re*me*diar, amor, RE-ME-DI-AR – corrigiu-a Drew, pegando mais um peito de chocolate ao leite a poucos centímetros da bunda de Claire e devorando-o.

Por que todo mundo continuava parado dentro daquela cozinha?

– Eu te trouxe uma amostra da minha nova loção comestível, com sabor de petit gateau. Imaginei que você e o garotão aí podiam apimentar a relação brincando de operador do trem-fantasma e menininha inocente – avisou Liz, jogando o frasco de loção sobre a bancada. – Mas, pelo visto, era melhor ter trazido um lençol.

– Aposto que você e Jim já experimentaram a loção comestível, certo? Você fez o papel de nave-mãe de todas as putas, com milhões de robozinhos fugindo em massa do seu buraco negro! – perguntou Claire, com sarcasmo.

De repente ouviu-se uma voz metálica.

"O Jornal da Noite veio visitar, ao vivo, a cozinha da seção Gostosuras na nova loja 'Malícias & Delícias', que inaugura amanhã de manhã no coração de nossa querida cidade."

Uma mulher com terninho sóbrio subitamente entrou na cozinha com um microfone na mão, acompanhada por um cinegrafista. A luz acesa no alto da câmera deixou todos ofuscados por um instante. As pessoas começaram a gritar ao mesmo tempo quando ouviram a frase "ao vivo".

Isso é um sonho. Só pode ser a porra de um pesadelo.

Uma mulher com penteado armado, bufante e perfeito, parou de repente ao ver minha bunda coberta de chocolate. Seu grito de "puta merda" foi transmitido para milhares de lares em toda a região de Butler.

Felizmente o cinegrafista percebeu a cena que se desenrolava diante dele e reagiu mais depressa do que a apresentadora. Virou a câmera de lado, mas bateu com o equipamento na cabeça de Jim. Com o golpe, o pobre do cameraman recuou sem equilíbrio, escorregou no chão coberto de chocolate e caiu de bunda sobre a calda marrom.

"Presta atenção, pô, doeu."

A voz de Jim foi ouvida ao fundo, mas a imagem transmitida mostrava uma área do teto e um "bufff" saiu pelos alto-falantes, marcando o momento da transmissão em que o cinegrafista despencou de bunda no chão.

Liz se atirou no sofá e se virou de lado, num ataque incontrolável de risos. Jim também se sentou no estofado e dobrou para a frente segurando o estômago enquanto ria mais que ela.

Tudo que Claire e eu conseguimos fazer diante da cena marcante foi assistir logo depois, em estado de choque, à sequência completa, que Liz conseguira eternizar em seu celular. Depois da transmissão fracassada e dos muitos pedidos de desculpas da emissora de TV, por ter achado que fazer uma matéria surpresa poderia ser divertido, fomos para a casa de Liz e Jim a fim de tomar um bom banho e torcer para, por algum milagre, ter havido uma falha na transmissão do mico ao vivo para toda a região.

Não tivemos essa sorte. Agora a cena da TV local já passava em todos, eu disse TODOS, os noticiários do país!

– Vejam só, essa é a parte em que eu apareço! – anunciou Drew, muito empolgado, pulando do canto onde estava, no chão, para aumentar o volume da TV.

Realmente o seu rosto apareceu por breves segundos na gravação, no instante em que ele se inclinou para ajudar a levantar o cinegrafista caído. Atrás da sua cabeça, via-se apenas o teto da cozinha.

– Visitem a Malícias & Delícias na grande inauguração amanhã e experimentem os peitos de Claire. São deliciosos! – disse ele, com um sorriso largo, enquanto dava uma mordida num peito de chocolate que segurava na mão.

A câmera se virou para o lado onde a repórter do programa, atônita, se encontrava em pé ao lado de Liz e Jenny, acenando freneticamente para o cinegrafista atrás dela, com Jim ao lado massageando a cabeça e murmurando: "... pô, doeu".

– Va-va-vamos passar para o estúdio, Sam – gaguejou, com os olhos arregalados e virados para a câmera, sem piscar.

Viu-se um corte para o estúdio e, na mesma hora, os apresentadores começaram a falar sobre a previsão do tempo.

– A boa notícia foi que o cinegrafista não mostrou para a cidade toda que vocês dois testaram os produtos em suas partes íntimas – disse Liz, sentada no chão.

– Se essa é a boa notícia, não quero nem imaginar qual seria a má – comentou Claire.

– Bem, agora Drew virou o mascote da Malícias & Delícias. – Liz deu uma bela gargalhada.

Todos olharam ao mesmo tempo para a camiseta que tinha sido a principal imagem apresentada na reportagem.

Naquele momento, a Malícias & Delícias tinha ficado famosa em rede nacional por causa de uma camiseta na qual se lia "Vem de ré que eu já engatei a primeira".

21

Pés formigando e sorrisos amarelos

Para nossa surpresa, o mico federal transmitido ao vivo pela TV local e retransmitido, quiçá, no mundo todo, não impediu ninguém de dar uma passadinha na grande inauguração da Malícias & Delícias. Mas se mais alguém fizer alguma piadinha com alusões a "vem de ré", pretendo socar a criatura na altura do fígado.

Carter, Gavin, Liz, Jim e eu fomos para a loja bem antes de abrir, a fim de acertar detalhes de última hora e arrumar tudo. Felizmente não tínhamos anunciado pênis e peitos de chocolate para venda durante a festa de inauguração porque, na véspera, Drew não resistira e devorara todos os doces que não estavam grudados na minha bunda. Pensando bem, ele talvez tenha comido esses também. Eu me lembro dele comentar alguma coisa sobre a "Regra dos três segundos para bundas", uma variação da famosa lenda urbana segundo a qual uma comida pode ser degustada sem perigo para a saúde depois de ter caído no chão, desde que isso ocorra em menos de três segundos.

Parei de prestar atenção ao papo quando Drew comentou que minha bunda era tão limpa que ele apostava que Carter conseguia ver o próprio rosto refletido na superfície.

Para nosso choque e surpresa, já havia uma fila de pessoas na calçada à espera que a loja abrisse.

Aquela era realmente a minha vida? Como foi que eu tinha chegado àquele ponto? Alguns meses antes eu era uma mãe solteira sem vida social nem perspectivas de vida amorosa para os anos seguintes, e ganhava o pão servindo num bar, um emprego sem futuro algum. Agora eu estava abrindo meu próprio negócio, fazendo o que eu mais amava no mundo e tinha encontrado o amor da minha vida, que também era o melhor pai do planeta.

Ah, sem contar que minha periquita se exercitava com regularidade, quase todos os dias. Não posso me esquecer desse detalhe, afinal de contas, ele era importantíssimo. Acho que se minha vagina tivesse que esperar mais tempo para entrar em ação, iria desistir e acabaria fugindo de casa, escapando da minha calcinha durante a noite em busca de outro espaço entre duas pernas para se instalar. Eu me transformaria numa mulher falsificada. Quando abrisse as pernas eu seria uma Barbie com o capô reto, de plástico, sem a racha. Pelo menos Ken não sentiria falta de transar com ela. O pobrezinho usava apenas uma cueca branca apertada e sem protuberância. Talvez fosse por isso que eu, nos tempos de menina, sempre fazia os dois transarem de roupa mesmo. Afinal, não havia nada que eles pudessem fazer, mesmo que estivessem pelados e no maior atraso.

A Malícias & Delícias tinha aberto oficialmente fazia menos de duas horas e continuava lotada. Liz e eu mantivemos a porta entre as duas seções escancarada, para as pessoas poderem passar livremente de uma divisão para a outra. Confesso que estava um pouco receosa sobre a reação da boa gente de Butler ao ver um sex shop no centro da cidade, mas fiquei agradavelmente surpresa ao perceber o número de pessoas reprimidas que moravam ali. Liz iria ressuscitar as vidas sexuais de todo mundo na cidade usando um vibrador novo a cada mês.

Ela manteve a vitrine do seu lado quase vazia, exibindo o mínimo de produtos. Basicamente lingeries, óleos lubrificantes, cremes para massagem, velas e outras coisas de censura livre. Isso evitaria sustos nos desavisados que passassem pela rua. Mas deixou sobre o balcão catálogos com fotos de todos os itens estocados nos fundos da loja. Bastava o cliente apontar para o produto que queria; Liz pegava no depósito o objeto solicitado e o entregava dentro de um discreto saco plástico preto, para ninguém ver o que era.

Meu pai visitou a Malícias com o pouco entusiasmo que eu já imaginava. Ao passar pela porta divisória, parou de repente, petrificado, ao se ver diante de uma arara cheia de cintas-ligas e espartilhos coloridos. Deu uma boooa olhada em tudo, proclamou que aquilo era uma tolice, mas parecia divertido, e voltou para a Delícias.

Gavin foi o centro das atenções, obviamente. Passeava pela loja toda com uma bandeja de chocolates para prova, mas avisava: "Um para você, seis para mim." Quando bateu meio-dia ele estava agitadíssimo, devido à elevada taxa de açúcar no sangue. Quando o dia terminasse eu teria que desgrudar a criatura do teto.

Eu estava no caixa dando troco para uma cliente que pedira um pacote de cookies quando notei que Carter conversava com um sujeito que me pareceu familiar, diante da vitrine. O homem segurava um menininho nos braços e Carter morria de rir com algo que ouvira. O homem estava de costas para mim, e eu não fazia ideia de quem poderia ser, mas tive a impressão de que era um conhecido. Agradeci à cliente, entreguei-lhe um folheto da loja e fui até onde Carter estava.

Ele percebeu que eu me aproximava e sorriu.

– Aí está minha garota! – saudou, erguendo o braço para que eu pudesse me colocar ao seu lado.

O homem se virou na minha direção e, quando nos vimos, foi difícil identificar quem teve a maior expressão de choque.

– Meu Deus! Max?

– Claire? – reagiu ele, igualmente surpreso.

Carter olhou de um para o outro com ar de curiosidade.

– Ei, esperem um segundo... Vocês já se conhecem?

– Já. Eu é que estou curiosa para saber como foi que *vocês* se conheceram.

A situação foi tão bizarra que desejei, por um instante, que um meteoro atingisse a rua, pois precisava que um caos total se instalasse para distrair todo mundo daquele momento de insanidade.

– Eu conheci Max na biblioteca, quando levei Gavin lá para ouvir histórias, na tarde em que você teve que trabalhar mais cedo. Foi ele que me ensinou algumas coisas sobre a alegria de ser pai. – Carter riu.

Max não desgrudou os olhos de mim nem por um segundo e eu ri de nervoso. Aquilo não ia acabar bem. Nem um pouco.

– E vocês, como se conheceram? – insistiu Carter.

Olhei para ele fixamente, tentando mostrar com os olhos que aquele papo ia ficar muito esquisito em questão de segundos, mas Carter não percebeu a dica e continuou à espera de uma resposta.

– Alô, planeta Terra chamando Claire! – brincou Carter, com uma risada. – O que aconteceu com seu rosto, que careta é essa?

Suspirei ao perceber que era melhor acabar logo com o suspense.

– Carter, esse é o Max – informei, erguendo e baixando as sobrancelhas rapidamente, torcendo para ele sacar tudo.

Ele riu mais alto e balançou a cabeça para os lados.

– Sim, eu já sei o nome dele. Você está passando bem? – quis saber ele, inclinando-se em minha direção.

– Carter! Esse... é... o... MAX! – repeti, reforçando o nome com um sorriso imenso e amarelo.

Carter olhou para mim como se eu fosse maluca por mais dois segundos e meio, tempo que levou para uma luzinha finalmente se acender no fundo do seu cérebro. Fala sério, quantos sujeitos chamados Max ele conhecia? Se fosse um nome comum como John ou Mike ele poderia achar que era coincidência, mas o nome era MAX, pelo amor de Deus! Será que no dia em que eles se conheceram não acendeu uma luz na mente de Carter, alertando-o para essa possibilidade?

Pelo menos a luz tinha acendido agora. Carter virou a cabeça para Max e para mim várias vezes. E tão depressa que parecia estar negando algo com veemência. Pode ser que fosse exatamente isso. Seu cérebro talvez estivesse sobrecarregado com aquela informação e gritava: “Nããão! Isso não tem registro!”

– Você é o Max? – perguntou, por fim.

Max simplesmente fez que sim com a cabeça, finalmente afastando os olhos de mim e fitando o filhinho, que se remexia em seu colo.

– Você é o Max. – Dessa vez foi uma afirmação.

– Acho que já confirmamos isso, amor – disse eu, rindo sem graça e pouco à vontade, com os dentes cerrados.

A rodada de insanidade ia ter início.

Carter começou a rir de forma descontrolada.

Fechei os olhos, não queria testemunhar o que aconteceria em seguida. Por que eu tinha achado necessário compartilhar todos os detalhes daquela história? Por que, Senhor?

– Max-duas-estocadas! – exclamou Carter, muito empolgado, e deu mais algumas gargalhadas.

Max permaneceu imóvel, com ar de completa perplexidade.

Carter ergueu o braço e apontou para ele, ainda rindo.

– Você é o Max-duas-estocadas!

– Santo Cristo – murmurei.

– O que aconteceu? – quis saber Max.

Carter continuava rindo feito um idiota.

– Nada não – garanti a Max. – Não ligue para ele.

– Ó. Avisa seu pai que eu quero de volta a calcinha da minha mulher, viu? – alertou Carter, ficando sério de repente.

O filho de Max começou a chutar o ar, tentando escorregar do seu colo. Ele ergueu o menino um pouco mais e me lançou um sorriso.

– Bem, é melhor eu ir nessa. Foi bom rever você, Claire. Boa sorte com a loja – disse ele, andando para a porta e abrindo-a meio de costas.

– "É melhor eu ir nessa" – repetiu Carter, rindo. – Tudo bem, mas você só tem DUAS tentativas.

Dei-lhe um soco no braço e Max ergueu a mão, num aceno bem sem graça.

Carter acenou de volta balançando a mão com vigor, como se fosse um garotinho assistindo a um desfile.

– Volte sempre! – gritou Carter quando Max saiu da loja e pisou na calçada. – Claire gosta de pessoas que ficam mais de DOIS segundos.

Max finalmente desapareceu de cena e Carter se virou para mim com um sorriso ainda estampado no rosto.

– Que foi? – quis saber, ao ver meu olhar de censura.

– Por favor, me avise quando você voltar a se comportar como um adulto – foi minha resposta.

– Adultos são um saco! – berrou ele, quando eu me afastei.

Balancei a cabeça ao voltar para o caixa. Nesse momento, meu pai saiu do lado da loja que pertencia a Liz com um saquinho de plástico preto na mão que tentava esconder.

Meu doce Jesus protetor dos pervertidos, eu já tinha aguentado maluquice suficiente.

Paramos um diante do outro e ele tentou esconder o saquinho preto atrás das costas.

– Papai, isso é sério mesmo? Você comprou um produto da loja da Liz? – perguntei, atordoada.

Que porra será que ele precisava e tinha encontrado lá? O QUE PODERIA SER? Ó Senhor, onde está Jim? Também vou precisar de um desinfetante para os olhos.

– É que eu tenho um encontro mais tarde – explicou ele, sem rodeios.

– Então, que tal levar para ela uma caixa de chocolates! Ou um pacote de cookies. O que Liz vende em sua loja não é presente adequado para um primeiro encontro – avisei, em pânico.

Talvez houvesse um lubrificante com sabor naquela sacolinha. Ou um anel peniano. Ou uma cinta-pau, aquele consolo que as mulheres amarram na própria cintura. Meu santo Cristo de sandálias Havaianas! E se meu pai, farto de mulheres depois de tantos anos sem sair com uma, tivesse resolvido jogar no outro time? Não tenho nada contra gays. Adoro os gays. Tive um amigo gay na faculdade com quem adoraria ter mantido contato. Ele tinha um radar gay infalível que o fazia detectar um boiola num raio de quatro quilômetros. O que ele me diria, se estivesse aqui? "Pode apostar, Claire, aquele cara é mais gay que o Rick Martin vestido de arco-íris, cantando e dançando *Não se reprima*."

Quando eu levei Gavin à biblioteca, na semana passada, vi um livro chamado *O companheiro de quarto de papai* na seção de livros infantis. Será que seria aconselhável pegar esse título emprestado? Ou comprar um exemplar, para referências futuras? Lá também havia títulos estranhos como *Eu gostaria que papai ficasse no armário* e *Dói quando eu faço cocô*.

Que porra foi essa que aconteceu com a literatura infantil desde meus tempos de menina?

Tudo bem, independente de suas escolhas, eu amava meu pai, isso era certo. Como um personagem diz numa cena de *Atração mortal* (já contei aqui que é meu filme favorito?): "Amo meu filho gay, mesmo morto!"

Pois é. Eu amo meu pai gay, mesmo morto… ahn, quer dizer… mesmo vivo. Melhor assim.

Preciso de um drinque.

– Não se excitem, mas o sr. Vem de Ré acaba de chegar – Drew se autoanunciou, entrando de mãos dadas com Jenny. Meu pai ergueu uma sobrancelha ao ler a camiseta de Drew naquele dia. Estava escrito "Relaxa que dói menos".

– Olá, sr. Morgan, como vão as coisas? – perguntou Drew, apertando a mão do meu pai.

Estão em clima de Perez Hilton, defensor das causas gays, pensei, no meu canto.

– A-rá, vejo que o senhor já anda experimentando as mercadorias – disse Drew, sorrindo e dando tapinhas no ombro de papai, que continuava apertando a sacolinha preta como se sua vida dependesse disso.

– Claire, a loja ficou o máximo! – elogiou Jenny, me abraçando.

– Obrigada. Meu pai arrumou um companheiro de quarto – soltei, sem pensar.

Os três olharam para mim em silêncio.

– Mamãe, posso comer mais um cookie? – perguntou Gavin, correndo em minha direção e batendo de frente na minha perna.

– Não, você já comeu um cookie de chocolate. Já vi que não foi o suficiente e agora você quer experimentar outro sabor. Aposto que está de olho no cookie de blueberry, que tem um gosto completamente diferente. Mas saiba que cookies de blueberry jogam num time… é… bem… diferente dos cookies de chocolate. Você deve estar achando que os de chocolate não satisfazem mais seu apetite, certo? Às vezes acontece isso. Você acorda um belo dia e decide descobrir o gosto de um cookie completamente diferente daquele que você sempre amou, desde criança. Mas as coisas não funcionam desse jeito. Escolha um cookie e fique com ele até o fim!

Gavin olhou para mim confuso. Seu pequeno cérebro de quatro anos talvez explodisse com tanta informação.

– Tudo bem. Posso provar o pirulito de chocolate, então? – perguntou, com ar inocente.

Percebi que todos me olhavam fixamente, em choque, prestes a presenciar um terrível ataque de nervos. Talvez eu estivesse à beira de um, mesmo. Meu pai era gay, eu tinha todo o direito de despirocar.

– Mãe, quer saber um segredo? Ontem à noite eu vi Papa beijando uma pessoa – entregou Gavin, com um sorriso.

Ai, meu Deus, tinha chegado a hora da verdade! Quem seria? Bill, da loja de ferragens? Tom, da borracharia? Quem poderia ser meu novo padrasto-sogro-tio-amigo?

– Gavin, isso era para ser segredo! – protestou meu pai, rindo meio sem graça.

Rá-rá-rá, essa era boa! Meu pai e Gavin tinham um segredo só deles. Isso não era lindo? Não era uma gracinha? Gostei de saber que meu filho não ficava nem um pouco chocado por ver dois homens se beijando. Prevejo um grande futuro para ele em nosso país de liberdade, tolerância e pluralidade. Mas foi estranho ver que ele não se perturbou nem um pouco ao ver o próprio avô dando um chupão de desentupir pia em outro cara.

– Ah, que legal, um segredo? – Ri, histérica. – Acho que o gato subiu no telhado, não é, papai? Ou será que fugiu do armário? Puxa, estava muito quente lá dentro? – perguntei, de forma incoerente, me abanando com a mão.

Carter desistiu de cumprimentar os clientes na entrada da loja e foi até onde estávamos. Deve ter visto meus olhos esbugalhados lá de longe e sabia que eu estava pirando. Foi pior do que quando eu provei um cookie de maconha, no colégio, ao mesmo tempo em que assistia *O mágico de Oz* e ouvia *The Wall*, do Pink Floyd. Todo maconheiro que se preza sabe que o álbum certo para se ouvir nesse momento é *The Dark Side of the Moon*. Comecei a chorar numa cena em que Totó, o cãozinho do filme, me olhou de forma estranha. Quando latiu, ouvi nitidamente a frase: "Ei garota que está aí parada com os pés formigando e um sorriso amarelo como a estrada de tijolinhos, estou falando com você." Consegui ouvi-lo com uma clareza impressionante e meus pés ficaram dormentes em questão de segundos. Chorei por mais de três horas e avisei a todo mundo que aquele cookie era coisa do Capeta e que eu morreria durante o sono.

Não usem drogas.

– Claire, você está bem? – quis saber Carter, pegando Gavin no colo e parando ao meu lado.

– Estou ótima! Fantástica! Nunca me senti melhor! Esse é o dia mais feliz da minha vida! – garanti, com um sorriso largo. – Devíamos fumar um baseado para comemorar.

Que merdas eram aquelas que não paravam de sair da minha boca?

– George, você esqueceu a notinha – disse Liz, chegando com um papel na mão. – Sue vai adorar essa camisola sexy, eu garanto. A seda é muito macia e a cor de pêssego vai combinar com o tom de pele dela. – Foi até onde meu pai estava e lhe entregou a notinha.

Pé-péraí... O quê?!? Havia um transex chamado Sue em Butler? Eu não deveria saber disso?

Meu pai corou e olhou para mim.

– Pois é, ahn, obrigado, Liz. Tenho certeza que ela vai adorar.

Ela! Sue é ela.

– Ela é mulher! – proclamei.

Carter me enlaçou pela cintura com o braço livre para me segurar. Devia achar que a qualquer momento eu ia surtar de vez e cair de cara no chão como aqueles idiotas do *Jackass*, que se jogam sem proteger o rosto com as mãos.

Dava para ouvir a voz do Knoxville (apresentador da série): "*Vamos assistir à cena de novo, galera, dessa vez em câmera lenta. Observem como essa maluca despenca durinha para frente, sem mover os braços nem um milímetro e BAM! Arrebenta a cara no chão! Caraca, isso deve doer!*"

– Era para eu ter contado há mais tempo, Claire – desculpou-se papai, mexendo um dos pés para o lado. – Estou saindo com a Sue Zammond, a gerente da agência de viagens na Short Avenue. Tudo bem, eu assumo: temos ficado juntos. – Ele riu, meio sem graça.

– Que legal para você, George – comemorou Carter, dando-lhe um forte abraço de congratulações. Meu pai não tinha namorado ninguém desde que minha mãe foi embora. Pelo olhar do papai, percebi que a relação com Sue era séria e fiquei muito feliz por ele.

Carter, George e Drew foram até o balcão da frente da loja atender alguns clientes, enquanto as meninas e eu ficamos observando o trio.

– Estou tão apaixonada por Drew – confessou Jenny, com um suspiro. – Não consigo olhar para ele sem me lembrar da cara de orgasmo que ele faz quando a gente transa.

– Caraca, Jenny, me poupe dos detalhes sórdidos – reclamou Liz.

– Quer dizer que o lance entre vocês é sério? – perguntei, tentando esconder a ânsia de vômito ao ouvir "Drew" e "cara de orgasmo" usadas na mesma frase.

Ela concordou com a cabeça e sorriu.

– É sério, sim! Ele vai me levar a Chicago semana que vem para me apresentar aos pais. Estou tão empolgada! Nunca estive na Big Apple – comemorou ela, com cara feliz.

Liz fez menção de corrigi-la, mas eu tapei sua boca com a mão.

– Desiste… deixa pra lá – eu lhe disse, baixinho.

Drew chegou por trás de Jenny, abraçou a barriga dela, se inclinou para frente e lhe deu um beijo na bochecha.

– Por favor, vocês têm algum lugar por aqui onde eu possa guardar minha ereção?

Jenny gargalhou e Liz se engasgou.

– E aí, Liz, você e Jim já escolheram a data do casório? – quis saber Drew, mantendo o braço em torno de Jenny.

– Já que você perguntou, marcamos, sim. É melhor vocês deixarem a agenda vazia para os próximos dois meses. Vamos ter um monte de reuniões, encontros, discussões, horários marcados e provas de roupa – avisou, numerando cada item com os dedos. – Mais uma coisa, Claire: queremos que Gavin entre com as alianças.

Olhei para Liz como se ela tivesse enlouquecido.

– Você conhece meu filho? – perguntei.

Ela simplesmente riu.

Pobrezinha da Liz. Iria se arrepender daquilo. Imaginei-a na entrada da igreja, no dia mais importante da sua vida, e meu filho correndo para cima e para baixo pela nave principal em alta velocidade, batendo com a almofada das alianças na cabeça da avó da noiva e chamando o tio de Jim de "saco de bosta".

– Liz, o que acha de eu deixar a barba crescer para o seu casamento? – perguntou Drew com ar sério, passando os dedos no queixo.

– Tudo bem, desde que não seja aquele triângulo de pelos ridículos que ficam só debaixo do lábio. Não quero nenhum pincel de xereca no meu casamento – replicou Liz, voltando-se para mim. – Por falar em futuro, qual é o próximo capítulo para Claire e Carter?

O próximo capítulo? Qual será o fim da novela seria a pergunta mais adequada. Tanta coisa estava mudando… Nossa, tanta coisa JÁ TINHA mudado.

Vi Carter se aproximar de nós com Gavin no braço, fazendo-lhe cócegas que deixavam nosso filho quase sem ar, de tanto rir. Respirei fundo algumas vezes e tentei me acalmar. Todas as pessoas que eu amava no mundo estavam reunidas ali na minha loja, felizes e saudáveis. Carter foi até onde eu estava e me enlaçou pela cintura, como se quisesse me lembrar que não importavam os problemas que pintassem na minha vida, eu não precisaria mais enfrentá-los sozinha. Tinha meus amigos, tinha minha família e tinha Carter.

Na próxima semana eu iria colocar minha casa à venda. Isso me apavorava um pouco. Eu me tornei mãe naquela casa. Foi lá que eu aprendi a amar outro ser humano mais que minha própria vida. Mas era hora de dizer adeus e seguir no rumo de coisas maiores e melhores. Dali a poucos meses, no máximo, começaríamos a construir nosso futuro juntos e teríamos que lidar com qualquer coisa que a vida colocasse em nosso caminho. Eu sabia que enfrentaríamos dificuldades. Sabia que ainda teríamos muitos ajustes a fazer, enquanto aprendíamos a conviver um com o outro, mas também sabia que faríamos de tudo para que as coisas dessem certo.

Conheci um garoto numa festa de faculdade, ganhei dele numa partida de *beer pong*, permiti que levasse embora minha virgindade e me desse um bebê em troca. Não parece justo, mas eu não trocaria nada no mundo pelo que lucrei.

Virei-me na direção de Carter, abracei-o com força, usando os dois braços e fiquei na ponta dos pés para beijar a bochecha de Gavin, enquanto nossos amigos batiam papo atrás de nós.

– Ei, Gavin, adivinha só!... Papai e eu temos uma novidade para te contar.

Carter olhou para mim com ar de surpresa. Tínhamos concordado em esperar um pouco mais antes de contar a Gavin, mas eu não iria aguentar. Não me importava de saber que ele me levaria à loucura, perguntando sem parar se seria naquele dia mesmo. Eu estava feliz, empolgada, e queria que meu rapazinho sentisse a mesma coisa.

Esperei que Carter concordasse com a cabeça e fiz mímica com os lábios, dizendo "Eu te amo", tentando não chorar. Aquele homem era tudo que eu tinha sonhado na vida, até mais. E era todinho meu.

Ele fez que sim com a cabeça e seus lábios formaram a frase "Eu também", em resposta a mim.

Estiquei-me um pouco mais, tirei o cabelo de Gavin da testa, acariciei seu rostinho com os dedos e explorei suas lindas covinhas.

– Vamos vender nossa casa e vamos morar, eu e você, na casa do papai, junto com ele – anunciei.

Gavin me fitou por longos instantes e depois virou os olhos para Carter.

– Sério mesmo? – perguntou.

– Sério mesmo, amigão – confirmou Carter, com a cabeça.

Gavin olhou novamente para mim, sorriu e abriu a boca para demonstrar, da melhor forma que conseguiu, o quanto estava feliz.

– PUTA MERDA!!!

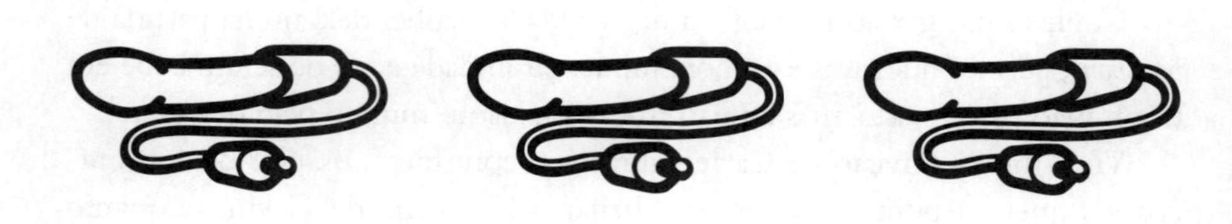

fim

Papel: Offset 75g
Tipo: Bembo
www.editoravalentina.com.br